COLLECTION FOLIO

Elena Ferrante

# La vie mensongère des adultes

*Traduit de l'italien*
*par Elsa Damien*

Gallimard

*Titre original :*
LA VITA BUGIARDA DEGLI ADULTI

Elena Ferrante est l'autrice de plusieurs romans, tous parus aux Éditions Gallimard, parmi lesquels *L'amour harcelant*, *Les jours de mon abandon*, *Poupée volée* et *La vie mensongère des adultes*, ainsi que les quatre volumes de la « Saga prodigieuse » : *L'amie prodigieuse*, *Le nouveau nom*, *Celle qui fuit et celle qui reste* et *L'enfant perdue*. Les deux premiers tomes ont été adaptés en série télévisée par Saverio Costanzo. Elle a également publié un essai, *Frantumaglia*, et un recueil de chroniques écrites pour le *Guardian*, *Chroniques du hasard*, illustré par Andrea Ucini. *La plage dans la nuit*, illustré par Mara Cerri, a paru aux Éditions Gallimard Jeunesse.

# I

# 1

Deux ans avant qu'il ne quitte la maison, mon père dit à ma mère que j'étais très laide. Cette phrase fut prononcée à voix basse, dans l'appartement que mes parents avaient acheté juste après leur mariage au Rione Alto, en haut de San Giacomo dei Capri. Tout est resté figé – les lieux de Naples, la lumière bleutée d'un mois de février glacial, ces mots. En revanche, moi je n'ai fait que glisser, et je glisse aujourd'hui encore à l'intérieur de ces lignes qui veulent me donner une histoire, alors qu'en réalité elles ne sont rien, rien qui soit vraiment à moi, rien qui ait vraiment commencé ou vraiment abouti : seulement un enchevêtrement dont personne ne sait, pas même la personne qui écrit en ce moment, s'il contient le juste fil d'un récit, ou si tout n'est que douleur confuse, sans rédemption possible.

## 2

J'ai beaucoup aimé mon père, c'était un homme toujours gentil. Il avait des manières fines, en complète adéquation avec un corps tellement menu qu'il semblait porter des vêtements d'une taille trop grande, ce qui lui donnait à mes yeux une élégance inimitable. Ses traits étaient délicats, et rien – ni ses yeux profonds avec de longs cils, ni son nez à l'architecture impeccable, ni ses lèvres charnues – ne venait en gâcher l'harmonie. En toute occasion, il s'adressait à moi d'un ton joyeux, quelles que soient son humeur et la mienne, et il ne s'enfermait jamais dans son bureau – il passait son temps à travailler – avant de m'avoir arraché au moins un sourire. Il aimait surtout mes cheveux, mais j'ai du mal à dire aujourd'hui à quel moment il commença à les couvrir de compliments – je n'avais sans doute que deux ou trois ans. En tout cas, dans mon enfance, nous avions ce genre de conversation :

— Quels beaux cheveux, quelle belle texture, quelle luminosité : tu me les donnes ?

— Non, ils sont à moi.

— Allez, sois un peu généreuse.

— Si tu veux, je peux te les prêter.

— Très bien, de toute façon, après, je ne te les rendrai pas.

— Mais tu en as déjà.

— Oui, ceux que je t'ai pris.

— Ce n'est pas vrai, tu dis des mensonges.

— Vérifie : ils étaient trop beaux, je te les ai volés.

Et moi je vérifiais mais pour rire, car je savais bien qu'il ne me les aurait jamais volés. Et je riais, je riais beaucoup, je m'amusais plus avec lui qu'avec ma mère. Il voulait toujours quelque chose qui m'appartienne, une oreille, le nez, le menton, il disait qu'ils étaient tellement parfaits qu'il ne pouvait vivre sans eux. J'adorais ce ton, qui me prouvait à chaque instant combien je lui étais indispensable.

Naturellement, il n'était pas comme ça avec tout le monde. Parfois, lorsqu'une question le touchait de près, il avait tendance à mêler fébrilement des discours subtils à des émotions incontrôlées. En d'autres occasions, en revanche, il savait être tranchant et employait des phrases brèves d'une extrême précision, si denses que personne n'objectait plus rien. C'étaient là deux pères très différents de celui que j'aimais, et j'avais commencé à découvrir leur existence autour de mes sept ou huit ans, en l'entendant discuter avec des amis ou des connaissances qui venaient de temps en temps chez nous pour des réunions enflammées sur des sujets auxquels je ne comprenais rien. En général, je restais dans la cuisine avec ma mère et ne faisais guère attention aux disputes qui se déroulaient à quelques mètres de là. Mais parfois, quand ma mère était occupée et s'enfermait à son tour dans son bureau, je restais seule dans le couloir pour jouer ou pour lire – surtout lire, je dirais, parce que mon père lisait beaucoup, ma mère aussi, et j'aimais être comme eux. Je ne m'intéressais pas aux discussions et n'interrompais mes jeux ou ma lecture que si le silence se faisait soudain et que ces voix étrangères appartenant à mon père s'élevaient. Dès lors, il dictait sa loi, et j'attendais que la réunion s'achève pour voir s'il redeviendrait celui qu'il était d'habitude, avec ses tons doux et affectueux.

Le soir où il prononça cette phrase, il venait d'apprendre que ça n'allait pas fort pour moi au collège. C'était nouveau. Dès ma première année d'école primaire, j'avais toujours été bonne en classe, et ce n'est qu'au cours de ces deux derniers mois que j'avais commencé à avoir des difficultés. Mais mes parents tenaient beaucoup à ma réussite scolaire et, dès mes premières mauvaises notes, ma mère, surtout, s'était alarmée :

— Qu'est-ce qui t'arrive ?

— Je ne sais pas.

— Il faut travailler.

— Je travaille.

— Et alors ?

— Je mémorise bien certaines choses, d'autres non.

— Travaille jusqu'à ce que tu mémorises tout.

Je travaillais jusqu'à l'épuisement, cependant mes résultats continuaient à être décevants. Cet après-midi-là, en particulier, ma mère était allée parler avec mes enseignants, et elle en était revenue navrée. Elle ne m'avait rien reproché, mes parents ne me reprochaient jamais rien. Elle s'était contentée de dire : La plus mécontente, c'est ta prof de maths, mais elle a dit que, si tu le veux, tu peux y arriver. Puis elle était partie à la cuisine préparer le dîner et, entre-temps, mon père était rentré. De ma chambre, j'entendis seulement qu'elle lui résumait les griefs de mes professeurs, et je compris que, pour me justifier, elle invoquait les changements de la prime adolescence. Mais il l'interrompit et, avec un de ses tons qu'il n'utilisait jamais avec moi – avec même une concession au dialecte, pourtant totalement prohibé chez nous –, il laissa échapper ce qu'il n'aurait certainement pas voulu laisser échapper :

— Ça n'a rien à voir avec l'adolescence : elle est en train de prendre les traits de Vittoria.

S'il avait su que je pouvais l'entendre, je suis sûre qu'il n'aurait jamais parlé ainsi, de cette manière si éloignée de la légèreté amusée qui nous était coutumière. Tous deux croyaient la porte de ma chambre fermée – en effet, je la fermais toujours –, et ils ne réalisèrent pas que l'un d'eux l'avait laissée ouverte. C'est ainsi qu'à douze ans j'appris par la voix de mon père, étouffée pour rester basse, que j'étais en train de devenir comme sa sœur, une femme qui – d'aussi loin que je me souvienne, c'était ce que j'avais toujours entendu dire – alliait à la perfection laideur et propension au mal.

On pourrait m'objecter ici : Peut-être que tu exagères, ton père n'a pas dit littéralement « Giovanna est laide ». C'est vrai, prononcer des mots aussi brutaux n'était pas dans sa nature. Mais j'étais dans une période de grande fragilité. J'avais mes règles depuis presque un an, mes seins étaient plus que visibles et j'en avais honte, je craignais de sentir mauvais, je me lavais sans arrêt, j'allais me coucher apathique et me réveillais tout aussi apathique. Mon unique réconfort, pendant cette période, ma seule certitude, c'était que mon père adorait absolument tout en moi. Par conséquent, ce moment où il m'associa à ma tante Vittoria, ce fut pire que s'il avait dit : Avant Giovanna était belle, maintenant elle est devenue laide. Le nom de Vittoria résonnait chez moi comme celui d'un être monstrueux, qui souille et infecte tous ceux qu'il effleure. Je ne savais pratiquement rien d'elle, je ne l'avais vue qu'en de rares occasions, et – là était l'essentiel – tout ce que je me rappelais, c'étaient le dégoût et la peur. Pas le dégoût et la peur qu'elle-même, en chair et en os, avait pu susciter en moi, de cela je n'avais aucun souvenir. Ce qui m'avait effrayée, c'étaient le dégoût et la peur qu'elle provoquait chez mes parents. Depuis toujours, mon père parlait obscurément de sa sœur, comme si celle-ci pratiquait des rites honteux qui la souillaient et souillaient quiconque la fréquentait. Ma mère, elle, ne la mentionnait jamais, et quand son mari se défoulait contre sa sœur, elle intervenait même pour le faire taire, comme si elle craignait que sa belle-sœur, où qu'elle soit, ne les entende et ne s'élance aussitôt à grandes enjambées vers San Giacomo dei Capri, malgré le chemin long et raide, en apportant volontairement dans son sillage toutes les maladies des hôpitaux qui jouxtaient notre quartier : elle volerait jusque chez nous, au sixième étage, ses yeux lanceraient des éclairs noirs qui dans leur ivresse briseraient tout le mobilier, et elle giflerait ma mère si celle-ci osait la moindre protestation.

Bien sûr, je me doutais que, derrière cette nervosité, il devait y avoir une histoire de torts commis et subis mais, à l'époque, je ne savais pas grand-chose des histoires de famille, et surtout je ne considérais pas cette terrible tante comme faisant partie de ma famille. Elle était l'épouvantail de mon enfance, une silhouette maigre et hirsute, un personnage fou tapi dans les recoins de la maison à la nuit tombée. Devais-je donc découvrir ainsi, sans aucun préambule, que je lui ressemblais de plus en plus ? Moi ? Moi qui, jusqu'à cet instant, m'étais crue belle, et moi qui pensais, grâce à mon père, que je le serais toujours ? Moi qui, vu ce qu'il me répétait sans arrêt, pensais avoir des cheveux splendides, moi qui voulais être toujours merveilleusement aimée comme il m'aimait ou comme il m'avait habituée à croire que je l'étais, et moi qui souffrais déjà parce que je sentais mes parents soudain mécontents de moi et que ce mécontentement me bouleversait, car il rendait toute chose opaque ?

J'attendis la réaction de ma mère. Or, ses paroles ne m'apportèrent aucun réconfort. Malgré sa haine de toute la famille de son mari, et bien qu'elle détestât sa belle-sœur comme nous détestons un lézard qui grimpe sur notre jambe nue, elle ne réagit pas en criant : Tu es fou, il n'y a rien de commun entre ma fille et ta sœur. Non, elle se contenta d'un faible et sommaire : Mais non, qu'est-ce que tu racontes. Alors moi, là dans ma chambre, je courus fermer ma porte pour ne rien entendre d'autre. Puis je pleurai en silence et ne cessai que lorsque mon père vint m'annoncer – cette fois avec sa voix gentille – que le dîner était prêt.

Je les rejoignis à la cuisine les yeux secs et je dus supporter, le regard rivé à mon assiette, une série de conseils visant à améliorer mes résultats scolaires. Ensuite, je retournai faire semblant de travailler tandis qu'ils s'installaient devant le téléviseur. J'éprouvais une douleur qui ne voulait pas cesser, pas même s'atténuer. Pourquoi mon père avait-il prononcé cette phrase, pourquoi ma mère ne l'avait-elle pas contredit avec force ? Étaient-ils simplement contrariés par mes mauvaises notes, ou couvaient-ils depuis longtemps une préoccupation indépendante des études ?

Lui surtout, avait-il prononcé ces vilaines paroles parce que je lui avais causé une déception passagère, ou bien, avec le regard perçant de celui qui sait et qui voit tout, avait-il repéré depuis longtemps les signes de ma dégradation future, d'un mal qui progressait et le déprimait, et face auquel il ne savait pas lui-même comment réagir ? Je fus au désespoir pendant la nuit entière. Au matin, j'étais persuadée que mon seul salut c'était d'aller voir à quoi ressemblaient réellement les traits de Zia Vittoria.

## 3

Ce fut une entreprise ardue. Dans une ville comme Naples, peuplée de familles aux ramifications nombreuses qui, malgré des disputes parfois sanglantes, finissaient par ne jamais couper véritablement les ponts, mon père vivait au contraire dans une autonomie absolue, comme si personne n'était du même sang que lui, comme s'il s'était engendré lui-même. Naturellement, j'avais bien connu les parents de ma mère et son frère. Ils étaient tous trois affectueux, ils me couvraient de cadeaux et, avant que mes grands-parents ne meurent – mon grand-père d'abord, puis ma grand-mère un an plus tard : des disparitions brutales qui m'avaient perturbée, ma mère avait pleuré comme nous pleurions, nous les petites filles, lorsque nous nous faisions mal –, et avant que mon oncle ne parte travailler loin de chez nous, nous les avions beaucoup fréquentés, toujours avec gaieté. En revanche, je ne savais pratiquement rien de la famille de mon père. Elle n'avait fait son apparition dans ma vie qu'en de rares occasions – mariage, enterrement –, et toujours dans un climat d'affection tellement factice que je n'en avais rien retiré, si ce n'est le malaise des contacts obligés : Dis bonjour à ton grand-père, va embrasser ta tante. Je n'avais donc jamais éprouvé grand intérêt pour cette parenté, d'autant plus qu'après ces rencontres mes parents étaient stressés et les oubliaient d'un commun accord, comme s'ils avaient été impliqués dans une médiocre mise en scène.

Il faut aussi ajouter que, si les parents de ma mère vivaient dans un espace précis qui portait un nom évocateur, le quartier du Museo – nous les appelions les grands-parents du Museo –, l'espace où résidait la famille de mon père était indéfini et sans nom. Je n'avais qu'une seule et unique certitude : pour aller chez eux, il fallait descendre, descendre encore et encore, toujours plus loin, tout au fond de Naples, et ce trajet était tellement long qu'il me semblait, en de telles circonstances, que les parents de mon père et nous habitions deux villes différentes. Telle fut, pendant longtemps, ma réalité. Nous habitions dans la partie la plus élevée de Naples et, où que nous allions, il nous fallait toujours descendre. Mon père et ma mère ne descendaient volontiers que jusqu'au Vomero, et, éventuellement, jusque chez mes grands-parents au Museo, mais déjà avec quelques réticences. Et leurs amis habitaient surtout la Via Suarez, la Piazza degli Artisti, la Via Luca Giordano, la Via Scarlatti, la Via Cimarosa, des rues que je connaissais bien parce que c'était là aussi que vivaient nombre de mes camarades de classe. Sans oublier que ces rues conduisaient toutes au parc de la Floridiana, un endroit que j'adorais, où ma mère m'avait emmenée prendre l'air et le soleil dès mon plus jeune âge, et où j'avais passé d'agréables heures avec deux amies que je connaissais depuis la petite enfance, Angela et Ida. C'est seulement après ces toponymes, tous colorés avec bonheur par des plantes, des fragments de mer, des jardins, des fleurs, des jeux et des bonnes manières, que la véritable descente commençait, celle que mes parents estimaient déplaisante. Pour aller au travail, pour faire des courses et, surtout mon père, pour des obligations liées à ses recherches ainsi que pour participer à des rencontres et des débats, ils descendaient tous les jours, généralement avec les funiculaires, jusqu'à Chiaia, jusqu'à Toledo et, de là, ils poussaient jusqu'à la Piazza Plebiscito, la Biblioteca nazionale, la Port'Alba et la Via Ventaglieri, la Via Foria, et tout au plus jusqu'à la Piazza Carlo III, où se trouvait le lycée où enseignait ma mère. Ces noms aussi, je les connaissais bien, mes parents les prononçaient régulièrement, mais il ne leur arrivait pas souvent de m'emmener avec eux, et c'est peut-être pour cela qu'ils ne me procuraient pas le même bonheur. En dehors du Vomero, la ville n'était plus vraiment mienne, et plus on avançait dans la plaine, plus elle m'était franchement inconnue. Il était donc naturel que les quartiers où vivait la famille de mon père aient, à mes yeux, les traits de mondes encore sauvages et inexplorés. Pour moi, non seulement ils n'avaient pas de nom mais, vu la façon dont on en parlait, je sentais qu'ils étaient difficilement accessibles. Chaque fois qu'il fallait s'y rendre, mes parents, d'ordinaire énergiques et disponibles, semblaient particulièrement fatigués et anxieux. J'étais petite, et pourtant leur tension et leurs échanges – toujours les mêmes – sont restés gravés dans ma mémoire.

— Andrea, disait ma mère de sa voix lasse, habille-toi, on doit partir.

Mais lui continuait à lire et à souligner des phrases dans ses livres, avec le même crayon qu'il utilisait pour écrire dans le carnet qu'il tenait près de lui.

— Andrea, il se fait tard, ils vont s'énerver.

— Et toi, tu es prête ?

— Oui.

— Et la petite ?

— La petite aussi.

Mon père laissait alors livres et cahiers ouverts sur son bureau, il mettait une chemise propre et son beau costume. Mais il était silencieux et crispé, comme s'il repassait dans sa tête les répliques d'un rôle auquel il ne pouvait pas échapper. Pendant ce temps, ma mère, qui n'était pas prête du tout, n'arrêtait pas de contrôler son apparence, la mienne et celle de mon père, comme si seul un habillement adéquat pouvait nous garantir de rentrer tous les trois à la maison sains et saufs. Bref, à chacune de ces occasions, il était évident qu'ils considéraient devoir se défendre contre des espaces et des personnes dont, pour ne pas me perturber, ils ne disaient rien. Toutefois, je percevais que leur anxiété était anormale, je peux même dire que je la reconnaissais, elle avait toujours été présente, et c'est peut-être mon seul souvenir angoissant d'une enfance heureuse. Ce qui m'inquiétait, c'étaient des propos comme les suivants, prononcés dans un italien qui me semblait, dirais-je, faute de mieux, friable :

— Je compte sur toi, si Vittoria dit quelque chose, fais semblant de ne rien entendre.

— Tu veux dire que, si elle fait la folle, il faut que je me taise ?

— Oui. Rappelle-toi que Giovanna est là.

— D'accord.

— Ne dis pas « d'accord » si tu ne l'es pas. Ce n'est vraiment pas un gros effort. On reste une demi-heure et puis on rentre.

De ces sorties, il ne me reste presque plus rien. Murmures, chaleur étouffante, baisers distraits sur le front, dialecte, mauvaise odeur que nous dégagions probablement tous – l'odeur de la peur. Au fil des ans, ce climat m'avait persuadée que la famille de mon père – des silhouettes hululantes à l'agitation ignoble, en premier lieu Zia Vittoria, la plus noire et la plus agitée de toutes – constituait un danger, bien qu'il fût difficile de comprendre en quoi ce danger consistait. Était-il risqué de se rendre dans le quartier où ils habitaient ? Grands-parents, oncles et cousins étaient-ils dangereux, ou bien était-ce seulement Zia Vittoria ? Seuls mes parents semblaient détenir les réponses à ces questions, et maintenant que j'éprouvais le besoin urgent de savoir à quoi ressemblait ma tante et quel genre de personne c'était, je devrais m'adresser à eux pour en avoir le cœur net. Mais quand bien même les aurais-je interrogés, qu'aurais-je tiré d'eux ? Soit ils se seraient débarrassés de moi avec une expression de refus débonnaire – Tu veux voir ta tante, tu veux aller chez elle, à quoi bon ? –, soit ils se seraient inquiétés et efforcés de ne plus la nommer. Aussi me dis-je que, pour commencer, il fallait chercher une photo d'elle.

## 4

Je profitai d'un après-midi où tous deux étaient absents pour aller fouiller dans un meuble de leur chambre. Ma mère y rangeait les albums où elle gardait, bien ordonnées, ses photos, celles de mon père et les miennes. Je connaissais ces albums par cœur, je les avais souvent feuilletés : ils documentaient principalement leur relation et mes presque treize années de vie. Et je savais déjà que là, mystérieusement, la famille de ma mère abondait, alors que celle de mon père apparaissait très rarement et que, surtout, parmi les membres présents, Zia Vittoria ne figurait jamais. Cependant, je me souvenais que quelque part dans ce meuble se trouvait aussi une vieille boîte en métal dans laquelle étaient conservées en vrac des images représentant mes parents avant qu'ils ne se rencontrent. J'avais très peu regardé ces clichés, et toujours en compagnie de ma mère, j'espérais donc y trouver quelques photos de ma tante.

Je dénichai la boîte tout au fond de l'armoire, mais je décidai d'abord de procéder à un nouvel examen méticuleux des albums qui montraient mes parents fiancés, puis le jour de leur mariage, l'air grognon, lors d'une cérémonie avec peu d'invités ; ensuite, on les voyait comme un couple toujours heureux, et puis il y avait moi, leur fille, photographiée un nombre extravagant de fois, depuis ma naissance jusqu'à aujourd'hui. Je m'arrêtai surtout sur les photos du mariage. Mon père portait un costume sombre visiblement froissé et, sur chaque cliché, il affichait un air renfrogné ; ma mère se tenait à son côté, non pas en robe de mariée mais en tailleur crème, avec sur la tête un voile de même couleur, une expression vaguement émue sur le visage. Parmi la trentaine d'invités, je savais déjà qu'il y avait quelques-uns de leurs amis du Vomero qu'ils fréquentaient aujourd'hui encore, ainsi que la famille du côté maternel, les grands-parents gentils du Museo. Mais je scrutai encore et encore ces clichés, espérant repérer une silhouette, même tout au fond, qui puisse me faire penser je ne sais comment à une femme dont je n'avais aucun souvenir. Mais rien. Alors je passai à la boîte, que je ne parvins à ouvrir qu'après de nombreuses tentatives.

Je renversai le contenu sur le lit. Les photos étaient toutes en noir et blanc. Celles qui appartenaient à leurs adolescences respectives étaient dans un désordre total : ma mère joyeuse avec des camarades de classe, des amies de son âge, à la plage, dans la rue, gracieuse et bien habillée, se mêlait à mon père toujours pensif, toujours solitaire, jamais en vacances, avec des pantalons déformés aux genoux et des vestes aux manches trop courtes. En revanche, les photos de leurs enfances et de leurs primes adolescences étaient organisées en deux enveloppes : celles qui provenaient de la famille de ma mère, et celles qui provenaient de la famille de mon père. Ma tante devait forcément apparaître sur ces dernières, me dis-je, et je me mis à les examiner une à une. Il n'y en avait pas plus d'une vingtaine, et je fus immédiatement frappée de voir que, sur trois ou quatre d'entre elles, mon père, qui sur la plupart des autres apparaissait, garçonnet ou jeune enfant, en compagnie de ses parents ou de membres de la famille que je n'avais jamais vus, se tenait auprès d'un étonnant rectangle noir tracé au feutre. Il ne me fallut pas longtemps pour comprendre que ce rectangle soigné était son œuvre, un travail aussi acharné que secret. Je l'imaginai, avec la règle qu'il avait sur son bureau, enfermer une portion de photo à l'intérieur de cette figure géométrique, puis passer méticuleusement son feutre en faisant attention à ne pas déborder des marges fixées. Je n'eus aucun doute sur le sens de ce travail patient : ces rectangles étaient un effacement, et, sous tout ce noir, il y avait Zia Vittoria.

Pendant un bon moment, j'hésitai, je ne savais que faire. Puis je finis par me décider : je pris un couteau à la cuisine et raclai délicatement une section minuscule de la portion de photo que mon père avait recouverte. Je m'aperçus bientôt que seul le blanc du papier apparaissait. Je sentis l'anxiété monter, j'arrêtai. Je savais bien que j'allais contre la volonté de mon père, et j'étais effrayée par toute action qui risquait de m'ôter encore de son affection. Mon anxiété augmenta lorsque je découvris, au fond de l'enveloppe, la seule photo où il n'était pas garçonnet ou adolescent mais jeune homme, et sur laquelle, chose extrêmement rare sur les photos prises avant qu'il ne connaisse ma mère, il souriait. Il était de profil, il avait un regard joyeux et des dents régulières et très blanches. Mais son sourire, sa joie ne s'adressaient à personne. Près de lui, il y avait cette fois deux rectangles très précis, deux cercueils à l'intérieur desquels, à une époque certainement différente de celle, pleine d'affection, où avait été prise la photo, il avait enfermé les corps de sa sœur et de quelqu'un d'autre, allez savoir qui.

Je me concentrai très longtemps sur cette image. Mon père était dans la rue, il portait une chemise à carreaux à manches courtes, cela devait être l'été. Derrière lui, on apercevait l'entrée d'un magasin, dont on ne lisait de l'enseigne que « RIA », il y avait une vitrine mais on ne distinguait pas ce qui y était exposé. Près de la tache sombre, il y avait un poteau très blanc, aux contours marqués. Et puis on voyait les ombres des trois personnes, des ombres longues, et l'une d'entre elles était à l'évidence celle d'un corps féminin. Mon père avait eu beau s'acharner à effacer ceux qui se trouvaient à son côté, il avait laissé leur trace sur le trottoir.

Je tentai à nouveau de racler tout doucement l'encre du rectangle, mais je cessai dès que je m'aperçus que, cette fois encore, seul le blanc apparaissait. J'attendis une ou deux minutes avant de recommencer. Je travaillai avec légèreté, j'entendais ma respiration dans le silence de la maison. Je n'arrêtai définitivement que lorsque tout ce que je pus extraire de l'espace où avait dû se trouver la tête de Vittoria autrefois fut une petite tache dont on ne comprenait pas s'il s'agissait d'un résidu de feutre ou d'un minuscule fragment de ses lèvres.

—

# 5

Je remis tout en place et réprimai l'idée menaçante que je ressemblais à la sœur effacée de mon père. Pendant cette période, je parvenais de moins en moins à me concentrer et mon refus des études s'accrut, ce qui m'effraya. Et pourtant, je désirais redevenir bonne élève, comme je l'étais encore quelques mois plus tôt : mes parents y tenaient beaucoup. Je me dis même que, si je réussissais à nouveau à obtenir d'excellentes notes, je redeviendrais belle et retrouverais mon bon caractère. Mais je n'y parvins pas, en classe j'étais distraite, et à la maison je perdais mon temps à me regarder dans la glace. M'examiner devint une obsession. Je voulais comprendre si ma tante apparaissait vraiment à travers mon corps mais, comme je ne savais pas à quoi elle ressemblait, je finis par la chercher dans le moindre détail qui changeait en moi. Ainsi, des traits auxquels je n'avais prêté aucune attention auparavant me semblèrent maintenant saillants : les sourcils très fournis, les yeux trop petits et d'un marron sans lumière, le front démesurément haut, les cheveux fins – pas du tout beaux, ou peut-être plus du tout beaux – qui me collaient au crâne, les grandes oreilles aux lobes lourds, la lèvre supérieure mince avec un duvet sombre répugnant, la lèvre inférieure très épaisse, les dents qui semblaient encore des dents de lait, le menton pointu et le nez – ah, ce nez, comme il avançait sans grâce vers le miroir, comme il était épaté, et comme étaient ténébreuses ces cavités entre la cloison nasale et les ailes. Ces caractéristiques faisaient-elles déjà partie des traits de Zia Vittoria ou étaient-elles miennes, et seulement miennes ? Devais-je m'attendre à des améliorations ou à des détériorations ? Ce corps, ce long cou qui semblait pouvoir se rompre comme le fil d'une toile d'araignée, ces épaules droites aux os saillants, ces seins qui continuaient à grossir avec des tétons tout noirs, ces jambes maigres qui montaient trop haut et finissaient par m'arriver presque sous les aisselles, était-ce bien moi, ou les signes avant-coureurs de ma tante dans toute son horreur ?

Je m'examinai, tout en observant aussi mes parents. J'avais eu tellement de chance : je n'aurais pas pu en avoir de meilleurs. Ils étaient très beaux et s'étaient aimés depuis leur jeunesse. Le peu que je savais de leur histoire, mon père et ma mère me l'avaient raconté, lui avec son habituelle distance amusée, elle avec son émotivité gracieuse. Depuis toujours, ils avaient éprouvé un tel plaisir à s'occuper l'un de l'autre que la décision de faire un enfant était arrivée relativement tard, dans la mesure où ils s'étaient mariés très jeunes. J'étais née alors que ma mère avait trente ans, mon père un peu plus de trente-deux. J'avais été conçue parmi mille angoisses, exprimées par l'une à haute voix, par l'autre en son for intérieur. La grossesse avait été difficile et l'accouchement – le 3 juin 1979 – un tourment infini. Les deux premières années de ma vie avaient apporté la démonstration que, à partir du moment où j'étais venue au monde, leur vie s'était compliquée. Inquiet pour l'avenir, mon père, professeur d'histoire et de philosophie dans le plus prestigieux lycée de Naples, intellectuel assez connu dans la ville, apprécié de ses élèves auxquels il consacrait non seulement ses matinées mais aussi des après-midi entiers, avait été obligé de donner des cours particuliers. Préoccupée en revanche par un présent fait de pleurs nocturnes incessants, de maux de ventre, de rougeurs qui me tenaillaient et de caprices féroces, ma mère, qui enseignait le latin et le grec dans un lycée de la Piazza Carlo III et corrigeait des épreuves de romans à l'eau de rose, avait traversé une longue dépression, et était devenue une mauvaise enseignante et une correctrice très distraite. Voilà tous les ennuis que j'avais causés dès ma naissance. Mais, par la suite, j'étais devenue une petite fille tranquille et obéissante et, peu à peu, ils s'étaient repris. Cette phase où tous deux avaient passé leur temps à chercher en vain à m'épargner les maux auxquels tous les êtres humains sont confrontés finit par s'achever. Ils avaient trouvé un nouvel équilibre grâce auquel, même si l'amour qu'ils me vouaient était au premier plan, les recherches de mon père et les petits travaux de ma mère étaient revenus au second plan. Alors que dire ? Ils m'aimaient, je les aimais. Mon père me paraissait un homme extraordinaire, ma mère une femme très gentille, et tous deux étaient pour moi les seules figures nettes dans un monde par ailleurs confus.

Je faisais moi-même partie de cette confusion. Parfois, je fantasmais que se déroulait en moi une lutte très violente entre mon père et sa sœur, dont j'espérais qu'il sortirait vainqueur. Bien sûr, me disais-je, Vittoria a déjà eu le dessus au moment de ma naissance puisque, pendant un certain temps, j'ai été une fillette insupportable ;

mais ensuite, pensais-je avec soulagement, je suis devenue gentille : il est donc possible de la chasser. Je cherchais ainsi à m'apaiser et m'efforçais, pour me sentir forte, de reconnaître mes parents en moi. Mais, le soir surtout, avant de me coucher, je me contemplais une énième fois dans le miroir, et il me semblait les avoir perdus depuis longtemps. J'aurais dû avoir des traits qui les synthétisaient au mieux, or c'étaient ceux de Vittoria qui se dessinaient. J'aurais dû avoir une vie heureuse, or c'était une période de malheur qui commençait, et je n'éprouvais jamais la joie de me sentir comme ils s'étaient sentis, et comme ils se sentaient aujourd'hui encore.

## 6

À un moment donné, je tentai de percevoir si les deux sœurs, Angela et Ida, mes fidèles amies, avaient remarqué quelque détérioration en moi, et si Angela surtout, qui avait mon âge (Ida avait deux ans de moins), changeait elle aussi pour le pire. J'avais besoin d'un regard qui me jauge, et j'avais l'impression de pouvoir compter sur elles. Nous avions reçu la même éducation, par des parents qui étaient amis depuis des décennies et avaient les mêmes vues. Ainsi, toutes trois n'avions pas été baptisées ni ne connaissions aucune prière, toutes trois avions été informées très jeunes du fonctionnement de notre corps (par des livres illustrés et des vidéos pédagogiques avec des dessins animés) et toutes trois savions qu'il fallait être fières d'être nées filles, toutes trois étions entrées à l'école primaire à cinq ans et non à six, toutes trois nous comportions toujours de manière sensée, en ayant en tête un ensemble très dense de conseils pratiques visant à éviter les pièges de Naples et du monde, toutes trois pouvions nous tourner vers nos parents à tout moment pour satisfaire notre curiosité, et toutes trois lisions beaucoup ; enfin, toutes trois affichions un sage mépris pour la société de consommation et pour les goûts des filles de notre âge, tout en étant très au fait, encouragées par nos éducateurs, de la musique, des films, des programmes télévisés, des chanteurs et acteurs, et nous rêvions en secret de devenir des actrices très célèbres avec des fiancés fabuleux, pour échanger avec eux de longs baisers et mettre notre sexe en contact avec le leur. L'amitié entre Angela et moi était bien entendu la plus profonde, Ida était encore petite, toutefois celle-ci savait nous surprendre, elle lisait encore plus que nous et écrivait des poésies et des histoires. Par conséquent, pour autant que je m'en souvienne, entre elles et moi il n'y avait jamais eu de discordes, et si quelque désaccord survenait parfois, nous savions en discuter avec franchise et nous réconcilier. Ainsi, je les interrogeai à deux reprises avec précaution, en tant que témoins fiables. Mais elles ne dirent rien de désagréable, au contraire elles m'assurèrent qu'elles m'aimaient beaucoup et, de mon côté, je les trouvai toujours plus charmantes. Elles étaient bien proportionnées, sculptées avec tant de soin qu'il me suffisait de les voir pour avoir besoin de leur chaleur : je les enlaçais et les embrassais comme si je voulais me fondre en elles. Cependant, un soir où j'étais plutôt déprimée, elles vinrent dîner chez nous avec leurs parents, à San Giacomo dei Capri, et la situation se compliqua. J'étais de mauvaise humeur. Je ne me sentais pas du tout à ma place, grande, maigre, pâle, maladroite dans le moindre de mes mots ou de mes gestes, et, par conséquent, j'étais prête à voir des allusions à ma dégradation même là où il n'y en avait pas. Par exemple, indiquant mes chaussures, Ida me demanda :

— Elles sont neuves ?

— Non, je les ai depuis longtemps.

— Je ne m'en souviens pas.

— Qu'est-ce qui ne va pas.

— Rien.

— Si tu ne les remarques que maintenant, ça veut dire que, *maintenant*, il y a quelque chose qui ne va pas.

— Mais non.

— Mes jambes sont trop maigres ?

Nous continuâmes ainsi pendant un moment : elles me rassuraient, et moi je fouillais dans leurs protestations pour comprendre si elles parlaient sérieusement ou bien si elles camouflaient derrière leurs bonnes manières la mauvaise impression que je leur avais faite. Ma mère finit par intervenir de son ton las, en disant : Ça suffit, Giovanna, tes jambes ne sont pas maigres. Cela me fit honte et je me tus aussitôt, tandis que Costanza, la mère d'Angela et Ida, ajoutait : Tes chevilles sont très belles. Quant à Mariano, leur père, il s'exclamait en riant : Et tes cuisses sensationnelles, au four avec des pommes de terre, elles seraient délicieuses. Et il ne s'arrêta pas là, il continua à se moquer de moi. Il plaisantait sans arrêt, il était de ceux qui croient pouvoir apporter la joie dans un enterrement.

— Qu'est-ce qu'elle a, cette enfant, ce soir ?

Je secouai la tête pour faire comprendre que je n'avais rien et tentai de lui sourire, mais sans y parvenir : sa manière d'amuser la galerie m'énervait.

— Et cette jolie chevelure, c'est quoi, un balai en sorgho ?

Je fis à nouveau signe que non et, cette fois, je ne pus cacher mon agacement – il me traitait comme si j'avais encore six ans.

— Mais très chère, c'est un compliment : le sorgho est une plante grasse, à la fois un peu verte, un peu rouge et un peu noire.

Je lançai sombrement :

— Moi je ne suis ni grasse, ni verte, ni rouge, ni noire.

Il me fixa, perplexe, puis sourit en se tournant vers ses filles :

— Comment se fait-il que Giovanna soit si grincheuse, ce soir ?

Je répliquai, plus sombre encore :

— Je ne suis pas grincheuse.

— Ce n'est pas une tare, d'être grincheuse, c'est la manifestation d'un état d'âme. Tu sais ce que ça veut dire ?

Je ne dis mot. Il s'adressa de nouveau à ses filles, en mimant le découragement :

— Elle ne sait pas. Ida, dis-le-lui.

Ida répondit à contrecœur :

— Que tu as le visage tordu. Il me dit ça à moi aussi.

Mariano était comme ça. Mon père et lui se connaissaient depuis leurs années de fac, et, comme ils ne s'étaient jamais perdus de vue, il était présent dans ma vie depuis toujours. Il avait un corps un peu lourd, les yeux bleus, était entièrement chauve, et son visage trop pâle et un peu bouffi m'impressionnait depuis que j'étais petite. Quand il se présentait chez nous, ce qui arrivait très souvent, c'était pour discuter pendant des heures et des heures avec son ami, en insufflant à chaque phrase qu'il prononçait un mécontentement âpre qui me stressait. Il enseignait l'histoire à l'université et collaborait régulièrement à une prestigieuse revue napolitaine. Mon père et lui parlaient à bâtons rompus, et même si nous, les trois filles, ne comprenions pas grand-chose à ce qu'ils disaient, nous avions grandi avec l'idée qu'ils s'étaient assigné une mission très ardue qui requérait beaucoup de recherche et de concentration. Mais Mariano ne se contentait pas, comme mon père, de travailler jour et nuit, lui fulminait aussi avec véhémence contre de nombreux ennemis – des gens de Naples, de Rome et d'autres villes encore – qui voulaient les empêcher tous deux de bien faire leur travail. Angela, Ida et moi, tout en étant incapables de prendre position, nous sentions néanmoins toujours du côté de nos parents, et contre ceux qui leur voulaient du mal. Mais tout compte fait, depuis l'enfance, la seule chose qui nous intéressait dans leurs discours, c'étaient les insultes en dialecte dont Mariano accablait des célébrités de l'époque. La raison de notre intérêt, c'était qu'on nous interdisait à toutes trois – et surtout à moi – non seulement de dire des gros mots, mais aussi, plus généralement, de prononcer en napolitain ne serait-ce qu'une syllabe. Interdiction vaine. Nos parents, qui ne nous interdisaient pratiquement jamais rien, quand ils le faisaient, restaient très indulgents. Ainsi répétions-nous à voix basse entre nous, par jeu, les noms et prénoms des ennemis de Mariano, en les accompagnant des épithètes obscènes que nous avions entendues. Mais tandis qu'Angela et Ida trouvaient simplement ce vocabulaire amusant, je n'arrivais pas à le détacher d'une impression de malignité.

N'y avait-il pas toujours de la malveillance dans ses plaisanteries ? N'y en avait-il pas encore ce soir ? Alors comme ça j'étais grincheuse, j'avais le visage tordu, j'étais un balai en sorgho ? Pour Mariano, était-ce simplement une plaisanterie, ou bien la plaisanterie était-elle une manière féroce de dire la vérité ? Nous passâmes à table. Les adultes engagèrent une conversation assommante sur je ne sais quels amis qui avaient l'intention de déménager à Rome, et nous nous ennuyâmes en silence, dans l'espoir que le dîner finirait vite et que nous pourrions nous réfugier dans ma chambre. Pendant tout le repas, j'eus l'impression que mon père ne riait jamais, que ma mère souriait à peine, que Mariano riait énormément et que Costanza, sa femme, riait beaucoup moins, mais avec naturel. Peut-être mes parents ne s'amusaient-ils pas autant que ceux d'Angela et Ida parce que je les avais attristés. Leurs amis étaient satisfaits de leurs filles, alors qu'eux ne l'étaient plus de moi. J'étais grincheuse, grincheuse, grincheuse, et le seul fait de me voir là, à table, les empêchait d'être joyeux. Comme elle était sérieuse, ma mère, et comme elle était belle et heureuse, la mère d'Angela et Ida. Mon père était en train de lui verser du vin, il lui adressait la parole avec une distance aimable. Costanza enseignait l'italien et le latin, et ses parents richissimes lui avaient donné une excellente éducation. Elle était si raffinée que j'avais parfois l'impression que ma mère l'observait afin de l'imiter et, presque sans m'en rendre compte, je faisais de même. Comment une femme pareille avait-elle pu choisir un époux comme Mariano ? L'éclat de ses accessoires et la couleur de ses vêtements, qui tombaient toujours à la perfection, m'éblouissaient. La nuit précédente, justement, j'avais rêvé d'elle : du bout de la langue, elle me léchait amoureusement l'oreille, comme une chatte. Ce rêve m'avait réconfortée, me procurant une sorte de bien-être physique qui pendant quelques heures, à mon réveil, m'avait donné un sentiment de sécurité.

À présent, assise près d'elle à table, j'espérai que son influence positive chasserait de ma tête les paroles de son mari. Or, celles-ci ne me quittèrent plus du repas – mes cheveux me font ressembler à un balai en sorgho, j'ai un air grincheux –, accentuant ma nervosité. J'oscillais en permanence entre mon envie de m'amuser en glissant des phrases cochonnes à l'oreille d'Angela et un mal-être qui ne me quittait pas. Le dessert fini, nous laissâmes nos parents à leurs bavardages pour aller nous enfermer dans ma chambre. Là, sans tourner autour du pot, je demandai à Ida :

— J'ai le visage tordu ? D'après vous, je suis en train de devenir laide ?

Toutes deux se regardèrent, puis elles répondirent presque simultanément :

— Bien sûr que non.

— Dites-moi la vérité.

Je me rendis compte qu'elles hésitaient. Angela se décida à dire :

— Un peu, mais pas physiquement.

— Physiquement tu es belle, précisa Ida, et si tu as quelque chose d'un peu laid, c'est à cause des soucis.

Angela dit en m'embrassant :

— Moi aussi, ça m'arrive : quand je me fais du souci, je deviens laide, mais après ça passe.

## 7

Étrangement, ce lien entre soucis et laideur me consola. Il y a une laideur qui vient de l'anxiété, m'avaient dit Angela et Ida : quand l'anxiété passe, tu redeviens belle. Je voulus les croire et m'efforçai de passer mes journées dans l'insouciance. Mais m'obliger à la sérénité n'eut pas d'effet positif, ma tête soudain se brouillait et mon obsession revenait. Une hostilité généralisée se mit à grandir en moi, et j'avais du mal à la cacher derrière de faux airs décontractés. Je compris vite que mes inquiétudes n'étaient nullement passagères, peut-être n'était-ce même pas des inquiétudes, mais plutôt de vilains sentiments qui s'infiltraient dans mes veines.

Non pas qu'Angela et Ida aient voulu me mentir, elles en étaient incapables, on nous avait appris à ne jamais dire de mensonges. Quand elles avaient évoqué ce lien entre laideur et anxiété, elles parlaient sans doute d'elles-mêmes et de leur expérience, en recourant aux paroles avec lesquelles

Mariano – dans nos têtes, nous avions beaucoup de concepts qui venaient de nos parents – avait eu l'occasion de les tranquilliser. Mais Angela et Ida n'étaient pas moi. Angela et Ida n'avaient pas dans leur famille une Zia Vittoria dont leur père – *leur propre père* – avait dit qu'elles prenaient les traits. Un matin en classe, je sentis brusquement que je ne redeviendrais jamais telle que mes parents le voulaient. Le cruel Mariano s'en rendrait compte, mes amies passeraient à des amitiés plus adéquates, et je resterais seule.

Cela me déprima et, les jours suivants, mon mal-être reprit de la force. La seule chose qui me donnait un peu de soulagement, c'était de me frotter sans arrêt entre les jambes pour m'étourdir de plaisir. Mais comme c'était humiliant de m'oublier de cette façon – j'étais ensuite plus mécontente qu'avant, et parfois même dégoûtée. J'avais un souvenir délicieux des jeux avec Angela sur le canapé de chez moi quand, devant le téléviseur allumé, nous nous allongions face à face en faisant se chevaucher nos jambes et, sans avoir besoin d'accord ni de règles, en silence, nous coincions une poupée entre nos jambes, par-dessus notre culotte, et nous nous frottions, nous nous tordions sans gêne, pressant fort entre nous la poupée qui semblait heureuse et pleine de vie. Une autre époque. Aujourd'hui, le plaisir ne me semblait plus un jeu réjouissant. À la fin, j'étais trempée de sueur et me sentais de plus en plus mal faite. Et ce à tel point que, jour après jour, je fus rattrapée par la manie d'examiner mon visage et me remis, avec un acharnement accru, à passer beaucoup de temps devant la glace.

Cela eut une conséquence surprenante : à force d'observer les traits qui me paraissaient défectueux, le désir me vint d'en prendre soin. Je m'étudiais et pensais, en tirant la peau de mon visage : Voilà, il suffirait que j'aie le nez comme ça, les yeux comme ça, les oreilles comme ça, et je serais parfaite. Ces légères altérations m'émouvaient et m'emplissaient de mélancolie. Ma pauvre, me disais-je, tu n'as vraiment pas eu de chance. Et je me sentais soudain attirée par ma propre image, au point qu'un jour j'en arrivai à m'embrasser sur la bouche, au moment même où je me disais avec désolation que personne ne m'embrasserait jamais. C'est ainsi que je commençai à réagir. Je passai peu à peu de l'étourdissement de ces journées où je ne faisais que m'examiner au besoin de m'ajuster, comme si j'étais un matériau de bonne qualité endommagé par un ouvrier maladroit. J'étais moi – quel que soit ce moi – et je devais m'occuper de ce visage, de ce corps, de ces pensées.

Un dimanche matin, je tentai de m'arranger avec le maquillage de ma mère. Mais lorsqu'elle passa la tête dans ma chambre, elle dit en riant : On dirait un masque de carnaval, il faut faire mieux que ça. Je ne protestai pas, ne me défendis pas, et lui demandai du ton le plus docile dont j'étais capable :

— Tu m'apprendrais à me maquiller comme tu le fais, toi ?

— Chaque visage a son maquillage.

— Moi je veux être comme toi.

Elle en fut flattée, m'adressa de nombreux compliments et se mit à me maquiller avec grand soin. Nous passâmes un moment magnifique – qu'est-ce que nous avons plaisanté, qu'est-ce que nous avons ri. D'habitude, elle était silencieuse et pleine de retenue, mais avec moi – rien qu'avec moi – elle était prête à redevenir une enfant.

À un moment donné, mon père apparut avec ses journaux et il nous surprit en train de jouer ainsi, ce qui l'amusa.

— Comme vous êtes belles, s'exclama-t-il.

— Vraiment ? demandai-je.

— Bien sûr. Je n'ai jamais vu de femmes aussi splendides.

Sur quoi il alla s'enfermer dans son bureau. Le dimanche, il lisait les journaux puis travaillait. Mais dès que ma mère et moi nous retrouvâmes seules, et comme si ces quelques minutes avaient été un signal, elle me demanda de sa voix toujours un peu fatiguée, mais qui ne semblait connaître ni l'agacement ni la crainte :

— Comment se fait-il que tu aies regardé dans la boîte des photos ?

Silence. Elle s'était donc rendu compte que j'avais fouillé dans ses affaires. Elle s'était aperçue que j'avais essayé de gratter le noir du feutre. Depuis combien de temps ? Je ne pus m'empêcher de pleurer, malgré tous mes efforts pour résister aux larmes. Maman, dis-je entre les sanglots, je voulais, je croyais, je pensais – mais je ne parvins jamais à dire ce que je voulais, croyais ou pensais. Des larmes, encore des larmes, je suffoquais et elle ne parvenait pas à m'apaiser. Au contraire, dès qu'elle prononçait quelques phrases accompagnées de sourires compréhensifs – Ce n'est pas la peine de pleurer, il suffit de demander à papa ou à moi, de toute façon tu peux regarder les photos quand tu veux, pourquoi tu pleures, calme-toi –, je sanglotais de plus belle. Pour finir, elle prit mes mains dans les siennes, et ce fut elle-même qui me dit calmement :

— Que cherchais-tu ? Une photo de Zia Vittoria ?

## 8

Je compris à ce moment-là que mes parents avaient réalisé que j'avais entendu leurs paroles. Ils devaient en avoir discuté longuement, peut-être même avaient-ils consulté leurs amis. Mon père avait sans doute été désolé, et il avait dû déléguer à ma mère la mission de me convaincre que la phrase que j'avais entendue avait un sens différent de celui qui avait pu me blesser. Cela s'était sûrement passé ainsi, la voix de ma mère était toujours très efficace dans les opérations de rabibochage. Elle n'avait jamais d'accès de colère, pas même d'agacement. Par exemple, quand Costanza se moquait du temps qu'elle perdait à préparer ses cours et à corriger des histoires sirupeuses dont elle réécrivait parfois des pages entières, ma mère répliquait toujours paisiblement, avec une netteté sans aigreur. Et même lorsqu'elle disait « Costanza, toi tu as beaucoup d'argent, tu peux faire ce que tu veux, mais moi non, je suis obligée de trimer », elle réussissait à le faire avec peu de mots et sur un ton doux, sans ressentiment notable. Alors qui mieux qu'elle aurait pu remédier à cette erreur ? Lorsque je me fus calmée, elle dit avec cette voix-là « Nous t'aimons », et elle le répéta une ou deux fois. Puis elle se lança dans un discours qu'elle ne m'avait encore jamais tenu. Elle m'expliqua que mon père et elle avaient fait beaucoup de sacrifices pour devenir ce qu'ils étaient. Elle murmura : Moi je ne suis pas à plaindre, mes parents m'ont donné ce qu'ils pouvaient, tu sais comme ils étaient gentils et affectueux, ils nous ont même aidés à acheter cet appartement ; mais l'enfance de ton père, son adolescence, sa jeunesse, tout ça, ça a vraiment été très dur, parce que, lui, il n'avait rien, absolument rien, il a dû escalader une montagne à mains nues et les pieds nus, et ce n'est pas fini, ça ne finit jamais, il y a toujours des tempêtes qui te font retomber en arrière, et alors c'est retour à la case départ. Puis elle en vint enfin à Vittoria et me révéla, pour parler clairement, que la tempête qui voulait faire dégringoler mon père de la montagne, c'était elle.

— Elle ?

— Oui. La sœur de ton père est une femme envieuse. Pas envieuse comme n'importe qui peut l'être, mais envieuse d'une façon vraiment terrible.

— Qu'est-ce qu'elle a fait ?

— Toutes sortes de choses. Mais plus que tout, elle n'a jamais voulu accepter la réussite de ton père.

— Dans quel sens ?

— Sa réussite dans la vie. La façon dont il s'est impliqué dans les études, à la fac. Son intelligence. Ce qu'il a construit. Son diplôme universitaire. Son travail, notre mariage, ses travaux aujourd'hui, l'estime qui l'entoure, nos amis, toi.

— Moi aussi ?

— Oui. Il n'y a rien, ni chose ni personne, que Vittoria ne prenne comme une offense personnelle.

Mais ce qui l'offense le plus, c'est l'existence même de ton père.

— Qu'est-ce qu'elle fait, comme travail ?

— La bonne, que veux-tu qu'elle fasse, elle s'est arrêtée à l'école primaire. Non pas qu'il y ait quelque chose de mal à être bonne – tu sais comme elle est bien, la femme qui aide Costanza pour les tâches ménagères. Le problème, c'est que ça aussi, elle en rejette la faute sur son frère.

— Et pour quelle raison ?

— Il n'y a aucune raison. Surtout quand tu penses qu'au contraire ton père l'a sauvée. Elle aurait pu s'enfoncer encore davantage. Elle était tombée amoureuse d'un homme marié qui avait déjà trois enfants, un voyou. Eh bien, ton père, qui est le frère aîné, est intervenu. Mais ça aussi, elle l'a mis dans la liste de ce qu'elle ne lui a jamais pardonné.

— Peut-être que papa aurait dû s'occuper de ses oignons.

— Personne ne doit s'occuper de ses oignons, quand quelqu'un d'autre a des ennuis.

— C'est vrai.

— Et pourtant, même lui venir en aide n'a jamais été facile : en échange, elle nous a fait tout le mal possible.

— Zia Vittoria veut la mort de papa ?

— C'est triste à dire, mais c'est comme ça.

— Et il n'y a aucune possibilité de faire la paix ?

— Non. Aux yeux de Zia Vittoria, pour qu'il y ait réconciliation, il faudrait que ton père devienne un homme médiocre, comme tous ceux qu'elle connaît. Mais puisque c'est impossible, elle a monté toute la famille contre nous. À cause d'elle, après la mort de tes grands-parents, nous n'avons plus eu de véritables relations avec aucun membre de la famille.

Je ne répondis rien de substantiel, me limitant à quelques phrases prudentes ou à des monosyllabes. Mais, en même temps, je songeai avec dégoût : Je suis donc en train de prendre les traits d'une personne qui désire la mort de mon père, la destruction de ma famille. Les larmes me vinrent à nouveau, ma mère s'en aperçut et s'efforça de les arrêter. Elle me prit dans ses bras et murmura : Il n'y a pas de quoi avoir de la peine, est-ce que tu comprends maintenant le sens de cette phrase prononcée par ton père ? Les yeux rivés au sol, je secouai vigoureusement la tête. Alors elle m'expliqua lentement, et d'un ton soudain amusé : Depuis longtemps, pour nous, Zia Vittoria n'est plus une personne mais seulement une expression ; par exemple, quand ton père est désagréable, je lui crie parfois pour plaisanter « Attention, Andrea, tu prends les traits de Vittoria ». Là, elle me secoua affectueusement et répéta : C'est une expression comme ça, pour rire.

Je murmurai, sombre :

— Je ne te crois pas, maman, je ne vous ai jamais entendus parler comme ça.

— Peut-être pas en ta présence, mais en privé, si. Pour nous, c'est comme un feu rouge dont nous nous servons pour dire : attention, tout ce que nous avons voulu dans la vie, nous pouvons facilement le perdre.

— Moi y compris ?

— Mais non, qu'est-ce que tu dis, toi nous ne te perdrons jamais. Pour nous, tu es l'être qui compte le plus au monde, nous désirons que tu connaisses tout le bonheur possible. C'est pour cela que papa et moi insistons tellement sur les études. En ce moment, tu as quelques petites difficultés, mais ça va passer. Tu verras toutes les belles choses qui vont t'arriver.

Je reniflai et elle voulut m'aider à me moucher, comme si j'étais encore une enfant – ce que j'étais peut-être. Mais j'esquivai et poursuivis :

— Et si je ne travaillais plus ?

— Tu deviendrais une ignare.

— Et alors ?

— Et alors, l'ignorance est un obstacle. Mais tu t'es déjà remise à travailler, non ? Ne pas cultiver son intelligence, c'est dommage.

Je m'exclamai :

— Maman, mais moi je ne veux pas être intelligente, je veux être belle comme vous l'êtes tous les deux.

— Tu deviendras beaucoup plus belle.

— Non, pas si je me mets à ressembler à Zia Vittoria.

— Tu es tellement différente d'elle que ça n'arrivera jamais.

— Comment tu le sais ? Avec qui me comparer, pour savoir si c'est vrai ou pas ?

— Moi je suis là, et je le serai toujours.

— Ce n'est pas assez.

— Qu'est-ce que tu proposes.

Je lâchai, presque dans un murmure :

— Il faut que je voie ma tante.

Elle se tut un instant puis dit :

— Ça, il faut que tu en parles à ton père.

# 9

Je ne pris pas ses dernières paroles à la lettre. Je tins pour acquis qu'elle en parlerait à mon père et que celui-ci, dès le lendemain, me dirait de sa voix que j'aimais le plus : Et voilà, ma petite reine, à vos ordres, si vous avez décidé qu'il fallait aller voir Zia Vittoria, votre malheureux père, même la corde au cou, vous accompagnera. Là, il aurait appelé sa sœur pour fixer un rendez-vous, ou peut-être aurait-il demandé à ma mère de le faire, puisqu'il ne s'occupait jamais en personne de ce qui l'agaçait, l'ennuyait ou l'affectait. Puis il m'aurait emmenée jusque chez elle en voiture.

Mais il n'en fut rien. Les heures passèrent, puis les jours, et l'on voyait à peine mon père, toujours essoufflé, toujours partagé entre le lycée, quelques cours particuliers et un article compliqué qu'il écrivait avec Mariano. Il sortait le matin et rentrait le soir, ces jours-là il pleuvait sans discontinuer et je craignais qu'il ne prenne froid, n'attrape la fièvre et ne soit obligé de rester alité je ne sais combien de temps. Comment se pouvait-il, me demandais-je, qu'un homme si menu et délicat ait pu combattre toute sa vie contre la méchanceté de Zia Vittoria ? Et ce qui me semblait encore plus invraisemblable, c'était qu'il ait affronté et chassé le voyou marié et père de trois enfants qui voulait détruire la vie de sa sœur. Je posai à Angela la question suivante :

— Si Ida tombe amoureuse d'un voyou marié avec trois enfants, toi qui es sa grande sœur, qu'est-ce que tu fais ?

Angela, sans une seconde d'hésitation, répondit :

— Je le dis à papa.

Mais cette réponse ne plut pas à Ida, qui lança à sa sœur :

— Tu es une moucharde, et papa dit que les mouchards c'est ce qu'il y a de pire.

Piquée, Angela répliqua :

— Je ne suis pas une moucharde, je le ferais uniquement pour ton bien.

J'intervins avec circonspection en m'adressant à Ida :

— Donc toi, si Angela tombe amoureuse d'un voyou marié avec trois enfants, tu ne le dis pas à ton père ?

Ida, lectrice acharnée de romans, réfléchit un instant, puis répondit :

— Je le lui dis seulement si ce voyou est laid et méchant.

Voilà, me dis-je, la laideur et la méchanceté sont plus importantes que tout.

Un après-midi où mon père était sorti pour une réunion, je revins prudemment à la charge auprès de ma mère :

— Tu as dit que nous irions voir Zia Vittoria.

— J'ai dit que tu devais en parler à ton père.

— Je pensais que tu lui parlerais, toi.

— En ce moment, il est très pris.

— Allons-y toutes les deux.

— Il vaut mieux qu'il s'en charge. Et puis, c'est bientôt la fin de l'année scolaire, tu as du travail.

— Vous ne voulez pas m'y emmener. Vous avez déjà décidé que je n'irais pas.

Ma mère prit un ton semblable à celui qu'elle utilisait, quelques années plus tôt, lorsqu'elle me proposait un jeu que je pouvais faire seule, afin d'avoir un peu la paix :

— On va faire une chose : tu connais la Via Miraglia ?

— Non.

— Et la Via della Stadera ?

— Non.

— Et le Pianto ?

— Non.

— Et Poggioreale ?

— Non.

— Et la Piazza nazionale ?

— Non.

— Et l'Arenaccia ?

— Non.

— Et tout le quartier que l'on appelle la Zona industriale ?

— Non, maman, non.

— Bon, il faut que tu apprennes tout ça, c'est ta ville. Je vais te donner l'indicateur des rues et, quand tu auras fini tes devoirs, tu étudieras le parcours. Si pour toi c'est si urgent, tu peux aussi y aller toute seule, un de ces jours, chez Zia Vittoria.

Cette dernière phrase me désorienta, peut-être qu'elle me blessa. Mes parents ne m'envoyaient pas même acheter le pain seule à deux cents mètres de chez moi. Quand j'allais voir Angela et Ida, mon père, ou plus souvent ma mère, m'accompagnait chez Mariano et Costanza en voiture, pour ensuite venir me rechercher. Et ils seraient soudain disposés à m'envoyer dans des lieux inconnus où eux-mêmes allaient de mauvais gré ? Pas du tout, ils en avaient simplement assez de mes jérémiades, ils jugeaient futile ce qui pour moi était impératif ; bref, ils ne me prenaient pas au sérieux. Il est possible qu'à ce moment-là quelque chose se soit brisé quelque part dans mon corps, et c'est peut-être ici que je devrais situer la fin de mon enfance. Ce qui est certain, c'est que j'eus l'impression d'être un contenant dont les graines s'échappaient imperceptiblement, par une fissure minuscule. Et je n'eus aucun doute sur le fait que ma mère avait déjà consulté mon père. En accord avec lui, elle se préparait à me séparer d'eux et à faire en sorte qu'ils se séparent de moi, et aussi à mettre les choses au clair : je devais me débrouiller seule avec mes exigences déraisonnables et mes caprices. À bien y réfléchir, de son ton gentil et plat, elle venait de me dire : Tu es devenue ennuyeuse, tu me compliques la vie, tu ne travailles pas, les profs se plaignent de toi, et maintenant tu n'arrêtes plus avec cette Zia Vittoria, ah là là, tu en fais des histoires, Giovanna, comment te faire comprendre que la phrase de ton père était affectueuse, ça suffit, va jouer avec l'indicateur et ne me casse plus les pieds.

Que mon interprétation ait alors été juste ou non, ceci fut en tout cas ma première expérience de privation. Je ressentis ce vide terriblement douloureux qui s'ouvre en général lorsqu'une chose dont on pensait ne jamais pouvoir être séparé nous est brusquement ôtée. Je ne dis mot. Elle ajouta : S'il te plaît, ferme la porte. Je quittai la pièce.

Assommée, je m'attardai un peu devant la porte fermée, attendant qu'elle me donne effectivement l'indicateur. Mais rien ne vint, aussi me retirai-je presque sur la pointe des pieds dans ma chambre, pour étudier. Évidemment, je n'ouvris pas le moindre livre, et j'eus l'impression qu'un clavier se mettait en marche dans ma tête, me dictant des propos inconcevables il y a une minute encore. Nul besoin que ma mère me donne l'indicateur : je pouvais très bien le prendre moi-même, le consulter et aller chez Zia Vittoria à pied. Je marcherais pendant des jours, des mois. Comme cette idée me séduisait. Soleil, chaleur, pluie, vent, froid, et moi qui marche et marche encore entre mille dangers, jusqu'à rencontrer mon propre futur de femme laide et perfide. C'est ce que j'allais faire. Une grande partie des noms de rues inconnues que ma mère avait énumérés m'étaient restés en mémoire, et je pouvais tout de suite en chercher au moins un. Le Pianto[1], surtout, me trottait dans la tête. Cela devait être un lieu de grande tristesse, ma tante habitait donc un quartier où on éprouvait de la douleur et où, peut-être, on faisait souffrir les autres. Une route de tourments, un escalier, des buissons pleins d'épines qui griffaient les jambes, des chiens errants couverts de boue avec des gueules énormes et écumantes. C'est cet endroit que j'eus envie de chercher d'abord dans l'indicateur, et j'allai dans le couloir, là où il y avait le téléphone. Je tentai de prendre le livret, mais il était écrasé entre d'énormes bottins. Ce faisant, je remarquai au-dessus de ces volumes le répertoire où étaient inscrits tous les numéros de téléphone dont mes parents se servaient. Comment n'y avais-je pas pensé plus tôt ? Le numéro de Zia Vittoria se trouvait sans doute dans ce répertoire, et, s'il y était, pourquoi attendre que mes parents l'appellent ? Je pouvais téléphoner moi-même. Je pris le carnet et allai à la lettre V, où je ne trouvai aucune Vittoria. Alors je songeai : Elle a le même nom que moi, le

1. Cimetière de Naples. En français, littéralement, « les pleurs ». *(Toutes les notes sont de la traductrice.)*

nom de mon père, Trada. Je cherchai aussitôt au T, elle était là : Trada Vittoria. L'écriture un peu effacée était celle de mon père et Vittoria figurait là, entre toutes sortes d'autres noms, comme une étrangère.

Mon cœur battit la chamade, j'exultai, j'eus l'impression de me trouver à l'entrée d'un passage secret qui allait me porter auprès de Vittoria sans plus aucun obstacle. Je pensai : Je l'appelle. Tout de suite. Je lui dis : Je suis ta nièce Giovanna, j'ai besoin de te voir. Elle viendra peut-être me chercher elle-même. Nous fixerons un jour, une heure, et nous nous retrouverons en bas de chez moi, ou bien sur la Piazza Vanvitelli. Je vérifiai que la porte de ma mère était bien fermée, je retournai près du téléphone et soulevai le combiné. Mais au moment même où je finis de composer le numéro et découvris que la ligne était libre, je pris peur. Je pris conscience que, après avoir fouiné dans les photographies de mes parents, c'était la première initiative concrète que je prenais. Que suis-je en train de faire. Je dois en parler à quelqu'un, si ce n'est à ma mère, alors à mon père, l'un d'eux doit me donner l'autorisation. Prudence, prudence, prudence. Mais j'avais trop hésité, et une voix épaisse comme celle des fumeurs qui venaient chez nous pour de longues réunions répondit : Allô. Elle le dit avec une telle détermination, un ton si désagréable et un accent napolitain tellement agressif que cet « allô » suffit à me terroriser, et je raccrochai. Juste à temps. J'entendis la clef tourner dans la serrure. Mon père était de retour.

## 10

Je m'éloignai de quelques pas du téléphone au moment même où il entrait, après avoir posé son parapluie dégoulinant de pluie sur le palier, et après avoir essuyé avec soin ses semelles sur le paillasson. Il me dit bonjour mais il semblait mal à l'aise, privé de son allégresse habituelle, pestant au contraire contre le mauvais temps. Ce n'est qu'après s'être débarrassé de son imperméable qu'il s'intéressa à moi :

— Qu'est-ce que tu fais ?

— Rien.

— Et maman ?

— Elle travaille.

— Tu as fait tes devoirs ?

— Oui.

— Il y a quelque chose que tu n'as pas compris, que tu veux que je t'explique ?

Quand il s'arrêta près du téléphone pour vérifier le répondeur, comme il le faisait toujours, je me rendis compte que j'avais laissé le répertoire ouvert à la lettre T. Il le remarqua, passa un doigt dessus, puis le referma et renonça à écouter ses messages. J'eus l'espoir qu'il lance quelque plaisanterie – s'il l'avait fait, cela m'aurait rassurée. Mais non, il me caressa juste la tête du bout des doigts avant d'aller voir ma mère. Contrairement à ce qu'il faisait d'ordinaire, il referma avec soin la porte derrière lui.

Je patientai et entendis qu'ils discutaient à voix basse, un murmure d'où ressortaient brusquement quelques syllabes isolées : toi, non, mais. Je regagnai ma chambre mais en laissant la porte ouverte, j'espérai qu'ils ne se disputaient pas. Dix minutes au moins s'écoulèrent, puis j'entendis enfin les pas de mon père dans le couloir, mais ils ne se dirigèrent pas vers ma chambre. Il alla dans son bureau, où se trouvait un autre téléphone, et j'entendis qu'il parlait à voix basse – peu de mots, inaudibles, et ponctués de longues pauses. Je me dis – j'espérai – qu'il avait de gros problèmes avec Mariano et qu'il devait discuter, comme souvent, de ces choses qui lui tenaient à cœur, avec ces mots que j'entendais depuis toujours comme « politique », « valeur », « marxisme », « crise », « État ». Quand l'appel téléphonique s'acheva, je l'entendis à nouveau dans le couloir, et il vint cette fois dans ma chambre. D'habitude, il prenait toutes sortes de précautions ironiquement cérémonieuses avant de s'avancer : puis-je entrer, où dois-je prendre place, est-ce que je dérange, pardon. Mais cette fois, il s'assit sur le lit et, sans préambule, annonça de sa voix la plus glaciale :

— Ta mère t'a expliqué que je ne parlais pas sérieusement, que je ne voulais pas te blesser, tu ne ressembles absolument pas à ma sœur.

Je me remis aussitôt à pleurer et bredouillai : Ce n'est pas ça, papa, je sais, je te crois, mais. Mes larmes n'eurent pas l'air de l'émouvoir, il m'interrompit et dit :

— Tu n'as pas à te justifier. C'est ma faute, pas la tienne, et c'est à moi d'y remédier. Je viens de téléphoner à ta tante : dimanche, je t'accompagne chez elle. Ça te va ?

Je sanglotai :

— Si tu ne veux pas, on n'y va pas.

— Évidemment que je ne veux pas, mais c'est toi qui veux, et on ira. Je te laisserai en bas de chez elle, tu y resteras autant de temps que tu voudras et je t'attendrai dehors, dans la voiture.

Je tentai de me calmer et d'étouffer mes larmes.

— Tu es sûr ?

— Oui.

Nous restâmes silencieux un instant, puis il s'efforça de sourire et sécha mes larmes avec ses doigts. Mais ça ne lui vint pas naturellement, et il finit par glisser dans un de ses longs discours fébriles où styles recherché et relâché se mêlaient. Cependant, dit-il, rappelle-toi bien une chose, Giovanna. Ta tante aime me faire mal. J'ai cherché par tous les moyens à m'entendre avec elle, je l'ai aidée, je l'ai favorisée, je lui ai donné tout l'argent que je pouvais. Cela a été inutile, elle a pris chacune de mes paroles pour un abus de pouvoir et, chaque fois que je l'ai aidée, elle a considéré que je lui causais un tort. Elle est arrogante, ingrate, cruelle. Alors je te préviens : elle va tenter de m'arracher ton affection, de t'utiliser pour me blesser. Elle s'est déjà servie dans ce but de nos parents, de nos frères et sœurs, de nos oncles et tantes, de nos cousins. À cause d'elle, plus personne ne m'aime dans ma famille de naissance. Et tu verras, elle cherchera à te prendre, toi aussi. Cette perspective – me dit-il, tendu comme je ne l'avais presque jamais vu – m'est intolérable. Et il me pria – oui, il me pria véritablement, il avait les mains jointes et les faisait osciller d'avant en arrière – de calmer mes angoisses, des angoisses sans aucun fondement, mais aussi de ne pas écouter cette femme, et de me mettre de la cire dans les oreilles, comme Ulysse.

Je le serrai très fort dans mes bras, comme je ne l'avais plus fait ces deux dernières années, depuis que j'avais voulu me sentir grande. Or je découvris, surprise et contrariée, qu'il avait une odeur qui ne me paraissait pas sienne, une odeur dont je n'avais pas l'habitude. Il me parut tout à coup étranger, ce qui me procura une souffrance mêlée, bizarrement, à une certaine satisfaction. Je compris avec clarté que si, jusqu'à cet instant, j'avais espéré que sa protection durerait toujours, maintenant, au contraire, l'idée qu'il me devienne étranger me donnait du plaisir. Je me sentis euphorique, comme si l'éventualité du mal – ce que ma mère et lui, dans leur jargon de couple, prétendaient appeler Vittoria – suscitait en moi une effervescence inattendue.

## 11

J'écartai ce sentiment, ne supportant pas la culpabilité qu'il charriait. Je comptai les jours qui me séparaient du dimanche. Ma mère fut pleine d'attentions, elle voulut m'aider autant que possible à avancer dans mon travail pour le lundi, afin que je puisse affronter cette rencontre sans le souci des devoirs à faire. Et elle ne se limita pas à ça. Un après-midi, elle se présenta à la porte de ma chambre avec le livret de l'indicateur, s'assit près de moi, me montra la Via San Giacomo dei Capri et, page après page, m'expliqua tout le parcours jusque chez Zia Vittoria. Elle voulait me faire comprendre qu'elle m'aimait et que, comme mon père, elle ne désirait rien d'autre que ma sérénité.

Mais je ne me contentai pas de cette petite leçon topographique et m'absorbai, les jours suivants, dans l'étude secrète des plans de la ville. Je me déplaçais avec mon index dans San Giacomo dei Capri, arrivais sur la Piazza Medaglie d'Oro, descendais la Via Suarez et la Via Salvator Rosa, je parvenais au Museo, suivais toute la Via Foria jusqu'à la Piazza Carlo III, tournais dans le Corso Garibaldi, prenais la Via Casanova, rejoignais la Piazza nazionale, m'engageais dans la Via Poggioreale, puis dans la Via della Stadera et, à la hauteur du cimetière du Pianto, je passais par la Via Miraglia, la Via del Macello, la Via del Pascone, etc., et mon doigt hésitait au niveau de la Zona industriale, couleur terre brûlée. Ces noms de rues, et d'autres encore, devinrent pendant des heures une passion silencieuse. Je les appris par cœur comme lorsque je faisais mes devoirs, mais cette fois de bon gré, et j'attendis le dimanche avec une fébrilité croissante. Si mon père ne changeait pas d'avis, j'allais enfin rencontrer Zia Vittoria.

Mais c'était compter sans le désordre de mes sentiments. En fait, plus les jours finissaient péniblement par s'écouler, plus je me surprenais à espérer – surtout le soir, au fond de mon lit – que, pour une raison ou une autre, cette visite serait repoussée. Je commençai à me demander pourquoi j'avais ainsi forcé mes parents, pourquoi j'avais accepté de les mécontenter, pourquoi j'avais négligé leurs inquiétudes. Comme les réponses à ces questions restaient vagues, mon obsession commença à perdre de sa force, et rencontrer Zia Vittoria me parut bientôt une requête aussi déplacée qu'inutile. À quoi cela me servirait-il de connaître par avance la forme physique et mentale que j'allais sans doute prendre ? De toute façon, je ne pourrais pas me l'arracher du visage, de la poitrine, et peut-être ne voudrais-je même pas le faire : je serais toujours moi, mélancolique, malheureuse, mais moi. Cette envie de connaître ma tante était sans doute à placer dans la catégorie des petits défis : tout compte fait, ce n'était rien d'autre qu'une énième manière de mettre à l'épreuve la patience de mes parents, comme lorsque nous allions au restaurant avec Mariano et Costanza et que je finissais toujours par commander – avec des poses de femme blasée et des petits sourires enjôleurs, adressés surtout à Costanza – ce que ma mère m'avait suggéré de ne pas prendre parce que c'était trop cher. Je devins donc encore plus mécontente de moi, peut-être que cette fois j'étais allée trop loin. Les mots que ma mère avait employés pour parler des haines de sa belle-sœur me revinrent en tête, et je repensai au discours inquiet de mon père. Dans l'obscurité, leur aversion pour cette femme alla s'ajouter à la frayeur que m'avait procurée sa voix au téléphone, cet « allô » féroce au fort accent napolitain. Du coup, le samedi soir, je dis à ma mère : Je n'ai plus envie d'y aller, ce matin on m'a donné plein de devoirs pour lundi. Mais elle rétorqua : Désormais le rendez-vous est pris, tu n'imagines même pas comme ta tante le prendrait mal si tu ne venais pas, et elle en rejetterait la faute sur ton père. Et comme je n'étais pas convaincue, elle ajouta que j'avais trop laissé courir mon imagination et que, si maintenant je me défilais, dès le lendemain je changerais à nouveau d'avis, et nous reviendrions au point de départ. Elle conclut en riant : Va voir comment elle est et qui elle est, Zia Vittoria, comme ça tu feras tout pour ne pas lui ressembler.

Après des journées de pluie, le dimanche se révéla un jour splendide, avec un ciel tout bleu et quelques rares petits nuages blancs. Mon père s'efforça de retrouver l'allégresse de nos relations habituelles mais, dès qu'il mit la voiture en route, il devint silencieux. Il détestait la rocade et la quitta rapidement. Il expliqua qu'il préférait les vieilles rues et, au fur et à mesure que nous nous enfoncions dans une autre ville faite de rangées d'immeubles sordides, de murs décolorés, d'entrepôts industriels, de cabanons et d'étals, de petits espaces verts souillés de déchets en tout genre, d'air vicié et de gros trous remplis d'une pluie récente, il ne fit que s'assombrir. Mais ensuite, il sembla décider qu'il ne pouvait pas me laisser dans le silence comme s'il m'avait oubliée et, pour la première fois, il fit allusion à ses origines. Je suis né et j'ai grandi dans ce quartier-là – dit-il avec un geste ample qui, de l'autre côté du pare-brise, embrassait des murs de tuf, de petits immeubles gris, jaunes et roses, des boulevards désolés même en ce jour de repos –, et dans ma famille on n'avait que ses yeux pour pleurer. Alors il pénétra dans une zone encore plus sordide, s'arrêta, poussa un soupir d'agacement et m'indiqua un bâtiment couleur brique qui avait perdu de larges plaques de crépi. C'est là que j'habitais, dit-il, et c'est là que vit Zia Vittoria, la porte d'entrée est là, vas-y, je t'attends. Je le regardai, épouvantée, et il s'en aperçut :

— Qu'est-ce qu'il y a ?

— Ne t'en va pas.

— Je ne bouge pas d'ici.

— Et si ça se prolonge ?

— Quand tu en as assez, tu dis « maintenant, il faut que j'y aille ».

— Et si elle ne me laisse pas partir ?
— Je monterai te chercher.
— Non, ne bouge pas, c'est moi qui descendrai.
— D'accord.

Je descendis de la voiture et franchis la porte de l'immeuble. Une forte odeur de poubelles se mêlait au fumet des sauces dominicales. Je ne vis pas d'ascenseur. Je gravis un escalier aux marches branlantes, dont les murs révélaient des crevasses blanches, et l'une d'elles était tellement profonde qu'on aurait dit un trou creusé pour y dissimuler quelque chose. J'évitai de déchiffrer les messages et dessins obscènes, j'avais d'autres priorités. Mon père avait-il été enfant et adolescent dans ce bâtiment ? Je comptai les étages et m'arrêtai au troisième, où il y avait trois portes. Celle sur ma droite était la seule qui affichait un nom, une petite bande de papier était collée sur le bois, et s'y trouvait écrit au stylo : Trada. J'appuyai sur la sonnette et retins mon souffle. Rien. Je comptai lentement jusqu'à quarante, mon père m'avait dit quelques années plus tôt que, chaque fois que l'on se trouvait dans une situation d'incertitude, c'était ce qu'il fallait faire. Quand j'arrivai à quarante et un, je sonnai à nouveau. Ce second appel électrique me sembla exagérément puissant. Un cri en dialecte me parvint, une explosion de sons rauques : Putain, t'es pressée, toi, j'arrive. Puis des pas décidés, une clef qui tourna pas moins de quatre fois dans la serrure. La porte s'ouvrit et une femme apparut, toute de bleu ciel vêtue, grande, une grosse masse de cheveux très noirs attachée sur la nuque, maigre comme un clou, mais avec de larges épaules et une forte poitrine. Une cigarette allumée entre les doigts, elle toussa, puis dit en oscillant entre l'italien et le dialecte :

— Qu'est-ce qui t'arrive, t'as un problème, t'as envie de pisser ?

— Non.

— Et alors, pourquoi tu sonnes deux fois ?

Je murmurai :

— Zia, je suis Giovanna.

— Je sais que tu es Giovanna, mais si tu m'appelles encore Zia, autant faire demi-tour et t'en aller.

Je fis oui de la tête, terrifiée. Je regardai quelques secondes son visage sans maquillage, puis fixai le sol. La beauté de Vittoria me sembla tellement insupportable que la considérer comme laide devint une nécessité.

# II

## 1

J'appris de plus en plus à mentir à mes parents. Au début, je ne racontais pas de véritables mensonges mais, comme je n'avais pas la force de m'opposer à leur monde toujours bien articulé, je faisais mine de l'accueillir et m'efforçais de m'y frayer un chemin, quitte à l'abandonner en hâte dès qu'ils se rembrunissaient. Je me comportais ainsi surtout avec mon père, bien que chacune de ses paroles fût à mes yeux porteuse d'une autorité qui m'éblouissait, et bien qu'essayer de le tromper fût stressant et douloureux.

Plus encore que ma mère, c'était lui qui m'avait martelé qu'il ne fallait jamais mentir. Mais après cette visite à Vittoria, cela me parut inévitable. J'eus à peine franchi la porte de l'immeuble que je décidai de feindre le soulagement, et je courus à la voiture comme si je venais d'échapper à un danger. Dès que j'eus refermé la portière, mon père mit le moteur en route tout en lançant des regards sombres vers le bâtiment de son enfance, et il fit faire à l'auto un tel bond qu'il tendit instinctivement le bras pour empêcher mon front d'aller heurter le pare-brise. Puis il attendit un moment que je dise quelque chose pour le tranquilliser. Une partie de moi ne désirait que cela, car je souffrais de le voir aussi nerveux ; pourtant, je m'obligeai à me taire, craignant qu'une parole de travers ne suffise à le mettre en colère. Au bout de quelques minutes, jetant un œil tantôt sur la route, tantôt sur moi, il me demanda comment ça s'était passé. Je répondis que ma tante m'avait interrogée sur le collège, qu'elle m'avait offert un verre d'eau, qu'elle avait voulu savoir si j'avais des amies et qu'elle m'avait fait parler d'Angela et Ida.

— C'est tout ?

— Oui.

— Elle t'a posé des questions sur moi ?

— Non.

— Aucune ?

— Aucune.

— Et sur ta mère ?

— Non plus.

— Pendant une heure entière, vous n'avez parlé que de tes copines ?

— Et aussi du collège.

— Et c'était quoi, cette musique ?

— Quelle musique ?

— Une musique très forte.

— Je n'ai entendu aucune musique.

— Elle a été gentille ?

— Un peu malpolie.

— Elle t'a dit des choses méchantes ?

— Non, mais elle a des manières désagréables.

— Je t'avais prévenue.

— Oui.

— Ta curiosité est satisfaite, maintenant ? Tu réalises qu'elle ne te ressemble en rien ?

— Oui.

— Viens donc m'embrasser, tu es si belle. Tu me pardonnes la bêtise que j'ai dite ?

Je répondis que je ne lui en avais jamais voulu et me laissai embrasser sur la joue, bien qu'il fût au volant. Mais aussitôt après, je le repoussai en riant et protestai : Tu piques, avec ta barbe. Sans avoir aucune envie d'entrer dans nos jeux, j'espérais toutefois que nous commencerions à plaisanter et qu'il oublierait Vittoria. Or, il insista : Pense un peu comme elle pique, ta tante, avec les moustaches qu'elle a. Ce qui me vint aussitôt à l'esprit, ce ne fut pas le léger duvet au-dessus de la lèvre de Vittoria, mais celui que j'avais, moi. Je murmurai tout bas :

— Elle n'a pas de moustaches.

— Mais si.

— Non.

— D'accord, elle n'en a pas : il ne manquerait plus que tu veuilles y retourner pour vérifier si elle a des moustaches.

Je déclarai, sérieuse :

— Je ne veux plus la revoir.

## 2

Cela non plus, ce ne fut pas tout à fait un mensonge : j'étais effrayée à l'idée de rencontrer à nouveau Vittoria. Pourtant, au moment même où je prononçai ces mots, je savais déjà quel jour, à quelle heure et où j'allais la revoir. En fait, je ne m'étais pas du tout séparée d'elle, j'avais en tête toutes ses paroles, chacun de ses gestes, chaque expression de son visage, et j'avais l'impression non pas que ces faits venaient de se produire, mais qu'ils étaient encore en train de se dérouler. Mon père ne cessait de parler pour me faire comprendre combien il m'aimait et, pendant ce temps, je voyais et entendais sa sœur – je l'entends et la vois aujourd'hui encore. Je la vois quand elle apparut devant moi, habillée en bleu ciel, je la vois quand elle me lança dans son dialecte âpre « Ferme la porte » alors qu'elle me tournait déjà le dos, comme si je ne pouvais que la suivre. Dans la voix de Vittoria, mais peut-être aussi dans tout son corps, il y avait une impatience sans filtre qui me frappa instantanément, comme lorsque j'allumais le gaz avec des allumettes et sentais sur ma main la flamme qui jaillissait des trous du fourneau. Je fermai la porte derrière moi et suivis ma tante, comme si elle me tenait en laisse.

Nous fîmes quelques pas dans un vestibule qui puait la fumée, sans fenêtre, et où l'unique lumière provenait d'une porte grande ouverte. La silhouette de Vittoria se perdit derrière cette porte, je lui emboîtai le pas et entrai dans une petite cuisine, où je fus aussitôt frappée à la fois par l'ordre extrême et par l'odeur de saleté et de mégots éteints.

— Tu veux un jus d'orange ?

— Je ne veux pas déranger.

— Tu en veux ou pas ?

— Oui, merci.

Elle m'attribua une chaise, puis changea d'avis, me disant que celle-ci était cassée, et m'en attribua une autre. Puis, à ma grande surprise, elle ne sortit pas du réfrigérateur – d'un blanc jaunâtre – un jus en canette ou en bouteille, comme je m'y attendais, mais prit dans un panier deux oranges qu'elle coupa et commença à presser dans un verre, sans presse-agrumes, à la main, en s'aidant d'une fourchette. En même temps, elle lâcha sans me regarder :

— Tu n'as pas mis ton bracelet.

Je frémis :

— Quel bracelet ?

— Celui que je t'ai offert à ta naissance.

Pour autant que je m'en souvienne, je n'avais jamais eu de bracelet. Mais je sentis qu'il s'agissait d'un objet important pour elle, et que ne pas l'avoir mis pouvait constituer un affront. J'avançai :

— Ma mère me l'a peut-être fait porter quand j'étais toute petite, jusqu'à ce que j'aie un an ou deux, mais après j'ai grandi et il ne devait plus m'aller.

Elle se retourna pour me regarder, je lui montrai mon poignet pour lui prouver qu'il était trop gros pour un bracelet de bébé et là, surprise, elle éclata de rire. Elle avait une large bouche avec de grandes dents, et elle riait en découvrant ses gencives. Elle dit :

— Tu es intelligente.

— J'ai dit la vérité.

— Je te fais peur ?

— Un peu.

— Tu as raison d'avoir peur. Il faut avoir peur même quand ce n'est pas nécessaire, ça tient éveillé.

Elle posa devant moi le verre marqué par des gouttes de jus, et à la surface orange duquel flottaient des morceaux de pulpe et des pépins blancs.

Je regardai ses cheveux coiffés avec soin, j'avais vu des coiffures de ce type dans de vieux films à la télévision et dans des photos de jeunesse de ma mère, car une de ses amies portait ses cheveux ainsi. Vittoria avait des sourcils très fournis, tels des bâtons de réglisse, des segments tout noirs sous un front large et au-dessus de cavités profondes où elle cachait ses yeux. Bois, dit-elle. Je pris aussitôt le verre pour ne pas la contrarier, mais boire ce truc me répugnait, j'avais vu le jus couler le long de sa paume, et en plus, si cela avait été ma mère, j'aurais exigé qu'elle retire la pulpe et les pépins. Bois, répéta-t-elle, c'est bon pour toi. Je bus une gorgée tandis qu'elle s'asseyait sur la chaise qu'elle avait jugée peu solide quelques minutes auparavant. Elle m'adressa des louanges tout en conservant un ton distant : Oui, tu es intelligente, tu as tout de suite trouvé une excuse pour protéger tes parents, bravo. Mais elle m'expliqua que je me trompais, ce n'était pas un bracelet de nouveau-né qu'elle m'avait offert mais un bracelet de grande, un bijou auquel elle tenait beaucoup. Car, précisa-t-elle, moi je ne suis pas comme ton père, qui s'agrippe à l'argent et aux choses matérielles ; moi je n'en ai rien à foutre des objets, ce que j'aime c'est les gens, et quand tu es née je me suis dit « je le donne à la petite, elle le mettra quand elle aura l'âge », j'ai même écrit un message à tes parents – Donnez-le-lui quand elle sera grande –, et j'ai tout laissé dans votre boîte aux lettres, car tu imagines bien que je ne pouvais pas monter, ton père et ta mère sont des animaux, ils m'auraient chassée.

Je dis :

— Peut-être que des voleurs l'ont pris, il ne fallait pas le laisser dans la boîte.

Elle secoua la tête et ses yeux très noirs lancèrent des étincelles :

— Quels voleurs ? De quoi tu parles, tu ne sais rien. Allez, bois ton jus d'orange. Et ta mère, elle t'en fait, des oranges pressées ?

Je fis oui de la tête, mais elle ne releva pas. Elle parla des vertus des oranges pressées, et je remarquai l'extrême mobilité de son visage. En un éclair, elle réussit à effacer les plis qui, entre son nez et sa bouche, lui donnaient un air grincheux (oui, c'est ça : grincheux) et son visage qui, une seconde plus tôt, m'avait semblé étiré sous de hautes pommettes – comme une toile grise tendue entre tempes et mâchoire – prit alors de la couleur et de la douceur. Le jour de ma fête, raconta-t-elle, feu ma mère m'apportait un chocolat chaud dans mon lit, on aurait dit de la crème, il était gonflé comme si on avait soufflé dedans ; et toi, on te fait du chocolat chaud, pour ta fête ? Je fus tentée de dire oui, quoique l'on n'ait jamais célébré la Santa Giovanna chez moi, et que personne ne m'ait jamais apporté de chocolat chaud au lit. Mais je craignis qu'elle ne se rende compte que je mentais et, du coup, je fis signe que non. Elle secoua la tête, mécontente :

— Ton père et ta mère ne respectent pas les traditions, ils se prennent pour Dieu sait qui et ils ne s'abaissent pas à préparer un chocolat chaud.

— Mon père fait du café au lait.

— Ton père est un con, comment pourrait-il savoir faire le café au lait ? Ta grand-mère, elle savait le faire. Elle mettait deux cuillerées d'œufs battus dedans. Il t'a raconté qu'on buvait du café au lait et au sabayon, quand on était petits ?

— Non.

— Tu vois ? Il est comme ça, ton père. Il n'y a que lui qui sait ce qui est bien, il ne supporte pas que ça puisse venir des autres. Et si tu lui dis qu'il se trompe, il t'efface.

Elle secoua la tête, contrariée, puis se mit à parler d'un ton distant et pourtant sans froideur. Il a effacé mon Enzo, expliqua-t-elle, la personne à qui je tenais le plus au monde. Ton père efface tout ce qui peut être mieux que lui, il a toujours fait ça, il le faisait déjà quand il était petit. Il se croit intelligent, mais il ne l'a jamais été : *moi*, je suis intelligente, lui il est juste malin. D'instinct, il sait devenir quelqu'un dont on ne peut pas se passer. Quand j'étais petite, s'il n'était pas là, c'est comme s'il n'y avait plus de soleil. Je croyais que si je ne me comportais pas comme il le voulait, il me laisserait seule, et je mourrais. Du coup, il me faisait faire tout ce qu'il voulait, c'est lui qui établissait ce qu'étaient le bien et le mal pour moi. Pour te donner un exemple, je suis née la musique chevillée au corps et je voulais devenir danseuse. Je savais que c'était mon destin, et lui seul pouvait convaincre nos parents de m'autoriser à suivre ma voie. Mais pour ton père, la danse c'était le mal, et il ne m'a jamais laissée faire. Selon lui, tu ne mérites d'exister sur cette terre que si tu te promènes un bouquin à la main ; si tu n'as pas fait d'études, tu n'es personne. Il me disait : Mais c'est quoi cette histoire de danse, Vittò, tu ne sais même pas ce que c'est, la danse, retourne à tes études et tais-toi. À cette époque, il gagnait déjà un peu d'argent en donnant des cours particuliers, alors il aurait pu me payer des cours de danse au lieu de s'acheter toujours des livres, rien que des livres. Mais il ne l'a pas fait. Il aimait ôter son sens à tout et à tout le monde, la seule chose qui comptait, c'était lui et ses intérêts. Quant à mon Enzo, conclut soudain ma tante, ton père a commencé à lui faire croire qu'ils étaient amis, avant de lui enlever son âme : il la lui a arrachée et l'a réduite en petits morceaux.

Elle me tint des propos de ce genre, mais avec des termes plus vulgaires et une familiarité qui me dérouta. Ses traits se nouèrent et se dénouèrent très rapidement, traversés par des sentiments divers : le regret, l'aversion, la colère, la mélancolie. Elle parla de mon père en utilisant des termes obscènes que je n'avais jamais entendus. Mais quand elle en arriva à mentionner cet Enzo, son émotion fut telle qu'elle dut s'interrompre et, tête baissée, cachant théâtralement ses yeux derrière une main, elle sortit en hâte de la cuisine.

Je ne bronchai pas, j'étais très troublée. Je profitai de son absence pour cracher dans le verre les pépins d'oranges que j'avais gardés dans la bouche. Une minute passa, puis deux, j'avais honte de ne pas avoir réagi quand elle avait insulté mon père. Je dois lui dire qu'il est injuste de parler ainsi de quelqu'un qui est estimé de tous, me dis-je. J'entendis de la musique, qui commença en sourdine avant d'exploser quelques secondes plus tard à très haut volume. Elle me cria : Viens, Giannì, qu'est-ce que tu fais, tu dors ? Je me levai d'un bond et quittai la cuisine pour le vestibule obscur.

Quelques pas me conduisirent dans une petite pièce où se trouvaient un vieux fauteuil, un accordéon abandonné par terre dans un coin, un téléviseur sur une table et un tabouret sur lequel était posé un électrophone. Vittoria se tenait debout devant la fenêtre, elle regardait dehors. De là, elle voyait certainement la voiture dans laquelle mon père m'attendait. En effet, sans se retourner, et en faisant allusion à la musique, elle lança : Il faut qu'il entende, ce merdeux, comme ça il se rappellera. Je m'aperçus qu'elle bougeait son corps en rythme – de petits mouvements des pieds, des hanches, des épaules. Perplexe, je fixai son dos. Je l'entendis dire :

— La première fois que j'ai vu Enzo, c'était à un bal, et c'est sur cet air que nous avons dansé.

— C'était il y a combien de temps ?

— Le 23 mai, cela fera dix-sept ans.

— Ça fait longtemps.

— Ça ne fait même pas une minute.

— Tu l'aimais ?

Elle se retourna et me dit :

— Ton père ne t'a pas raconté ?

J'hésitai, elle s'était raidie, et pour la première fois elle me sembla plus âgée que mes parents, bien que je sache qu'elle avait quelques années de moins qu'eux. Je répondis :

— Je sais seulement qu'il était marié et avait trois enfants.

— Rien d'autre ? Il ne t'a pas dit que c'était une personne mauvaise ?

J'hésitai.

— Si, un peu.

— Mais encore ?

— Que c'était un voyou.

Elle éclata :

— La personne mauvaise, c'est ton père, le voyou, c'est lui. Enzo était membre des forces de l'ordre et il était bon même avec les voyous, le dimanche il allait toujours à la messe. Figure-toi qu'à l'époque je ne croyais pas en Dieu, ton père m'avait persuadée qu'il n'existait pas. Mais dès que j'ai rencontré Enzo, j'ai changé d'avis. Aucun homme plus gentil, plus juste et plus sensible n'a jamais foulé la surface de cette terre. Et quelle belle voix il avait, et comme il chantait bien. Il m'a appris à jouer de l'accordéon. Avant lui, les hommes me faisaient vomir, et après lui j'ai chassé ceux qui se sont approchés de moi, dégoûtée. Tout ce que tes parents t'ont dit est faux.

Je fixai le sol, mal à l'aise, sans mot dire. Elle me pressa :

— Tu ne me crois pas, hein ?

— Je ne sais pas.

— Tu ne le sais pas parce que tu crois plus aux mensonges qu'à la vérité. Giannì, tu ne grandis pas bien. Regarde un peu comme tu es ridicule, tout habillée de rose, chaussures roses, blouson rose, barrette rose. Je parie que tu ne sais même pas danser.

— Mes amies et moi, on s'exerce chaque fois qu'on se voit.

— Comment elles s'appellent, tes amies ?

— Angela et Ida.

— Et elles sont comme toi ?

— Oui.

Elle fit une moue de désapprobation, puis se pencha pour remettre le disque au début.

— Et tu sais danser sur ça ?

— C'est un vieux style.

D'un mouvement brusque, elle me saisit par la taille et me serra contre elle. Sa poitrine généreuse dégageait une odeur d'aiguilles de pin séchées au soleil

— Monte sur mes pieds.

— Je vais te faire mal.

— Monte.

Je me mis sur ses pieds et elle me fit voltiger dans la pièce avec élégance et grande précision, jusqu'à la fin du disque. Là, elle s'arrêta mais ne me lâcha pas, et me serrant toujours contre elle, elle lança :

— Dis à ton père que je t'ai fait danser sur le même air que celui sur lequel j'ai dansé pour la première fois avec Enzo. Dis-lui exactement ça, mot pour mot.

— D'accord.

— Et maintenant, ça suffit.

Elle m'écarta d'elle avec force et, brusquement privée de sa chaleur, j'étouffai un cri, comme si j'avais éprouvé un élancement de douleur quelque part et que j'avais honte de révéler ma faiblesse. Je trouvai magnifique qu'après avoir dansé avec Enzo plus aucun homme ne lui ait plu. Je songeai qu'elle devait avoir gardé en mémoire tous les détails de cet amour inégalable et que, tout en dansant avec moi, elle les repassait peut-être seconde après seconde dans sa tête. Cela me parut tellement exaltant que j'eus envie d'aimer moi aussi bientôt de cette manière absolue. Elle avait sans doute un souvenir tellement intense d'Enzo que son maigre organisme, sa poitrine et son souffle m'avaient transmis un peu de cet amour dans le ventre. Étourdie, je murmurai :

— Il était comment, Enzo, tu as une photo ?

Elle eut un regard joyeux :

— Bravo, je suis contente que tu veuilles le voir. On se donne rendez-vous le 23 mai et on va chez lui : il est au cimetière.

## 3

Les jours suivants, ma mère chercha avec tact à mener à son terme la mission que mon père lui avait certainement confiée, autrement dit savoir si ma rencontre avec Vittoria avait réussi à guérir la blessure involontaire qu'eux-mêmes m'avaient infligée. Cela me maintint dans un état d'alerte permanent. Je ne voulais montrer à aucun des deux que Vittoria ne m'avait pas déplu. Je m'efforçai donc de leur cacher que, tout en continuant à adhérer à leur version des faits, je croyais aussi un peu à celle de ma tante. J'évitai avec soin de leur dire que le visage de Vittoria, à ma plus grande surprise, m'avait semblé refléter une telle effronterie et une telle vivacité que je l'avais trouvé à la fois très laid et très beau, au point que je me tenais maintenant en équilibre, perplexe, entre ces deux superlatifs. J'espérai surtout qu'aucun signe incontrôlable comme un éclair dans le regard ou une rougeur ne révélerait mon rendez-vous de mai. Cependant, je n'avais aucune expérience des manigances, j'étais une fille bien élevée et j'avançais à tâtons en répondant aux questions de ma mère, tantôt avec une retenue excessive, tantôt en jouant trop la désinvolture et en finissant par tenir des propos imprudents.

Ainsi, dès le dimanche soir, je fis un faux pas lorsqu'elle me demanda :

— Comment elle t'a semblé, ta tante ?

— Vieille.

— Elle a cinq ans de moins que moi.

— Tu pourrais être sa fille.

— Ne te moque pas de moi.

— Mais c'est vrai, maman. Vous êtes des personnes très différentes l'une de l'autre.

— Ça, c'est indiscutable. Vittoria et moi, nous n'avons jamais été amies, même si j'ai tout essayé pour l'apprécier. C'est difficile de bien s'entendre avec elle.

— Je m'en suis rendu compte.

— Elle t'a dit des choses désagréables ?

— Elle a été distante.

— Mais encore ?

— Elle s'est un peu énervée parce que je n'avais pas mis le bracelet qu'elle m'a offert à ma naissance.

Dès que j'eus prononcé ces mots, je les regrettai. Mais c'était fait, je sentis que je piquais un fard, et je tentai aussitôt de voir si la mention de ce bijou avait mis ma mère mal à l'aise. Elle réagit de façon très naturelle :

— Un bracelet pour bébé ?

— Non, un bracelet de grande.

— Qu'elle t'aurait offert ?

— Oui.

— Ça ne me dit rien. Zia Vittoria ne nous a jamais rien offert, pas même la moindre fleur. Mais si tu veux, je peux demander à ton père.

L'agitation me gagna. Ma mère allait maintenant lui répéter cette histoire, et mon père penserait : Alors ce n'est pas vrai qu'elles ont seulement parlé du collège et d'Ida et Angela, elles ont aussi parlé d'autre chose, de toutes sortes d'autres choses que Giovanna veut nous cacher. Comme j'avais été idiote. Je dis confusément que je n'avais rien à faire de ce bracelet, puis ajoutai d'un ton dégoûté : Zia Vittoria ne se maquille pas, ne s'épile pas et a des sourcils gros comme ça, et puis quand on s'est vues elle ne portait pas de boucles d'oreilles et pas de collier non plus, alors, même si c'est vrai qu'elle m'a offert un bracelet, il était sans doute horrible. Pourtant, je savais que tout propos cherchant à minimiser l'affaire était désormais inutile. Quoi que je dise maintenant, ma mère en parlerait de toute façon à mon père, et elle me rapporterait non pas tant sa véritable réponse que celle sur laquelle ils se seraient accordés.

Ces jours-là, je dormis peu et mal et, en classe, je fus souvent réprimandée pour ma distraction. Quand le bracelet revint sur le tapis, j'étais désormais persuadée que mes parents avaient oublié cette histoire.

— Ça ne dit rien non plus à ton père.

— Quoi ?

— Le bracelet que Zia Vittoria dit t'avoir offert.

— D'après moi, c'est un mensonge.

— Ça c'est sûr. Quoi qu'il en soit, si tu veux en mettre un, regarde dans mes affaires.

J'allai donc fouiller dans ses bijoux, que je connaissais pourtant déjà par cœur : je jouais avec depuis que j'avais trois ou quatre ans. C'étaient des objets sans grande valeur, surtout les deux uniques bracelets qu'elle possédait : un plaqué or avec des breloques représentant des angelots, un autre en argent avec des feuilles bleues et des perles. Petite, j'adorais le premier et ignorais le second. Mais ces derniers temps, j'aimais beaucoup celui avec les feuilles bleues, dont la finesse avait été louée une fois par Costanza elle-même. Ainsi, pour laisser à penser que le cadeau de Vittoria ne m'intéressait pas, je me mis à le porter à la maison, en cours, et quand je voyais Angela et Ida.

— Qu'est-ce qu'il est beau, s'exclama Ida un jour.

— C'est à ma mère. Elle m'a dit que je pouvais le mettre quand je voulais.

— Ma mère, elle ne nous laisse pas porter ses bijoux, dit Angela.

— Et celui-là ? demandai-je en indiquant une petite chaîne en or qu'elle avait au cou.

— C'est un cadeau de ma grand-mère.

— Et la mienne, ajouta Ida, c'est une cousine de mon père qui me l'a offerte.

Elles parlaient souvent de généreux membres de leur famille, exprimant une grande affection pour certains d'entre eux. Moi, je n'avais eu que les gentils grands-parents du Museo, mais ils étaient morts et c'est à peine si je me souvenais d'eux, si bien que je les avais souvent enviées pour leur parentèle. Mais maintenant que j'avais établi une relation avec Zia Vittoria, je me surpris à dire :

— Moi, une tante m'a offert un bracelet beaucoup plus beau que celui-ci.

— Et pourquoi tu ne le mets jamais ?

— Il est trop précieux, ma mère ne veut pas.

— Montre-le-nous.

— D'accord, un jour où ma mère ne sera pas là. On vous fait parfois du chocolat chaud ?

— Moi, mon père m'a fait goûter du vin, dit Angela.

— Moi aussi, ajouta Ida.

J'expliquai avec orgueil :

— Quand j'étais petite, c'est ma grand-mère qui me faisait du chocolat chaud, et elle m'en préparait encore peu de temps avant de mourir. Ce n'était pas du chocolat tout simple, celui de ma grand-mère était une crème épaisse, toute gonflée, délicieuse.

Je n'avais jamais menti à Angela et Ida, ce fut la première fois. Je découvris que si mentir à mes parents me remplissait d'angoisse, leur mentir à elles me plaisait. Leurs jouets m'avaient toujours semblé plus attirants, leurs vêtements plus colorés et leurs histoires de famille plus surprenantes. Leur mère, Costanza, descendait d'une lignée d'orfèvres de la Via Toledo, elle possédait des boîtes qui débordaient de bijoux de grande valeur – de très nombreux colliers de perles ou en or, plein de boucles d'oreilles, et toutes sortes de chaînes et de bracelets, dont deux qu'elle ne nous laissait pas toucher et un en particulier auquel elle tenait énormément et qu'elle mettait très souvent, tandis que le reste, tout le reste, elle avait toujours permis à ses filles, et à moi aussi, de jouer avec. C'est pourquoi, dès qu'Angela cessa de s'intéresser au chocolat chaud – autrement dit presque immédiatement – et voulut obtenir davantage de détails sur le bijou si précieux de Zia Vittoria, je le lui décrivis minutieusement. Il est en or pur, avec des rubis et des émeraudes, et – dis-je – il scintille comme les bijoux qu'on voit au cinéma et à la télévision. Au moment même où je les persuadais de la réalité de ce bracelet, je ne pus résister et inventai aussi qu'un jour je m'étais contemplée dans le miroir sans rien sur moi, hormis les boucles d'oreilles de ma mère, un collier et le merveilleux bracelet. Angela me fixa, fascinée, et Ida me demanda si j'avais au moins gardé mon slip. Je répondis que non. Ce mensonge me procura un tel soulagement que j'imaginai que si je l'avais fait pour de vrai j'aurais goûté à un instant de bonheur absolu.

Ainsi, pour me le confirmer, un après-midi, je transformai le mensonge en réalité. Je me déshabillai, mis quelques bijoux de ma mère, puis me regardai dans le miroir. Mais ce fut un spectacle pénible, et je me vis telle une fine tige d'un vert terne, fanée par le soleil et triste. Même maquillé avec soin, mon visage était totalement insignifiant. Le rouge à lèvres formait une grosse tache vermillon très laide dans une figure qui évoquait le fond gris d'une poêle. Maintenant que j'avais rencontré Vittoria, je cherchais à saisir s'il y avait des points de contact entre nous deux, mais ce fut un effort aussi laborieux que vain. Elle était une femme âgée – en tout cas, à mes yeux de fille de treize ans – et moi une adolescente : il y avait trop de disproportion entre nos corps, et trop d'années séparaient mon visage du sien. Et puis, où se cachaient en moi l'énergie et la chaleur qui enflammaient son regard ? S'il était vrai que je prenais les traits de Vittoria, il me manquait l'essentiel, sa force. Emportée par le flot de mes pensées, alors que je comparais ses sourcils aux miens, son front au mien, je m'aperçus que je désirais qu'elle m'ait véritablement offert un bracelet, et je me dis que si, en ce moment, je l'avais possédé et porté, je me serais sentie plus puissante.

Cette idée me causa aussitôt une sensation de chaleur qui me fit du bien, comme si mon misérable corps avait soudain trouvé le bon médicament. Certaines paroles que Vittoria m'avait adressées avant que nous nous séparions, quand elle m'avait raccompagnée à la porte, me revinrent à l'esprit. Elle s'était énervée : Ton père t'a privée d'une famille nombreuse, il t'a privée de nous tous, tes grands-parents, oncles, tantes, cousins, qui ne sommes pas aussi intelligents et éduqués que lui ; il nous a retranchés d'un coup de hache et il t'a imposé de grandir isolée, par peur que nous te gâchions. Elle respirait la haine et pourtant ses mots, comme je me les remémorais, m'apportaient du soulagement, et je ne cessai de me les répéter. Ils affirmaient l'existence d'un lien fort et positif, ils réclamaient ce lien. Ma tante n'avait pas dit : Tu as mes traits et tu me ressembles un peu. Ma tante avait dit : Tu n'es pas seulement à ton père et à ta mère, tu es aussi à moi et à toute la famille de ton père ; quiconque est de notre côté n'est jamais seul et devient plus fort. N'étaient-ce pas ces paroles qui m'avaient amenée, après quelque hésitation, à lui promettre que, le 23 mai, je n'irais pas en classe et l'accompagnerais au cimetière ? Alors, à l'idée que ce jour-là, à neuf heures du matin, elle m'attendrait sur la Piazza Medaglie d'Oro, près de sa vieille Cinquecento vert foncé – c'était ce qu'elle m'avait indiqué d'un ton impérieux en me disant au revoir –, je me mis à pleurer, à rire et à faire d'horribles grimaces dans la glace.

## 4

Chaque matin, nous allions tous les trois en classe, mes parents pour enseigner, moi pour apprendre. D'ordinaire, ma mère se levait la première, elle avait besoin de temps pour préparer le petit déjeuner et se faire belle. Mon père, en revanche, ne se montrait que lorsque le petit déjeuner était prêt car, dès qu'il ouvrait les yeux, il se mettait à lire et prenait des notes dans ses cahiers, sans interrompre cette activité même dans la salle de bains. Moi, j'étais la dernière à quitter mon lit, bien que – depuis le début de cette histoire – je prétende faire comme ma mère : me laver les cheveux très souvent, me maquiller, choisir avec soin tout ce que je mettais. Résultat, tous deux m'exhortaient continuellement : Giovanna, tu en es où ? Giovanna, tu vas être en retard et tu vas nous mettre en retard aussi. Et, entre-temps, ils se pressaient l'un l'autre. Mon père pressait ma mère : Nella, dépêche-toi, j'ai besoin de la salle de bains. Elle répondait paisiblement : Elle est libre depuis une demi-heure, tu n'y es pas encore allé ? Les matins que je préférais n'étaient pas ceux-là. Ce que j'aimais, c'était quand mon père commençait à huit heures et ma mère à neuf ou dix heures ou, mieux encore, quand elle avait sa journée de libre. Elle se contentait alors de préparer le petit déjeuner, de temps à autre elle s'écriait « Giovanna, dépêche-toi », et elle se consacrait calmement à ses nombreuses tâches domestiques ainsi qu'aux histoires qu'elle corrigeait et, souvent, réécrivait. Ces jours-là, tout était plus facile pour moi : ma mère se lavait en dernier et j'avais plus de temps pour m'affairer dans la salle de bains ; mon père était toujours en retard et, tout en prenant le temps de faire ses blagues habituelles pour me mettre de bonne humeur, il faisait tout dans la précipitation, me laissait devant le collège et filait aussitôt, comme si j'étais désormais

sa femme ni à sa sœur, me demanda de son ton glacial :

— Tu étais au courant ?

Je restai tête basse, les yeux rivés au sol, et il insista sans changer de tonalité :

— Vous aviez rendez-vous, tu veux aller avec ta tante ?

Ma mère intervint d'une voix lente :

— Quelle question, Andrea, bien sûr qu'elle veut y aller, bien sûr qu'elles avaient rendez-vous, sinon ta sœur ne serait pas là.

Alors, il me dit seulement : Si c'est comme ça, vas-y. Et du bout des doigts, il fit signe à sa sœur de s'écarter. Vittoria s'exécuta – son visage était un masque d'impassibilité fiché au-dessus de la tache jaune de sa robe légère. Mon père consulta sa montre avec ostentation puis, évitant l'ascenseur, il s'engagea dans l'escalier sans dire au revoir à personne, pas même à moi.

— Tu me la ramènes à quelle heure, demanda ma mère à sa belle-sœur.

— Quand elle en aura marre.

Elles négocièrent froidement l'horaire et se mirent d'accord pour treize heures trente. Vittoria me tendit la main et je lui donnai la mienne comme une petite fille – sa main était froide. Elle la serra fort, craignant peut-être que je ne me sauve et ne rentre chez moi en courant. De sa main libre, elle appela l'ascenseur, sous les yeux de ma mère qui, immobile sur le seuil, ne se décidait pas à refermer la porte.

À quelques mots près, voilà ce qui se produisit.

# 5

Cette deuxième rencontre me marqua encore davantage que la première. Pour commencer, je découvris que j'avais en moi un vide susceptible, en un laps de temps très bref, d'engloutir tout sentiment. Le poids du mensonge révélé, l'ignominie de la trahison, et toute la douleur liée à la souffrance que j'avais sans doute causée à mes parents, cessèrent de me peser dès lors que, à travers la grille de fer et la vitre de l'ascenseur, je vis ma mère refermer la porte de l'appartement. À peine me retrouvai-je dans le hall, puis dans la voiture, assise près de Vittoria qui alluma aussitôt une cigarette avec les mains qui tremblaient de façon évidente, que se produisit ce qui eut lieu ensuite très souvent au cours de ma vie, m'apportant parfois du soulagement et parfois de la honte : mon lien avec les espaces connus et les affections certaines céda face à la curiosité pour ce qui allait m'arriver. La proximité de cette femme menaçante et fascinante me captiva aussitôt, et je me mis à scruter tous ses gestes. Elle conduisait sa voiture répugnante et puant le tabac non pas à la manière ferme et décidée de mon père, ni avec la sérénité de ma mère, mais d'une façon tantôt distraite, tantôt anxieuse, faite d'à-coups, de crissements inquiétants, de brusques coups de frein et de mauvais départs qui la faisaient presque toujours caler, provoquant des tombereaux d'insultes d'automobilistes impatients à qui elle répondait, cigarette entre les doigts ou entre les lèvres, par des obscénités que je n'avais jamais entendues dans la bouche d'une femme. Bref, mes parents furent relégués sans effort dans un coin de mon cerveau, et le tort que je leur avais causé en m'accordant avec leur ennemie me sortit de l'esprit. Au bout de quelques minutes, je ne me considérai plus coupable, et n'éprouvai même plus d'inquiétude à l'idée de devoir leur faire face cet après-midi, lorsque nous serions tous trois de retour dans notre appartement de la Via San Giacomo dei Capri. Bien sûr, l'anxiété continua à me travailler. Mais la certitude qu'ils m'aimeraient toujours et quoi qu'il advienne, la course périlleuse dans la petite voiture verte, la ville de plus en plus étrangère que nous traversions ainsi que les discours désordonnés de Vittoria me contraignirent à une attention et à des efforts qui firent office d'anesthésiant.

Nous montâmes par la Doganella et elle gara la voiture après une altercation violente avec un gardien officieux de parking qui réclamait de l'argent. Elle acheta des roses rouges et des marguerites blanches, trouva à redire sur le prix et, une fois le bouquet confectionné, changea d'avis et obligea la vendeuse à tout recommencer pour en faire deux bouquets. Elle me dit : Je lui apporte celui-ci et toi celui-là, comme ça il sera content. Évidemment, elle faisait allusion à son Enzo dont, depuis que nous étions montées dans sa voiture, et en dépit de mille interruptions, elle n'avait fait que me parler, avec une douceur qui jurait avec la manière féroce dont elle affrontait la ville. Elle poursuivit ses discours tandis que nous avancions entre les niches funéraires et les tombes monumentales, anciennes et récentes, et que nous parcourions des allées et des escaliers toujours en descente, comme si nous étions dans les beaux quartiers des morts et que, pour trouver la tombe d'Enzo, nous devions au contraire aller toujours plus bas. Je fus frappée par le silence, par la grisaille des niches striées de rouille, par l'odeur de terre moisie, et par certaines ouvertures sombres en forme de croix dans le marbre, qui semblaient avoir été laissées là pour permettre la respiration de ceux qui ne respiraient plus.

Avant ce jour-là, je n'étais jamais entrée dans un cimetière. Mon père et ma mère ne m'y avaient jamais emmenée et j'ignorais si eux y allaient parfois, en tout cas ils ne s'y rendaient pas à la Toussaint. Vittoria le comprit tout de suite et elle en profita pour rejeter cette faute également sur mon père. Il a peur, dit-elle, il a toujours été comme ça, il a peur des maladies et de la mort : toutes les personnes arrogantes, Giannì, tous ceux qui se prennent pour Dieu sait qui, font comme si la mort n'existait pas ; quand ta grand-mère est partie, paix à son âme, ton père n'est même pas venu à l'enterrement ; et pour ton grand-père, il s'est enfui au bout de deux minutes ; c'est un lâche, il n'a pas voulu les voir morts pour ne pas sentir qu'il était mortel lui aussi.

Je tentai de répliquer, mais avec prudence, que mon père était très courageux et, pour le défendre, j'eus recours à ce qu'il m'avait dit un jour, à savoir que les morts sont semblables à des objets qui se sont cassés, comme un téléviseur, une radio ou un mixeur, et que ce qu'il y a de mieux à faire c'est de se souvenir d'eux quand ils fonctionnaient, parce que le souvenir est la seule tombe qui vaille. Mais elle n'apprécia pas ma réponse et, puisqu'elle ne me traitait pas comme une enfant avec qui il faut peser ses mots, elle me réprimanda en m'assénant que je répétais comme un perroquet les conneries de mon père : Ta mère fait la même chose, et moi aussi je faisais ça, quand j'étais petite. Mais quand elle avait connu Enzo, elle avait effacé mon père de ses pensées. Ef-fa-cé, martela-t-elle. Elle s'arrêta enfin devant un mur de niches funéraires, m'en indiqua une en bas qui avait une petite plate-bande clôturée sur le devant, une loupiote allumée en forme de flamme et deux portraits placés dans des cadres ovales. Voilà, dit-elle, nous sommes arrivées, Enzo est à gauche, l'autre c'est sa mère. Mais au lieu de prendre une attitude solennelle ou recueillie, comme je m'y attendais, elle s'emporta parce qu'il y avait des papiers et des fleurs séchées abandonnés à quelques pas de là. Elle poussa un long soupir de mécontentement, me passa ses fleurs et lança : Attends ici et ne bouge pas, si on ne pousse pas sa gueulante, rien ne fonctionne, dans cet endroit de merde. Et elle me planta là.

Je restai ainsi, les deux bouquets de fleurs à la main, et fixai Enzo qui m'apparaissait dans une photographie en noir et blanc. Je ne le trouvai pas beau, ce qui me déçut. Il avait un visage rond et riait en dévoilant des dents blanches de loup. Il avait un grand nez, des yeux pleins de vivacité et le front très bas encadré de cheveux noirs bouclés. Ça devait être un imbécile, pensai-je. Chez nous, le front large – ma mère, mon père et moi en avions un comme ça – était considéré comme un signe certain d'intelligence et de sentiments nobles, tandis que le front bas – disait mon père – était une caractéristique des imbéciles. Pourtant, me dis-je, les yeux aussi sont importants (ça, c'était ma mère qui le soutenait) : plus ils brillent, plus la personne est éveillée, or les yeux d'Enzo pétillaient d'allégresse, ce qui m'embrouilla les idées, son regard étant en évidente contradiction avec son front.

Pendant ce temps, dans le silence du cimetière, on entendait la voix sonore de Vittoria qui bataillait avec quelqu'un, ce qui m'inquiéta. Je craignais qu'on ne la frappe ou qu'elle ne se fasse arrêter, or, seule, je n'aurais pas su sortir de cet endroit où tout se ressemblait, bruissements, petits oiseaux et fleurs en décomposition. Au lieu de cela, elle revint peu après accompagnée d'un homme âgé, l'air abattu, qui lui déplia une chaise en fer recouverte d'une étoffe rayée avant de se mettre immédiatement à balayer l'allée. Elle le surveilla, hostile, tout en me demandant :

— Alors, tu en penses quoi, d'Enzo ? Il est beau, pas beau ?

— Il est beau, mentis-je.

— Il est très beau, me corrigea-t-elle.

Dès que le vieil homme s'éloigna, elle ôta les vieilles fleurs des vases, les jeta sur le côté avec l'eau croupie et m'ordonna d'aller chercher de l'eau fraîche à une fontaine qui se trouvait derrière le coin de l'allée. Comme je craignais de me perdre, je tergiversai un peu, mais elle me chassa d'un geste de la main : Allez, vas-y.

J'y allai et trouvai en effet une fontaine au faible débit. Je frissonnai en imaginant le fantôme d'Enzo murmurer des paroles affectueuses à Vittoria par les ouvertures en forme de croix. Comme ça me plaisait, ce lien qui ne s'était jamais rompu. L'eau sortait en émettant un sifflement et son filet tombait lentement dans les vases en métal. Peu importe qu'Enzo ait été laid, soudain sa laideur m'émut et le mot perdit même tout son sens pour venir se dissoudre dans le gargouillis de l'eau. Ce qui comptait vraiment, c'était l'aptitude à susciter l'amour, même quand on était laid, méchant ou stupide. Je perçus une grandeur dans tout cela et espérai que, quels que soient les traits que prendrait mon visage, j'aurais cette même capacité qu'Enzo, que Vittoria. Je revins à la tombe avec les deux vases remplis d'eau, en désirant que ma tante continue à me parler comme si j'étais grande et qu'elle me raconte dans ses moindres détails, dans sa langue impudente mâtinée de dialecte, cet amour absolu.

Mais dès que je tournai le coin de l'allée, je pris peur. Vittoria était assise, jambes écartées, sur la chaise pliante que le vieil homme lui avait apportée, penchée en avant, le visage entre les mains et les coudes appuyés sur les cuisses. Elle parlait – oui, elle parlait avec Enzo, ce n'était pas mon imagination, j'entendis sa voix, mais pas ce qu'elle disait. Elle gardait donc véritablement des relations avec lui, même après la mort, et je fus émue par ce dialogue. J'avançai le plus lentement possible, faisant crisser mes semelles sur le gravier pour qu'elle m'entende. Mais elle ne sembla remarquer ma présence que lorsque je parvins à son côté. À ce moment-là, elle ôta les mains de son visage, les faisant glisser lentement sur sa peau : j'eus l'impression que c'était un geste longuement mûri, visant à la fois à effacer ses larmes et à mettre en scène sa douleur, sans gêne, presque comme s'il s'agissait d'un ornement. Des yeux rouges et brillants, humides aux coins. Chez nous, cacher ses sentiments était une obligation, ne pas le faire était le signe d'une mauvaise éducation. Elle, au contraire, dix-sept ans après la fin de leur amour – ce qui me semblait une éternité –, était encore au désespoir, pleurait devant une tombe, parlait au marbre et s'adressait à des ossements qu'elle ne voyait même pas, à un homme qui n'existait plus. Elle prit un seul des vases et m'ordonna d'une voix faible : Arrange tes fleurs, je m'occupe des miennes. J'obéis, posai mon vase à terre et défis l'emballage du bouquet, tandis qu'elle-même bougonnait, tout en reniflant et en ôtant le papier emballant les fleurs :

— Tu as dit à ton père que je t'avais parlé d'Enzo ? Et lui, il t'en a parlé ? Il a dit la vérité ? Il t'a expliqué qu'au début il a fait copain-copain avec lui – il voulait tout savoir d'Enzo, il n'arrêtait pas avec ses « dis-moi, Enzo » – et qu'après il l'a fait souffrir, il l'a détruit ? Il t'a raconté comment nous nous sommes étripés à cause de l'appartement, celui de nos parents, le trou à rats où j'habite maintenant ?

Je fis signe que non, j'aurais voulu lui expliquer que je n'éprouvais aucun intérêt pour leurs disputes, que tout ce que je désirais c'était qu'elle me parle d'amour, car je ne connaissais personne qui puisse m'en parler comme elle. Mais Vittoria désirait surtout dire du mal de mon père, et elle exigeait que je reste là à l'écouter, elle voulait que je comprenne bien pourquoi elle lui en voulait. Aussi se mit-elle à me raconter – elle assise sur la chaise occupée à disposer ses fleurs, moi faisant de même accroupie à moins d'un mètre – leur querelle au sujet de l'appartement, le seul bien que ses parents avaient laissé en héritage à leurs cinq enfants.

Ce fut un récit long, qui me fit mal. Ton père, m'expliqua-t-elle, ne voulait pas céder. Il répétait :

« C'est notre logement à nous tous, les cinq frères et sœurs, c'est le logement de papa et maman, ils l'ont acheté avec leur argent, il n'y a que moi qui les aie aidés, et pour ça j'y ai aussi mis de ma poche. » Je répondais : « C'est vrai, Andrea, mais maintenant vous êtes tous installés, vous avez tous plus ou moins un travail, alors que moi je n'ai rien, et notre frère et nos sœurs sont tous d'accord pour me laisser l'appartement. » Mais lui il a dit qu'il fallait vendre et partager l'argent entre nous cinq. Si les autres ne voulaient pas leur part, tant mieux pour eux, mais lui il la voulait, sa part. La discussion a duré des mois : ton père d'un côté, notre frère, nos sœurs et moi de l'autre. À un moment donné, vu qu'on ne trouvait pas de solution, Enzo est intervenu – mais regarde-le un peu avec ce visage, ces yeux, ce sourire. À l'époque, personne n'était au courant de notre grand amour à part ton père, qui était son ami, mon frère et notre conseiller. Enzo m'a défendue en disant : « Andrea, ta sœur ne peut pas te dédommager, où veux-tu qu'elle trouve l'argent. » Et ton père lui a répondu : « La ferme, toi tu comptes pour du beurre, tu es incapable d'aligner trois mots, tu n'as pas à te mêler de mes affaires et de celles de ma sœur. » Enzo en a été très affecté, il a dit : « D'accord, on fait évaluer l'appartement, et c'est moi qui rembourserai ta part. » Alors ton père s'est mis à jurer, il a crié : « Mais comment tu vas me payer, Ducon, t'es qu'un flic de base, où tu vas trouver l'argent. Si tu l'as, ça veut dire que t'es un bandit, un bandit en uniforme. » Et ainsi de suite, tu vois le truc ? Ton père a fini par dire – écoute bien, hein, il a l'air d'un homme raffiné mais c'est un vrai mufle – que lui, Enzo, non seulement il voulait m'entuber moi, mais qu'il voulait entuber toute la famille en prenant l'appartement des parents. Alors Enzo lui a déclaré que, s'il continuait comme ça, il sortirait son pistolet et le flinguerait. Il a dit *je te flingue* avec un air tellement convaincu que l'autre est devenu tout blanc, il s'est tu et il est parti, apeuré. Mais maintenant, Giannì – là ma tante se moucha, essuya ses yeux humides et se mit à tordre la bouche dans tous les sens pour contenir son émotion et sa fureur –, il faut que tu écoutes bien ce que ton père a fait, hein : il est allé aussi sec chez la femme d'Enzo et là, devant ses trois gosses, il lui a dit : « Margherì, ton mari baise ma sœur. » Voilà ce qu'il a fait, voilà la responsabilité qu'il a prise, et il a pourri ma vie, celle d'Enzo, celle de Margherita et celle de ces trois pauvres enfants, encore tout jeunes.

À présent, le soleil atteignait le petit parterre et les fleurs brillaient dans les vases, beaucoup plus vivement que la lampe en forme de flamme : la lumière naturelle rendait les couleurs si éclatantes que la loupiote placée devant les morts me parut inutile, elle semblait éteinte. Je me sentis triste, triste pour Vittoria, triste pour Enzo, triste pour sa femme Margherita et leurs trois enfants en bas âge. Était-il possible que mon père se soit comporté ainsi ? Je n'arrivais pas à y croire. Il m'avait toujours dit : Ce qu'il y a de pire, Giovanna, ce sont les mouchards. Or, selon Vittoria, c'est ce qu'il avait été, et bien qu'il ait dû avoir de bonnes raisons – j'en étais certaine –, ça ne lui ressemblait pas, non, je n'y croyais pas. Mais je n'osai pas le dire à ma tante, il me parut offensant de soutenir, lors du dix-septième anniversaire de leur amour, qu'elle mentait devant la tombe d'Enzo. Je ne soufflai donc mot, tout en me sentant malheureuse parce que, une fois de plus, je ne défendais pas mon père. Hésitante, je la regardai tandis que, comme pour se calmer, elle nettoyait les verres ovales protégeant les photos avec son mouchoir mouillé de larmes. Le silence finit par me peser et je demandai :

— Il est mort de quoi, Enzo ?

— D'une horrible maladie.

— Quand ça ?

— Quelques mois après que tout a été fini entre nous.

— Il est mort de désespoir ?

— Oui, de désespoir. C'est ton père qui l'a rendu malade, en causant notre séparation. Il me l'a tué.

Je lançai :

— Et toi alors, pourquoi tu n'es pas tombée malade, pourquoi tu n'es pas morte ? Tu n'as pas été désespérée ?

Elle me fixa droit dans les yeux, au point que je baissai le regard.

— Moi, Giannì, j'ai souffert, et je souffre encore. Mais la douleur ne m'a pas tuée, d'abord parce qu'il fallait que je continue à penser à Enzo, et ensuite par amour de ses enfants et aussi de Margherita : parce que moi je suis une brave femme, et je me suis sentie en devoir de l'aider à élever ses trois petits, et c'est pour eux que je fais la bonne chez les riches du Tout-Naples, du matin au soir. Troisièmement, ce qui m'a maintenue en vie, c'est la haine, la haine envers ton père, la haine qui te fait vivre quand tu n'as plus envie de vivre.

J'insistai :

— Comment est-il possible que Margherita ne se soit pas mise en colère quand tu lui as pris son mari, mais qu'au contraire elle ait accepté que tu l'aides alors que tu le lui avais volé ?

Elle alluma une cigarette et tira dessus avec force. Si mon père et ma mère ne bronchaient pas devant mes questions, mais ensuite les esquivaient s'ils étaient gênés et, parfois, se consultaient avant de me répondre, Vittoria, elle, s'énervait, disait des gros mots, manifestait sans faux-semblant son impatience, mais ensuite elle répondait de manière explicite, comme aucun adulte ne l'avait jamais fait avec moi. Tu vois, j'ai raison, dit-elle, tu es intelligente, une petite salope intelligente comme moi, mais tu es aussi une connasse, tu as beau faire la sainte-nitouche, tu aimes remuer le couteau dans la plaie. Voler son mari, OK, tu as raison, c'est ce que j'ai fait. Enzo, je l'ai volé, je l'ai pris à Margherita et à ses enfants, et j'aurais préféré mourir plutôt que de le rendre. Et ça, c'est quelque chose de très moche, s'exclama-t-elle. Mais si ton amour est très puissant, parfois il faut en passer par là. Tu n'as pas le choix, tu comprends que, sans les choses moches, il n'y a pas de choses belles non plus, et tu agis comme ça parce que tu ne peux pas faire autrement. Quant à Margherita, c'est vrai, elle s'est mise en colère, et elle a récupéré son mari avec hurlements et coups. Mais quand, par la suite, elle s'est rendu compte qu'Enzo n'allait pas bien, qu'il souffrait d'une maladie qui s'était déclenchée quelques semaines après le début de cette horrible crise, elle s'est mise à déprimer et lui a dit : « Allez, retourne auprès de Vittoria, je suis désolée, si j'avais su que ça te rendrait malade, je t'aurais renvoyé chez elle plus tôt. » Mais alors il était trop tard, et du coup cette maladie, on l'a vécue ensemble, elle et moi, jusqu'à la dernière minute. C'est quelqu'un, Margherita, une femme formidable, sensible, je veux te la présenter. Dès qu'elle a compris combien j'aimais son mari et combien je souffrais, elle m'a dit : « D'accord, nous avons aimé le même homme, et je te comprends : comment peut-on ne pas aimer Enzo ? Alors on arrête les disputes. Ces enfants, je les ai eus avec Enzo, alors si toi aussi tu veux les aimer, je n'ai rien à redire. » Tu as compris ? Tu as compris sa générosité ? Ton père, ta mère, leurs amis, tous ces gens importants, ils ont cette grandeur, eux, ils ont cette générosité ?

Je ne sus que répondre et ne pus que murmurer :

— J'ai gâché ton anniversaire. Je suis désolée, je n'aurais pas dû te demander de me raconter tout ça.

— Tu n'as rien gâché, au contraire, tu m'as fait plaisir. Je t'ai parlé d'Enzo, et chaque fois que je parle de lui, je me souviens non seulement de la douleur, mais aussi de combien nous avons été heureux.

— C'est ce dont j'ai le plus envie d'entendre parler.

— Du bonheur ?

— Oui.

Ses yeux étincelèrent à nouveau :

— Tu sais ce qu'on fait, entre hommes et femmes ?

— Oui.

— Tu dis oui, mais tu ne sais rien. On baise. Tu connais ce mot ?

Je sursautai.

— Oui.

— Enzo et moi, on a fait ça onze fois en tout. Puis il est retourné auprès de sa femme et je ne l'ai plus jamais fait avec personne. Enzo m'embrassait, me touchait, me léchait partout, et moi aussi je le touchais et l'embrassais jusqu'aux doigts de pied, je le caressais, le léchais, le suçais. Puis il m'enfonçait sa bite bien à l'intérieur et il me tenait le cul avec ses deux mains, une sur chaque fesse, et il me ramonait tellement fort qu'il me faisait crier. Si toi ça, dans toute ta vie, tu ne le fais pas comme moi je l'ai fait, avec la passion que j'y ai mise et l'amour que j'y ai mis, je ne dis pas onze fois mais au moins une, alors ça ne vaut pas la peine de vivre. Dis-le à ton père : « Vittoria a dit que, si je ne baise pas comme elle a baisé avec Enzo, il est inutile de vivre. » Tu dois le lui dire exactement comme ça. Il croit qu'il m'a privée de quelque chose, avec ce qu'il m'a fait. Mais il ne m'a privée de rien, moi j'ai tout eu, moi j'*ai* tout. C'est ton père qui n'a rien.

Je ne suis jamais parvenue à effacer ces paroles. Elles avaient surgi de façon inattendue, je n'aurais jamais imaginé qu'elle puisse me dire ça. Certes, elle me traitait comme une grande, et j'étais contente que, dès le premier instant, elle ait écarté la manière dont on parle habituellement à une fille de treize ans. Mais ses propos me surprirent tant que je fus tentée de me plaquer les mains sur les oreilles. Je ne le fis pas, je demeurai immobile, et je ne parvins même pas à me soustraire à son regard, qui cherchait sur mon visage l'effet de ses paroles. Je fus donc bouleversée physiquement – oui, physiquement – par le fait qu'elle me parle ainsi, là, dans le cimetière, devant le portrait d'Enzo, sans se soucier qu'on puisse l'entendre. Ah, quelle histoire. Ah, apprendre à parler ainsi, hors de toutes les conventions qui avaient cours chez nous. Jusqu'alors, personne ne m'avait raconté – à moi, rien qu'à moi – une adhésion au plaisir aussi désespérément charnelle, j'étais sidérée. J'avais ressenti dans le ventre une chaleur beaucoup plus intense que celle que j'avais éprouvée quand Vittoria m'avait fait danser. Et il n'y avait rien de comparable avec la douceur de certains bavardages secrets auxquels je me livrais avec Angela, ou avec la langueur que me causaient certains de nos enlacements récents, quand nous nous enfermions dans la salle de bains, chez elle ou chez moi. En écoutant Vittoria, non seulement je désirai la jouissance qu'elle disait avoir éprouvée, mais il me sembla que cette jouissance serait impossible si elle n'était pas aussitôt suivie de la douleur qu'elle éprouvait encore, et de la même fidélité indéfectible. Comme je ne disais rien, elle me lança des regards inquiets et bougonna :

— Allons-y, il est tard. Mais souviens-toi bien de ce que je t'ai dit : ça t'a plu ?

— Oui.

— Je le savais : toi et moi, on est pareilles.

Elle se leva, ragaillardie, replia la chaise, puis fixa un instant le bracelet aux feuilles bleues.

— Je t'en ai offert un beaucoup plus beau, lâcha-t-elle.

## 6

Voir Vittoria devint bientôt une habitude. Mes parents, à ma grande surprise – mais à la réflexion, c'était peut-être tout à fait en cohérence avec leurs choix de vie et l'éducation qu'ils m'avaient donnée –, ne me reprochèrent rien, ni ensemble ni séparément. Ils évitèrent de me dire : Il fallait nous prévenir que tu avais rendez-vous avec Zia Vittoria. Ils évitèrent de me dire : Tu avais mijoté de sécher l'école et de nous le cacher, c'est très mal, tu t'es comportée de manière stupide. Ils évitèrent de me dire : La ville est très dangereuse, tu ne peux pas aller te balader comme ça, à ton âge il peut t'arriver n'importe quoi. Surtout, ils évitèrent de me dire : Oublie cette femme, tu sais bien qu'elle nous déteste, tu ne dois jamais la revoir. Ils firent tout le contraire, en particulier ma mère. Ils voulurent savoir si ma matinée avait été intéressante. Ils me demandèrent quelle impression m'avait faite le cimetière. Ils sourirent, amusés, quand je commençai à leur raconter comme Vittoria conduisait mal. Même lorsque mon père me demanda – presque distraitement – de quoi nous avions parlé, et que je mentionnai – presque malgré moi – la querelle au sujet de l'héritage de la maison et Enzo, il ne fut pas perturbé et répondit de manière synthétique : Oui, on s'est disputés, je ne partageais pas ses choix, il était évident que cet Enzo voulait mettre la main sur l'appartement de nos parents ; sous son uniforme c'était un voyou, et il en est arrivé à me menacer avec son pistolet ; alors, pour tenter d'épargner une catastrophe à ma sœur, j'ai été obligé de tout dévoiler à sa femme. Quant à ma mère, elle ajouta simplement à ce sujet que sa belle-sœur, derrière son mauvais caractère, était une femme naïve et, plutôt que lui en vouloir, il fallait avoir pitié d'elle, parce que sa naïveté avait ruiné sa vie. Quoi qu'il en soit, me dit-elle plus tard en tête à tête, ton père et moi avons confiance en toi et en ton bon sens : ne nous déçois pas. Et comme je venais de lui dire que j'aurais voulu connaître aussi les autres oncles et tantes dont Vittoria m'avait parlé, peut-être aussi mes cousins, elle dit qu'elle était contente que je m'intéresse à eux et conclut : Si tu veux revoir Vittoria, vas-y, l'essentiel c'est que tu nous le dises.

Nous affrontâmes alors la question de la possibilité d'autres rendez-vous, et j'adoptai tout de suite un ton raisonnable. Je déclarai qu'il fallait que je travaille, que faire l'école buissonnière avait été une mauvaise idée, et que, s'il fallait vraiment que je voie ma tante, je le ferais le dimanche. Naturellement, je ne mentionnai jamais la manière dont Vittoria m'avait parlé de son amour pour Enzo. J'eus l'intuition que, si j'avais répété ne serait-ce qu'une de ces paroles, ils se seraient mis en colère.

Une période moins stressante débuta alors. Dans cette dernière partie de l'année scolaire, la situation s'améliora, et je finis le collège[1] avec une moyenne de sept sur dix. Puis ce furent les vacances. Selon une vieille habitude, nous passâmes quinze jours en juillet à la mer, en Calabre, avec Mariano, Costanza, Angela et Ida, et, toujours en leur compagnie, nous passâmes les dix premiers jours d'août à Villetta Barrea, dans les Abruzzes. Le temps fila et la nouvelle année scolaire commença. J'étais entrée au lycée, pas dans l'établissement où enseignait mon père ni dans celui de ma mère, mais dans un lycée du Vomero. Pendant ce temps, mes relations avec Vittoria ne

1. Dans le système scolaire italien, le collège ne comporte que trois années. De fait, le lycée commence une année plus tôt.

faiblirent pas, au contraire elles se consolidèrent. Avant même les grandes vacances, je me mis à lui téléphoner, j'avais besoin de son ton rêche et j'aimais qu'elle me traite comme si j'avais son âge. Pendant notre séjour à la mer puis à la montagne, je n'avais cessé de la mentionner chaque fois qu'Angela et Ida se targuaient de grands-parents riches ou d'autres membres aisés de leur famille. Et en septembre, avec la permission de mon père et de ma mère, je la revis à deux reprises. À l'automne, puisqu'il n'y avait pas de tension particulière chez moi, nos rencontres devinrent une habitude.

Dans un premier temps, je crus que, grâce à moi, le frère et la sœur se rapprocheraient, et j'en arrivai à me persuader que ma mission était de les amener à une réconciliation. Mais cela ne se produisit pas. Un rituel d'une froideur totale s'ancra au contraire. Ma mère m'accompagnait devant l'immeuble de sa belle-sœur en emportant avec elle quelque chose à lire ou à corriger, et elle m'attendait dans la voiture. Ou bien Vittoria venait me chercher à San Giacomo dei Capri, mais elle ne frappa plus jamais à la porte à l'improviste, comme la première fois ; c'était moi qui allais la retrouver dehors. Ma tante ne dit jamais : Demande à ta mère si elle veut venir prendre un café. Mon père se garda bien d'annoncer : Propose-lui de monter et de rester un peu, on bavardera quelques minutes et puis vous partirez. Leur haine réciproque demeura intacte et, moi-même, je renonçai bientôt à toute tentative de médiation. Au contraire, je commençai à me dire explicitement que cette haine m'arrangeait : si mon père et sa sœur s'étaient raccommodés, mes rendez-vous avec Vittoria auraient perdu leur caractère très spécial, j'aurais peut-être été déclassée au rang de simple nièce, et j'aurais sûrement perdu mon rôle d'amie, de confidente et de complice. Certains jours, l'idée me venait que, s'ils cessaient de se haïr, je ferais en sorte qu'ils recommencent.

## 7

Un jour, sans m'avoir avertie, ma tante m'emmena voir leurs frère et sœurs – les siens et donc ceux de mon père. Je rencontrai ainsi Zio Nicola, qui était cheminot. Vittoria l'appelait son grand frère comme si mon père, l'aîné, n'existait pas. Et nous allâmes trouver Zia Anna et Zia Rosetta, toutes deux femmes au foyer. La première avait épousé un typographe du *Mattino*, la seconde un employé des postes. Ce fut une espèce d'exploration de la consanguinité. Vittoria elle-même parla de cette tournée en disant en dialecte : Nous allons faire connaissance avec ton sang. Nous traversâmes Naples dans sa Cinquecento verte, d'abord pour aller au Cavone, où habitait Zia Anna, puis aux Campi Flegrei, où vivait Zio Nicola, et enfin à Pozzuoli, où résidait Zia Rosetta.

Je me rendis compte que je me souvenais à peine de ces membres de ma famille, je n'avais peut-être même jamais connu leurs noms. Je tentai de le cacher, mais Vittoria s'en aperçut et se mit aussitôt à dire du mal de mon père, qui m'avait privée de l'affection de personnes qui, certes, n'avaient pas fait d'études et n'étaient pas de beaux parleurs, mais qui avaient beaucoup de cœur. Elle le mettait toujours au premier rang, le cœur, et, quand elle en parlait, frappait ses gros seins de sa main large aux doigts noueux. Ce fut dans ces circonstances qu'elle commença à me faire cette recommandation : Regarde bien comment on est, et comment sont ton père et ta mère, et puis tu me diras. Elle insista beaucoup sur cette question du regard. Elle disait que j'avais des œillères, comme les chevaux, je regardais mais ne voyais pas ce qui pouvait me gêner. Regarde, regarde, regarde, martela-t-elle.

Et de fait, lors de cette tournée, rien ne m'échappa. Cette fratrie et leurs enfants, un peu plus vieux que moi ou de mon âge, constituèrent une nouveauté agréable. Vittoria m'imposa chez eux sans les prévenir, pourtant mes oncles, mes tantes, mes cousins, tous m'accueillirent avec une grande familiarité, comme s'ils me connaissaient bien et n'avaient cessé, au fil des années, d'attendre ma visite. Leurs appartements étaient petits, gris et meublés d'une façon qu'on m'avait appris à juger grossière sinon vulgaire. Aucun livre chez eux, à part des romans policiers chez Zia Anna. Ils me parlèrent tous dans un dialecte aimable mêlé d'italien et je m'efforçai de faire de même ou, du moins, je laissai place à un peu d'accent napolitain dans mon italien hyper correct. Nul ne fit allusion à mon père, nul ne me demanda comment il allait, nul ne me chargea de le saluer – autant de signes évidents d'hostilité –, mais ils cherchèrent par tous les moyens à me faire comprendre qu'à moi, ils n'en voulaient pas. Ils m'appelèrent Giannina, comme le faisait Vittoria, et comme mes parents ne l'avaient jamais fait. Je les aimai tous, je ne m'étais jamais sentie aussi disposée à aimer qu'en cette circonstance. Et je fus si à l'aise et amusante que je commençai à penser que ce prénom attribué par Vittoria – Giannina – avait fait miraculeusement naître dans mon propre corps une autre personne, plus agréable, et en tout cas différente de la Giovanna que connaissaient mes parents, Angela et Ida, ou mes camarades de classe. Ce furent pour moi des occasions heureuses, et je crois que pour Vittoria aussi : au cours de ces visites, au lieu de faire montre des facettes agressives de son caractère, elle eut des manières pleines de bonhomie. Je remarquai surtout que son frère, ses sœurs, ses beaux-frères, sa belle-sœur, ses neveux, tous la traitaient avec tendresse, comme on le fait avec une personne malchanceuse que l'on aime beaucoup. Zio Nicola, surtout, la combla d'attentions. Il se souvint qu'elle aimait la glace à la fraise et, découvrant que j'aimais ça aussi, il envoya un de ses enfants en acheter pour tout le monde. Quand ce fut l'heure de partir, il m'embrassa sur le front en disant :

— Heureusement, tu n'as rien pris de ton père.

Pendant cette période, j'appris toujours davantage à cacher à mes parents ce qui m'arrivait. Ou, plus exactement, je perfectionnai ma manière de mentir en disant la vérité. Naturellement, je ne le faisais pas le cœur léger, j'en souffrais. Quand j'étais chez nous et que j'entendais dans l'appartement leurs pas familiers, que j'aimais tant, quand nous prenions le petit déjeuner ensemble, quand nous déjeunions ou dînions, mon amour pour eux l'emportait, et j'étais toujours sur le point de m'écrier : Papa, maman, vous avez raison, Vittoria vous déteste, elle est vindicative, elle veut m'arracher à vous afin de vous faire du mal, retenez-moi, interdisez-moi de la voir. Mais dès qu'ils se mettaient à parler avec leurs phrases hyper correctes et leur ton mesuré, comme si en réalité chacun de leurs mots en cachait d'autres, plus sincères, dont ils m'excluaient, alors je téléphonais en secret à Vittoria et lui fixais un rendez-vous.

Désormais, seule ma mère s'informait avec tact :

— Où êtes-vous allées ?

— Chez Zio Nicola, il vous passe le bonjour.

— Comment il t'a paru ?

— Un peu débile.

— On ne parle pas comme ça de son oncle.

— Il rit tout le temps, sans aucun motif.

— C'est vrai qu'il fait ça, je m'en souviens.

— Il ne ressemble absolument pas à papa.

— C'est juste.

Peu après, je fus impliquée dans une autre visite importante. Ma tante m'emmena – toujours sans m'avoir prévenue – chez Margherita, qui n'habitait pas loin de chez elle. Ce quartier ravivait mes angoisses d'enfance. Les murs décrépis, les petits immeubles à l'air désert, les couleurs gris-bleu ou jaunâtres, les chiens féroces qui poursuivaient un moment la Cinquecento en aboyant, l'odeur du gaz, tout cela me stressait. Vittoria gara la voiture, se dirigea vers une large cour entourée d'immeubles bleu clair, franchit une porte, et ce n'est qu'en s'engageant dans l'escalier qu'elle se retourna pour me dire : C'est ici qu'habite la femme d'Enzo avec ses enfants.

Au troisième étage, première surprise : au lieu de sonner, Vittoria ouvrit avec sa propre clef. C'est nous, claironna-t-elle. Il y eut alors une exclamation enthousiaste en dialecte – Ah, qu'est-ce que je suis contente –, qui précéda l'apparition d'une petite femme ronde entièrement vêtue de noir, dont le beau visage aux yeux bleus semblait noyé à l'intérieur d'un disque de gras rose. Elle nous fit asseoir dans une cuisine sombre et me présenta ses enfants, deux garçons de plus de vingt ans, Tonino et Corrado, et une fille, Giuliana, qui devait en avoir dix-huit. Cette dernière était très belle, élancée, brune, avec des yeux fortement maquillés ; sa mère devait avoir été ainsi dans sa jeunesse. Tonino aussi, l'aîné, était beau, et il respirait la force ; mais il me parut très timide, il rougit rien qu'en me serrant la main et ne m'adressa pratiquement pas la parole. Corrado, au contraire, le seul à être expansif, me sembla la copie conforme de l'homme que j'avais vu sur la photo du cimetière : mêmes cheveux bouclés, même front bas, mêmes yeux vifs, même sourire. Quand je découvris, sur un mur de la cuisine, un portrait d'Enzo en uniforme de policier, pistolet au côté – une photo beaucoup plus grande que celle du cimetière, luxueusement encadrée, avec un lumignon rouge qui brûlait devant –, et que je remarquai qu'il avait un buste long et des jambes courtes, je me dis que Corrado était comme son fantôme plein de vie. D'un ton tranquille et séducteur, il m'adressa toutes sortes de plaisanteries, une avalanche de compliments ironiques qui m'amusèrent beaucoup, et j'étais contente qu'il me place au centre de l'attention. Mais Margherita le trouva impoli et grommela à plusieurs reprises : Currà, tu es mal élevé, laisse la petite tranquille. Et elle finit par lui ordonner, en dialecte, de cesser. Corrado se tut et me fixa, les yeux brillants, tandis que sa mère me gavait de friandises, que la belle Giuliana aux formes généreuses, vêtue de couleurs vives, me cajolait de sa voix perçante, et que Tonino me comblait de gentillesses muettes.

Au cours de cette visite, il arriva souvent à Margherita et Vittoria de lancer des regards vers l'homme du cadre. Tout aussi fréquemment, elles firent référence à lui à travers des expressions comme « Dis donc, qu'est-ce qu'Enzo se serait amusé », « Dis donc, qu'est-ce que ça l'aurait énervé », « Dis donc, qu'est-ce que ça lui aurait plu ». Elles se comportaient sans doute ainsi depuis près de vingt ans : un couple de femmes qui se souvenaient du même homme. Je les regardai, les examinai. J'imaginai Margherita jeune avec le physique de Giuliana, Enzo avec celui de Corrado, tandis que Vittoria avait mon visage et que mon père – oui, mon père aussi – était comme sur la photo enfermée dans la boîte métallique, la photo à l'arrière-plan de laquelle on lisait « RIA ». À l'évidence, dans ces rues il y avait eu une pâtisserie, une charcuterie ou un atelier de couture[1], qui sait. Ces jeunes gens étaient passés et repassés par là et s'étaient même photographiés, peut-être avant que Vittoria, la prédatrice, n'arrache à la très belle et tendre Margherita son mari aux dents de loup, ou plus tard, au cours de leur relation secrète, mais en aucun cas après, quand mon père avait mouchardé et qu'il n'y avait plus eu que de la souffrance et de la fureur. Mais de l'eau était passée sous les ponts. À présent, ma tante et Margherita adoptaient toutes deux un ton placide,

1. En italien : *pasticceria, salumeria, sartoria*.

apaisé, et pourtant je ne pus m'empêcher de penser que l'homme de la photo devait avoir empoigné les fesses de Margherita exactement comme il avait empoigné celles de ma tante quand celle-ci lui avait volé son mari, avec la même puissance et la même habileté. Cette idée me fit piquer un fard, au point que Corrado remarqua : Tu es en train de penser à un truc agréable. Je m'écriai presque : Pas du tout. Mais je n'arrivai pas à me débarrasser de ces visions et je continuai à me dire que là, dans cette cuisine sombre, les deux femmes avaient dû se raconter je ne sais combien de fois, avec force détails, les gestes et paroles de cet homme qu'elles s'étaient partagé, et je songeai qu'il avait dû leur être difficile de trouver un équilibre entre bons et mauvais sentiments.

Cette mise en commun des enfants non plus n'avait pas dû se faire de façon sereine. Sans doute ne l'était-elle toujours pas. En effet, je repérai bientôt au moins trois choses. Primo, Corrado était le préféré de Vittoria, ce qui agaçait les deux autres. Secundo, Margherita était sous la coupe de ma tante et, tout en parlant, elle surveillait Vittoria pour voir si celle-ci approuvait ses propos ; quand ce n'était pas le cas, elle ravalait aussitôt ce qu'elle venait de dire. Tertio, les trois jeunes aimaient leur mère et semblaient parfois vouloir la protéger de Vittoria, et pourtant ils manifestaient une sorte de dévotion craintive envers ma tante, ils la respectaient comme si elle était la divinité tutélaire de leurs existences, et ils en avaient un peu peur. La nature de leurs relations se précisa lorsque, je ne sais comment, ils en vinrent à parler d'un ami de Tonino, un certain Roberto. Ce garçon avait grandi là, au Pascone, mais vers ses quinze ans il avait emménagé à Milan avec sa famille ; or, il allait arriver dans la soirée, et Tonino l'avait invité à dormir chez eux. Cela mit Margherita en colère :

— Qu'est-ce qui t'est passé par la tête, on va le mettre où.

— Je ne pouvais pas dire non.

— Pourquoi ? Tu lui dois quelque chose ? Qu'est-ce qu'il t'a fait, comme faveur ?

— Rien.

— Alors quoi ?

Ils se disputèrent un moment : Giuliana prit le parti de Tonino, Corrado celui de leur mère. Je compris que tous connaissaient ce garçon depuis longtemps, Tonino et lui avaient été camarades de classe. Giuliana souligna d'un ton passionné que c'était quelqu'un de bien, de modeste et de très intelligent. Seul Corrado le détestait. Corrigeant sa sœur, il se tourna vers moi :

— N'écoute pas, ce mec est un casse-couilles.

— Lave-toi la bouche quand tu parles de lui, gronda Giuliana.

Tonino, agressif, lança à son frère :

— Il vaut toujours mieux que tes copains.

— Mes copains, ils lui cassent la gueule, s'il répète ce qu'il a dit l'autre fois, réagit Corrado.

Là, il y eut un silence. Margherita, Tonino et Giuliana se tournèrent vers Vittoria, et Corrado aussi s'interrompit, avec la tête de celui qui aurait voulu ravaler ses paroles. Ma tante attendit encore un instant, puis elle intervint sur un ton que je ne lui connaissais pas, menaçant et en même temps dolent, comme si elle avait mal à l'estomac :

— Et c'est qui, tes copains ? Raconte-nous un peu.

— C'est personne, répondit Corrado avec un ricanement nerveux.

— Ce ne serait pas le fils de l'avocat Sargente ?

— Non.

— C'est Rosario Sargente ?

— J'ai dit que c'est personne.

— Currà, tu sais que si tu adresses ne serait-ce qu'un bonjour à ce « personne », je te brise les reins.

Une telle tension s'ensuivit que Margherita, Tonino et Giuliana me semblèrent prêts à minimiser leur propre conflit avec Corrado, pour épargner à celui-ci la colère de ma tante. Mais Corrado ne voulait pas céder, et il recommença à dire du mal de Roberto :

— De toute façon, celui-là, il est parti à Milan, alors il n'a pas le droit de nous dire ce qu'on doit faire ici.

À ce moment-là, comme son frère ne cédait pas et de plus offensait ma tante, Giuliana s'emporta à nouveau :

— C'est toi qui dois te taire. Moi, Roberto, je ne me lasserais jamais de l'écouter.

— C'est que t'es idiote.

— Ça suffit, Currà, le réprimanda sa mère, Roberto est un garçon en or. Mais quand même, Tonì, pourquoi il doit dormir ici ?

— Parce que je l'ai invité, répliqua Tonino.

— Et alors ? Tu lui dis que c'était une erreur, que l'appartement est trop petit et qu'on n'a pas de place.

— Et dis-lui aussi, renchérit encore Corrado, qu'il a intérêt à ne pas se pointer dans le quartier, ça vaut mieux pour lui.

Exaspérés, Tonino et Giuliana se tournèrent alors en même temps vers Vittoria, comme si en dernier ressort il lui incombait de régler cette affaire de gré ou de force. Et je fus frappée de voir que Margherita elle-même la sollicitait du regard, comme pour dire : Vittò, qu'est-ce que je fais ? Ma tante trancha alors, d'une voix sourde : Votre mère a raison, il n'y a pas de place, Corrado n'a qu'à venir dormir chez moi. Ces quelques mots suffirent, les yeux de Margherita, Tonino et Giuliana s'illuminèrent de gratitude. Corrado, en revanche, poussa un soupir d'impatience et essaya encore de dire quelque chose contre l'invité, mais ma tante siffla : Tais-toi. Le garçon esquissa le geste de lever les bras en signe de reddition, mais à contrecœur. Puis, comme s'il avait compris qu'il devait à Vittoria un acte de soumission plus net, il passa derrière elle et l'embrassa bruyamment à plusieurs reprises, sur le cou et sur la joue. Assise près de la table de la cuisine, elle fit mine de trouver ce geste agaçant et protesta en dialecte : *Santa Madonna*, Currà, qu'est-ce que tu es collant. Ces trois jeunes étaient-ils aussi, d'une certaine façon, du même sang qu'elle ? Et par conséquent, du mien également ? Tonino, Giuliana et Corrado me plurent, Margherita aussi. Quel dommage d'être la dernière arrivée, de ne pas avoir le même langage, ni aucune véritable intimité avec eux.

## 8

Vittoria semblait avoir perçu mon sentiment d'être étrangère, et si parfois elle paraissait vouloir m'aider à surmonter cette difficulté, à d'autres moments elle l'accentuait elle-même délibérément. *Madonna*, s'exclamait-elle, regarde, nous avons les mêmes mains. Elle mettait les siennes près des miennes, nos pouces s'entrechoquaient, et ce choc m'émouvait ; j'aurais voulu la serrer fort dans mes bras ou m'allonger à son côté, la tête contre son épaule, pour écouter sa respiration et sa voix brusque. Mais, le plus souvent, dès que je disais quelque chose qui lui semblait erroné, elle éclatait en reproches et s'écriait : Tel père, telle fille. Ou bien elle se moquait de la façon dont ma mère m'habillait : Tu es grande, regarde un peu les nichons que tu as, tu ne peux pas sortir habillée comme une poupée, il faut te rebeller, Giannì, tes parents te fichent en l'air. Alors, elle reprenait son refrain : Regarde-les, tes parents, regarde-les bien, ne te laisse pas embobiner.

C'était un thème auquel elle tenait beaucoup et, chaque fois que nous nous rencontrions, elle insistait pour que je lui raconte comment mes parents passaient leurs journées. Mais comme je me contentais de renseignements vagues, elle ne tardait pas à s'énerver, elle se moquait de moi avec méchanceté ou s'esclaffait bruyamment, sa bouche grande ouverte. Cela l'exaspérait que je me borne à répéter que mon père travaillait sans arrêt et qu'il était très respecté, qu'une revue célèbre avait publié un de ses articles, que ma mère l'adorait parce qu'il était beau et intelligent, que tous deux étaient fantastiques, et que ma mère corrigeait et souvent réécrivait des histoires d'amour imaginées spécifiquement pour les femmes, qu'elle savait tout et était très gentille. Pleine de rancœur, Vittoria me disait : Tu les aimes parce que ce sont tes parents, mais si tu n'es pas capable de voir que ce sont des gens de merde, tu deviendras une merde à ton tour, et je n'aurai plus envie de te voir.

Pour lui faire plaisir, je lui révélai un jour que mon père avait beaucoup de voix différentes, et qu'il les modulait selon les circonstances. Il avait la voix de l'affection, la voix impérieuse et la voix glaciale, toutes dans un italien magnifique, mais il avait aussi la voix du mépris, toujours en italien mais parfois aussi en dialecte, qu'il utilisait avec tous ceux qui l'agaçaient, en particulier les commerçants malhonnêtes, les mauvais conducteurs et les gens mal élevés. Quant à ma mère, j'expliquai qu'elle était un peu dominée par l'une de ses amies, Costanza, et qu'elle était parfois exaspérée par le mari de cette femme, un ami fraternel de mon père, Mariano, qui faisait toujours des plaisanteries désagréables. Mais Vittoria n'apprécia pas non plus ces confidences plus spécifiques, qu'elle qualifia même de bavardages creux. Je découvris qu'elle se souvenait de Mariano, qu'elle décrivit comme un crétin, et certainement pas comme un ami fraternel. Cet adjectif la mit en colère. D'un ton très âpre, elle lança : Andrea ne sait pas ce que ça veut dire, fraternel. Je me souviens que nous étions chez elle, à la cuisine, et qu'il pleuvait dehors, sur la rue sordide. Je dus avoir une expression de désolation et mes yeux se remplirent de larmes, ce qui, à ma plus grande surprise et pour mon plus grand plaisir, l'attendrit comme cela ne s'était jamais produit auparavant. Elle me sourit, m'attira près d'elle, me fit asseoir sur ses genoux et m'appliqua un gros baiser sur la joue avant de me la mordiller. Puis elle murmura en dialecte : Excuse-moi, ce n'est pas à toi que j'en veux, c'est à ton père. Elle glissa alors une main sous ma jupe et me frappa doucement à plusieurs reprises avec sa paume, entre la cuisse et la fesse. Elle me souffla encore une fois à l'oreille : Regarde bien tes parents, sinon tu ne pourras pas te sauver.

## 9

Ces manifestations inattendues d'affection de la part de Vittoria, malgré son ton de mécontentement presque constant, se multiplièrent, et me la rendirent toujours plus indispensable. Le temps vide entre nos rendez-vous passait avec une lenteur insupportable et, dans les intervalles où je ne la voyais pas et ne parvenais pas à la joindre au téléphone, j'éprouvais le besoin de parler d'elle. C'est ainsi que je finis par faire de plus en plus de confidences à Angela et Ida, après avoir exigé d'elles le secret le plus absolu. C'étaient les seules auprès de qui je pouvais me vanter de cette relation. Au début, elles ne m'écoutèrent pas tellement, trop empressées de me raconter les petites histoires et anecdotes mettant en scène leur famille fantaisiste. Toutefois, elles durent bientôt céder, car la famille qu'elles évoquaient n'avait rien de comparable avec Vittoria qui, telle que je la décrivais, surclassait tout ce qu'elles connaissaient. Leurs tantes, cousines et grands-mères étaient des femmes aisées du Vomero, de Posillipo, de la Via Manzoni ou de la Via Tasso. Or, je plaçais avec virtuosité la sœur de mon père dans une ambiance de cimetières, de torrents et de chiens féroces, de flammes de raffineries et de squelettes de bâtiments abandonnés, et je déclarais : Elle a eu un seul amour, un amour malheureux, son homme est mort de douleur et elle l'aimera toujours.

Un jour, je leur confiai dans un murmure : Quand Zia Vittoria parle de son amour, elle utilise le mot « baiser », elle m'a raconté combien de fois et comment Enzo et elle ont baisé. Angela fut frappée surtout par ce dernier point, et m'interrogea longuement à ce sujet. J'exagérai sans doute dans mes réponses, finissant par prêter à Vittoria des propos sur ce qui me faisait fantasmer, moi, depuis longtemps. Mais je ne me sentis pas en faute, car le principal était là : ma tante m'avait véritablement parlé ainsi. Vous n'imaginez même pas, dis-je avec émotion, la beauté de l'amitié qui nous lie : nous sommes très proches, elle m'enlace, m'embrasse et me dit souvent que nous sommes pareilles. Naturellement, je ne dis mot des querelles qu'elle avait eues avec mon père, de leurs disputes pour l'héritage d'un logement misérable et du mouchardage qui avait suivi : ces histoires me semblaient manquer de dignité. En revanche, je racontai comment Margherita et Vittoria avaient vécu après la mort d'Enzo dans un admirable esprit d'entraide, et j'ajoutai qu'elles s'étaient occupées des enfants comme si elles avaient accouché d'eux ensemble, un peu chacune à son tour. Je dois dire que cette image me vint par hasard, mais je la perfectionnai lors de mes récits suivants, jusqu'à croire moi-même que Tonino, Giuliana et Corrado avaient été conçus miraculeusement par les deux femmes. Avec Ida, en particulier, je faillis en arriver à attribuer à Margherita et Vittoria la capacité de voler dans les cieux nocturnes et d'inventer des potions magiques avec des herbes ramassées dans le bois de Capodimonte. Ce qui est sûr, c'est que je lui dis qu'au cimetière Vittoria parlait avec Enzo, et que celui-ci lui donnait des conseils.

— Ils se parlent comme on se parle, toi et moi ? demanda Ida.

— Oui.

— Alors c'est lui qui a voulu que ta tante soit également la mère de ses enfants.

— Ça c'est sûr. Il était policier, il faisait tout ce qu'il voulait, il avait même un pistolet.

— C'est comme si ma mère et la tienne étaient nos mères, à toutes les trois ?

— Oui.

Cela troubla beaucoup Ida, mais Angela aussi se passionna pour le sujet. Plus je faisais et refaisais ces récits en les enrichissant, plus elles s'exclamaient : Qu'est-ce que c'est beau, j'en ai les larmes aux yeux. En tout cas, leur intérêt s'accrut particulièrement lorsque je me mis à leur raconter combien Corrado était amusant, Giuliana jolie et Tonino charmant. Je m'étonnai moi-même de la chaleur avec laquelle je décrivis ce dernier. Je découvris ainsi qu'il m'avait plu alors que, sur le coup, il ne m'avait pas fait grande impression, et m'avait même semblé le plus inconsistant des trois enfants. Mais je parlai tant de lui et l'inventai si bien que lorsque Ida, experte en romans, me dit « Tu es amoureuse », j'avouai – surtout pour voir la réaction d'Angela – que c'était vrai, je l'aimais.

Nous en arrivâmes ainsi à une situation où mes amies me demandaient continuellement de nouveaux détails sur Vittoria, Tonino, Corrado, Giuliana et leur mère, et je ne me faisais pas prier. Pendant un certain temps, tout se passa bien. Puis voilà qu'elles commencèrent à me réclamer de rencontrer au moins Zia Vittoria et Tonino. Je refusai tout de suite. C'était quelque chose qui m'appartenait, une façon de fantasmer qui, tant qu'elle durait, m'aidait à me sentir bien : j'étais allée trop loin, la réalité ne serait pas à la hauteur. En outre, je sentais que l'assentiment de mes parents était factice, et j'avais déjà assez de mal comme ça à tout faire tenir en équilibre. Il suffirait d'un faux pas – Maman, papa, je peux emmener Angela et Ida chez Zia Vittoria ? – pour qu'en un éclair les sentiments négatifs éclatent. Mais Angela et Ida étaient curieuses, elles insistaient. Tout l'automne, je me sentis déboussolée, coincée entre les demandes pressantes de mes amies et celles de Vittoria. Les premières voulaient vérifier que le nouveau monde auquel j'étais exposée était vraiment plus palpitant que celui que nous habitions ; la seconde semblait sur le point de m'éloigner de ce monde et d'elle-même si je ne reconnaissais pas que j'étais de son côté, et non de celui de mon père et de ma mère. Aussi avais-je maintenant l'impression d'avoir perdu de mon prestige aux yeux de mon père, de ma mère, mais aussi de Vittoria, et de ne plus avoir de relations sincères avec mes amies. C'est dans ce climat que, presque sans m'en rendre compte, je commençai pour de bon à espionner mes parents.

## 10

Tout ce que je pus découvrir sur mon père, ce fut son attachement jusqu'alors insoupçonné à l'argent. Je saisis à plusieurs reprises qu'il reprochait à ma mère, à voix basse mais d'un ton pressant, de dépenser trop et pour des choses inutiles. Par ailleurs, sa vie était celle de toujours : le lycée le matin, les recherches l'après-midi, les réunions le soir chez nous ou chez d'autres personnes. Quant à ma mère, à propos de l'argent, je l'entendis souvent rétorquer, toujours à voix basse : Cet argent je le gagne, je peux quand même dépenser quelque chose pour moi. Mais la nouveauté fut que, malgré la douce ironie que lui inspiraient les réunions de mon père – elle les appelait toujours des « complots pour remettre le monde dans le droit chemin », surtout pour se moquer de Mariano –, elle se mit de but en blanc à y participer. Elle ne le faisait pas seulement quand les débats avaient lieu chez nous, mais aussi, ce qui provoqua un agacement explicite chez mon père, quand ils se tenaient chez quelqu'un d'autre, au point que je passais souvent mes soirées au téléphone avec Angela ou Vittoria.

J'appris par Angela que Costanza ne partageait pas la curiosité de ma mère pour ces réunions et que, même lorsqu'elles se déroulaient chez eux, elle préférait sortir ou, au mieux, regarder la télévision et lire. En dépit de quelques hésitations, je finis par rapporter à Vittoria à la fois les disputes au sujet de l'argent et ce soudain intérêt de ma mère pour les activités nocturnes de mon père. Ma tante se mit brusquement à me louer :

— Tu as enfin pris conscience que ton père est attaché à l'argent.

— Oui.

— C'est à cause de l'argent qu'il a bousillé ma vie.

Je ne répliquai rien. J'étais déjà contente d'avoir enfin trouvé une information qui lui fasse plaisir. Elle poursuivit :

— Et elle achète quoi, ta mère ?

— Des robes, des culottes. Et un tas de crèmes.

— Une sacrée connasse, s'exclama-t-elle, satisfaite.

Je compris que Vittoria attendait que je lui rapporte des événements et des comportements de ce genre, qui non seulement confirmaient qu'elle avait raison, et que mon père et ma mère avaient tort, mais qui indiquaient aussi que j'apprenais à regarder au-delà des apparences et à comprendre.

En fin de compte, savoir qu'elle se contentait de mouchardages de ce type me rassura. Je ne voulais pas cesser d'être la fille de mes parents, comme elle semblait l'exiger ; mon lien avec eux était fort, et j'excluais que l'attachement de mon père à l'argent ou les petits gaspillages de ma mère puissent diminuer mon amour pour eux. Le risque était plutôt que, n'ayant presque rien à raconter, je me mette presque involontairement à inventer des choses afin de faire plaisir à Vittoria et de renforcer notre relation. Heureusement, les mensonges qui me venaient à l'esprit étaient tellement énormes, j'attribuais à ma famille des crimes si romanesques que je m'abstenais de les soumettre à Vittoria, craignant qu'elle me lance : Tu es une menteuse. Je finis donc par ne chercher que de petites anomalies bien réelles, que je gonflais à peine. Mais même ainsi, je vivais dans l'inquiétude. Je ne me sentais ni fille vraiment affectueuse ni espionne de haute volée.

Un soir, nous allâmes dîner chez Mariano et Costanza. En descendant la Via Cimarosa, j'avais interprété comme un mauvais présage une traînée de nuages noirs qui s'effilochaient dans le ciel. Dans le grand appartement de mes amies, les radiateurs n'étaient pas encore allumés et j'eus tout de suite froid, malgré ma veste en laine, que ma mère trouvait très élégante. On mangeait toujours très bien chez nos hôtes, ils avaient une bonne silencieuse qui était excellente cuisinière – je la regardais et songeais à Vittoria qui travaillait dans des appartements comme celui-ci. Je goûtais pourtant peu les mets tant l'idée de salir ma veste, que ma mère m'avait déconseillé de garder, me rendait anxieuse. Nous nous ennuyâmes ferme, Ida, Angela et moi, et il fallut une éternité – remplie des bavardages de Mariano – pour en arriver au dessert. Vint enfin le moment de demander si nous pouvions sortir de table, ce à quoi Costanza consentit. Nous allâmes dans le couloir et nous assîmes par terre, Ida se mit à lancer une petite balle en caoutchouc rouge pour nous agacer, Angela et moi, tandis que cette dernière me demandait quand je me déciderais à lui présenter ma tante. Elle était particulièrement insistante, et finit par dire :

— Tu veux que je te dise une chose ?

— Quoi ?

— D'après moi, ta tante, elle n'existe pas.

— Bien sûr que si, elle existe.

— Si elle existe, alors elle n'est pas comme tu le dis. C'est pour ça que tu ne veux pas qu'on la rencontre.

— Elle est encore mieux que ce que je vous en dis.

— Alors emmène-nous chez elle, dit Ida en lançant sa balle sur moi avec force.

Pour éviter le projectile, je me jetai en arrière, sur le sol, et me retrouvai allongée de tout mon long entre le mur et la porte grande ouverte de la salle à manger. La table autour de laquelle nos parents s'attardaient était rectangulaire et installée au milieu de la pièce. D'où j'étais, je les voyais tous les quatre de profil. Ma mère était assise en face de Mariano, Costanza en face de mon père, et ils discutaient de je ne sais trop quoi. Mon père parla, Costanza rit, Mariano ajouta quelque chose. J'étais couchée par terre et, plus que leurs visages, je voyais les lignes de leurs jambes et de leurs pieds. Mariano avait étendu les jambes sous la table, il conversait avec mon père et, en même temps, il serrait entre ses chevilles une cheville de ma mère.

Je me relevai brusquement avec un obscur sentiment de honte, et je lançai avec force la balle à Ida. Mais je ne résistai que quelques minutes avant de m'allonger à nouveau sur le sol. Mariano avait toujours les jambes étendues sous la table, mais ma mère avait maintenant éloigné les siennes, et tout son corps était tourné vers mon père. Elle disait : On est en novembre mais il fait encore bon.

Qu'est-ce que tu fais, me demanda Angela tout en s'allongeant avec précaution au-dessus de moi, tout doucement, en disant : Il n'y a pas longtemps, on coïncidait parfaitement, et maintenant, regarde, tu es plus grande que moi.

## 11

Pendant le reste de la soirée, je ne perdis jamais de vue ni ma mère ni Mariano. Elle participa peu à la conversation, n'échangea pas un regard avec lui et fixa toujours Costanza et mon père, mais comme si elle avait quelque chose d'important en tête qui l'empêchait de les voir vraiment. Mariano, en revanche, ne pouvait détacher les yeux de sa personne. Il contemplait tantôt ses pieds, tantôt son genou ou son oreille, avec un regard boudeur et mélancolique qui contrastait avec le ton de son intarissable bavardage habituel. Les rares fois où ils s'adressèrent la parole, ma mère répondit par monosyllabes et Mariano lui parla, sans raison évidente, d'une voix basse et caressante que je ne lui connaissais pas. Au bout d'un moment, Angela se mit à insister pour que je reste dormir chez eux. En ces occasions, elle faisait toujours ça et, en général, ma mère consentait après avoir émis des craintes sur la gêne que je pourrais causer, tandis que mon père était toujours implicitement favorable. Mais cette fois, la requête ne fut pas immédiatement acceptée, ma mère hésita. Mariano intervint alors et, après avoir souligné que demain c'était dimanche et qu'il n'y avait pas classe, il lui promit de me ramener en personne à San Giacomo dei Capri avant le déjeuner. Je les entendis dialoguer inutilement, il était évident que j'allais rester dormir, et je soupçonnai qu'à travers cet échange – dans les paroles de ma mère il y avait une résistance molle, dans celles de Mariano une demande pressante – ils se disaient autre chose, qui était clair pour eux mais échappait à tous les autres. Quand ma mère finit par accepter que je dorme avec Angela, Mariano prit un air sérieux, presque ému, comme si de ma nuit chez eux dépendait – que sais-je – sa carrière universitaire ou la résolution des graves problèmes dont mon père et lui s'occupaient depuis des décennies.

Peu avant vingt-trois heures, après de longues tergiversations, mes parents se décidèrent à partir.

— Mais tu n'as pas de pyjama, fit remarquer ma mère.

— Elle peut mettre l'un des miens, dit Angela.

— Et la brosse à dents ?

— Elle en a une, elle l'a laissée ici la dernière fois, je l'ai mise de côté.

Costanza s'immisça dans la conversation avec une pointe d'ironie envers cette résistance anormale à quelque chose de tout à fait banal : Quand Angela reste chez vous, dit-elle, ne met-elle pas un pyjama de Giovanna, et n'a-t-elle pas sa propre brosse à dents ? Oui, bien sûr, capitula ma mère, mal à l'aise. Elle finit par dire : Andrea, allons-y, il est tard. Mon père quitta le canapé avec un air un peu las, et il me réclama son baiser du coucher. Ma mère, distraite, ne me le demanda pas, en revanche elle embrassa Costanza sur les deux joues, avec des baisers sonores qu'elle ne faisait jamais d'habitude, et qui me semblèrent dictés par un besoin de souligner leur vieux pacte d'amitié. Elle avait un regard agité, et je songeai : Qu'est-ce qu'elle a, elle ne se sent pas bien. Elle s'apprêtait à gagner la porte mais, semblant se rappeler soudain que Mariano se trouvait juste derrière et qu'elle ne lui avait pas dit au revoir, elle s'abandonna, pratiquement le dos contre sa poitrine, comme si elle s'évanouissait, et c'est dans cette position – tandis que mon père saluait Costanza en louant pour la énième fois le dîner – qu'elle tourna la tête vers lui, offrant sa bouche. Cela ne dura qu'un instant : le souffle coupé, je crus qu'ils allaient s'embrasser comme au cinéma. En fait, il lui effleura la joue du bout des lèvres, et elle fit de même.

Dès que mes parents eurent quitté l'appartement, Mariano et Costanza commencèrent à débarrasser, et ils nous obligèrent à nous préparer pour la nuit. Mais je n'arrivais pas à me concentrer. Que s'était-il passé devant mes yeux, qu'avais-je vu ? Une plaisanterie innocente de Mariano, un acte illicite prémédité par lui, un acte illicite perpétré par ma mère et lui ? Ma mère était toujours tellement limpide : comment avait-elle pu tolérer ce contact sous la table, qui plus est avec un homme beaucoup moins séduisant que mon père ? Elle n'avait aucune sympathie pour Mariano – Qu'est-ce qu'il est bête, avait-elle dit deux ou trois fois en ma présence –, et même à Costanza elle n'avait pu cacher ses sentiments et lui avait souvent demandé, sur le ton de la plaisanterie lasse, comment elle faisait pour supporter quelqu'un qui n'arrivait jamais à se taire. Que signifiait donc cette cheville entre celles de cet homme ? Depuis combien de temps étaient-ils dans cette position ? Quelques secondes, une minute, dix ? Pourquoi n'avait-elle pas immédiatement retiré sa jambe ? Et puis, que penser de l'attitude distraite qu'elle avait eue ensuite ? Je n'arrivais pas à comprendre.

Je mis longtemps à me brosser les dents, au point qu'Ida me lança, hostile : Ça suffit, tu vas les user. C'était toujours comme ça : dès que nous nous enfermions dans leur chambre, elle devenait agressive. En fait, elle craignait que nous deux, les grandes, ne l'isolions, et du coup elle se mettait à bouder de manière préventive. C'est pour cela qu'elle annonça aussitôt d'un ton hargneux qu'elle voulait dormir avec nous dans le lit d'Angela, et non pas seule dans son lit. Les deux sœurs se disputèrent un moment – On est trop serrées, va-t'en ; Non, on est très bien – mais Ida ne céda pas. En ces occasions, elle ne cédait jamais. Aussi Angela me fit-elle un clin d'œil en lui disant : Dès que tu t'endors, *moi* je vais dormir dans ton lit. Très bien, exulta Ida, satisfaite non pas tant de dormir toute la nuit avec moi, mais que sa sœur ne le fasse pas. Elle tenta de lancer une bataille d'oreillers, nous contre-attaquâmes sans enthousiasme, puis elle s'arrêta, s'installa entre nous deux et éteignit la lumière. Dans le noir, elle s'exclama joyeusement : Il pleut, comme c'est bien d'être ensemble, j'ai pas sommeil, allez, on bavarde toute la nuit. Mais Angela la fit taire, dit qu'elle avait sommeil, et après quelques petits rires on n'entendit plus que le bruit de la pluie contre les vitres.

La cheville de ma mère entre celles de Mariano me revint aussitôt à l'esprit. Je tentai d'ôter de la netteté à cette image, je voulus me convaincre que cela ne voulait rien dire, que ce n'était qu'une plaisanterie entre amis. Je n'y parvins pas. Si ça ne veut rien dire, m'exhortai-je, alors raconte-le à Vittoria. Ma tante aurait certainement su m'indiquer quelle importance accorder à cette scène : n'était-ce pas elle qui m'avait poussée à épier mes parents ? Regarde, regarde bien, avait-elle répété.

Maintenant, j'avais regardé, et j'avais vu quelque chose. Il suffirait de lui obéir avec un zèle accru pour savoir s'il s'agissait d'une bêtise ou pas. Mais je réalisai tout de suite que jamais au grand jamais je ne lui rapporterais ce que j'avais vu. Même s'il n'y avait rien de mal, Vittoria saurait en trouver. Elle m'expliquerait que j'avais vu à l'œuvre le désir de baiser : pas le désir de baiser décrit par les petits livres éducatifs que m'avaient offerts mes parents, avec leurs dessins pleins de couleurs et leurs légendes simples et proprettes, mais quelque chose de répugnant et de ridicule à la fois, un peu comme un gargarisme quand on a mal à la gorge. Et ça, je ne pourrais pas le supporter. Mais, en même temps, rien qu'à penser à ma tante, ma tête s'emplissait déjà de son vocabulaire désagréable et excitant, et je vis clairement dans le noir Mariano et ma mère enlacés de la façon suggérée par son lexique. Était-il possible que ces deux-là ensemble puissent éprouver le même plaisir extraordinaire que Vittoria disait avoir connu, et qu'elle m'avait souhaité comme le seul véritable don que la vie puisse m'offrir ? À la seule idée que, si je mouchardais, elle utiliserait les mots auxquels elle avait eu recours pour parler d'Enzo et elle, mais de façon à rabaisser ma mère et, à travers elle, mon père, je fus définitivement persuadée que ce qu'il y avait de mieux à faire, c'était de ne jamais lui parler de cette scène.

— Elle dort, murmura Angela.

— Dormons nous aussi.

— Oui, mais dans son lit.

Je l'entendis bouger avec précaution dans l'obscurité. Elle apparut près de moi et me prit la main, je sortis prudemment du lit pour la suivre dans celui d'Ida. Nous nous couvrîmes, il faisait froid. Je pensai à Mariano et ma mère, je pensai à mon père quand il découvrirait leur secret. Je compris clairement que, chez moi, tout allait bientôt changer pour le pire. Je réfléchis : Même si je ne lui dis rien, Vittoria va le découvrir ; en fait, peut-être qu'elle sait déjà tout, et qu'elle m'a seulement incitée à le voir de mes propres yeux. Angela chuchota :

— Parle-moi de Tonino.

— Il est grand.

— Mais encore ?

— Il a des yeux très noirs, un regard profond.

— C'est vrai qu'il veut sortir avec toi ?

— Oui.

— Si vous sortez ensemble, vous vous embrasserez ?

— Oui.

— Avec la langue ?

— Oui.

Elle me serra fort dans ses bras et je l'étreignis moi aussi, comme nous le faisions toujours quand nous dormions ensemble. Nous demeurâmes dans cette position, nous efforçant de nous coller le plus possible l'une contre l'autre, mes bras autour de son cou et les siens autour de ma taille. Son odeur me gagna peu à peu, je la connaissais bien, elle était à la fois intense et douce, et m'apportait de la chaleur. Je murmurai : Tu me serres trop. Étouffant un petit rire contre ma poitrine, elle m'appela Tonino. Je soupirai et dis : Angela. Elle répéta, cette fois sans rire : Tonino, Tonino, Tonino. Puis elle ajouta : Jure-moi que tu vas me le présenter, autrement je ne suis plus ton amie.

Je jurai, et nous échangeâmes alors de longs baisers et des caresses. Malgré le sommeil, nous n'arrivions plus à nous arrêter. C'était un plaisir serein, qui chassait l'angoisse, c'est pourquoi nous ne voyions pas de raison d'y renoncer.

# III

# 1

Je surveillai ma mère pendant des jours. Quand le téléphone sonnait, qu'elle courait répondre avec trop d'empressement et que sa voix, forte au départ, devenait vite un murmure, je soupçonnais que son interlocuteur était Mariano. Si elle passait trop de temps à soigner son apparence, écartait une robe, puis une autre et une autre encore, voire en venait à m'appeler pour savoir laquelle lui allait le mieux, j'étais certaine qu'elle devait se rendre à un tête-à-tête secret avec son amant – c'était là une des expressions que j'avais apprises en feuilletant parfois les épreuves de ses romans à l'eau de rose.

Je découvris à cette occasion que j'étais capable de jalousie maladive. Jusqu'à ce jour, j'avais été persuadée que ma mère m'appartenait, et que mon droit de l'avoir toujours à disposition était indiscutable. Dans mon petit théâtre intérieur, mon père était à moi et, légitimement, à elle aussi. Ils dormaient ensemble, échangeaient des baisers, et ils m'avaient conçue selon des modalités qui m'avaient été expliquées quand je devais avoir six ans à peine. Leur relation était pour moi un état de fait et par conséquent, consciemment, elle ne m'avait jamais troublée. Mais en dehors de cette relation, je considérais étrangement ma mère comme un être intouchable, que je ne pouvais partager avec personne : elle n'appartenait qu'à moi. Son corps était à moi, son parfum était à moi, même ses pensées étaient à moi – et ces dernières ne pouvaient tourner qu'autour de moi : d'aussi loin que je m'en souvienne, j'en avais toujours été convaincue. Or, maintenant, il était soudain devenu plausible – et là, j'utilisais à nouveau les formules apprises dans les romans sur lesquels elle travaillait – que ma mère se donne à un autre en dehors des pactes familiaux, en cachette. Cet autre se sentait autorisé à serrer sa cheville entre les siennes sous la table. Et qui sait où ils se trouvaient quand il fourrait sa salive dans la bouche de ma mère, suçait les tétons que j'avais tétés et – comme disait Vittoria avec son accent que je n'avais pas mais que, plus que jamais, par désespoir, j'aurais voulu avoir – quand il empoignait l'une de ses fesses, puis l'autre. Lorsque ma mère rentrait, à bout de souffle, harcelée par mille tâches professionnelles et domestiques, je voyais ses yeux briller, je devinais sous ses vêtements la trace des mains de Mariano, et je sentais sur tout son corps, alors qu'elle ne fumait pas, l'odeur de tabac qu'avaient les doigts de cet homme, jaunis par la nicotine. Le seul fait de l'effleurer me dégoûta bientôt, et pourtant je ne supportais pas d'avoir perdu le plaisir de m'asseoir sur ses genoux, de jouer avec les lobes de ses oreilles pour l'agacer et l'entendre dire « Arrête, je vais avoir les oreilles toutes violettes », et rire avec elle. Pourquoi fait-elle ça ? Je me creusais la cervelle. Je ne voyais pas une seule bonne raison qui justifie sa trahison, et je me demandais ce que je pouvais faire pour la ramener au temps d'avant – avant ce contact sous la table de la salle à manger –, afin de l'avoir à nouveau telle qu'elle était lorsque je ne réalisais même pas combien je tenais à elle, et qu'il me semblait évident qu'elle était là uniquement pour répondre à mes besoins, et qu'elle le serait pour toujours.

## 2

Pendant cette période, j'évitai de téléphoner à Vittoria et de la rencontrer. Je me justifiais en pensant : ainsi, je peux plus facilement dire à Angela et Ida qu'elle est occupée et qu'elle n'a même pas le temps de me voir. Mais ce n'était pas la véritable raison. J'avais sans arrêt envie de pleurer, et je savais désormais que c'était seulement auprès de ma tante que je pourrais le faire en toute liberté, en criant, en sanglotant. Oh oui, j'avais besoin de me défouler – pas de mots, pas de confidences, rien qu'une pure expulsion de la douleur. Mais qui pouvait m'assurer que, au moment où mes larmes se mettraient à couler, je ne lui renverrais pas ses responsabilités à la figure et ne lui crierais pas avec toute la fureur dont je me sentais capable que j'avais fait ce qu'elle m'avait demandé, que j'avais regardé exactement comme elle m'avait dit de regarder, et que maintenant je savais que je n'aurais pas dû le faire, non, je n'aurais jamais dû, parce que j'avais découvert que le meilleur ami de mon père – un être foncièrement répugnant – serrait entre ses chevilles, pendant le dîner, la cheville de ma mère, et que celle-ci ne bondissait pas, indignée, ne criait pas « Comment tu te permets ? » mais se laissait faire ? Bref, je craignais que, si je laissais libre cours aux larmes, ma décision de me taire ne cède d'un coup, ce que je ne voulais absolument pas. Je savais très bien que, dès que je me serais confiée à elle, Vittoria prendrait son téléphone et raconterait tout à mon père, pour le plaisir de lui faire mal.

Mais finalement, c'était quoi, ce « tout » ? Peu à peu, je me calmai. J'analysai une énième fois ce que j'avais réellement vu, éliminai ce qui ne relevait que de l'imagination et cherchai, jour après jour, à éloigner l'impression que quelque chose de très grave allait se produire dans ma famille. J'avais besoin de compagnie, je voulais me distraire. Je fréquentai alors Angela et Ida encore plus que par le passé, ce qui intensifia leur désir de rencontrer ma tante. Je finis par me dire : Qu'est-ce que ça me coûte, qu'y a-t-il de mal ? Aussi, un après-midi, je me décidai à demander à ma mère : Et si, un dimanche, j'emmenais Angela et Ida chez Zia Vittoria ?

Laissant un instant mes obsessions de côté, je dois admettre qu'à cette époque, objectivement, elle était surchargée de travail. Elle courait au lycée, rentrait à la maison, ressortait, revenait, puis s'enfermait dans son bureau pour travailler jusque tard dans la nuit. Je tins pour acquis qu'elle répondrait distraitement « d'accord » à ma requête. Or, celle-ci n'eut pas l'air de lui plaire :

— Quel est le rapport entre Angela et Ida et Zia Vittoria, maintenant ?

— Ce sont mes amies, elles veulent faire sa connaissance.

— Tu sais bien que Zia Vittoria ne leur fera pas bonne impression.

— Et pourquoi ?

— Parce que ce n'est pas une femme présentable.

— C'est-à-dire ?

— Ça suffit, là je n'ai pas le temps de discuter. Je pense que tu devrais arrêter de la voir toi aussi.

Je piquai une colère et dis que je voulais en parler avec mon père. En même temps, et contre ma propre volonté, les mots qui me vinrent à l'esprit furent : C'est *toi* qui n'es pas présentable, pas Zia Vittoria, je vais dire à papa ce que tu fais avec Mariano, tu vas le payer. Ainsi, sans attendre son habituel travail de médiation, je courus dans le bureau de mon père, et je sentais – ce qui me surprenait et m'effrayait, car je voyais que je n'arrivais pas à me retenir – que j'aurais véritablement été capable de lui jeter à la figure ce que j'avais vu, en ajoutant ce que j'avais deviné. Mais quand j'entrai dans son bureau et m'exclamai, comme si c'était une question de vie ou de mort, que je voulais présenter Angela et Ida à Vittoria, il leva le nez de ses papiers et me dit, affectueux : Ce n'est pas la peine de crier comme ça, que se passe-t-il ?

Je me sentis aussitôt soulagée. Je ravalai le mouchardage que j'avais sur le bout de la langue, déposai un gros baiser sur sa joue, puis lui expliquai ce que voulaient Angela et Ida en me plaignant de l'attitude rigide de ma mère. Il ne se départit pas de son ton conciliant et ne mit pas son veto à cette initiative, tout en réaffirmant son aversion pour sa sœur. Il dit : Vittoria, c'est entièrement ton problème, c'est une curiosité de ta part et je ne veux pas m'en mêler, mais tu verras, elle ne plaira pas à Angela et Ida.

Bizarrement, Costanza aussi, qui pourtant n'avait jamais vu ma tante de sa vie, exprima son hostilité à ce projet, comme si ma mère et elle s'étaient concertées. Ses filles durent batailler longuement pour obtenir sa permission, et elles me rapportèrent que leur mère avait proposé : Invitez-la plutôt ici chez nous, ou bien retrouvez-vous, je ne sais pas, dans un café de la Piazza Vanvitelli, comme ça vous faites sa connaissance, Giovanna est contente et on n'en parle plus. Quant à Mariano, il ne fut pas en reste : À quoi ça rime, d'aller passer un dimanche chez cette femme ? Et puis, grand Dieu, pourquoi se traîner jusque là-bas, un endroit horrible où il n'y a rien d'intéressant à voir ? Mais pour moi, il n'avait absolument pas son mot à dire. Du coup, je mentis à Angela en lui racontant que ma tante avait dit que soit on allait la voir chez elle, soit on laissait tomber. Costanza et Mariano finirent par capituler, mais ils planifièrent minutieusement nos déplacements, avec mes parents : Vittoria passerait me prendre à neuf heures et demie, nous irions ensemble chercher Angela et Ida à dix heures et, au retour, il faudrait déposer mes amies chez elles à quatorze heures, avant de me ramener à quatorze heures trente chez moi.

Je téléphonai alors à Vittoria, et je dois dire que je le fis avec appréhension : jusqu'à ce moment-là, je ne l'avais même pas consultée. Elle fut brusque, comme toujours, et me reprocha de ne pas l'avoir appelée depuis longtemps, mais dans le fond elle eut l'air contente que je veuille venir avec mes amies. Elle me dit : Tout ce qui te fait plaisir me fait plaisir aussi. Elle accepta les horaires tatillons qui nous étaient imposés, quoique d'un ton qui semblait dire : C'est ça, cause toujours, je fais ce qui me plaît.

## 3

C'est ainsi qu'un dimanche, alors que les décorations de Noël commençaient à apparaître dans les vitrines, Vittoria passa me prendre à l'heure convenue. Très tendue, je l'attendais déjà depuis un quart d'heure devant mon immeuble. Je la trouvai joyeuse, elle lança la Cinquecento dans la descente jusqu'à la Via Cimarosa à une vitesse soutenue, en chantonnant et en m'obligeant à chanter moi aussi. Là, nous trouvâmes Costanza et ses filles qui nous attendaient, toutes trois belles et impeccables, comme si elles sortaient d'une publicité télévisée. Je m'aperçus tout de suite que ma tante, qui n'avait pas encore approché la voiture du trottoir, observait déjà, cigarette au bec, l'extrême élégance de Costanza avec un regard moqueur. J'intervins, anxieuse :

— Ne bouge pas, je dis à mes amies de monter et on y va.

Mais elle ne m'entendit même pas, elle eut un petit rire et bougonna en dialecte :

— Elle a dormi comme ça, celle-là, ou bien elle va à une réception de bon matin ?

Elle sortit de la voiture et alla dire bonjour à Costanza avec une amabilité tellement exagérée qu'elle ne pouvait être que feinte. Je tentai de sortir à mon tour mais l'ouverture de la portière était défectueuse et, tout en m'escrimant, je surveillai nerveusement Costanza qui souriait gentiment avec Angela à sa droite et Ida à sa gauche, tandis que Vittoria disait quelque chose en faisant de grands gestes qui fendaient l'air. J'espérais qu'elle ne dirait pas de gros mots. Je finis par ouvrir la portière et courus les rejoindre, à temps pour entendre que ma tante, dans un mélange d'italien et de dialecte, complimentait mes amies :

— Mais qu'est-ce qu'elles sont jolies, qu'est-ce qu'elles sont jolies, c'est tout leur mère.

— Merci, dit Costanza.

— Oh, et ces boucles d'oreilles ?

Elle se mit à louer les boucles d'oreilles de Costanza en les effleurant du bout des doigts, avant de passer au collier, à la robe, tripotant tout pendant quelques secondes, comme si elle se trouvait devant un mannequin bien apprêté. À un moment donné, je craignis qu'elle ne soulève un pan de la robe de Costanza pour mieux examiner son collant ou pour voir sa culotte – elle en aurait été capable. Or, elle se calma d'un seul coup, comme si un lasso invisible l'avait saisie au cou pour lui signaler qu'elle devait avoir plus de retenue, et elle s'arrêta sur le bracelet que Costanza portait au poignet, avec une expression très sérieuse. Je le connaissais bien, ce bracelet, c'était celui auquel la mère d'Angela et Ida tenait particulièrement, en or blanc, avec une fleur aux pétales de brillants et de rubis, tellement resplendissant qu'il semblait émettre de la lumière – même ma mère le lui enviait.

— Qu'est-ce qu'il est beau, dit Vittoria, tenant la main de Costanza et effleurant le bijou du bout des doigts, avec une admiration qui me parut sincère.

— Oui, moi aussi, il me plaît.

— Vous y tenez beaucoup ?

— J'y suis très attachée, je l'ai depuis des années.

— Alors faites gaffe : il est tellement beau que, si un brigand passe, vous risquez de vous le faire piquer, lança-t-elle en dialecte.

Puis elle lui lâcha la main, comme si les compliments avaient été chassés par un brusque mouvement de dégoût, et elle revint à Angela et Ida. Elle s'exclama d'un ton factice qu'elles étaient beaucoup plus précieuses que tous les bracelets du monde, avant de nous faire monter en voiture, tandis que Costanza insistait : Les filles, soyez mignonnes, n'oubliez pas que je vous attends ici à deux heures, sinon je vais m'inquiéter. Vu que ma tante ne répondait rien et s'était mise au volant sans même dire au revoir, une expression particulièrement courroucée sur le visage, je criai par la fenêtre avec une allégresse feinte : Oui oui, Costanza, à deux heures, ne t'en fais pas.

# 4

Nous partîmes et Vittoria, avec sa conduite habituelle, à la fois maladroite et téméraire, nous emmena sur la rocade avant de descendre jusqu'au Pascone. Elle ne fut pas gentille avec mes amies et leur reprocha souvent, pendant le trajet, de parler trop fort. Moi aussi je criais, le moteur faisait beaucoup de raffut et il était naturel d'élever la voix, pourtant elle ne s'en prit qu'à elles. Nous tentâmes de nous maîtriser mais elle s'emporta quand même, elle dit qu'elle avait mal à la tête et nous imposa de ne plus souffler mot. Je sentis que quelque chose lui avait été désagréable, peut-être que les deux sœurs lui avaient déplu, c'était difficile à dire. Nous parcourûmes pas mal de chemin sans mot dire, moi à son côté, Angela et Ida sur le très inconfortable siège arrière. Puis ce fut ma tante elle-même qui, de but en blanc, rompit le silence. Mais c'est d'une voix rauque et mauvaise qu'elle demanda à mes amies :

— Vous non plus, vous n'êtes pas baptisées ?

— Non, répondit vivement Ida.

— Mais notre père nous a dit, expliqua Angela, que si nous le voulions, nous pourrions nous faire baptiser quand nous serons grandes.

— Et si vous mourez avant ? Vous savez que vous irez dans les limbes ?

— Les limbes, ça n'existe pas, dit Ida.

— Le paradis, le purgatoire et l'enfer non plus, ajouta Angela.

— Qui vous a dit ça ?

— Papa.

— Et d'après lui, où Dieu met-il ceux qui pèchent, et ceux qui ne pèchent pas ?

— Dieu n'existe pas non plus, affirma Ida.

— Et le péché non plus, précisa Angela.

— C'est encore papa qui dit ça ?

— Oui.

— Papa est un con.

— Il ne faut pas dire de gros mots, la réprimanda Ida.

J'intervins pour éviter que Vittoria ne perde définitivement patience :

— Le péché existe : c'est quand il n'y a pas d'amitié, pas d'amour, et quand on gâche quelque chose de beau.

— Vous voyez ? fit Vittoria. Giannina comprend, pas vous.

— Ce n'est pas vrai, moi aussi je comprends, s'énerva Ida. Le péché, c'est une amertume. Nous disons *che peccato* [1] quand un objet qui nous plaît tombe par terre et se casse.

Elle s'attendait à des compliments, mais ils ne vinrent pas. Ma tante ne lâcha qu'un : Une amertume, hein ? Je la trouvai injuste envers mon amie. Celle-ci était plus jeune que nous mais très intelligente, elle lisait des tas de livres importants, et sa remarque m'avait plu. Je répétai donc une ou deux fois *che peccato*, je voulais que Vittoria entende bien – *che peccato, che peccato*. Pendant ce temps, mon angoisse s'accrut, mais sans raison précise. Peut-être pensais-je à comment tout était devenu friable, avant même cette vilaine phrase de mon père à propos de mon visage, dès l'époque

1. *Che peccato* : « Quel dommage » en italien. *Il peccato* signifie aussi « le péché ».

où j'avais eu mes règles et où ma poitrine avait poussé – qui sait. Que faire. J'avais attribué trop de poids aux paroles qui m'avaient blessée, j'avais accordé trop d'importance à cette tante. Ah, redevenir une fillette de six, sept ans, peut-être huit, ou bien plus petite encore, et effacer les étapes qui m'avaient amenée aux chevilles de Mariano et de ma mère, annuler ce qui avait fait que je me retrouvais là, enfermée dans cette guimbarde qui risquait à tout instant de percuter d'autres véhicules ou de sortir de la route, si bien que dans quelques minutes je serais peut-être morte ou gravement blessée, je perdrais un bras, une jambe, ou resterais borgne pour le restant de mes jours.

— Où va-t-on ? demandai-je, tout en sachant que je bravais là un interdit. Dans le passé, je ne m'étais hasardée qu'une fois à poser une telle question, et Vittoria avait rétorqué, hargneuse : Je le sais, moi. Or, en cette circonstance, elle sembla répondre de bonne grâce. Sans me regarder, en observant Angela et Ida dans le rétroviseur, elle lança :

— À l'église.

— Nous ne savons aucune prière, prévins-je.

— C'est mal, il faut en apprendre, ça sert.

— Mais pour le moment, nous n'en connaissons aucune.

— Pour le moment, ça ne fait rien. Aujourd'hui, on ne va pas dire de prières, on va à la brocante de la paroisse. Si vous ne savez pas prier, par contre vous savez sûrement aider à vendre.

— Oh oui, s'exclama Ida ravie, ça, je le fais bien.

Je me sentis soulagée.

— C'est toi qui organises la brocante ? demandai-je.

— C'est toute la paroisse, mais surtout mes enfants.

C'était la première fois qu'elle appelait devant moi les trois enfants de Margherita *ses* enfants, et elle le fit avec fierté.

— Corrado aussi ? demandai-je.

— Corrado est une merde, mais il fait ce que je dis, parce qu'il sait qu'autrement je lui briserais les jambes.

— Et Tonino ?

— Tonino est un brave garçon.

Angela ne put se retenir et poussa un grand cri d'enthousiasme.

## 5

J'entrais rarement dans les églises, et seulement lorsque mon père voulait m'en montrer une qu'il jugeait particulièrement belle. D'après lui, les églises de Naples étaient des constructions raffinées et riches en œuvres d'art, qui ne devraient pas être laissées dans l'abandon où elles se trouvaient. Une fois – je crois que nous étions dans San Lorenzo, mais je n'en suis pas si sûre – il m'avait grondée parce que, m'étant mise à courir dans les allées puis l'ayant perdu de vue, je l'avais appelé en hurlant de peur. Selon lui, les personnes qui ne croyaient pas en Dieu, comme lui et moi, devaient tout de même faire preuve de politesse, par respect pour les croyants. Ne pas tremper les doigts dans l'eau bénite, d'accord, ne pas se signer, d'accord ; en revanche, il fallait ôter son chapeau même s'il faisait froid, éviter de parler fort, ne pas allumer de cigarette ni entrer dans une église en fumant. Vittoria, elle, cigarette allumée entre les lèvres, nous entraîna dans une église gris-blanc à l'extérieur et ténébreuse à l'intérieur, en disant à haute voix : Faites le signe de croix. Nous n'en fîmes rien, elle s'en aperçut et nous prit la main, l'une après l'autre – Ida en premier, moi en dernier –, la guidant sur notre front, notre poitrine et nos épaules, et récitant d'un ton hargneux : Au nom du Père, du Fils et du Saint-Esprit. Puis, avec une mauvaise humeur croissante, elle nous traîna le long d'une nef mal éclairée, en râlant : Vous m'avez mise en retard. Arrivée devant une porte dont la poignée brillait de trop d'éclat, elle l'ouvrit sans frapper puis referma derrière elle, nous laissant seules.

— Ta tante n'est pas sympathique et elle est très moche, murmura Ida.

— Ce n'est pas vrai.

— Si, c'est vrai, confirma gravement Angela.

Je sentis les larmes me monter aux yeux et luttai pour les refouler :

— Elle dit que nous sommes pareilles.

— Tu rigoles, dit Angela. Toi, tu n'es ni moche ni même antipathique.

Ida précisa :

— Tu l'es seulement des fois, mais pas trop.

Vittoria réapparut en compagnie d'un homme jeune de taille modeste, au beau visage avenant. Il portait un pull noir, un pantalon gris et, suspendue à une cordelette en cuir nouée autour de son cou, une croix en bois sans le corps du Christ.

— Voici Giannina, les deux autres, ce sont ses amies, dit ma tante.

— Giacomo, se présenta-t-il d'une voix d'homme éduqué et sans accent local.

— Don Giacomo, corrigea Vittoria, agacée.

— C'est toi, le curé ? demanda Ida.

— Oui.

— Nous ne connaissons pas de prières.

— Ce n'est pas grave. On peut prier sans connaître aucune formule de prière.

Cela m'intrigua :

— Comment ça ?

— Il suffit d'être sincère. Tu joins les mains et tu dis : Mon Dieu, je t'en prie, protège-moi, aide-moi, etc.

— On peut prier seulement dans les églises ?

— On peut prier partout.

— Et Dieu exauce tes prières même si tu ne sais rien de lui, et même si tu ne crois pas qu'il existe ?

— Dieu écoute tout le monde, répondit gentiment le prêtre.

— C'est impossible, intervint Ida, il y aurait un tel vacarme qu'il ne comprendrait rien.

Du bout des doigts, ma tante lui fila une taloche, et la réprimanda parce qu'on ne pouvait pas dire à Dieu « c'est impossible » alors que pour lui tout était possible. Don Giacomo saisit le chagrin dans le regard d'Ida, et lui fit une caresse à l'endroit même où Vittoria l'avait frappée, tout en disant, presque dans un murmure, que les enfants peuvent dire et faire ce qu'ils veulent, ce sont de toute manière toujours des innocents. Et c'est alors qu'à ma grande surprise, il mentionna un certain Roberto qui – je le compris vite – était le même dont nous avions parlé quelque temps auparavant chez Margherita, c'est-à-dire le garçon originaire de ce quartier qui maintenant vivait et étudiait à Milan, l'ami de Tonino et Giuliana. Don Giacomo l'appela *notre Roberto* et le cita affectueusement, expliquant que ce jeune homme lui avait fait remarquer qu'il n'était pas rare de manifester de l'hostilité envers les enfants, et que les saints apôtres eux-mêmes l'avaient fait. En effet, ceux-ci n'avaient pas compris qu'il fallait se faire tout petit pour entrer dans le royaume des cieux, alors Jésus s'était fâché et leur avait dit : « Que faites-vous ? N'écartez pas les enfants, laissez-les venir à moi. » À cet instant, la main toujours posée sur la tête d'Ida, le prêtre se tourna de manière éloquente vers ma tante : Notre mécontentement ne doit jamais atteindre les enfants, conclut-il. Je me dis que lui aussi devait avoir perçu chez Vittoria un mal-être différent de celui qui lui était habituel. Puis il enchaîna avec quelques propos pleins de passion sur l'enfance, l'innocence, la jeunesse et les dangers de la rue.

— Tu n'es pas d'accord ? demanda-t-il ensuite d'un ton conciliant à ma tante qui piqua un fard, comme s'il l'avait surprise en pleine rêverie.

— D'accord avec qui ?

— Avec Roberto.

— Il a bien parlé, mais sans penser aux conséquences.

— Justement, on parle bien quand on ne pense pas aux conséquences.

Intriguée, Angela me demanda dans un murmure :

— C'est qui, ce Roberto ?

Or, j'ignorais tout de Roberto. J'aurais voulu dire : Je le connais très bien, il est formidable. Ou bien lâcher, en reprenant les mots de Corrado : N'écoute pas, c'est un casse-couilles. Au lieu de ça, je lui fis signe de se taire, irritée comme je l'étais toujours quand mon appartenance au monde de ma tante se révélait superficielle. Angela se tut, obéissante, mais pas Ida, qui demanda au prêtre :

— Il est comment, Roberto ?

Don Giacomo se mit à rire et répondit que Roberto avait la beauté et l'intelligence de celui qui a la foi. La prochaine fois qu'il vient, nous promit-il, je vous le présente, mais maintenant allons-y, il faut vendre, sinon les pauvres vont protester. Nous franchîmes alors une petite porte qui donnait sur une espèce de cour où, sous des arcades en forme de L ornées de guirlandes dorées et de lumières de Noël multicolores, étaient dressés des étals pleins de vieux objets. Margherita, Giuliana, Corrado, Tonino et d'autres que je ne connaissais pas décoraient et installaient ce marché caritatif tout en accueillant avec une gaieté exubérante les potentiels acheteurs – des gens qui, à les voir, paraissaient à peine moins pauvres que les pauvres tels que je les imaginais.

## 6

Margherita couvrit mes amies de compliments, les appela « les belles demoiselles » et les présenta à ses enfants, qui les accueillirent aimablement. Giuliana choisit Ida comme assistante, Tonino voulut Angela, quant à moi, je restai à écouter les bavardages de Corrado qui tentait de plaisanter avec Vittoria, alors que celle-ci le traitait très mal. Mais je ne tins pas longtemps, je n'arrivais à me concentrer sur rien, de sorte que, sous prétexte d'aller regarder la marchandise, je partis faire un tour entre les éventaires, tripotant machinalement ceci ou cela. Il y avait beaucoup de gâteaux et de biscuits confectionnés par les paroissiens, mais surtout des lunettes, des paquets de cartes, des verres, des tasses, des plateaux, des livres, un vieux téléphone, une cafetière, autant d'objets usés jusqu'à la corde, manipulés au fil des ans par des mains qui, aujourd'hui, étaient sans doute celles de morts – la misère qui bradait la misère.

Pendant ce temps, les visiteurs arrivaient, et j'entendis certains d'entre eux utiliser, en discutant avec le curé, le mot « veuve » – La veuve est là aussi, disaient-ils –, et comme ils regardaient en direction des étals tenus par Margherita, ses enfants et ma tante, je crus un moment qu'ils désignaient Margherita. Mais, peu à peu, je compris que c'était Vittoria qu'ils appelaient ainsi. Il y a la veuve, disaient-ils, aujourd'hui il y aura de la musique, on va danser. Je ne compris pas s'ils prononçaient ce terme de « veuve » par dérision ou avec respect, mais je m'étonnai, en tout cas, qu'ils associent ma tante, qui n'avait jamais été mariée, au veuvage ainsi qu'au divertissement.

De loin, j'observai attentivement Vittoria. Debout derrière un éventaire, avec son buste fin et ses gros seins, elle semblait jaillir de ces amoncellements d'objets poussiéreux. Elle ne me parut pas moche, je ne voulais pas qu'elle le soit, et pourtant Angela et Ida avaient dit qu'elle l'était. Quelque chose est peut-être allé de travers, aujourd'hui, pensai-je. Le regard inquiet, elle gesticulait de manière agressive et parfois, sans aucun motif, poussait un cri et bougeait quelques instants au rythme de la musique qui provenait d'un vieil électrophone. Je me dis : C'est ça, elle est en colère pour des raisons que j'ignore, ou bien elle se fait du souci pour Corrado. Nous deux, on est faites comme ça : quand on pense à de belles choses, on est jolies, mais les vilaines pensées nous enlaidissent, et il faut qu'on se les arrache de la tête.

Je me promenai sans entrain dans la cour. J'avais voulu chasser mon angoisse avec cette matinée, mais voilà, je n'y arrivais pas. Ma mère et Mariano me pesaient trop ; j'avais mal jusqu'aux os, comme si j'avais la grippe. Regardant Angela, je me dis qu'elle avait de la joie plein la tête, elle était belle et riait avec Tonino. À cet instant, tous me semblèrent très beaux, et bons, et justes, surtout Don Giacomo, qui accueillait les paroissiens avec cordialité, en serrant les mains et sans jamais esquiver une embrassade : il était solaire. Était-il possible que seules Vittoria et moi soyons sombres et tendues ? À présent, j'avais aussi les yeux brûlants, ma bouche était pleine d'amertume, et je craignais que Corrado – j'étais revenue à son côté, à la fois pour l'aider un peu à vendre et pour chercher un brin de soulagement – ne remarque ma mauvaise haleine. Mais peut-être que cet arrière-goût à la fois acide et douceâtre ne provenait pas du fond de ma gorge, mais des objets sur les étals. Je me sentis très triste. Et pendant toute la durée de la petite brocante de Noël, je ne cessai de déprimer en contemplant mon reflet sur le visage de ma tante, qui tantôt accueillait les paroissiens avec un enthousiasme artificiel, tantôt fixait le vide avec des yeux exorbités. Oui, elle allait au moins aussi mal que moi. Corrado lui dit : Qu'est-ce qui t'arrive, Vittò, tu es malade ? Tu fais une sale tête. Elle répondit : Oui, je suis malade dans le cœur, je suis malade dans la poitrine, je suis malade dans le ventre, et j'ai une tête horrible. Et elle s'efforça de sourire de sa grande bouche, mais sans succès, au point qu'à un moment donné, très pâle, elle demanda à Corrado : Va me chercher un verre d'eau.

Tandis que Corrado allait lui chercher à boire, je songeai : Elle est malade à l'intérieur et je suis exactement comme elle, c'est bien la personne dont je me sens la plus proche. La matinée s'écoulait, j'allais retrouver ma mère et mon père, et je me demandais combien de temps j'allais endurer la confusion qui régnait chez nous. C'est alors, comme cela s'était déjà produit quand ma mère m'avait contrariée et que j'avais couru voir mon père dans l'intention de la dénoncer, qu'un besoin impérieux de me défouler envahit soudain ma poitrine. Il était intolérable que Mariano embrasse et étreigne ma mère alors que celle-ci portait les vêtements que je connaissais, et les boucles d'oreilles et autres bijoux avec lesquels je jouais quand j'étais petite, et dont je me parais parfois. Ma jalousie s'accrut, générant des images répugnantes. Je ne supportais pas l'intrusion de cet étranger maléfique et, à un moment, je craquai et pris une décision sans m'en rendre compte ; une brusque impulsion me fit parler, et ma propre voix me parvint avec le bruit d'une vitre qui se brise : Zia (bien qu'elle m'ait ordonné de ne jamais l'appeler ainsi), Zia, j'ai un truc à te raconter, mais c'est un secret, il ne faut le dire à personne, jure que tu ne le répéteras pas. Elle répondit mollement qu'elle ne jurait pas. Jamais. Elle n'avait fait qu'un seul serment, c'était d'aimer Enzo pour toujours, et elle maintiendrait cette promesse jusqu'à sa mort. Je fus au désespoir, je lui dis que si elle ne jurait pas je ne pouvais pas parler. Alors va te faire foutre, bougonna-t-elle, les sales trucs que tu ne racontes à personne, ça devient des chiens qui te bouffent la tête la nuit, quand tu dors. Effrayée par cette image et en quête de consolation, au bout de quelques minutes à peine, je la pris à part et lui racontai tout – Mariano, ma mère, ce que j'avais vu mêlé à ce que j'avais imaginé. Ensuite, je la suppliai :

— Je t'en prie, ne dis rien à papa.

Elle me fixa très longuement, et puis elle lâcha méchamment en dialecte, d'un ton de raillerie incompréhensible :

— À papa ? Parce que tu crois qu'il en a quelque chose à foutre, ton père, des chevilles de Mariano et de Nella sous la table ?

## 7

Le temps s'écoula très lentement, je n'arrêtai pas de regarder ma montre. Ida s'amusait avec Giuliana, Tonino semblait tout à fait à l'aise avec Angela, et moi, je me dis que j'étais ratée, comme un gâteau quand on s'est trompé d'ingrédients. Qu'avais-je fait. Qu'allait-il se produire, maintenant. Corrado revint sans se presser avec le verre d'eau pour Vittoria, indolent. Je le trouvais ennuyeux, mais à ce moment-là je me sentais perdue, et j'espérai qu'il s'occuperait encore un peu de moi. Mais non, en fait, n'attendant même pas que ma tante ait fini son verre, il disparut parmi les paroissiens. Vittoria le suivit du regard, oubliant que j'étais là, près d'elle, dans l'attente d'éclaircissements et de conseils. Se pouvait-il qu'elle ait réellement jugé insignifiant l'événement pourtant si grave que je venais de lui raconter ? Je l'observai. Elle était occupée à réclamer âprement à une grosse femme d'une cinquantaine d'années un montant excessif pour une paire de lunettes de soleil, sans pour autant perdre de vue Corrado : il y avait quelque chose, dans l'attitude du garçon, qui – me sembla-t-il – lui paraissait plus inquiétant que ce que je venais de lui révéler. Regarde-le, me dit-elle, il est trop sociable, exactement comme son père. Elle l'appela soudain : Currà. Comme le garçon n'entendait pas ou faisait mine de ne pas entendre, elle abandonna la grosse femme dont elle était en train d'emballer les lunettes et, serrant d'une main les ciseaux avec lesquels elle coupait le ruban pour confectionner des paquets de toute taille, elle m'attrapa de sa main libre et m'entraîna à sa suite dans la cour.

Corrado bavardait avec trois ou quatre jeunes, dont l'un, grand et sec, avait les dents tellement en avant qu'il donnait l'impression de rire même quand il n'y avait pas de quoi. Avec un calme apparent, ma tante intima à son beau-fils – aujourd'hui, il me semble que « beaux-enfants » serait le terme approprié pour désigner ces trois frères et sœur – de regagner immédiatement son stand. Il répondit d'un ton espiègle : Deux minutes, j'arrive. Le garçon aux dents en avant eut l'air de rire. Ma tante se tourna alors brusquement vers ce dernier et lui dit qu'elle lui couperait le petit oiseau – c'est exactement l'expression qu'elle utilisa, en dialecte et d'une voix paisible, tout en brandissant ses ciseaux – s'il continuait à rire. Mais le jeune ne sembla pas vouloir cesser, et je perçus alors toute la fureur que Vittoria avait en elle, et qui cherchait à sortir. Cela me préoccupa. Selon moi, elle ne comprenait pas que les dents trop en avant du garçon l'empêchaient de fermer la bouche, elle ne comprenait pas que ce gars aurait paru rire même pendant un tremblement de terre. En effet, elle lui cria soudain :

— Et toi tu rigoles, Rosà ? Comment tu te permets de rigoler ?

— Mais pas du tout.

— Si si, tu rigoles parce que tu crois que ton père te protège, mais tu te trompes, de moi personne ne peut te protéger. Il faut ficher la paix à Corrado, t'as compris ?

— Oui.

— Non, t'as pas compris. Tu penses que je peux rien te faire, eh ben vise un peu ça.

Sous mes yeux, et devant quelques paroissiens que ces brusques éclats de voix avaient commencé à attirer, elle l'attaqua avec la pointe de ses ciseaux, le touchant à la jambe. Il bondit en arrière, et la stupeur effarée de ses yeux vint brouiller son immuable masque d'hilarité.

Ma tante ne s'arrêta pas là, elle menaçait de frapper encore.

— Maintenant tu as pigé, Rosà, gronda-t-elle, ou je dois continuer ? Moi, j'en ai vraiment rien à foutre que tu sois le fils de l'avocat Sargente.

Le jeune, qui s'appelait Rosario et qui, à l'évidence, était le fils de cet avocat que je ne connaissais pas, leva une main en signe de reddition et recula, avant de s'en aller flanqué de ses amis. À ce moment-là, Corrado, indigné, fit mine de les suivre, mais Vittoria se planta devant lui avec ses ciseaux et dit :

— Toi, tu bouges pas. Si tu me fais chier, tu vas en tâter aussi.

Je la tirai par le bras.

— Ce garçon n'arrive pas à fermer la bouche, plaidai-je effrayée.

— Il s'est permis de me rire au nez, rétorqua Vittoria, maintenant haletante. Moi, personne ne me rit au nez.

— Il riait, mais sans faire exprès.

— Exprès ou pas, il riait.

Corrado poussa un gros soupir et lâcha :

— Laisse tomber, Giannì, avec elle c'est pas la peine de discuter.

Ma tante poussa un cri et glapit, le souffle court :

— Toi, la ferme, je veux plus entendre un mot.

Elle serrait toujours ses ciseaux, je me rendis compte qu'elle avait du mal à se maîtriser. Sa capacité à aimer devait être épuisée depuis longtemps, sans doute depuis la mort d'Enzo, mais sa capacité à haïr me parut sans limites. Je venais de voir comment elle s'était comportée avec le pauvre Rosario Sargente, et elle aurait été capable de faire du mal à Corrado aussi ; alors qui sait ce qu'elle pourrait infliger à ma mère et, surtout, à mon père, maintenant que je lui avais raconté pour Mariano. À cette idée, j'eus à nouveau envie de pleurer. Je n'avais pas réfléchi, les mots étaient sortis sans que je le veuille. Ou peut-être pas. Peut-être, quelque part en mon for intérieur, avais-je décidé depuis longtemps de raconter ce que j'avais vu à Vittoria, peut-être l'avais-je déjà décidé quand j'avais cédé aux pressions de mes amies et organisé cette rencontre. Je n'arrivais plus à être innocente, derrière mes pensées il y avait toujours d'autres pensées, l'enfance était finie. Malgré tous mes efforts, l'innocence me fuyait, et même les larmes que je sentais tout le temps dans mes yeux n'étaient nullement une preuve de mon absence de culpabilité. Heureusement, Don Giacomo arriva, conciliant, ce qui m'empêcha de pleurer. Allez, allez, dit-il à Corrado en passant un bras autour de ses épaules, ne fâchons pas Vittoria, aujourd'hui elle ne se sent pas bien, aide-la plutôt à porter les pâtisseries. Ma tante poussa un soupir de rancœur, posa les ciseaux sur le bord d'un étal et lança un regard vers la rue, derrière la cour, peut-être pour voir si Rosario et les autres y étaient encore. Puis elle lâcha sombrement : Je ne veux pas qu'on m'aide. Et elle disparut par la petite porte qui menait dans l'église.

## 8

Elle revint peu après avec deux grands plateaux couverts de biscuits aux amandes marbrés de bleu et de rose, une petite dragée argentée sur chacun. Les paroissiens se les arrachèrent, moi, un me suffit pour être écœurée, j'avais l'estomac noué, je sentais des palpitations dans ma gorge. De son côté, Don Giacomo apporta un accordéon rouge et blanc, qu'il tenait dans ses bras comme si c'était un enfant. J'imaginais qu'il savait en jouer, mais non, il le remit un peu maladroitement à Vittoria, qui le prit sans protester – était-ce le même que j'avais vu par terre dans un coin, chez elle ? –, avant de prendre place sur une chaise et de se mettre à jouer, les yeux fermés, en faisant des grimaces.

Angela se glissa derrière moi et dit d'un ton enjoué : Tu vois, ta tante, elle est vraiment très moche. À ce moment-là, c'était vrai. Tandis que Vittoria jouait, ses traits se tordaient comme ceux d'une diablesse et, malgré son talent et les applaudissements des paroissiens, elle offrait un spectacle répugnant. Elle remuait les épaules, retroussait les lèvres, plissait le front et penchait tellement le buste en arrière qu'il semblait beaucoup plus long que ses jambes, qu'elle tenait très écartées, de manière inconvenante. Heureusement, au bout d'un certain temps, un homme aux cheveux blancs prit sa place et commença à jouer. Toutefois, ma tante ne s'apaisa pas : elle alla voir Tonino, le saisit par le bras et l'obligea à danser avec elle, le dérobant à Angela. À présent elle semblait joyeuse, mais peut-être ne cherchait-elle qu'à évacuer par la danse l'excès de fureur qu'elle avait dans le corps. En la voyant, d'autres se mirent à danser à leur tour, des vieux comme des jeunes, même Don Giacomo. Moi, je fermai les yeux pour tout effacer. Je me sentis abandonnée et, pour la première fois de ma vie, allant à rebours de toute l'éducation que j'avais reçue, je tentai de prier. Dieu, dis-je, Dieu, s'il te plaît, si tu peux vraiment tout, fais en sorte que ma tante ne dise rien à mon père. Et je fermai très fort les yeux, comme si serrer mes paupières servait à concentrer dans ma prière assez de puissance pour la propulser jusqu'au Seigneur, dans le royaume des cieux. Ensuite, je priai pour que ma tante cesse de danser et nous ramène à l'heure chez Costanza – une prière qui fut miraculeusement exaucée. Étrangement, malgré les pâtisseries, la musique et les interminables danses, nous partîmes à temps, laissant la poussiéreuse Zona industriale derrière nous et arrivant avec une ponctualité parfaite au Vomero, Via Cimarosa, devant chez Angela et Ida.

Costanza aussi fut ponctuelle, et elle apparut dans une robe encore plus belle que celle du matin. Vittoria sortit de la Cinquecento, lui remit Angela et Ida, puis se mit à nouveau à la couvrir de louanges et à tout admirer en elle. Elle la félicita pour ses vêtements, sa coiffure, son maquillage, ses boucles d'oreilles et son bracelet, qu'elle toucha presque dans une caresse, en me demandant : Il te plaît, Giannì ?

Pendant tout ce temps, j'eus l'impression que ses compliments ne visaient qu'à se moquer de Costanza, c'était encore pire que le matin. La connexion entre nous était devenue telle que je crus entendre dans ma tête sa voix perfide et ses paroles grossières, proférées avec une énergie destructrice : À quoi ça te sert, toutes ces décorations, connasse, de toute façon ton mari baise la mère de ma nièce Giannina, ah, ah, ah. Du coup, je me remis à prier Notre Seigneur, en particulier lorsque Vittoria remonta en voiture et que nous repartîmes. Je priai pendant tout le parcours, jusqu'à San Giacomo dei Capri, un voyage interminable pendant lequel Vittoria ne prononça pas un mot. Je n'osai pas lui dire à nouveau : Ne dis rien à mon père, je t'en supplie, si tu veux faire quelque chose pour moi, tu peux t'en prendre à ma mère, mais garde le secret vis-à-vis de mon père. En revanche, j'implorai encore Dieu, même s'il n'existait pas : Mon Dieu, fais en sorte que Vittoria ne dise pas « Allez, je monte avec toi, il faut que je parle à ton père ».

À ma grande stupeur, je fus à nouveau miraculeusement exaucée. Comme c'était beau, les miracles, et comme ils résolvaient tout : Vittoria me laissa devant chez moi sans la moindre allusion à ma mère, à Mariano ni à mon père. Elle dit seulement, en dialecte : Giannì, n'oublie pas que tu es ma nièce, que toi et moi nous sommes pareilles, et que si tu m'appelles, si tu me dis « Vittoria, viens », moi j'arrive tout de suite, je ne te laisserai jamais seule. Après ces paroles, son visage me parut plus serein, et je voulus croire que, si Angela l'avait vue en ce moment, elle aurait été d'accord avec moi pour la trouver belle. Mais une fois seule à la maison – enfermée dans ma chambre, je me regardais dans la glace de l'armoire et me disais qu'aucun miracle ne réussirait jamais à effacer le visage qui commençait à être le mien – je craquai et me mis enfin à pleurer. Je me promis de ne plus espionner mes parents et de ne plus jamais voir ma tante.

## 9

Quand je m'efforce d'assigner des phases au flux continu de vie qui m'a traversée jusqu'à aujourd'hui, je réalise que je devins définitivement une autre l'après-midi où Costanza vint nous rendre visite sans ses filles et où – surveillée par ma mère qui, depuis des jours, avait les yeux bouffis et le visage rougi à cause, disait-elle, du vent glacial qui soufflait de la mer et faisait vibrer les vitres des fenêtres et les balustrades des balcons – elle me remit, le visage sévère et le teint jaune, son bracelet en or blanc.

— Pourquoi tu me l'offres ? demandai-je, perplexe.

— Elle ne te l'offre pas, intervint ma mère, elle te le rend.

Costanza ouvrit grand sa belle bouche, cela dura une interminable seconde, puis elle parvint à articuler :

— Je pensais que c'était le mien alors que non, c'était à toi.

Je ne compris pas, je ne voulus pas comprendre. Je préférai remercier et essayer de le mettre à mon poignet, mais je n'y arrivai pas. Dans un silence absolu, Costanza m'aida de ses doigts tremblants.

— Il me va bien ? demandai-je à ma mère en jouant la frivolité.

— Oui, répondit-elle sans même un sourire avant de sortir de ma chambre, suivie de Costanza qui, après ce jour, ne remit plus jamais les pieds chez nous.

Mariano aussi disparut de la Via San Giacomo dei Capri et, par conséquent, je fréquentai moins Angela et Ida. Au début, nous nous téléphonâmes : aucune de nous trois ne comprenait ce qui se passait. Deux jours avant la visite de Costanza, Angela me raconta que mon père et le sien s'étaient querellés dans l'appartement de la Via Cimarosa. Au départ, leur dispute paraissait semblable à celles dont ils avaient l'habitude, quand ils discutaient politique, marxisme, fin de l'histoire, communisme et État, mais ensuite elle était devenue étonnamment violente. Mariano s'était écrié : Sors immédiatement de chez moi, je ne veux plus jamais te voir. Mon père, dissipant brusquement son image d'ami patient, s'était mis à hurler à son tour d'horribles paroles en dialecte. Cela avait épouvanté Angela et Ida, mais personne ne s'était soucié d'elles, pas même Costanza qui, à un moment donné, n'avait plus supporté ces cris et avait dit qu'elle sortait prendre un peu l'air. Ce à quoi Mariano avait répliqué, vociférant à son tour en dialecte : C'est ça, va-t'en, salope, et ne reviens pas. Costanza avait claqué la porte si fort que celle-ci s'était rouverte. Mariano avait dû la refermer d'un coup de pied, mais mon père l'avait ouverte à nouveau pour courir derrière Costanza.

Les jours suivants, nous ne fîmes que parler au téléphone de cette altercation. Ni Angela, ni Ida, ni moi n'arrivions à comprendre comment le marxisme et les autres sujets sur lesquels nos parents débattaient déjà passionnément avant notre naissance avaient soudain pu causer tant de problèmes. En réalité, pour différents motifs, elles et moi comprenions bien plus cette scène que nous ne nous l'avouions. Nous devinions que cette dispute avait moins à voir avec le marxisme qu'avec le sexe, mais pas le sexe qui nous intriguait et nous amusait en toute circonstance. Nous avions l'intuition que, d'une façon totalement inattendue, ce qui faisait irruption dans nos vies, c'était un sexe qui ne nous attirait pas du tout et qui même nous dégoûtait, parce que nous devinions confusément qu'il ne concernait pas nos corps, ni ceux de jeunes de notre âge, ni ceux d'acteurs ou de chanteurs, mais ceux de nos parents. Nous avions le sentiment que le sexe s'était emparé d'eux d'une manière visqueuse et répugnante, totalement différente de ce qu'eux-mêmes nous avaient inculqué. Selon Ida, les mots que Mariano et mon père s'étaient hurlés à la figure évoquaient des crachats fébriles et des coulées de morve qui salissaient tout, surtout nos désirs les plus intimes. C'est peut-être pour cela que mes amies – très enclines à parler de Tonino, de Corrado, et à répéter combien ces deux garçons leur avaient plu – devinrent tristes et commencèrent à esquiver les discussions sur ce sexe-là. Quant à moi, eh bien, j'en savais beaucoup plus long qu'Angela et Ida sur les trafics secrets de nos deux familles et, du coup, mes efforts pour éviter de comprendre ce qui arrivait à mon père, ma mère, Mariano et Costanza furent beaucoup plus intenses, et m'épuisèrent. C'est pourquoi, pleine d'angoisse, je fus la première à prendre mes distances et à renoncer aussi aux confidences téléphoniques. Je sentais, peut-être plus qu'Angela et Ida, qu'un seul mot de travers risquerait d'ouvrir une brèche périlleuse sur la réalité des faits.

À cette époque, le mensonge et la prière entrèrent durablement dans ma vie quotidienne et, à nouveau, ils m'aidèrent beaucoup. Les mensonges, je les racontais essentiellement à moi-même. J'étais malheureuse mais je faisais semblant d'être joyeuse à l'excès, en classe comme à la maison. Le matin, je voyais ma mère avec des traits qui semblaient sur le point de se dissoudre, un visage déformé par les tourments et tout rouge autour du nez, et je faisais mine de constater gaiement : Tu as l'air en forme, aujourd'hui. Quant à mon père – brusquement, il avait cessé de travailler dès qu'il ouvrait les yeux et je le trouvais de bon matin déjà prêt à partir, ou bien je le découvrais le soir, les yeux éteints et très pâle –, je n'arrêtais pas de lui soumettre les devoirs que j'avais à faire pour le lycée, même quand ceux-ci n'étaient pas compliqués, et comme s'il n'était pas évident qu'il avait la tête ailleurs et n'avait aucune envie de m'aider.

En même temps, tout en continuant à ne pas croire en Dieu, je me consacrais à la prière comme si j'y croyais. Je suppliais : Dieu, fais en sorte que mon père et Mariano se soient vraiment disputés à cause du marxisme et de la fin de l'histoire, fais en sorte que ce ne soit pas parce que Vittoria a téléphoné à mon père pour lui rapporter ce que je lui ai raconté. Dans un premier temps, j'eus l'impression que, cette fois encore, le Seigneur m'avait écoutée. Pour autant que je sache, c'était Mariano qui s'était déchaîné contre mon père, pas l'inverse, comme cela aurait certainement été le cas si Vittoria s'était servie de mon mouchardage pour moucharder à son tour. Mais je compris vite que quelque chose clochait. Pourquoi mon père s'était-il mis à insulter Mariano en dialecte, qu'il n'utilisait jamais ? Pourquoi Costanza était-elle partie en claquant la porte ? Et pourquoi était-ce mon père, et pas son mari, qui lui avait couru après ?

Derrière mes mensonges désinvoltes et derrière mes prières, je vivais dans l'appréhension. Vittoria avait sans doute tout dit à mon père, et celui-ci s'était précipité chez Mariano pour régler ses comptes avec lui. Costanza, à l'occasion de cette querelle, avait découvert que son mari serrait la cheville de ma mère entre les siennes sous la table, et elle avait fait une scène à son tour. Oui, cela devait s'être passé ainsi. Mais pourquoi

Mariano avait-il crié à sa femme, quand celle-ci, affligée, avait quitté l'appartement de la Via Cimarosa : C'est ça, va-t'en, salope, et ne reviens pas ? Et pourquoi mon père lui avait-il couru après ?

Je sentais que quelque chose m'échappait. Ce quelque chose, je m'en approchais parfois pour en saisir le sens et puis, dès que le sens semblait affleurer, je reculais. Alors, je revenais constamment sur les événements les plus obscurs. La visite de Costanza qui avait suivi la dispute, par exemple ; le visage ravagé de ma mère, avec ses yeux violacés qui lançaient des regards soudain impérieux à une vieille amie, à laquelle pourtant elle avait été jusqu'alors plutôt soumise ; l'attitude repentante de Costanza et le geste contrit avec lequel elle avait eu l'air de me faire un cadeau, alors que – ma mère l'avait précisé – il ne s'agissait pas d'un cadeau mais d'une restitution ; les doigts tremblants avec lesquels la mère d'Angela et Ida m'avait aidée à mettre au poignet le bracelet en or blanc auquel elle tenait ; ce bracelet que je portais maintenant jour et nuit. Oh, de ces faits qui s'étaient produits dans ma chambre, de ce réseau intense de regards, de gestes et de paroles autour d'un bijou qui, sans explications, m'avait été remis et présenté comme mien, je savais certainement beaucoup plus que ce que je voulais bien m'avouer. Par conséquent, je priais, surtout la nuit, quand je me réveillais effrayée à l'idée de ce qui risquait de se produire. Dieu, murmurais-je, Dieu, je sais que c'est ma faute, je n'aurais pas dû exiger de rencontrer Vittoria, je n'aurais pas dû aller contre la volonté de mes parents ; mais maintenant c'est fait, remets tout en ordre, s'il te plaît.

J'espérais vraiment que Dieu le ferait, parce que, s'il ne le faisait pas, tout allait s'effondrer. San Giacomo dei Capri dégringolerait sur le Vomero, le Vomero sur la ville entière, et la ville entière finirait engloutie dans la mer.

Dans le noir, je mourais d'angoisse. Je sentais une telle pression sur mon estomac que je me levais en pleine nuit pour aller vomir. Je faisais du bruit exprès, j'avais dans la poitrine et dans la tête des sentiments qui ne cessaient de me poignarder et j'espérais que mes parents apparaîtraient, m'aideraient. Mais non. Et pourtant ils étaient réveillés, un trait de lumière fendait l'obscurité exactement à la hauteur de leur chambre. J'en déduisais qu'ils n'avaient plus envie de s'occuper de moi, raison pour laquelle ils n'interrompaient jamais, pour aucun motif, leur bourdonnement nocturne. Tout au plus quelques pics imprévus rompaient-ils la monotonie de ce bruissement : une syllabe, un fragment de mot que ma mère prononçait telle la pointe d'un couteau frottant sur le verre, mon père, quant à lui, était comme un grondement de tonnerre lointain. Le matin, je les retrouvais défaits. Nous prenions le petit déjeuner en silence, les yeux baissés, je n'en pouvais plus. Je priais : Dieu, ça suffit, fais en sorte qu'il se passe quelque chose, n'importe quoi, quelque chose de bon ou de mauvais, peu importe, fais-moi mourir, par exemple, ça, ça devrait les secouer, les réconcilier, et ensuite fais-moi ressusciter dans ma famille à nouveau heureuse.

Un dimanche, au déjeuner, une énergie intérieure d'une grande violence mit soudain en mouvement ma tête et ma langue. Je dis d'un ton joyeux, en montrant le bracelet :

— Papa, ça c'est Vittoria qui me l'avait offert, pas vrai ?

Ma mère but une gorgée de vin, mon père ne leva pas les yeux de son assiette et dit :

— Dans un certain sens, oui.

— Et comment ça se fait que tu l'as donné à Costanza ?

Cette fois, il leva les yeux et me regarda fixement, glacial, sans mot dire.

— Réponds-lui, ordonna ma mère, mais il n'obéit pas.

Alors, c'est elle qui cria presque :

— Depuis quinze ans, ton père a une autre femme.

Des plaques rouges rongeaient son visage, elle avait un regard désespéré. Je compris qu'elle croyait m'avoir fait une révélation terrible, et qu'elle le regrettait déjà. Or, cela ne me surprit pas, et ne me parut pas une faute bien grave ; j'eus même l'impression de l'avoir toujours su et, l'espace d'un instant, je fus certaine que tout pouvait s'arranger. Si cela durait depuis quinze ans, cela pouvait durer pour toujours ; il suffisait que nous disions tous les trois « d'accord » et la paix reviendrait, avec ma mère dans son bureau, mon père dans le sien, les réunions, les livres. Du coup, comme pour les aider à aller vers cette conciliation, je dis en m'adressant à ma mère :

— Mais de toute façon, toi aussi tu as un autre homme.

Elle pâlit et murmura :

— Non, je t'assure, ce n'est pas vrai.

Elle nia avec un tel désespoir que, peut-être parce que toute cette souffrance me faisait trop mal, je me mis à répéter avec une voix de fausset

« je t'assure, je t'assure », et j'éclatai de rire. Ce rire m'échappa, sans volonté de ma part. Je vis l'indignation dans les yeux de mon père et cela me fit peur, j'eus honte. J'aurais voulu lui expliquer : Ce n'est pas un véritable rire, papa, c'est juste une contraction, je ne peux pas m'en empêcher, c'est quelque chose qui arrive, j'ai vu ça récemment sur le visage d'un garçon qui s'appelle Rosario Sargente. Mais le rire ne voulait pas disparaître, il se mua en un petit sourire glacial, je le sentais sur mon visage mais n'arrivais pas à le chasser.

Mon père se leva lentement, prêt à quitter la table.

— Où tu vas ? s'alarma ma mère.

— Dormir, répondit-il.

Il était deux heures de l'après-midi. D'ordinaire, à cette heure-là, surtout le dimanche et lorsqu'il ne devait pas aller au lycée, il s'enfermait pour travailler, ce qui durait jusqu'à l'heure du dîner. Or là, il bâilla bruyamment, pour nous faire comprendre qu'il avait vraiment sommeil. Ma mère dit :

— Moi aussi, je vais dormir.

Il secoua la tête, et nous lûmes toutes deux sur son visage que l'habitude de s'allonger dans le même lit qu'elle lui était devenue insupportable. Avant de quitter la cuisine, il s'adressa à moi avec un ton de reddition assez rare chez lui :

— Il n'y a rien à faire, Giovanna, tu es vraiment comme ma sœur.

# IV

# 1

Mes parents mirent près de deux ans à décider de se séparer même si, dans les faits, ils ne vécurent sous le même toit que pendant de brèves périodes. Mon père disparaissait pendant des semaines entières sans prévenir, me faisant craindre qu'il ne se soit donné la mort dans quelque recoin sombre et crasseux de Naples. Je découvris seulement plus tard qu'il vivait, heureux, dans un bel appartement de Posillipo que les parents de Costanza avaient donné à leur fille, désormais en conflit permanent avec Mariano. Quand il réapparaissait, mon père était affectueux, aimable, et il donnait l'impression de vouloir revenir vivre avec ma mère et moi. Mais après quelques jours de réconciliation, mes parents recommençaient à se quereller sur tout, excepté sur la seule chose qui les mit toujours d'accord : pour mon bien, je ne devais plus jamais revoir Vittoria.

Je n'objectai rien, j'étais du même avis. D'ailleurs, dès lors que la crise avait éclaté, ma tante n'avait plus jamais donné signe de vie. J'imaginais qu'elle s'attendait à ce que ce soit moi qui la contacte : elle croyait, elle, la bonne, que je serais à son service pour toujours. Mais je m'étais promis de ne plus lui complaire. J'étais épuisée, elle m'avait fait porter le poids de tout ce qu'elle était – ses haines, son besoin de vengeance, son langage – et j'espérais que, dans ce mélange de peur et de fascination qu'elle m'avait inspiré, je verrais maintenant au moins la fascination se dissiper.

Néanmoins, un après-midi, Vittoria revint me tenter. Le téléphone sonna, je décrochai pour entendre ma tante au bout du fil qui disait : Allô, Giannina est là ? Je veux parler à Giannina. Je raccrochai en retenant ma respiration. Mais elle rappela, encore et encore, tous les jours à la même heure, sauf le dimanche. Je m'astreignis à ne pas répondre. Je laissais sonner l'appareil, et si ma mère était à la maison et allait décrocher, je m'exclamais : Je n'y suis pour personne – imitant le ton impérieux avec lequel elle me criait parfois la même formule depuis son bureau.

En ces circonstances, je retenais ma respiration et je priais, les yeux mi-clos, pour que ce ne soit pas Vittoria. Heureusement, cela ne se produisit jamais ou bien, si cela se produisit, ma mère ne me le dit pas. En revanche, ce qui se passa, c'est que ces coups de fil peu à peu s'espacèrent. J'en déduisis qu'elle avait capitulé, et je recommençai à répondre au téléphone sans anxiété. Mais, surprise, Vittoria surgit à nouveau, criant à l'autre bout du fil : Allô, c'est Giannina ? Je veux parler à Giannina. Mais moi, je ne voulais plus être Giannina, et je raccrochais toujours. Bien sûr, parfois elle avait l'air essoufflée, souffrante, et j'éprouvais de la peine pour elle, j'avais alors envie de la revoir, de l'interroger et de la provoquer. D'autres fois, lorsque j'étais particulièrement abattue, je fus tentée de répondre : Oui, c'est moi, explique-moi un peu ce qui s'est passé, ce que tu as fait à mon père et à ma mère. Mais toujours je me tus, cessant toute communication, et je pris l'habitude de ne plus formuler son nom, pas même quand je me parlais à moi-même.

À un moment donné, je décidai aussi de me séparer de son bracelet. Je cessai de le porter à mon poignet et l'enfermai dans le tiroir de ma table de chevet. Mais, chaque fois que je songeais à cet objet, j'en avais mal au ventre et me couvrais de sueur, j'étais envahie de pensées qui ne voulaient plus me quitter. Comment était-il possible que mon père et Costanza se soient aimés pendant tout ce temps – avant même ma naissance – sans que ni ma mère ni Mariano s'en aperçoivent ? Et comment mon père avait-il pu tomber amoureux de la femme de son meilleur ami, sachant qu'il n'avait pas été victime d'un simple engouement mais que son sentiment avait longuement mûri, à tel point que cet amour durait encore ? Quant à Costanza, si raffinée, bien élevée et affectueuse, et qui, d'aussi loin que je m'en souvienne, avait toujours fréquenté notre appartement, comment avait-elle pu être avec mon père pendant quinze ans, sous les yeux de ma mère ? Et pourquoi Mariano, qui connaissait ma mère depuis toujours, n'avait serré sa cheville entre les siennes, sous la table, que dans les derniers temps, et qui plus est – comme c'était désormais clair, ma mère ne faisant que me le jurer – sans son consentement ? Bref, que se passait-il dans le monde des adultes, dans la tête de ces personnes très raisonnables, dans leurs corps pétris de savoir ? Comment était-il possible qu'ils soient parmi les moins fiables des animaux, pire encore que des reptiles ?

Mon mal-être était tellement profond que je ne cherchai jamais de véritables réponses, que ce soit à ces questions ou à d'autres. Je les repoussais dès qu'elles se présentaient et, aujourd'hui encore, j'ai du mal à y réfléchir. Je commençai à suspecter que le problème, c'était le bracelet. À l'évidence, il était comme imprégné des humeurs de toute cette affaire et, bien que je prenne soin de ne pas ouvrir le tiroir où je l'avais enfermé, il s'imposait quand même, comme si les scintillements de ses pierres et de son métal irradiaient autour d'eux toutes sortes de tourments. Comment était-il possible que mon père, lui qui semblait m'aimer sans limites, ait dérobé le cadeau que ma tante m'avait fait, afin de le donner à Costanza ? Si cet ornement, à l'origine, appartenait à Vittoria, et si par conséquent il était un signe de son goût, de son sens de la beauté et de l'élégance, comment avait-il pu plaire à Costanza au point qu'elle l'ait gardé et porté pendant treize ans ? Quant à mon père, pensais-je, qui détestait tant sa sœur et était si éloigné d'elle, comment avait-il pu estimer qu'un bijou qui appartenait à cette femme et qui m'était destiné pouvait revenir non pas à ma mère, par exemple, mais à sa seconde femme, extrêmement élégante, descendante d'orfèvres aisée qui n'avait nul besoin de joyaux ? Vittoria et Costanza étaient des personnes totalement différentes, elles n'avaient absolument rien de commun. La première n'avait pas d'éducation, la deuxième était très cultivée ; la première était vulgaire, la seconde, raffinée ; la première pauvre, la seconde riche. Et pourtant, dans mon esprit, le bracelet les poussait l'une vers l'autre, au point qu'elles se confondaient – ce qui me troublait profondément.

Aujourd'hui, je me dis que c'est grâce à ces divagations obsessionnelles que je parvins lentement à prendre de la distance avec la douleur de mes parents. Je me persuadai même que leur habitude de s'attaquer, de se supplier et de se mépriser me laissait totalement indifférente. Mais cela me prit des mois. Dans les premiers temps, je me débattis comme si j'étais en train de me noyer et que, terrorisée, je cherchais quelque chose à quoi m'agripper. Parfois, surtout la nuit quand je me réveillais pleine d'angoisse, je me disais que mon père, bien qu'il se déclarât ennemi de toute forme de magie, avait dû penser que cet objet, vu sa provenance, était doté de quelque pouvoir surnaturel et pouvait me faire du mal, et qu'il l'avait donc éloigné de chez nous pour mon bien. Cette idée m'apaisait, elle avait le mérite de me rendre un père affectueux qui, dès les premiers mois de ma vie, avait cherché à tenir loin de moi la malfaisance de Zia Vittoria et l'envie qu'avait cette tante sorcière de me posséder et de me rendre semblable à elle. Mais cela ne durait pas, et tôt ou tard je finissais par me demander : mais s'il a aimé assez Costanza pour tromper ma mère et s'il l'aime encore au point de quitter sa famille, pourquoi lui a-t-il donné un bracelet maléfique ? Alors, dans les rêveries du demi-sommeil, je me disais que ce bijou lui plaisait tellement qu'il n'avait pu se résoudre à le jeter à la mer. Ou peut-être que, lui-même envoûté par cet objet, il avait voulu le voir au moins une fois au poignet de Costanza avant de s'en débarrasser. Or, ce désir l'avait perdu : Costanza lui avait semblé encore plus belle qu'elle ne l'était déjà, et le bracelet magique l'avait enchaîné à elle pour toujours, l'empêchant de continuer à aimer uniquement ma mère. Bref, pour me protéger, mon père avait fini par subir lui-même la magie noire de sa sœur (j'en arrivais souvent à imaginer que Vittoria avait minutieusement prévu ce geste fautif de son frère), ce qui avait entraîné la ruine de toute la famille.

Ce retour aux contes de mon enfance, à l'époque même où je sentais que j'avais définitivement quitté cette dernière, eut le mérite, pendant un temps, de réduire au minimum non seulement les responsabilités de mon père, mais aussi les miennes. En effet, si les arts magiques de Vittoria étaient à l'origine de tous nos maux, le drame actuel avait commencé juste après ma naissance et, par conséquent, je n'étais pas en faute, *moi*. La force obscure qui m'avait conduite à chercher et à rencontrer ma tante était en action depuis longtemps et, *moi*, je n'avais rien à voir avec tout ça : comme les petits enfants dont parle Jésus, j'étais innocente. Mais cette interprétation aussi finissait tôt ou tard par se fissurer. Maléfice ou pas, le fait est que mon père, treize ans auparavant, avait jugé que l'objet que sa sœur m'avait offert était beau, et ce jugement avait été confirmé par une femme raffinée telle que Costanza. Or, cela redonnait une place centrale – y compris dans le monde imaginaire que je construisais – à la continuité incongrue qu'il y avait entre vulgarité et distinction, et cette absence de frontière nette, à une époque où je perdais tous mes anciens repères, accentuait mon sentiment d'égarement. De triviale, ma tante devenait femme de goût. Mon père et Costanza, de gens de goût, devenaient triviaux – comme le prouvait du reste le tort qu'ils avaient causé à ma mère, et même à l'odieux Mariano. Ainsi, avant de sombrer dans le sommeil, je me représentais parfois un tunnel qui relierait entre eux mon père, Costanza et Vittoria, y compris contre leur propre volonté. Ils avaient beau se prétendre très différents les uns des autres, ils me semblaient de plus en plus de la même étoffe. Dans mes rêveries, mon père empoignait les fesses de Costanza et l'attirait contre lui, exactement comme Enzo l'avait fait dans le passé avec ma tante, et certainement aussi avec Margherita. Ainsi causait-il de la douleur à ma mère, qui pleurait comme dans les contes, remplissant des flacons entiers de larmes, jusqu'à en perdre la raison. Et moi, qui étais restée vivre avec elle, j'allais mener une vie opaque, sans la joie que mon père savait me procurer et sans sa connaissance des choses du monde, dont il allait faire bénéficier Costanza, Ida et Angela.

Voilà quel était mon état d'esprit lorsqu'un jour, en rentrant après les cours, je découvris que je n'étais pas la seule à attribuer une signification douloureuse au bracelet. J'ouvris la porte de l'appartement avec mes clefs et surpris ma mère dans ma chambre, debout devant la table de chevet, absorbée dans ses pensées. Elle avait sorti le bijou du tiroir et le tenait entre ses doigts, elle le fixait comme si c'était le collier d'Harmonie et qu'elle voulait en percer les secrets au-delà des apparences pour dévoiler ses pouvoirs d'objet maléfique. Je réalisai en cette occasion que son dos s'était beaucoup voûté, elle était devenue bossue et très maigre.

— Tu ne le mets plus ? demanda-t-elle sans se retourner, quand elle perçut ma présence.

— Il ne me plaît pas.

— Tu sais qu'il n'était pas à Vittoria, mais à ta grand-mère ?

— Qui t'a dit ça ?

Elle me raconta qu'elle avait téléphoné à Vittoria en personne, et que celle-ci lui avait appris que c'était sa mère qui lui avait laissé ce joyau juste avant de mourir. Je la regardai, perplexe : je croyais qu'il ne fallait plus jamais parler à Vittoria parce qu'elle était dangereuse et qu'on ne pouvait pas lui faire confiance. Mais, à l'évidence, cette interdiction ne concernait que moi.

— C'est vrai ? demandai-je, manifestant mon scepticisme.

— Qui sait ? Tout ce qui vient de la famille de ton père, y compris ton père, est presque toujours faux.

— Et lui, tu lui en as parlé ?

— Oui.

Pour aller au bout de cette question, elle avait harcelé mon père – C'est vrai que ce bracelet appartenait à ta mère ? C'est vrai qu'elle l'avait laissé à ta sœur ? –, et il avait fini par balbutier qu'il tenait beaucoup à ce bijou et se le rappelait au poignet de sa mère : ainsi, lorsqu'il avait su que Vittoria voulait le vendre, il lui avait donné de l'argent et l'avait gardé.

— Quand est-ce qu'elle est morte, ma grand-mère ? demandai-je.

— Avant ta naissance.

— Alors Zia Vittoria a menti, elle ne m'a pas offert ce bracelet.

— C'est ce que dit ton père.

Je sentis qu'elle mettait en doute sa parole, et comme j'avais toujours cru Vittoria et la croyais encore, même à contrecœur, je partageai le scepticisme de ma mère. Mais, contre ma propre volonté, voilà que le bracelet empruntait déjà le chemin d'une nouvelle histoire, lourde de conséquences. Dans ma tête, cet objet devint en quelques secondes un élément essentiel des disputes entre le frère et la sœur, un nouveau fragment de leur haine réciproque. J'imaginai mon père et Vittoria se querellant pour le bracelet tandis que ma grand-mère, gisant, râlant, yeux exorbités et bouche grande ouverte, agonisait. Mon père finissait par l'arracher des mains de sa sœur et par l'emporter, entre insultes et jurons, en lançant quelques billets en l'air. Je demandai :

— Tu penses qu'au départ, au moins, papa avait pris le bracelet à Vittoria pour pouvoir me le donner quand je serais grande ?

— Non.

Ce monosyllabe si net me fit mal. J'ajoutai :

— Mais il ne l'a pas pris non plus pour te le donner.

Ma mère confirma en hochant la tête, puis elle remit le bracelet dans le tiroir et, comme si ses forces étaient venues à lui manquer, elle s'allongea sur mon lit, où elle se mit à sangloter. Je me sentis mal à l'aise : elle qui auparavant ne pleurait jamais depuis des mois ne faisait plus que ça, et moi qui aurais voulu pleurer je me retenais – alors pourquoi pas elle ? Je lui caressai l'épaule, embrassai ses cheveux. Nous savions maintenant très bien que, quelle que soit la façon dont mon père était entré en possession de ce bijou, son objectif avait toujours été de l'attacher au poignet délicat de Costanza. Quel que soit l'angle sous lequel on examinait ce bracelet, quelle que soit l'histoire dans laquelle on l'insérait – un conte, un récit intéressant ou banal –, il ne mettait en évidence qu'une seule chose : notre corps, secoué par les convulsions de la vie qui le consument, nous pousse à faire des choses stupides qui ne devraient pas avoir lieu. Si je pouvais accepter cela d'un point de vue général – et l'appliquer à Mariano, par exemple, et même à ma mère, ou à moi –, je n'aurais jamais imaginé que cette stupidité pervertisse des personnes supérieures comme Costanza ou mon père. Je ruminai longuement toute cette histoire et donnai libre cours à mes divagations en classe, dans la rue, au déjeuner, au dîner, la nuit. Je cherchais à dépasser mon impression qu'il y avait bien peu d'intelligence en œuvre dans cette affaire, malgré l'intelligence des personnes impliquées.

## 2

Pendant ces deux années, beaucoup de choses importantes se produisirent. Quand mon père, après m'avoir répété que j'étais exactement comme sa sœur, disparut de chez nous pour la première fois, je pensai qu'il s'était enfui parce que je l'avais horrifié. Peinée, fâchée, je décidai de cesser de travailler. Je n'ouvris plus un livre, ne fis plus mes devoirs, et l'hiver passa, tandis que je m'efforçais de devenir de plus en plus étrangère à moi-même. J'éliminai certaines habitudes que mon père m'avait inculquées : lire la presse, regarder le journal télévisé. Je passai du blanc et du rose au noir – yeux noirs, lèvres noires, tous mes vêtements noirs. Je devins distraite, sourde aux reproches de mes professeurs et indifférente aux pleurnicheries de ma mère. Au lieu de travailler, je dévorai des romans, regardai des films à la télévision, m'assourdis de musique. Surtout, je vécus dans le mutisme – quelques mots tout au plus. Déjà, en temps normal, je n'avais pas d'amis en dehors de ma longue relation avec Angela et Ida. Mais à partir du moment où ces dernières furent englouties elles aussi dans la tragédie de nos familles, je restai entièrement seule, avec ma voix qui tournait vainement dans ma tête. Je riais en mon for intérieur, je grimaçais, et je passais beaucoup de temps soit sur les marches derrière mon lycée, soit à la Floridiana, dans les sentiers bordés d'arbres et de haies que j'avais parcourus autrefois avec ma mère, avec Costanza, avec Angela et Ida encore en landau. J'aimais m'étourdir en me plongeant dans les temps heureux du passé, comme si j'étais déjà une vieille femme, fixant sans le voir le muret, les jardins de la Santarella, ou m'asseyant, à la Floridiana, sur un banc avec vue sur la mer et sur toute la ville.

Angela et Ida se manifestèrent à nouveau plus tard, et uniquement au téléphone. C'est Angela qui m'appela, toute joyeuse, pour m'annoncer qu'elle voulait me faire visiter au plus vite leur nouvel appartement, à Posillipo.

— Quand est-ce que tu viens ? demanda-t-elle.
— Je ne sais pas.
— Ton père dit que tu seras souvent avec nous.
— Il faut que je tienne compagnie à ma mère.
— Tu m'en veux ?
— Non.

Ayant établi que je l'aimais encore, elle changea de ton, devint plus anxieuse et se mit à me confier quelques-uns de ses secrets, alors qu'elle aurait dû sentir que je n'avais nulle envie de les entendre. Elle m'expliqua que mon père allait devenir une espèce de père pour elles aussi, parce que, après le divorce, il épouserait Costanza. Elle dit que Mariano refusait de voir non seulement Costanza, mais également sa sœur et elle, parce que – il avait crié cela un soir, Ida et elle l'avaient entendu – il ne doutait pas un instant que leur vrai père, c'était le mien. Enfin, elle me révéla qu'elle avait un petit ami, mais je ne devais le dire à personne : son petit ami, c'était Tonino. Il lui avait téléphoné souvent, ils s'étaient vus à Posillipo, avaient fait de nombreuses promenades à Mergellina et, depuis moins d'une semaine, ils s'étaient déclaré leur amour.

Malgré la longueur de la conversation téléphonique, je me tus presque tout le temps. Je ne fis pas le moindre commentaire lorsqu'elle me chuchota avec ironie que, puisque nous étions peut-être sœurs, j'allais devenir la belle-sœur de Tonino. Ce n'est que lorsque Ida, qui devait être près d'elle, me lança, affligée : C'est pas vrai que nous sommes sœurs, ton père est gentil, mais moi je veux le mien, que je déclarai lentement : Je suis d'accord avec Ida, et même si votre mère et mon père se marient, vous resterez toujours les filles de Mariano, et moi celle d'Andrea. En revanche, je gardai pour moi l'agacement qu'elle m'avait causé en m'annonçant qu'elle sortait avec Tonino. Je murmurai simplement :

— Je plaisantais, quand je disais que Tonino en pinçait pour moi, en fait je ne lui ai jamais plu.

— Je sais, je lui ai posé la question avant de lui dire oui, et il m'a juré qu'il ne s'est jamais intéressé à toi. Il m'a aimée à la seconde où il m'a vue, il ne pense qu'à moi.

Puis, comme si le malaise qui exerçait une pression derrière ses bavardages avait rompu les digues, elle éclata en sanglots, s'excusa et raccrocha.

Qu'est-ce que nous pleurions, tous ; je ne supportais plus les larmes. Au mois de juin, ma mère alla se renseigner sur mes résultats scolaires, et elle découvrit que j'allais redoubler. Naturellement, elle savait que j'avais des difficultés, mais le redoublement lui parut exagéré. Elle voulut parler avec mes professeurs, avec la directrice, et elle me traîna avec elle comme si j'étais la preuve vivante qu'on m'avait causé un tort. Ce fut un calvaire pour nous deux. Les profs se souvenaient à peine de moi, toutefois ils lui montrèrent la liste de toutes mes mauvaises notes et lui révélèrent que j'avais été souvent absente. Cela lui fit un choc, surtout les absences. Elle murmura : Mais tu es allée où, pour faire quoi. Je répondis : J'étais à la Floridiana. À un moment donné, le professeur de lettres intervint : À l'évidence, cette jeune fille n'est pas faite pour les études littéraires. Il se tourna gentiment vers moi : Ce n'est pas vrai ? Je ne répondis pas, mais j'aurais voulu crier que, maintenant que j'avais grandi et que je n'étais plus une poupée, je ne me sentais faite pour rien du tout : je n'étais pas intelligente, je n'étais pas capable de bons sentiments, je n'étais pas belle, je n'étais même pas sympathique. Ma mère – les yeux trop maquillés, les joues trop fardées et la peau du visage tendue comme une voile – répondit à ma place : Oh si, elle est faite pour ça, elle est totalement faite pour ça, c'est juste que cette année, elle s'est un peu fourvoyée.

À peine étions-nous dans la rue que ma mère commença à s'en prendre à mon père : C'est sa faute, il est parti, c'était à lui d'être derrière toi, c'était à lui de t'aider et de t'encourager. Elle continua à la maison et, comme elle ne pouvait pas joindre son coupable de mari, elle alla le chercher le lendemain à son lycée. Je ne sais pas comment cela se passa entre eux mais, le soir, elle m'annonça :

— On ne le dira à personne.

— Quoi ?

— Que tu redoubles.

Je me sentis encore plus humiliée. Je découvris que je voulais, au contraire, que ça se sache. En fin de compte, ce redoublement était mon seul signe de distinction. J'aurais voulu que ma mère le dise à ses collègues de lycée, aux personnes pour qui elle corrigeait des épreuves et écrivaillait, et que mon père – oui, surtout mon père – l'apprenne à ceux qui l'estimaient et qui l'aimaient : Giovanna n'est pas comme moi ni comme sa mère, elle n'apprend pas, elle ne fait aucun effort, elle est laide à l'intérieur et à l'extérieur, comme sa tante, et peut-être qu'elle ira vivre chez elle, du côté du Macello, dans la Zona industriale.

— Et pourquoi ? demandai-je.

— Parce qu'il est inutile d'en faire une tragédie, ce n'est qu'un petit raté. Tu vas redoubler, tu vas travailler, et tu seras la meilleure de la classe. On est d'accord ?

— Oui, répondis-je de mauvaise grâce, et je m'apprêtai à regagner ma chambre quand elle me retint.

— Attends : rappelle-toi de ne pas le dire non plus à Angela et à Ida.

— Elles ont réussi leur année ?

— Oui.

— C'est papa qui t'a demandé de ne rien leur dire ?

Elle ne répondit pas et, lorsqu'elle se pencha sur son travail, elle me parut encore plus émaciée. Je compris qu'ils avaient honte de mon échec, et que c'était peut-être le seul sentiment qu'ils avaient encore en commun.

## 3

Cet été-là, il n'y eut pas de vacances, ma mère n'en prit pas ; mon père, je ne sais pas, nous ne le vîmes que l'année suivante, alors que l'hiver était déjà avancé, lorsque ma mère lui demanda d'officialiser leur séparation. Mais je n'en souffris pas, je passai tout l'été à faire semblant de ne pas voir que ma mère était au désespoir. Je restai indifférente même quand mon père et elle commencèrent à se quereller pour le partage de leurs affaires, et même ce jour où ils se disputèrent avec fureur, et où il lui lança : Nella, j'ai besoin de toute urgence des notes qui se trouvent dans le premier tiroir de mon bureau, à quoi elle répliqua en criant qu'elle lui interdirait toujours et par tous les moyens de reprendre chez nous le moindre livre, le moindre cahier, ne serait-ce que le stylo qu'il utilisait d'ordinaire, ou bien la machine à écrire. En revanche, ce qui me fit de la peine, ce qui m'humilia, ce fut cette recommandation : Ne dis à personne que tu redoubles. Pour la première fois, ils me semblèrent mesquins, exactement comme Vittoria les avait dépeints, et par conséquent j'évitai par tous les moyens d'entendre ou de voir Angela et Ida : je craignais qu'elles ne me posent des questions sur mes résultats scolaires ou bien, que sais-je, qu'elles me demandent comment se passait la deuxième année de lycée, alors qu'en réalité je recommençais la première. Mentir me plaisait de plus en plus, je sentais à présent que prier et raconter des bobards me procuraient le même réconfort ; en revanche, devoir recourir à un mensonge pour éviter que mes parents ne soient démasqués et pour qu'il ne devienne pas évident que je n'avais pas hérité de leurs capacités, ça oui, ça me blessait, ça me déprimait.

Un jour, Ida téléphona et je fis répondre à ma mère que je n'étais pas là – pourtant, durant cette période où je lisais beaucoup et regardais un grand nombre de films, j'aurais bavardé plus volontiers avec elle qu'avec Angela. Mais je préférais l'isolement absolu. Si cela avait été possible, je n'aurais même plus adressé la parole à ma mère. En classe, je m'habillais et me maquillais désormais de façon à paraître une femme de mauvaise vie au milieu de gamins bien comme il faut, et j'étais distante avec tout le monde, y compris avec les professeurs, qui ne toléraient mon attitude hostile que parce que ma mère avait trouvé le moyen de faire savoir qu'elle était enseignante aussi. À la maison, quand elle n'était pas là, je mettais la musique à fond et m'abandonnais parfois avec fureur à la danse. Souvent, les voisins venaient protester, ils sonnaient mais je n'ouvrais pas.

Un après-midi où j'étais seule et me déchaînais sur la musique, la sonnette retentit. Je regardai par le judas, certaine qu'il s'agissait de quelqu'un en colère, or c'est Corrado que je découvris sur le palier. Je décidai de ne pas lui ouvrir non plus, mais je me rendis compte qu'il avait dû entendre mes pas dans le couloir. Il regardait fixement l'œil du judas avec son effronterie habituelle, et peut-être percevait-il ma respiration de l'autre côté de la porte, car son expression sérieuse laissa place à un sourire large et rassurant. La photographie de son père que j'avais vue au cimetière me revint à l'esprit – celle où l'amant de Vittoria riait avec satisfaction –, et je me dis qu'il devrait être interdit de mettre sur les tombes des photos de morts qui rient ; heureusement, le sourire de Corrado était celui d'un jeune bien vivant. Mais si je lui ouvris la porte, en réalité, c'est surtout parce que mes parents m'avaient toujours recommandé de ne jamais faire entrer personne en leur absence, et je ne le regrettai pas. Il resta une heure et, pour la première fois depuis que cette longue crise avait commencé, je fus prise d'une gaieté dont je ne me croyais plus capable.

Quand j'avais connu les enfants de Margherita, j'avais apprécié les manières tout en retenue de Tonino et la vivacité de la très belle Giuliana, mais les bavardages un peu perfides de Corrado, sa manie de tourner tout le monde en ridicule, y compris Zia Vittoria, et ses moqueries qui ne faisaient rire personne m'avaient agacée. Or, cet après-midi-là, tout ce qui sortait de sa bouche – des propos pourtant d'une stupidité incontestable – me fit me tordre de rire. Ce fut nouveau pour moi, et c'est devenu par la suite une de mes caractéristiques : je commence par un petit rire de rien du tout et puis je n'arrive plus à m'arrêter, le petit rire devient fou rire. Le point culminant, cet après-midi-là, ce fut le mot « jobard ». Je ne l'avais jamais entendu avant et, quand Corrado le prononça, ce terme me sembla tellement cocasse que j'éclatai de rire. Il s'en aperçut et, avec son dialecte italianisé, il se mit à l'utiliser sans arrêt – « ce jobard, c'te jobarde » – pour rabaisser soit son frère Tonino, soit sa sœur Giuliana, tout en tirant satisfaction et encouragement de mes rires. D'après lui, Tonino était un jobard parce qu'il sortait avec mon amie Angela, qui était encore plus jobarde. Il demandait à son frère : Tu l'as embrassée ? Des fois. Tu lui touches les seins ? Non, parce que je la respecte. Tu la respectes ? Mais alors t'es un jobard, y a qu'un jobard pour sortir avec une fille et la respecter, bordel, à quoi ça sert de sortir avec une fille si c'est pour la respecter ? Tu vas voir qu'Angela, si elle est pas encore plus jobarde que toi, elle va finir par te dire : Tonì, s'il te plaît, arrête de me respecter, sinon je te largue. Ah, ah, ah.

Qu'est-ce que je m'amusai, cet après-midi-là. J'aimai la désinvolture avec laquelle Corrado parlait de sexe, j'aimai sa façon de ridiculiser la relation entre son frère et Angela. Il avait l'air d'en savoir long, et de se fonder sur une expérience directe, sur ce qu'on fait lorsque l'on sort ensemble, et, de temps en temps, il me donnait le nom en dialecte de quelque pratique sexuelle avant de m'expliquer, toujours en dialecte, de quoi il s'agissait. Sans tout comprendre, à cause de ce vocabulaire que je ne maîtrisais pas, je lâchais de petits rires prudents et crispés, et je ne riais franchement qu'au moment où, d'une manière ou d'une autre, il recommençait à dire « jobard ».

Le sexe lui paraissait toujours comique, il ne connaissait pas la différence entre sérieux et bouffonnerie. Je compris que, pour lui, s'embrasser était comique mais ne pas s'embrasser aussi, se toucher était comique mais ne pas se toucher également. Et, d'après lui, les plus comiques de tous, c'étaient sa sœur Giuliana et Roberto, l'ami de Tonino qui était si intelligent. Ces deux-là, après s'être aimés depuis toujours sans se le dire, sortaient enfin ensemble. Giuliana était folle amoureuse de Roberto ; à ses yeux, il était le plus beau, le plus intelligent, le plus courageux, le plus juste et, par-dessus le marché, il croyait beaucoup plus en Dieu que Jésus-Christ lui-même, qui était pourtant son fils. Toutes les bigotes du Pascone, sans oublier celles de Milan, la ville où Roberto avait étudié, étaient de l'avis de Giuliana. Mais il y avait aussi beaucoup de gens, ajouta Corrado, qui avaient la tête sur les épaules et ne partageaient pas cet enthousiasme. Ses amis et lui comptaient parmi ces derniers – comme le garçon aux dents très en avant, Rosario.

— Peut-être que vous vous trompez, et que Giuliana a raison, dis-je.

Il prit un ton sérieux, mais je sus tout de suite que c'était pour de faux :

— Toi, tu ne connais pas Roberto, mais tu connais Giuliana, tu es venue à l'église, tu as vu les paroissiens, comment ils dansent, avec Vittoria à l'accordéon. Alors, dis-moi un peu : tu te fies plus à ce qu'ils pensent, eux, ou à ce que je pense, moi ?

Riant déjà, je dis :

— À ce que tu penses, toi.

— Et alors, franchement, tu crois que c'est quoi, ce Roberto ?

— Un jobard, criai-je presque, et je me mis à rire à gorge déployée : les muscles de mon visage me faisaient mal, tellement je riais.

Plus nous bavardions ainsi, plus grandissait en moi une agréable sensation d'interdit. J'avais fait entrer – moi –, dans l'appartement vide, ce garçon qui devait avoir au moins six ou sept ans de plus que moi et, pendant plus d'une heure, j'avais accepté – moi – de parler allègrement de sexe avec lui. Petit à petit, je me sentis prête à n'importe quelle transgression et il en eut l'intuition, ses yeux se mirent à briller et il me dit : Tu veux voir un truc. Je fis signe que non tout en riant, et Corrado eut un petit rire à son tour, il ouvrit sa fermeture éclair et murmura : Donne-moi la main, comme ça au moins je te le fais toucher. Mais comme je riais et ne lui tendais pas la main, il me la prit, avec certains égards. Vas-y, serre, dit-il, non, pas trop fort, bravo, c'est ça, c'est la première fois que tu touches le jobard, hein. Il dit ce mot exprès pour que mon fou rire reprenne, et je ris en effet, avant de murmurer : Ça suffit, ma mère pourrait rentrer. Il répondit : Alors on lui fera toucher le jobard à elle aussi. Ah, que de rires. Cela me parut totalement ridicule, de tenir ce gros machin dur et trapu dans la main, et je le sortis moi-même de son slip, tout en songeant que ce garçon ne m'avait même pas embrassée. C'est ce que je me disais quand il me demanda : Tu le mets dans ta bouche. Et j'aurais fait ça aussi, à ce moment-là j'aurais fait tout ce qu'il me demandait pourvu que ça me fasse rire, si son pantalon n'avait pas dégagé une forte odeur de latrines, ce qui me dégoûta. Par ailleurs, exactement au même instant, il me dit soudain : Ça suffit, m'ôta son truc de la main et le rentra dans son slip, avec un impressionnant gémissement venu du fond de la gorge. Je le vis s'abandonner quelques secondes contre le dossier du fauteuil, les yeux clos. Ensuite, il se reprit, remonta sa fermeture éclair, bondit sur ses pieds, consulta sa montre et dit :

— Il faut que j'y aille, Giannì, mais on s'est bien amusés, il faut qu'on se revoie.

— Ma mère ne veut pas que je sorte, il faut que je travaille.

— T'as pas besoin de travailler, t'es déjà bonne en classe.

— Je ne suis pas bonne, j'ai redoublé, je recommence mon année.

Il me regarda, incrédule :

— Tu rigoles, c'est pas possible. Moi je n'ai jamais redoublé, et toi si ? C'est injuste, te laisse pas faire. Tu sais que moi, j'étais vraiment pas taillé pour les études ? Mon diplôme de mécano, ils me l'ont donné parce que j'étais sympa.

— Tu n'es pas sympa, tu es idiot.

— Tu veux dire que tu t'es amusée avec un idiot ?

— Oui.

— Alors tu es une idiote, toi aussi ?

— Oui.

Ce n'est qu'une fois sur le palier que Corrado se donna une tape sur le front et s'exclama : J'allais oublier un truc important. Il sortit de la poche de son pantalon une enveloppe mal en point. Il expliqua qu'il était venu exprès, c'était de la part de Vittoria. Heureusement qu'il s'en était souvenu : s'il avait oublié, ma tante aurait hurlé comme une grenouille. Il dit « grenouille » pour me faire rire avec une comparaison absurde, mais cette fois je ne ris pas. Dès qu'il m'eut donné l'enveloppe, il disparut dans l'escalier, et l'angoisse m'envahit à nouveau.

L'enveloppe était fermée, toute froissée et très sale. Je la décachetai dans la plus grande précipitation, avant que ma mère ne revienne. Vittoria n'avait écrit que quelques lignes, et pourtant avec pas mal de fautes d'orthographe. Elle disait que, si je ne donnais plus de nouvelles, si je ne répondais pas au téléphone, cela voulait dire que je n'étais pas capable d'affection envers ma famille, exactement comme mon père et ma mère. Alors, je devais lui rendre le bracelet. Elle enverrait Corrado le récupérer.

## 4

Je me remis à porter le bracelet pour deux raisons. D'abord, parce que Vittoria le réclamait, je voulus l'exhiber en classe tant que je le pouvais, et laisser entendre que ma condition de redoublante ne disait pas grand-chose de la fille que j'étais vraiment. Ensuite, mon père cherchant à renouer le contact avec moi à la suite de la séparation, je voulais qu'à chacune de ses apparitions devant mon lycée il voie ce bijou à mon poignet et comprenne que, si jamais il m'invitait chez Costanza, je le porterais sûrement. Mais ni mes camarades ni mon père ne firent allusion à cet ornement, les premières par jalousie, et le second parce que le seul fait de le mentionner était sans doute trop gênant pour lui.

Mon père se présentait en général à la fin des cours avec un air affable, et nous allions ensemble manger des *panzarotti* et de la *pasta cresciuta* dans une *friggitoria* pas loin du funiculaire. Il me posait des questions sur mes professeurs, mes leçons, mes notes, mais j'avais l'impression que, malgré son apparente attention, mes réponses ne l'intéressaient pas vraiment. Du reste, ces sujets s'épuisaient rapidement et il ne passait pas à autre chose, quant à moi, je ne me hasardais pas à l'interroger sur sa nouvelle vie, et nous finissions par nous taire.

Ce silence, qui me paraissait prouver qu'il cessait peu à peu d'être mon père, m'attristait et m'énervait. Parfois il m'observait, croyant que j'étais distraite et ne m'en rendais pas compte. Mais j'étais consciente de son regard sur moi et je sentais qu'il était perplexe, comme s'il avait du mal à me reconnaître, ainsi tout en noir de la tête aux pieds, ou comme si, au contraire, il ne me reconnaissait que trop : il me reconnaissait mieux que lorsque j'étais sa fille bien-aimée, il savait que j'étais double et fausse. Devant la maison, il redevenait affable, me posait un baiser sur le front et lançait : Dis bonjour à maman. Je lui adressais un dernier signe d'au revoir et, dès que la porte de l'immeuble se refermait derrière moi, je l'imaginais avec mélancolie redémarrer en trombe, soulagé.

Souvent, dans l'escalier ou l'ascenseur, l'envie me prenait de fredonner certaines chansons napolitaines que je détestais. J'imitais les chanteuses, accentuais un peu mon décolleté et modulais à mi-voix des sons particulièrement ridicules. Sur le palier, je me redonnais une contenance, rentrais chez moi avec ma clef et tombais sur ma mère, qui rentrait tout juste de ses cours.

— Papa te passe le bonjour.

— Bien. Tu as mangé ?

— Oui.

— Quoi ?

— *Panzarotti* et *pasta cresciuta*.

— S'il te plaît, dis-lui que tu ne peux pas toujours manger ça. D'ailleurs, c'est mauvais pour lui aussi.

J'étais étonnée par le ton sincère de cette dernière phrase, semblable à tant d'autres qui lui échappaient parfois. En effet, après sa longue période de désespoir, quelque chose était en train de changer en elle – peut-être était-ce la nature même de son désespoir qui évoluait. À présent, elle n'avait que la peau sur les os, elle fumait davantage que Vittoria, et son dos était de plus en plus voûté – quand elle était assise pour travailler, on aurait dit un hameçon cherchant à attraper je ne sais quels insaisissables poissons. Et pourtant, depuis quelque temps, au lieu de se préoccuper d'elle-même, elle semblait se faire du souci pour son ex-mari. Parfois, j'avais l'impression qu'elle considérait qu'il était à deux doigts de la mort, voire déjà mort, même si personne ne s'en était encore rendu compte. Sans cesser de lui attribuer toutes les fautes possibles et imaginables, elle mêlait à la rancœur de l'inquiétude ; elle le détestait, tout en semblant craindre que, sans sa protection et ses soins, il perde bientôt la santé et même la vie. Je ne savais que faire. Son apparence physique m'angoissait, mais sa perte progressive d'intérêt pour tout ce qui n'était pas le temps passé avec son mari me mettait en colère. Quand je jetais un œil sur les histoires qu'elle corrigeait et souvent réécrivait, celles-ci mentionnaient toujours un homme extraordinaire qui, pour une raison ou une autre, avait disparu. Et si une de ses amies venait à la maison – en général, des enseignantes du lycée où elle travaillait –, j'entendais souvent ma mère utiliser des expressions comme : mon ex-mari a beaucoup de défauts, mais sur cette question-là il a totalement raison, il dit que, il pense que. Elle le citait fréquemment et avec beaucoup de respect. Mais ça ne s'arrêtait pas là. Quand elle découvrit que mon père avait commencé à écrire avec une certaine régularité dans *L'Unità,* elle qui lisait en général *La Repubblica* se mit à acheter aussi ce journal, et elle me montrait la signature de mon père, soulignait quelques passages et découpait les articles. En mon for intérieur, je me disais que si un homme m'avait fait ce qu'il lui avait fait, je lui aurais défoncé la cage thoracique et lui aurais arraché le cœur, et j'étais certaine qu'elle aussi, pendant tout ce temps, avait dû avoir de tels fantasmes de cruauté. Mais, à présent, elle alternait de plus en plus entre le sarcasme rancunier et le culte tranquille de la mémoire. Un soir, je la découvris en train de mettre de l'ordre dans les photos de famille, y compris celles qu'elle conservait dans la boîte métallique. Elle me dit :

— Viens voir comme il est beau, ton père, sur celle-là.

Elle me montra une photographie en noir et blanc que je n'avais jamais vue, bien que j'aie fouillé partout quelque temps auparavant. Elle venait de la sortir du dictionnaire d'italien qu'elle possédait depuis le lycée, un endroit où il ne me serait jamais venu à l'esprit de chercher des photos. Mon père non plus, probablement, n'en savait rien, puisque sur ce cliché figurait, sans qu'elle soit recouverte de feutre, Vittoria encore jeune fille, et même – je le reconnus immédiatement – Enzo. Et ce n'était pas tout : entre mon père et ma tante d'un côté, et Enzo de l'autre, il y avait une petite femme assise dans un fauteuil, pas encore vieille mais pas jeune non plus, affichant une expression qui me parut menaçante. Je murmurai :

— Papa et Zia Vittoria ont l'air heureux, là, regarde comme elle lui sourit.

— Oui.

— Et ça c'est Enzo, le policier voyou.

— Oui.

— Papa et lui n'ont pas l'air fâchés non plus.

— Non, au début ils étaient amis, Enzo fréquentait la famille.

— Et cette femme, qui c'est ?

— Ta grand-mère.

— Comment elle était ?

— Odieuse.

— Pourquoi ?

— Elle n'aimait pas ton père et, du coup, elle ne m'aimait pas non plus. Elle n'a jamais voulu m'adresser la parole, pas même me voir, j'ai toujours été celle qui ne faisait pas partie de la famille, une étrangère. Imagine un peu : elle préférait Enzo à ton père.

Examinant la photo avec grande attention, j'eus soudain un coup au cœur. Je pris une loupe dans le plumier et agrandis le poignet droit de la mère de Vittoria et de mon père.

— Regarde, dis-je, grand-mère porte mon bracelet.

Sans prendre la loupe, elle se pencha sur la photo, prenant sa pose d'hameçon, après quoi elle secoua la tête et bougonna :

— Je n'avais jamais remarqué.

— Moi, je l'ai vu tout de suite.

Elle fit une moue d'agacement :

— Oui, tu l'as vu tout de suite. Mais entretemps, je t'ai montré ton père, et tu ne l'as même pas regardé.

— Je l'ai regardé, et il ne me semble pas aussi beau que tu le dis.

— Il est très beau. Tu es encore petite, tu ne peux pas comprendre combien un homme très intelligent peut être beau.

— Au contraire, je le comprends très bien. Mais là, on dirait le frère jumeau de Zia Vittoria.

Le ton las de ma mère s'accentua :

— Tu sais, c'est moi qu'il a quittée, pas toi.

— Il nous a quittées toutes les deux, je le déteste.

Elle secoua la tête :

— C'est à moi de le détester.

— À moi aussi.

— Non. Là, tu es en colère et tu dis des choses que tu ne penses pas vraiment. Mais c'est un homme fondamentalement bon. Son comportement peut paraître celui d'un traître et d'un menteur, mais c'est faux, il est honnête et, dans un certain sens, il est même fidèle. Son seul grand amour, c'est Costanza, il est resté avec elle pendant toutes ces années et il le restera jusqu'à la mort. Mais surtout, c'est à elle qu'il a voulu donner le bracelet de sa mère.

## 5

Ma découverte nous fit du mal à toutes les deux, mais nous réagîmes de manière différente. Qui sait combien de fois ma mère avait feuilleté ce dictionnaire, qui sait combien de fois elle avait regardé cette photo : et pourtant, elle n'avait jamais remarqué que le bracelet avec lequel l'épouse de Mariano se pavanait depuis des années, et qu'elle-même considérait depuis tout ce temps comme un objet raffiné qu'elle aurait aimé posséder, était le même que celui qui apparaissait au poignet de sa belle-mère sur cette photo. Sur cet instantané en noir et blanc, elle avait toujours et uniquement vu mon père, encore tout jeune. Elle avait reconnu sur son visage les raisons pour lesquelles elle l'aimait, et c'est pour cela qu'elle avait gardé la photo dans son dictionnaire, telle une fleur qui, même séchée, doit nous rappeler le moment où elle nous a été offerte. Elle n'avait jamais fait attention au reste, aussi, quand je lui indiquai le bijou, elle dut souffrir terriblement. Mais elle n'en laissa rien paraître, maîtrisant ses réactions et cherchant à détourner mon regard importun par de petits discours sirupeux et nostalgiques. Mon père, bon, honnête, fidèle ? Costanza, son grand amour, sa véritable épouse ? Ma grand-mère, préférant Enzo, le séducteur de Vittoria, à son propre fils ? Elle improvisa pas mal d'historiettes dans ce goût-là et, après être passée de l'une à l'autre, revint lentement se réfugier dans le culte de son ex-mari. Bien sûr, aujourd'hui je peux comprendre que, si elle n'avait pas comblé d'une manière ou d'une autre le vide qu'il avait laissé, elle serait tombée à l'intérieur de ce gouffre et en serait morte. Mais à mes yeux, la manière qu'elle avait choisie était la plus répugnante de toutes.

Quant à moi, cette photo me donna l'audace de décider que je ne rendrais pas le bracelet à Vittoria, sous aucun prétexte. Les raisons que je formulai étaient très embrouillées. Il est à moi, me dis-je, parce qu'il était à ma grand-mère. Il est à moi parce que Vittoria s'en est emparée contre la volonté de mon père, et parce que mon père s'en est emparé contre la volonté de Vittoria. Il est à moi parce qu'il me revient, il me revient de toute façon, que Vittoria me l'ait vraiment offert ou, si c'est un mensonge, que ce soit mon père qui l'ait pris pour le donner à une étrangère. Il est à moi parce que cette étrangère, Costanza, me l'a rendu, et ma tante n'a pas à me le réclamer, ce n'est pas juste. Il est à moi, conclus-je, parce que je l'ai reconnu sur la photo, et pas ma mère, parce que moi je sais regarder la douleur en face, la subir, et même la provoquer, contrairement à elle ; elle me fait de la peine, elle n'a même pas été capable de devenir la maîtresse de Mariano, elle ne sait pas se donner de la joie et, sèche et bossue comme elle est, elle gaspille ses forces sur des pages stupides, destinées à des personnes qui lui ressemblent.

Moi, je ne lui ressemblais pas. Moi, je ressemblais à Vittoria et à mon père qui, sur cette photo, étaient physiquement très semblables. Je préparai donc une lettre pour ma tante. Elle s'avéra beaucoup plus longue que celle qu'elle m'avait envoyée, j'y dressai la liste des raisons confuses pour lesquelles je voulais garder le bracelet. Puis je glissai la lettre dans le sac à dos où je mettais mes manuels scolaires, et j'attendis le jour où Corrado ou Vittoria en personne se manifesterait.

## 6

Or, ce fut Costanza qui, à ma grande surprise, apparut un jour devant mon établissement scolaire. Je ne l'avais pas vue depuis le matin où, contrainte par ma mère, elle m'avait apporté le bracelet. Je la trouvai encore plus belle que par le passé, encore plus élégante, avec un parfum léger que ma mère avait adopté pendant des années mais qu'elle ne mettait plus à présent. Un seul détail me déplut : elle avait les yeux gonflés. Elle me dit de sa voix séduisante et chaude qu'elle se proposait de me conduire à une petite fête de famille avec ses filles : mon père était occupé au lycée pendant une bonne partie de l'après-midi, mais il avait déjà téléphoné à ma mère, qui était d'accord pour que je vienne.

— Où ça ? demandai-je.

— À la maison.

— Pourquoi ?

— Tu as oublié ? C'est l'anniversaire d'Ida.

— J'ai beaucoup de devoirs.
— Demain, c'est dimanche.
— Je déteste travailler le dimanche.
— Tu ne peux pas faire un petit sacrifice ? Ida parle tout le temps de toi, elle t'adore.

Je cédai, montai dans sa voiture aussi parfumée qu'elle, et nous partîmes pour Posillipo. Elle me posa des questions sur mes études, et je fis bien attention à ne pas dire que j'étais encore en première année de lycée, tout en ne sachant rien du programme de la deuxième : comme elle était prof, je craignais de commettre une bévue à chacune de mes réponses. J'esquivai en l'interrogeant sur Angela, et Costanza se mit aussitôt à me dire combien ses filles souffraient de ne plus me voir. Elle me raconta qu'Angela avait récemment rêvé de moi, un rêve où elle perdait une chaussure que je retrouvais, ou quelque chose dans le genre. Pendant qu'elle parlait, je tripotai mon bracelet, je voulais qu'elle s'aperçoive que je le portais. Puis, je dis : Ce n'est pas notre faute, si nous ne nous voyons plus. À ces mots, Costanza perdit d'un seul coup son ton avenant et murmura : Tu as raison, ce n'est pas votre faute. Puis elle se tut, comme si elle avait décidé que la circulation l'obligeait à se concentrer uniquement sur sa conduite. Mais elle ne put se retenir et ajouta soudain : Il ne faut pas croire que c'est la faute de ton père, ce qui s'est produit n'est la faute de personne, on fait souvent du mal sans le vouloir. Elle ralentit, s'arrêta sur le bas-côté et dit : Excuse-moi. Et là – grand Dieu, j'en avais par-dessus la tête, des larmes –, elle éclata en sanglots.

— Tu n'imagines pas, expliqua-t-elle en hoquetant, combien ton père souffre, comme il a de la peine pour toi, il n'en dort pas de la nuit, tu lui manques, et tu manques aussi à Angela, à Ida, à moi.

— Lui aussi, il me manque, dis-je mal à l'aise, vous me manquez tous, Mariano aussi. Et je sais que ce n'est la faute de personne, ça s'est passé, c'est tout, personne ne peut rien y faire.

Du bout des doigts, elle s'essuya les yeux, chacun de ses gestes était léger et étudié.

— Comme tu es mûre, dit-elle, tu as toujours exercé une excellente influence sur mes filles.

— Je ne suis pas mûre, mais je lis beaucoup de romans.

— Bravo, tu grandis, tu donnes des réponses pleines d'esprit.

— Non, je parle sérieusement : ce ne sont pas mes propres mots mais des phrases que j'ai lues dans des livres qui me viennent en tête.

— Angela ne lit plus. Tu sais qu'elle a un petit ami ?

— Oui.

— Et toi, tu en as un ?

— Non.

— L'amour, c'est compliqué. Angela a commencé trop tôt.

Elle remaquilla ses yeux rougis, me demanda si tout était en ordre, puis redémarra. Sur le chemin, elle continua à me parler avec prudence de sa fille : elle cherchait à savoir, sans poser de questions explicites, si j'étais mieux informée qu'elle. Cela me stressa, j'avais peur de dire ce qu'il ne fallait pas. Je compris vite qu'elle ne savait rien de Tonino, ni son âge, ni ce qu'il faisait, ni même son nom, et de mon côté j'évitai d'établir le moindre lien entre lui et Vittoria, Margherita et Enzo, et je tus le fait qu'il avait presque dix ans de plus qu'Angela. Je murmurai simplement que c'était un garçon très sérieux, et pour ne pas être amenée à révéler autre chose, je fus sur le point de prétexter que je ne me sentais pas bien pour rentrer chez moi. Mais nous étions maintenant arrivées, la voiture glissa entre les arbres d'un boulevard et Costanza se gara. Je fus saisie par la lumière qui irradiait de la mer, et par la splendeur du jardin : il y avait une vue immense sur Naples, le ciel, le Vésuve. Voilà donc où vivait mon père. En quittant la Via San Giacomo dei Capri, il n'avait pas beaucoup perdu en altitude et, en plus, il avait gagné en beauté. Costanza me demanda :

— Tu voudrais bien me rendre un tout petit service ?

— Oui.

— Tu pourrais enlever le bracelet ? Les filles ne savent pas que je te l'ai donné.

— Peut-être que tout serait moins compliqué si on disait la vérité.

Elle dit d'un ton douloureux :

— La vérité est difficile, tu le comprendras en grandissant, pour ça les romans ne suffisent pas. Alors, tu veux bien me rendre ce service ?

Des mensonges, encore des mensonges : les adultes les interdisent, et pourtant ils en disent tellement. Je fis oui de la tête, dégrafai le bracelet et le mis dans ma poche. Elle me remercia et nous entrâmes dans l'appartement. Je revis alors, après tout ce temps, Angela et Ida, et nous retrouvâmes vite une complicité apparente, bien que nous ayons toutes trois beaucoup changé. Tu as maigri, me dit Ida, et tu as de grands pieds ; mais qu'est-ce que tu as comme poitrine, oh oui, tu en as vraiment beaucoup ; et pourquoi tu es habillée tout en noir ?

Nous déjeunâmes dans une cuisine inondée de soleil, entourées de meubles et d'appareils électroménagers étincelants. Nous, les trois filles, commençâmes à plaisanter, et je fus prise de fous rires. À nous voir ainsi, Costanza parut soulagée. Toute trace de larmes avait disparu de son visage, et elle poussa la gentillesse jusqu'à s'occuper davantage de moi que de ses enfants. À un moment donné, elle les réprimanda parce que, emportées par leur fougue, elles me racontaient dans les moindres détails un voyage qu'elles avaient fait à Londres avec leurs grands-parents, sans me laisser placer un mot. Elle me regarda tout le temps avec affection et me murmura deux fois à l'oreille : Comme je suis contente que tu sois là, quelle belle demoiselle tu es devenue. Quelles sont ses intentions, me demandai-je. Peut-être qu'elle veut m'enlever moi aussi à ma mère, peut-être qu'elle veut que je vienne vivre ici ? Et est-ce que cela me déplairait ? Non, peut-être pas. C'est un vaste appartement très lumineux et très confortable. Il était presque certain que je m'y serais sentie bien si mon père ne dormait en ces lieux, s'il n'y mangeait pas, s'il n'utilisait pas cette salle de bains exactement comme lorsqu'il vivait avec nous, à San Giacomo dei Capri. L'obstacle, c'était précisément cela. Il habitait ici, et sa présence rendait inconcevable que je m'y établisse, que je recommence à fréquenter Angela et Ida, et que je mange les plats cuisinés par la bonne muette et dévouée de Costanza. Je me rendis compte que ce que je craignais le plus c'était justement ce moment où mon père rentrerait de Dieu sait où avec son sac chargé de livres et embrasserait sur la bouche cette femme, comme il l'avait toujours fait avec l'autre. Il dirait être très fatigué et pourtant il plaisanterait avec nous trois, ferait semblant de nous aimer, prendrait Ida sur ses genoux, l'aiderait à souffler ses bougies et chanterait pour lui souhaiter un joyeux anniversaire, puis, soudain glacial comme il savait l'être, il se retirerait dans une autre pièce, son nouveau bureau, qui avait la même fonction que celui de la Via San Giacomo dei Capri, où il s'enfermerait. Là, Costanza dirait, comme l'avait toujours fait ma mère : Parlez doucement, s'il vous plaît, ne dérangez pas Andrea, il doit travailler.

— Qu'est-ce que tu as ? me demanda Costanza. Tu es devenue pâle. Quelque chose ne va pas ?

— Maman, soupira Angela, tu nous laisses un peu tranquilles ?

## 7

Nous passâmes l'après-midi seules toutes les trois, et Angela consacra une bonne partie de ce temps à parler en long et en large de Tonino. Elle ne lésina pas sur les arguments pour me convaincre qu'elle tenait énormément à ce garçon. Tonino parlait peu et avec trop de flegme, mais il disait toujours des trucs importants. Tonino se laissait mener à la baguette par Angela parce qu'il l'aimait, mais savait s'imposer si quelqu'un essayait de lui marcher sur les pieds. Tonino venait la chercher au lycée tous les jours : elle le repérait entre mille tant il était beau, grand et bouclé. Tonino avait de larges épaules, et ses muscles étaient apparents même quand il portait un blouson. Tonino avait un diplôme de géomètre et travaillait déjà un peu, mais il avait de grandes aspirations et, sans même le dire à sa mère, son frère ou sa sœur, il étudiait en secret l'architecture. Tonino était un grand ami de Roberto, le petit ami de Giuliana, bien que les deux garçons soient très différents. Angela avait rencontré Roberto car ils étaient allés manger une pizza ensemble, tous les quatre, mais cela avait été une grosse déception : Roberto était tout à fait banal et même un peu ennuyeux, on ne voyait pas pourquoi Giuliana, cette fille superbe, l'aimait tellement, ni même pourquoi Tonino, qui était bien mieux que Roberto à la fois physiquement et intellectuellement, l'estimait autant.

Je l'écoutai, mais Angela ne parvint pas à me convaincre. J'eus même l'impression qu'elle se servait de son petit ami pour me faire comprendre que, malgré la séparation de ses parents, elle était heureuse. Je lui demandai :

— Comment ça se fait que tu n'aies pas parlé de lui à ta mère ?

— Qu'est-ce qu'elle vient faire là-dedans, ma mère ?

— Elle voulait me soutirer des informations.

Elle fut alarmée :

— Tu lui as dit qui c'est, tu lui as dit où je l'ai connu ?

— Non.

— Elle ne doit rien savoir.

— Et Mariano ?

— Encore moins.

— Tu sais que si mon père le voit, il t'obligera à le quitter sur-le-champ ?

— Ton père, c'est personne, il n'a que le droit de se taire, il n'a pas à me dire ce que je dois faire.

Ida fit de grands signes d'assentiment et précisa :

— Notre père, c'est Mariano, sur ça on a mis les choses au clair. Mais ma sœur et moi, nous avons décidé de n'être filles de personne : même notre mère, nous ne la considérons plus comme notre mère.

Angela baissa la voix, comme nous le faisions traditionnellement lorsque nous parlions de sexe en utilisant des gros mots :

— C'est une pute, c'est la pute de ton père.

Je racontai alors :

— Je suis en train de lire un roman où une fille crache sur la photo de son père, et une de ses amies fait la même chose.

Angela demanda :

— Toi, tu cracherais sur la photo de ton père ?

— Et toi ? demandai-je à mon tour.

— Sur celle de ma mère, oui.

— Pas moi, intervint Ida.

Je réfléchis un instant et déclarai :

— Moi, je pisserais sur celle de mon père.

Cette hypothèse enthousiasma Angela :

— On n'a qu'à le faire ensemble.

— Si vous le faites, dit Ida, moi je vous regarde et j'écris sur vous.

— Comment ça, tu écris sur nous ? demandai-je.

— J'écris sur vous qui pissez sur la photo d'Andrea.

— Une histoire ?

— Oui.

Cela me fit plaisir. J'aimai cet exil des deux sœurs dans leur propre maison et la décision qu'elles avaient prise de trancher les liens du sang, exactement comme j'aurais voulu le faire ; j'aimai aussi leur grossièreté.

— Si tu aimes écrire des histoires de ce genre, je peux aussi te raconter des trucs vrais que j'ai faits, proposai-je.

— Quoi ? demanda Angela.

— Je suis plus pute que votre mère, dis-je en baissant la voix.

Elles manifestèrent un intérêt immense pour cette révélation, et insistèrent pour que je leur raconte tout.

— Tu as un copain ? demanda Ida.

— Pas besoin d'un copain pour faire la pute. On peut faire la pute avec n'importe qui.

— Et toi, tu fais la pute avec n'importe qui ? demanda Angela.

Je répondis que oui. Je racontai qu'avec les garçons je parlais de sexe avec les sales mots du dialecte et que je riais beaucoup, mais vraiment beaucoup, et que lorsque j'avais assez ri les garçons sortaient leur truc et voulaient que je le prenne dans ma main ou le mette dans ma bouche.

— C'est dégueulasse, commenta Ida.

— Oui, admis-je, tout ça, c'est un peu dégueulasse.

— Tout ça quoi ? demanda Angela.

— Les mecs : avec eux, on se croirait dans les chiottes d'un train.

— Mais les baisers, ça c'est beau, dit Ida.

Je secouai énergiquement la tête :

— Les mecs, ça les gonfle, d'embrasser, et ils ne

te caressent même pas. Ils baissent directement leur fermeture éclair : tout ce qui les intéresse, c'est que tu les touches.

— C'est pas vrai, éclata Angela. Moi, Tonino, il m'embrasse.

Je fus vexée qu'elle mette en doute ce que je disais :

— Tonino t'embrasse, mais il ne te fait rien d'autre.

— C'est pas vrai.

— Alors on t'écoute : qu'est-ce que tu fais, avec Tonino ?

Angela murmura :

— Il est très pieux et il me respecte.

— Tu vois ? À quoi ça sert d'avoir un copain s'il te respecte ?

Angela se tut, secoua la tête, puis elle lança dans un éclat d'exaspération :

— J'ai un copain parce qu'il m'aime. Toi, peut-être que personne ne t'aime. On t'a même fait redoubler.

— C'est vrai ? demanda Ida.

— Qui vous l'a dit ?

Angela hésita, elle semblait déjà regretter d'avoir cédé à l'impulsion de m'humilier. Elle murmura :

— Tu l'as dit à Corrado, et Corrado l'a dit à Tonino.

Ida chercha à me consoler.

— Mais nous, on l'a dit à personne, ajouta-t-elle, et elle essaya de me faire une caresse sur la joue.

Je me dérobai et sifflai :

— Y a que des connasses comme vous pour apprendre comme des perroquets, passer dans la classe supérieure et se faire respecter par leurs petits copains. Moi j'apprends rien, je me fais recaler, et je suis une pute.

## 8

Mon père arriva alors qu'il faisait déjà nuit. Costanza me parut nerveuse, elle lui lança : Comment se fait-il que tu arrives aussi tard, tu savais qu'il y avait Giovanna. Nous dînâmes et il fit semblant d'être joyeux. Je le connaissais bien, il mettait en scène une allégresse qu'il n'éprouvait pas. J'espérai que par le passé, quand il vivait avec ma mère et moi, il n'avait jamais feint comme il feignait à l'évidence ce soir-là.

De mon côté, je ne fis rien pour cacher que j'étais en colère, que Costanza m'énervait avec ses attentions doucereuses, qu'Angela m'avait vexée et que je ne voulais plus avoir affaire à elle, et que je ne supportais pas toutes les manifestations d'affection avec lesquelles Ida tentait de m'amadouer. Je ressentais en moi une méchanceté qui cherchait coûte que coûte à se manifester : Ça se voit certainement dans mes yeux et sur tout mon visage, me dis-je, effrayée par moi-même. J'en arrivai à glisser à l'oreille d'Ida : C'est ton anniversaire et Mariano n'est pas là, il doit bien y avoir une raison ; peut-être que t'es trop pleurnicharde ou trop collante. Ida cessa de me parler et sa lèvre inférieure se mit à trembler, on aurait dit que je lui avais filé une claque.

La scène ne passa pas inaperçue. Mon père comprit que j'avais dit quelque chose de méchant à Ida et, interrompant je ne sais quelle agréable conversation avec Angela, il se tourna brusquement vers moi pour me réprimander : S'il te plaît, Giovanna, ne sois pas mal élevée, arrête. Je ne dis mot. Tout ce qui me vint, ce fut une espèce de sourire qui l'énerva encore plus, au point qu'il ajouta avec force : On s'est compris ? Je fis signe que oui, en faisant attention à ne pas rire. J'attendis un peu et puis, avec le visage qui me brûlait tant il était empourpré, je dis : Je vais à la salle de bains.

Je m'enfermai à clef et me lavai vigoureusement le visage pour essayer d'ôter la rougeur provoquée par la colère. Il croit qu'il peut me faire souffrir mais, moi aussi, je peux le faire souffrir. Avant de regagner la salle à manger, je me remaquillai les yeux, comme Costanza l'avait fait après les larmes, et je récupérai le bracelet au fond de ma poche : je me l'attachai au poignet et retournai à table. Angela écarquilla les yeux d'étonnement et s'exclama :

— Comment ça se fait que tu as le bracelet de maman ?

— C'est elle qui me l'a donné.

Elle se tourna vers Costanza :

— Pourquoi tu as fait ça ? Je le voulais.

— Moi aussi, il me plaisait, murmura Ida.

Mon père, le teint gris, intervint :

— Giovanna, rends ce bracelet.

Costanza secoua la tête, elle aussi me sembla soudain à bout de forces :

— Non, le bracelet appartient à Giovanna, je le lui ai offert.

— Pourquoi ? demanda Ida.

— Parce que c'est une fille gentille et studieuse.

Je fixai Angela et Ida, elles étaient dépitées. Le

plaisir de m'être vengée s'atténua, leur tristesse m'attrista. Tout était désolant et sordide, il n'y avait rien, rien, absolument rien dont je puisse être contente comme je l'avais été lorsque j'étais enfant et qu'elles étaient enfants elles aussi. Je tressaillis. Mais, maintenant, pensai-je, elles sont tellement blessées et peinées que, pour se sentir mieux, elles vont révéler un de mes secrets, elles vont dire que j'ai été recalée, que je n'apprends rien, que je suis stupide de nature, qu'il n'y a en moi que du négatif, et que je ne mérite pas le bracelet. Je lançai brusquement à Costanza :

— Je ne suis ni gentille ni studieuse. J'ai été recalée, cette année je redouble.

Costanza, hésitante, regarda mon père. Il toussa légèrement puis dit à contrecœur, en minimisant la chose, comme s'il devait corriger une exagération de ma part :

— C'est vrai, mais cette année elle se débrouille très bien, et elle pourra probablement sauter une classe. Allez, Giovanna, donne le bracelet à Angela et à Ida.

Je déclarai :

— C'est le bracelet de ma grand-mère, je ne peux pas le donner à des étrangères.

Mon père sortit alors du fond de sa gorge sa voix terrible, celle qui était glaciale et pleine de mépris.

— C'est moi qui sais à qui il appartient, ce bracelet, enlève-le immédiatement.

Je me l'arrachai du poignet et le jetai contre un des meubles de la cuisine.

## 9

Mon père me raccompagna chez moi en voiture. Contre toute attente, je sortis gagnante de l'appartement de Posillipo, mais j'étais épuisée par mon mal-être. J'emportais dans mon sac à dos le bracelet et une part de gâteau pour ma mère. Costanza s'était mise en colère contre mon père, et elle était allée ramasser elle-même le bijou par terre. Après avoir vérifié qu'il n'était pas abîmé, elle avait répété, détachant bien ses mots, le regard planté dans celui de son concubin, que ce bracelet était à moi : c'était irrévocable, elle ne voulait plus en entendre parler. Ainsi, dans une ambiance où il n'était même plus possible de feindre l'allégresse, Ida avait soufflé ses bougies, la fête s'était achevée, Costanza m'avait obligée à prendre du gâteau pour son ex-amie – Ça, c'est pour Nella – et Angela, déprimée, en avait découpé un gros morceau, qu'elle avait empaqueté avec soin. À présent, mon père conduisait vers le Vomero mais il était fébrile, je ne l'avais jamais vu ainsi. Ses traits ne ressemblaient plus du tout à ceux auxquels j'étais habituée, ses yeux étaient très brillants, la peau de son visage paraissait tendue sur ses os, et surtout il tenait des discours confus en tordant la bouche, comme s'il n'arrivait à articuler les mots qu'au prix d'immenses efforts.

Il se lança dans des propos du type : Je te comprends, tu penses que j'ai bousillé la vie de ta mère, et du coup tu veux te venger en bousillant la mienne, celle de Costanza, celles d'Angela et Ida. Son ton semblait accommodant, mais je ressentis toute sa tension et je pris peur. Je craignais que, d'un instant à l'autre, il ne me frappe, que l'auto ne finisse contre un mur ou contre une autre voiture. Il s'en rendit compte, murmura : Tu as peur de moi, et je mentis, je dis non et m'exclamai que ce n'était pas vrai, je ne voulais pas le détruire, je l'aimais. Mais il insista et se mit à déverser sur moi un torrent de paroles. Tu as peur de moi, répéta-t-il, tu as l'impression que je ne suis plus celui que j'étais, et tu as peut-être raison, il est possible que je sois parfois une personne que je n'ai jamais voulu être, pardonne-moi si je t'effraie et laisse-moi du temps, tu verras que je vais redevenir tel que tu me connais, mais là je suis dans une mauvaise passe, tout se casse la figure, je savais bien que ça allait finir comme ça ; tu n'as pas besoin de te justifier si tu éprouves de vilains sentiments, c'est normal, seulement n'oublie pas que tu es ma fille unique et que tu le resteras toujours, et ta mère aussi je l'aimerai toujours, pour le moment tu ne peux pas comprendre mais tu comprendras plus tard, c'est compliqué ; j'ai été fidèle à ta mère pendant très longtemps, mais j'ai commencé à aimer Costanza avant même ta naissance, et pourtant il ne s'était jamais rien passé entre nous, je la considérais comme la sœur que j'aurais voulu avoir, tout le contraire de ta tante, oui, son exact contraire, intelligente, cultivée et sensible, pour moi elle était une sœur comme Mariano était un frère, un frère avec lequel je pouvais travailler, discuter, et auquel je pouvais me confier ; je savais tout de Mariano, lui il a toujours trompé Costanza – maintenant tu es grande, je peux te dire ces choses-là –, il voyait d'autres femmes et aimait me raconter ses histoires par le menu, et moi je me disais « pauvre Costanza », j'étais ému, j'aurais voulu la protéger de son propre fiancé, de son propre mari, et je croyais que si j'étais tellement affecté c'était parce que nous nous sentions comme frère et sœur ; mais un jour par hasard – c'était par hasard, hein – nous avons fait un voyage ensemble, un voyage de travail, un truc de profs, elle tenait beaucoup à y aller et moi aussi, mais sans aucun sous-entendu, hein, je te jure que je n'avais jamais trompé ta mère – ta mère, je l'aimais depuis le lycée et je l'aime aujourd'hui encore, je t'aime et je l'aime –, nous avons dîné ensemble, Costanza et moi, avec un tas d'autres gens, et en discutant ensemble, d'abord au restaurant, puis dans la rue, et enfin la nuit entière dans ma chambre, allongés sur le lit comme nous le faisions quand il y avait aussi Mariano et ta mère (nous étions alors quatre jeunes gens et nous nous blottissions les uns contre les autres pour discuter – ça tu peux le comprendre, hein ? c'est comme Ida, Angela et toi, quand vous parlez de tout), sauf qu'il n'y avait que Costanza et moi, bref, ce jour-là nous avons découvert que notre amour n'était pas celui d'un frère et d'une sœur mais un autre type d'amour, ce qui nous a stupéfiés nous-mêmes ; on ne sait jamais comment ni pourquoi ces choses-là arrivent, quels en sont les motifs profonds ou superficiels, mais n'imagine pas que nous ayons continué, non, après il n'y a plus eu entre nous qu'un sentiment intense et essentiel ; je suis tellement désolé, Giovanna, pardonne-moi, et pardonne-moi aussi pour le bracelet, j'ai toujours considéré qu'il appartenait à Costanza, chaque fois que je le voyais je me disais « comme il lui plairait, qu'est-ce qu'il lui irait bien », et c'est pour cette raison que, lorsque ma mère est morte, je l'ai voulu à tout prix, j'ai même donné une gifle à Vittoria tellement elle insistait pour dire qu'il était à elle, ainsi, quand tu es née, j'ai suggéré « offre-le à la petite » et pour une fois elle m'a écouté, alors je l'ai immédiatement offert à Costanza, oui, le bracelet de ma mère qui ne m'a jamais aimé, jamais – peut-être que tout l'amour que j'avais pour elle lui faisait mal, je ne sais pas ; on commet des actes qui ne semblent être que cela mais qui sont en fait des symboles, tu sais ce que c'est, les symboles, n'est-ce pas ? C'est quelque chose que je dois t'expliquer, le bien devient le mal sans qu'on s'en rende compte : comprends-moi, je ne te causais aucun tort, tu venais de naître, alors que j'en aurais causé à Costanza car, dans ma tête, je lui avais déjà offert ce bracelet depuis longtemps.

Il continua ainsi pendant tout le trajet, encore plus confus dans la réalité que dans la façon dont j'ai résumé ici ses propos. Je n'ai jamais compris comment un homme qui se consacrait tant à la pensée et à la recherche, capable d'exprimer très clairement des idées complexes, pouvait parfois se lancer, emporté par ses émotions, dans des discours aussi décousus. Je tentai plusieurs fois de l'interrompre. Je dis : Oui, papa, je te comprends. Je dis : Ça, ça ne me regarde pas, ce sont tes affaires et celles de maman, ce sont tes affaires et celles de Costanza, je ne veux pas le savoir. Je dis : Je suis désolée que tu ailles mal, moi aussi je vais mal, et maman aussi va mal, mais tu ne trouves pas que c'est un peu ridicule de me dire que si nous souffrons tous autant, c'est parce que tu nous aimes.

Je n'avais pas l'intention d'être sarcastique. À cet instant, une partie de moi désirait véritablement discuter avec lui du fait que le mal, alors qu'on a l'impression d'être bon, s'insinue tout doucement ou soudainement en nous, dans notre tête, notre ventre ou tout notre corps. Je voulais lui demander : D'où ça vient, papa, comment le contrôler. Et comment se fait-il que le mal ne fasse pas table rase du bien, mais cohabite avec lui. À ce moment-là, j'avais l'impression que malgré tous ses propos sur l'amour, c'était surtout sur le mal qu'il en savait long, plus long que Zia Vittoria, et comme je sentais que le mal m'habitait moi aussi, comme je sentais même qu'il progressait de plus en plus, j'aurais aimé en parler avec lui. Mais ce fut impossible, il ne saisit que le côté sarcastique de mes paroles et il se remit, anxieux, à accumuler en vrac justifications et accusations, s'acharnant à se dénigrer puis à se disculper, alignant ses bonnes raisons et ses souffrances. Devant chez moi, je l'embrassai près de la bouche avant de m'enfuir – son odeur acide me dégoûta.

Sans curiosité, ma mère me demanda :

— Comment ça s'est passé ?

— Bien. J'ai ramené du gâteau de la part de Costanza.

— Mange-le.

— Ça ne me dit rien.

— Même pas pour demain au petit déjeuner ?

— Non.

— Alors jette-le.

## 10

Quelque temps plus tard, Corrado réapparut. Je m'apprêtais à franchir la porte de mon lycée, lorsque j'entendis qu'on m'appelait. Cependant, avant même d'entendre sa voix, avant même de me retourner et de le voir parmi la foule des élèves, je savais que j'allais le revoir ce matin-là. Je fus contente, cela me parut de bon augure, et je dois avouer que je pensais à lui depuis longtemps, surtout lors de mes ennuyeux après-midi passés à travailler, quand ma mère sortait et que je restais seule à la maison, espérant qu'il surgirait à l'improviste, comme la première fois. Je ne crus jamais qu'il s'agissait d'amour, j'avais autre chose en tête. J'étais plutôt inquiète parce que, si Corrado ne venait pas, cela voulait dire que ma tante risquait de débarquer en personne pour réclamer le bracelet, et la lettre que j'avais préparée ne servirait alors à rien, je serais obligée de me débrouiller directement avec elle, ce que je redoutais.

Mais ce n'était pas tout. Je sentais maintenant croître en moi un violent besoin de dégradation – c'était un désir frénétique de me sentir héroïquement abjecte, qui me rendait intrépide. Or, j'avais l'impression que Corrado avait deviné cette envie en moi, et qu'il était prêt à y répondre sans trop faire d'histoires. Ainsi l'attendais-je et souhaitais-je qu'il se manifeste, et voilà qu'il apparaissait enfin. Oscillant entre le sérieux et la plaisanterie, comme à son habitude, il me demanda de ne pas aller en classe. J'acceptai aussitôt et le poussai même rapidement loin de l'entrée du lycée, de peur que les professeurs ne le voient. C'est moi qui lui proposai d'aller à la Floridiana, où je l'entraînai avec plaisir.

Il commença à plaisanter pour me faire rire, mais je l'interrompis et sortis la lettre :

— Tu donnes ça à Vittoria ?

— Et le bracelet ?

— C'est le mien, je ne lui donne pas.

— Tu sais qu'elle va s'énerver, elle me harcèle avec ce truc, tu peux pas imaginer combien elle y tient.

— Et toi, tu peux pas imaginer combien j'y tiens, moi.

— Tu as eu un regard méchant. C'était joli, ça m'a vraiment plu.

— Il n'y a pas que le regard. Je suis entièrement méchante, c'est ma nature.

— Entièrement ?

Nous nous étions éloignés des allées et étions maintenant dissimulés entre les arbres et les haies qui sentaient bon les feuilles bien vertes. Cette fois il m'embrassa, mais je n'aimai pas le contact de sa grosse langue rugueuse, on aurait dit qu'elle voulait repousser la mienne au fond de ma gorge. Il m'embrassa et me toucha les seins, mais d'une manière grossière, en les serrant trop fort. Il le fit d'abord par-dessus mon tee-shirt, puis chercha à glisser la main dans mon soutien-gorge, mais sans manifester de véritable intérêt pour la chose, et il se lassa rapidement. Il abandonna ma poitrine et continua à m'embrasser, puis il remonta ma jupe, et la paume de sa main s'abattit violemment sur mon entrejambe, par-dessus ma culotte, qu'il frotta pendant quelques secondes. Je murmurai

« Ça suffit » en riant et je n'eus pas à insister, il sembla content que je lui épargne cette tâche. Il balaya les environs du regard, ouvrit sa fermeture éclair et fourra ma main dans son pantalon. J'évaluai la situation : quand c'était lui qui me touchait, ça me faisait mal, ça m'agaçait, et ça me donnait envie de rentrer chez moi et d'aller me coucher. Aussi prendre l'initiative me parut le meilleur moyen d'éviter que ce soit lui qui agisse. Je sortis son engin avec précaution et lui glissai à l'oreille : Je peux te tailler une pipe ? Je ne connaissais que l'expression, rien d'autre, et je la prononçai dans un dialecte privé de naturel. J'imaginais qu'il s'agissait de sucer fort, comme si on s'accrochait avec voracité à un gros téton, ou peut-être de lécher. J'espérai qu'il m'éclairerait sur ce qu'il fallait faire. En même temps et dans tous les cas, ce serait toujours mieux que le contact avec sa langue râpeuse. Je me sentais perdue, qu'est-ce que je fais là, pourquoi je veux faire ça. Je n'éprouvais aucun désir, pas même de curiosité, cela ne me semblait pas un jeu amusant, et sa grosse excroissance tendue et très compacte dégageait une odeur désagréable. Anxieuse, je souhaitai que quelqu'un – comme une mère faisant prendre l'air à ses enfants – nous aperçoive depuis l'allée et nous accable de reproches et d'insultes. Mais cela ne se produisit pas et, comme Corrado ne disait mot – il semblait stupéfait –, je me décidai pour un baiser furtif, un léger contact des lèvres. Heureusement, cela suffit. Il remit immédiatement son truc dans son slip et émit un court gémissement. Ensuite, nous fîmes une promenade dans la Floridiana, mais je m'ennuyai. Corrado avait perdu le goût de me faire rire, à présent il s'exprimait d'un ton sérieux, posé, en s'efforçant d'utiliser l'italien alors que j'aurais préféré le dialecte. Avant de nous quitter, il me demanda :

— Tu te rappelles mon copain Rosario ?

— Celui avec les dents en avant ?

— Oui. Il est un peu moche, mais sympa.

— Il n'est pas moche, il est passable.

— Mais je suis plus beau quand même.

— Bof.

— Il a une voiture. Tu viendrais faire un tour avec nous ?

— Ça dépend.

— De quoi ?

— Si vous savez m'amuser ou pas.

— Avec nous, tu t'amuseras.

— On verra ça, conclus-je.

## 11

Corrado m'appela quelques jours plus tard pour me parler de ma tante. Vittoria lui avait ordonné de me répéter mot pour mot que, si je me permettais à nouveau de jouer à la maîtresse comme je l'avais fait avec cette lettre, elle viendrait chez moi pour me filer des claques devant ma connasse de mère. Alors, s'il te plaît, amène-lui le bracelet, me recommanda-t-il, elle le veut impérativement dimanche prochain, elle en a besoin pour parader dans je ne sais quelle occasion, à la paroisse.

Il ne se contenta pas de me transmettre le message de ma tante, il m'expliqua aussi comment nous devions nous organiser ce jour-là. Son ami et lui viendraient me chercher en voiture et me conduiraient au Pascone. Je rendrais le bracelet – Mais là, écoute bien : nous on s'arrête sur la place, et toi tu ne dis pas à Vittoria que je suis venu te chercher avec la bagnole de mon copain, n'oublie pas, hein, sinon l'autre, elle va péter un câble, alors il faut lui raconter que tu es venue en bus. – et après ça nous irions nous amuser pour de bon. Ça te va ?

À cette période, j'étais particulièrement tourmentée, je ne me sentais pas bien et je toussais. Je me trouvais horrible et voulais être plus horrible encore. Depuis un moment déjà, avant d'aller en classe, je m'employais, devant le miroir, à m'habiller et à me coiffer comme une folle. Je voulais que les gens se sentent mal à l'aise à mes côtés, exactement comme moi je me sentais mal à l'aise avec eux, et je cherchais par tous les moyens à le leur faire comprendre. Tout le monde m'indisposait – voisins, passants, camarades, profs. Ma mère, surtout, avec la façon qu'elle avait de fumer sans arrêt, de boire du gin avant d'aller se coucher, de se lamenter mollement à propos de tout, et de prendre un air mi-inquiet mi-dégoûté dès que je disais avoir besoin d'un cahier ou d'un livre. Mais surtout, je ne supportais pas la dévotion toujours plus aiguë qu'elle manifestait désormais pour tout ce que faisait ou disait mon père, comme s'il ne l'avait pas trompée pendant trois lustres au moins avec une femme qui était son amie et l'épouse de son meilleur ami. Bref, elle m'exaspérait. Récemment, j'avais pris l'habitude d'ôter le masque d'indifférence de mon visage pour lui crier – et délibérément je le faisais à moitié en napolitain – qu'elle devait arrêter ça et qu'elle devait s'en ficher : Mais va au ciné, m'man, va danser, c'est plus ton mari, fais comme s'il était mort, il est parti vivre chez Costanza, pourquoi tu t'occupes de lui tout le temps, pourquoi tu ne penses qu'à lui ? Je voulais qu'elle sache que je la méprisais, que je n'étais pas comme elle et ne le serais jamais. Ainsi, un jour où mon père avait téléphoné et où elle avait commencé à lui répondre avec des formules dociles du genre « ne t'en fais pas, je m'en occupe », je m'étais mise à répéter très fort ses paroles de soumission, mais en les alternant avec des insultes et des obscénités en dialecte, mal apprises et mal prononcées. Elle avait raccroché tout de suite pour tenter d'épargner à son ex-mari la vulgarité de mes commentaires, puis m'avait fixée quelques secondes avant de se retirer dans son bureau, évidemment pour pleurer. Bref, j'en avais marre, et j'acceptai sur-le-champ la proposition de Corrado. Mieux valait encore affronter ma tante et aller tailler des pipes à ces deux-là que de rester ici, à San Giacomo dei Capri, enfermée dans cette vie de merde.

Je dis à ma mère que je partais pour une excursion à Caserte avec des camarades de classe. Je me maquillai, enfilai la plus courte de mes jupes, choisis un tee-shirt moulant très décolleté et glissai le bracelet dans mon sac à main – au cas où je me retrouverais dans l'obligation de le rendre. Puis, je descendis en courant à neuf heures précises du matin, l'horaire convenu avec Corrado. Je fus très surprise en découvrant la voiture jaune qui m'attendait : je ne sais pas de quelle marque elle était – mon père ne manifestant aucun intérêt pour les automobiles, je n'y connaissais rien du tout –, mais elle me parut tellement luxueuse que je regrettai de ne plus avoir de bonnes relations avec Angela et Ida, pour avoir la satisfaction de m'en vanter auprès d'elles. Rosario était au volant, Corrado se tenait sur le siège arrière, et tous deux étaient exposés au vent et au soleil : la voiture n'avait pas de toit, c'était une décapotable.

Dès qu'il me vit sortir de l'immeuble, Corrado m'adressa des gestes de salut exagérément enthousiastes, mais, comme je m'apprêtai à m'asseoir à côté de Rosario, il me dit d'un ton déterminé :

— Non ma belle, toi tu t'assieds près de moi.

Cela me déplut, je voulais pouvoir frimer auprès du conducteur, lequel avait mis une veste bleu marine avec des boutons dorés, une chemise bleue, une cravate rouge, et avait plaqué ses cheveux en arrière, ce qui lui donnait un profil de garçon puissant et dangereux, qui plus est avec des crocs. J'insistai avec un sourire conciliant :

— Je me mets là, merci.

Mais contre toute attente, Corrado prit une voix mauvaise pour lancer :

— Giannì, t'es sourde, je t'ai dit de venir ici immédiatement.

Je n'avais pas l'habitude de ce genre de ton, c'était intimidant, néanmoins je parvins à rétorquer :

— Je tiens compagnie à Rosario, c'est pas ton chauffeur.

— Qui a parlé de chauffeur ? Toi, tu m'appartiens, et tu dois t'asseoir avec moi.

— Je n'appartiens à personne, Corrà, et de toute façon c'est la voiture de Rosario, je m'assieds où il veut.

Rosario ne dit mot, il tourna simplement vers moi son visage de garçon qui rit en permanence, fixa un long moment ma poitrine puis caressa du dos de sa main droite le siège près de lui. Je m'assis aussitôt, refermai la portière, et il démarra dans un crissement de pneus bien calculé. Voilà, j'y étais, cheveux au vent, soleil de ce beau dimanche sur le visage : je me détendis. Comme il conduisait bien, Rosario, il se faufilait par-ci par-là avec une telle désinvolture qu'on aurait dit un champion de Formule 1, et cela ne me fit pas peur du tout.

— C'est à toi, la voiture ?

— Oui.

— Tu es riche ?

— Oui.

— Après, on va au Parco della Rimembranza ?

— On va où tu veux.

Corrado intervint aussitôt en posant une main sur mon épaule, qu'il serra :

— Mais tu fais ce que je dis.

Rosario jeta un œil dans le rétroviseur :

— Currà, calme-toi un peu, Giannina fait ce qu'elle a envie de faire.

— C'est à toi de te calmer : c'est moi qui l'ai emmenée.

— Et alors ? coupai-je en écartant sa main.

— Tais-toi, c'est une discussion entre Rosario et moi.

Je répliquai que je parlais comme je voulais et quand je voulais et, pendant tout le trajet, je me consacrai à Rosario. Je compris qu'il était fier de son auto et je le flattai en déclarant qu'il conduisait beaucoup mieux que mon père. Je l'incitai à se vanter, m'intéressai à tout ce qu'il savait sur les moteurs, et j'en vins même à lui demander si, dans un futur proche, il m'apprendrait à conduire aussi bien que lui. Enfin, profitant du fait qu'il gardait presque en permanence la main sur le levier de vitesse, je posai la main sur la sienne en disant : Comme ça, je t'aide à passer les vitesses. Et nous nous mîmes à rire – moi j'avais un fou rire, lui riait parce que son visage était fait comme ça. Je me rendis compte que le contact de ma main sur la sienne le troublait. Je me demandai : Comment les hommes peuvent-ils être aussi stupides, comment se fait-il qu'il suffise d'effleurer ces deux-là ou de me laisser effleurer pour qu'ils deviennent aveugles, ne voient plus rien, et ne comprennent pas que je me dégoûte moi-même. Corrado souffrait parce que je n'étais pas assise auprès de lui, Rosario était tout content parce que j'étais à son côté, ma main sur la sienne. Avec un peu d'astuce, pouvait-on les amener à faire n'importe quoi ? Suffisait-il de cuisses dénudées, d'une poitrine exposée ? Suffisait-il de les effleurer ? Était-ce comme ça que ma mère avait obtenu mon père, dans sa jeunesse ? Était-ce comme ça que Costanza le lui avait enlevé ? Vittoria en avait-elle fait de même avec Enzo, l'arrachant à Margherita ? Quand Corrado, malheureux, m'effleura le cou du bout des doigts, puis caressa le tissu près de la naissance de mes seins, je le laissai faire. Mais, en même temps, je serrai fort la main de Rosario pendant quelques secondes. Et je ne suis même pas belle, pensai-je, stupéfaite. Entre caresses, rires, paroles allusives pour ne pas dire obscènes, vent et ciel strié de blanc, la voiture volait aussi vite que le temps, et déjà apparaissaient les murs de tuf surmontés de fil barbelé, les hangars abandonnés et les petits immeubles bleu pâle, au fin fond du Pascone.

Dès que je les aperçus, j'en eus mal au ventre, et mon sentiment de puissance s'évapora : maintenant, il fallait que j'affronte ma tante. Toujours pour confirmer, surtout à ses propres yeux, que c'était lui qui me commandait, Corrado annonça :

— On te laisse ici.

— D'accord.

— On se gare sur la place, ne nous fais pas attendre. Et n'oublie pas que tu es venue par les transports en commun.

— Quels transports ?

— Le bus, le funiculaire, le métro. Ce qu'il ne faut absolument pas dire, c'est que c'est nous qui t'avons emmenée ici.

— D'accord.

— Allez, tu te dépêches, hein.

Je fis signe que oui et sortis du véhicule.

## 12

Je parcourus une faible distance à pied le cœur battant, j'atteignis l'appartement de Vittoria, sonnai, et elle m'ouvrit. Au début, je ne compris rien à ce qui se passait. J'avais préparé un petit discours à prononcer d'un ton ferme, centré sur les sentiments qui s'étaient cristallisés autour du bracelet et le faisaient mien, de façon absolue. Mais je n'eus pas le temps d'ouvrir la bouche. À peine me vit-elle qu'elle m'asséna un long monologue, agressif, douloureux et pathétique, qui me déboussola et m'intimida. Plus elle parlait, plus je me rendais compte que la restitution du bijou n'avait été qu'un prétexte. Vittoria m'avait prise en affection, elle avait cru que moi aussi je l'aimais, et elle avait voulu que je vienne essentiellement pour pouvoir me dire combien je l'avais déçue.

J'espérais que maintenant tu serais de mon côté – elle parlait très fort dans un dialecte que j'avais du mal à comprendre, malgré mes efforts récents pour l'apprendre –, et qu'il te suffirait de voir quel genre de personnes sont vraiment ton père et ta mère pour comprendre qui je suis, moi, et quelle vie j'ai menée à cause de mon frère. Eh bien non, je t'ai attendue tous les dimanches, en vain. Un coup de fil aurait suffi, mais non, toi t'as rien compris, au contraire, t'as cru que c'était ma faute si ta famille s'est révélée être une famille de merde. Et pour finir, qu'est-ce que t'as fait ? Vise un peu ça, tu m'as écrit cette lettre, là – une lettre comme ça, à moi –, pour me faire lourdement ressentir que j'ai pas fait d'études, pour me faire lourdement sentir que tu sais écrire et pas moi. Ah, t'es vraiment comme ton père, ou bien non, t'es pire, tu me respectes pas, tu ne sais pas voir qui je suis vraiment, t'as pas de sentiments. Donc le bracelet, tu dois me le rendre, il était à feu ma mère, tu le mérites pas. Je me suis plantée, t'es pas de mon sang, t'es une étrangère.

Bref, je crus comprendre que si, dans cette interminable querelle familiale, j'avais choisi le bon côté, si j'avais considéré Vittoria comme le dernier soutien qui me restait, mon unique modèle de vie, et si j'avais embrassé la paroisse, Margherita et ses enfants comme une sorte de refuge dominical permanent, la restitution du bijou aurait été tout à fait accessoire. Pendant qu'elle criait, son regard était à la fois féroce et douloureux, et j'apercevais dans sa bouche de la salive blanche, qui venait par instants humecter ses lèvres. Vittoria voulait simplement que j'admette que je l'aimais, que je lui étais reconnaissante de m'avoir montré combien mon père était médiocre, et que pour cette raison je serais toujours liée à elle et, par gratitude, deviendrais son bâton de vieillesse – et autres choses de ce genre. Et moi, au pied levé, c'est exactement ce que je décidai de lui dire. En quelques phrases, j'arrivai même à inventer que mes parents m'avaient interdit de lui téléphoner, avant d'ajouter que ma lettre disait la vérité : le bracelet était pour moi un objet très cher car il me rappelait la manière dont elle m'avait aidée, sauvée, mise sur le bon chemin. Voilà ce que je lui dis d'une voix émue, et je m'étonnai moi-même d'être capable de lui parler en feignant ainsi l'émotion, en choisissant avec soin les mots qui font mouche, bref, je m'étonnai de ne pas être comme elle, mais bien pire.

Peu à peu, Vittoria se calma, et je me sentis soulagée. Maintenant, il me suffisait de trouver la bonne manière de prendre congé afin d'aller retrouver les deux garçons qui m'attendaient, en espérant qu'elle aurait oublié le bracelet.

En effet, elle ne le mentionna plus, elle insista en revanche pour que j'aille avec elle écouter Roberto, qui allait parler à la paroisse. Problème : elle y tenait beaucoup. Elle loua l'ami de Tonino, qui semblait être devenu à ses yeux un peu son fils lui aussi, puisqu'il était le fiancé de Giuliana. Tu ne peux pas imaginer comme c'est un brave garçon, dit-elle, intelligent et pondéré ; après, on va tous manger chez Margherita, viens donc avec nous. Je répondis gentiment que je ne pouvais vraiment pas, que je devais rentrer à la maison, et je la pris dans mes bras comme si je l'aimais véritablement – et qui sait, peut-être était-ce vrai que je l'aimais, je ne comprenais plus rien à mes propres sentiments. Je murmurai :

— Maintenant j'y vais, ma mère m'attend, mais je reviendrai bientôt.

Elle céda :

— D'accord, je t'accompagne.

— Non non non, ce n'est pas la peine.

— Je t'accompagne à l'arrêt de bus.

— Non merci, je sais où il est.

Il n'y eut rien à faire, elle voulut m'accompagner. Je n'avais pas la moindre idée de l'endroit où se trouvait l'arrêt de bus, j'espérai qu'il était loin de la place où Rosario et Corrado m'attendaient. Mais voilà que nous nous dirigions précisément dans leur direction et, pendant tout le trajet, je ne fis que répéter, anxieuse : Ça va, merci, je peux y aller seule. Ma tante ne renonça pas. Au contraire, plus je tentais de lui échapper, plus elle prenait l'air de celle qui sent qu'il y a anguille sous roche. Enfin, nous tournâmes au coin de la rue et, comme je le redoutais, l'arrêt de bus était exactement sur la place où étaient garés Corrado et Rosario, bien visibles dans leur voiture à la capote baissée. Vittoria vit aussitôt le véhicule, une tache de tôle jaune étincelant au soleil :

— T'es venue avec Corrado et l'autre connard ?

— Non.

— Jure.

— J'te le jure.

Elle me repoussa d'une bourrade en pleine poitrine et se dirigea vers l'auto en hurlant des insultes en dialecte. Mais Rosario démarra aussitôt en trombe, et Vittoria fit quelques mètres en courant et en lançant des cris terribles, avant d'ôter une chaussure qu'elle jeta en direction de la décapotable. La voiture disparut, laissant Vittoria furieuse et pliée en deux sur le bord de la route.

— T'es une menteuse, dit-elle quand elle revint vers moi, le souffle court, après avoir ramassé sa chaussure.

— J'te jure que non.

— Je vais téléphoner à ta mère, et on va voir.

— S'il te plaît, ne fais pas ça. Je ne suis pas venue avec eux, mais n'appelle pas ma mère.

J'expliquai que, comme ma mère ne voulait pas que je lui rende visite mais que je tenais terriblement à la voir, j'avais raconté que j'allais faire une excursion à Caserte avec mes camarades de classe. Je fus convaincante : le fait que j'aie trompé ma mère pour venir la retrouver l'amadoua.

— Toute la journée ?

— Je dois rentrer dans l'après-midi.

Elle fouilla dans mon regard avec un air perplexe :

— Alors viens écouter Roberto avec moi, et tu rentres après.

— Je risque d'être en retard.

— Tu risques que je te file des claques, si je découvre que tu m'embrouilles et que tu veux aller avec ces deux-là.

Je la suivis, mécontente, tout en priant : Dieu, s'il te plaît, je n'ai pas envie d'aller à la paroisse, fais en sorte que Corrado et Rosario ne soient pas partis, fais qu'ils m'attendent quelque part, et débarrasse-moi de ma tante, à l'église je vais mourir d'ennui. Je connaissais désormais le trajet : rues vides, mauvaises herbes et détritus, murs couverts de graffitis, immeubles délabrés. Pendant toute la durée du parcours, Vittoria garda un bras autour de mes épaules, et parfois elle me serra fort contre elle. Elle me parla surtout de Giuliana, soulignant comme celle-ci était devenue sensée – elle était inquiète pour Corrado, alors qu'elle tenait en grande considération la jeune fille et Tonino. L'amour est un rayon de soleil qui te réchauffe l'âme, déclara-t-elle d'un ton inspiré, empruntant une formule qui ne lui ressemblait pas, ce qui me déboussola et m'agaça. Peut-être aurais-je dû observer ma tante avec la même attention que celle qu'elle m'avait demandé d'avoir pour espionner mes parents. Peut-être aurais-je découvert que derrière sa dureté qui m'avait enchantée, il y avait une femme simple, molle et crédule, coriace en apparence et tendre en profondeur. Si Vittoria est vraiment comme ça – me dis-je, découragée –, alors elle est laide, elle a la laideur de la banalité.

Entre-temps, je jetais un regard à chaque voiture qui vrombissait, espérant que Rosario et Corrado apparaîtraient et m'enlèveraient, mais je craignais aussi que ma tante se remette à hurler et se retourne contre moi. Nous arrivâmes à l'église, que je fus surprise de trouver presque comble. J'allai droit au bénitier, trempai mes doigts et me signai avant que Vittoria ne m'oblige à le faire. Il y avait une odeur d'haleines et de fleurs, des murmures discrets et, par instants, la voix perçante d'un enfant que l'on faisait taire aussitôt d'un ton étouffé. Derrière une table placée au bout de la nef, debout et tournant le dos à l'autel, je reconnus la silhouette menue de Don Giacomo, qui achevait un discours plein d'emphase. Il sembla se réjouir de notre arrivée et nous adressa un signe, sans s'interrompre. Je me serais volontiers assise sur l'un des bancs du fond, qui étaient vides, mais ma tante me saisit par le bras et me conduisit dans l'allée de droite. Nous nous installâmes dans les premiers rangs, près de Margherita, qui avait gardé une place pour Vittoria et qui, en m'apercevant, devint rouge de plaisir. Je m'assis, coincée entre Vittoria et elle, l'une grasse et moelleuse, l'autre émaciée et tendue. Don Giacomo se tut, les chuchotements montèrent d'un cran, et j'eus à peine le temps de jeter un coup d'œil autour de moi et de reconnaître Giuliana, étonnamment discrète au premier rang, avec Tonino à sa droite, épaules larges et buste bien droit. Le prêtre dit alors : Viens, Roberto, qu'est-ce que tu fais là, assieds-toi près de moi. Un silence impressionnant s'abattit, comme si le souffle était soudain venu à manquer à toute l'assistance.

Mais peut-être qu'il n'en alla pas vraiment ainsi : c'est sans doute moi qui n'entendis plus rien dès l'instant où un jeune homme se leva, grand mais voûté, aussi fin qu'une ombre. J'eus l'impression qu'une longue chaîne en or, que j'étais seule à voir, le tenait par les épaules, et qu'il oscillait lentement, comme s'il était attaché à la coupole, le bout de ses chaussures effleurant à peine le sol. Quand il rejoignit la table et se retourna, je me dis que ses yeux étaient plus grands que son visage : ils étaient bleus, tout bleus dans un visage sombre, maigre et sans harmonie, encadré par une grosse masse de cheveux rebelles et une barbe épaisse qui paraissait bleu marine.

J'avais presque quinze ans et, jusqu'alors, aucun garçon ne m'avait véritablement attirée, surtout pas Corrado, surtout pas Rosario. Mais dès que je vis Roberto – avant même qu'il n'ouvre la bouche, avant même qu'il n'exprime le moindre sentiment, avant même qu'il ne prononce un mot –, j'éprouvai une très vive douleur à la poitrine, et je sus que tout allait changer dans ma vie. Je sus que je le voulais, que je devais absolument l'avoir, et que, même si je ne croyais pas en Dieu, je prierais chaque jour et chaque nuit pour que cela advienne. Et je sus que seul ce souhait, seule cette espérance, seule cette prière pouvait m'empêcher de tomber raide morte par terre à l'instant même.

V

# 1

Don Giacomo s'assit à la table miteuse au bout de la nef et resta tout le temps les yeux rivés sur Roberto, dans une attitude d'écoute concentrée, la joue posée dans la paume de la main. Roberto, lui, parla debout, avec des manières brusques et néanmoins séduisantes, tournant le dos à l'autel et au grand et sombre crucifix du Christ jaune. Je ne me rappelle presque rien de ce qu'il dit, peut-être parce qu'il s'exprimait dans le cadre d'une culture qui m'était étrangère ou bien parce que j'étais trop émue pour écouter. J'ai en tête de nombreuses phrases qui sont sans doute les siennes, mais je ne peux les situer, je confonds les paroles de ce jour-là avec celles que j'ai entendues plus tard. Certaines, toutefois, ont davantage de chance d'avoir été prononcées ce dimanche-là. Quelquefois, par exemple, je me convaincs que c'est à cette occasion, à l'église, qu'il a évoqué la parabole des bons arbres qui font de bons fruits et des mauvais arbres qui font de mauvais fruits et finissent en bois de chauffage. Plus souvent, je suis sûre qu'il a insisté sur la nécessité de connaître exactement nos ressources lorsqu'on se lance dans une grande entreprise, parce qu'il ne faut pas, disons, se mettre à construire une tour si on n'a pas assez d'argent pour l'édifier jusqu'à la dernière pierre. Ou bien je me dis qu'il nous a tous exhortés au courage, nous rappelant que le seul moyen de ne pas gâcher notre vie, c'est de la perdre pour le salut des autres. Ou encore, je crois savoir qu'il a raisonné sur la nécessité d'être réellement juste, miséricordieux et fidèle, sans dissimuler l'injustice, la dureté de cœur et l'infidélité derrière le respect des conventions. Bref, je ne sais plus, le temps a passé, et je n'arrive pas à trancher. Pour moi, son discours fut surtout, du début à la fin, un flux de sons envoûtants provenant de sa belle bouche, de sa gorge. Je fixais sa pomme d'Adam très prononcée comme si, derrière cette protubérance, c'était vraiment le souffle du premier être humain de sexe masculin venu au monde qui vibrait, et non celui de l'un des exemplaires infinis d'hommes peuplant la planète. Comme ils étaient beaux et impressionnants, ses yeux clairs gravés dans son visage sombre, ses longs doigts, ses lèvres brillantes. Il n'y a qu'un mot sur lequel je n'ai aucun doute : ce jour-là, il le prononça souvent, en l'effeuillant comme une pâquerette. Il s'agit du mot « componction », qu'il utilisait visiblement dans une acception particulière. Il expliqua qu'il fallait le débarrasser des mauvais usages qui en avaient été faits, et en parla comme d'une aiguille qui doit faire passer le fil à travers les morceaux épars de notre existence. Il lui donna le sens d'une vigilance aiguë vis-à-vis de nous-même : c'était une lame avec laquelle piquer notre conscience pour éviter qu'elle ne s'endorme.

## 2

Dès que Roberto se tut, ma tante m'entraîna auprès de Giuliana. Je fus frappée de voir qu'elle avait beaucoup changé, et sa beauté me parut celle d'une fillette. Elle n'est pas maquillée, remarquai-je, et ne porte pas les couleurs d'une femme faite. Je me sentis mal à l'aise avec ma jupe courte, mes paupières lourdement fardées, mon rouge à lèvres et mon décolleté. Je ne suis pas à ma place, me dis-je. Pendant ce temps, Giuliana chuchotait : Qu'est-ce que je suis contente de te voir, ça t'a plu ? Je murmurai confusément quelques paroles de compliments à son égard, et d'enthousiasme envers les propos de son fiancé. Présentons-lui Roberto, intervint Vittoria. Giuliana nous conduisit auprès du jeune homme.

— C'est ma nièce, une fille très intelligente, annonça ma tante avec une fierté qui accrut ma gêne.

— Je ne suis pas intelligente, criai-je presque tandis que je tendais la main à Roberto, avec le désir qu'au moins il l'effleure.

Il prit ma main entre les siennes sans la serrer et me dit « enchanté » avec un regard affectueux, tandis que ma tante me réprimandait : Elle est trop modeste, c'est tout le contraire de mon frère, qui a toujours été arrogant. Roberto m'interrogea sur le lycée, mes études, sur ce que je lisais. Cela ne dura qu'une poignée de secondes, mais j'eus l'impression qu'il ne faisait pas simplement la conversation. J'étais pétrifiée. Je balbutiai quelque chose sur les cours qui m'ennuyaient et sur un livre difficile que je lisais depuis des mois, il était interminable et parlait de la recherche du temps perdu. Giuliana lui glissa dans un souffle : On t'appelle. Mais Roberto gardait son regard planté dans le mien, que je lise un texte à la fois aussi beau et compliqué l'émerveillait, et il lança à sa fiancée : Tu m'avais dit qu'elle était douée, mais non, elle est très douée. Ma tante se rengorgea et répéta que j'étais sa nièce. Pendant ce temps, deux ou trois paroissiens souriants adressaient des signes à Roberto en indiquant le prêtre. J'aurais voulu trouver quelques paroles susceptibles de le marquer profondément mais ma tête était vide, rien ne me vint. Et puis, il était déjà entraîné plus loin par la sympathie même qu'il avait suscitée : il me salua avec un geste de regret et finit au milieu d'un groupe fourni dont faisait partie Don Giacomo.

Je n'osai pas le suivre, pas même du regard, et je restai auprès de Giuliana, qui me parut radieuse. Je repensai à la photographie de son père encadrée dans la cuisine de Margherita, avec la petite flamme du lumignon qui dansait dans le verre et faisait briller les pupilles du portrait : j'étais troublée qu'une jeune femme puisse porter en elle les traits de cet homme tout en étant très belle. Je sentis que je l'enviais. J'enviais son corps propre et net dans sa petite robe beige, et son visage plein de fraîcheur qui irradiait une force joyeuse. Quand je l'avais connue, son énergie s'exprimait par une voix forte et une gestuelle excessive ; or, maintenant, Giuliana était posée, comme si la fierté d'aimer et d'être aimée avait ligoté ses manières exubérantes avec des cordes invisibles. Elle dit dans un italien poussif : Je sais ce qui t'est arrivé, je suis vraiment désolée, je te comprends. Elle prit même ma main dans les siennes, comme son fiancé l'avait fait. Mais je n'en éprouvai aucun agacement et lui parlai avec sincérité de la douleur de ma mère, bien que la part de moi la plus vigilante ne perdît jamais Roberto de vue – j'espérais qu'il me chercherait du regard. Mais il ne le fit pas. Au contraire, je m'aperçus qu'il s'adressait à tous avec la même curiosité aimable qu'il avait manifestée à mon égard. Il prenait son temps, retenait ses interlocuteurs et faisait en sorte que ceux qui se pressaient là – uniquement pour lui parler et puiser à la source de son sourire chaleureux et de son beau visage disharmonieux – se mettent peu à peu à discuter également entre eux. Si je m'approche, me dis-je, il me ménagera certainement une place à moi aussi et m'inclura dans quelque conversation. Mais alors, je serai obligée de m'exprimer de manière plus articulée, et il se rendra compte tout de suite que ce n'est pas vrai, que je ne suis pas douée, et que je ne sais rien des choses qui lui tiennent vraiment à cœur. Aussi fus-je gagnée par le découragement. Insister pour lui parler conduirait à mon humiliation, il se dirait : Quelle ignare, cette fille. Brusquement, alors que Giuliana m'entretenait encore, je lui annonçai que je devais y aller. Elle insista pour que je vienne déjeuner chez elle : Roberto *aussi* vient, précisa-t-elle. Mais à présent, j'étais effrayée et je désirais, littéralement, m'enfuir. Je quittai l'église d'un pas rapide.

Une fois dehors, sur le parvis, l'air frais me donna le vertige. Je balayai les alentours du regard, comme sortant d'une salle de cinéma après un film au fort pouvoir de suggestion. Non seulement je ne savais pas comment rentrer chez moi, mais cela m'était égal. Je resterais ici pour toujours, sous le porche, sans manger ni boire, et me laisserais mourir en pensant à Roberto. À cet instant, plus aucune autre affection et plus aucun autre désir ne m'importait le moins du monde.

J'entendis qu'on m'appelait : c'était Vittoria, elle me rejoignit. Elle recourut à son ton le plus doucereux pour essayer de me retenir, avant de finir par céder et par m'expliquer comment faire pour rentrer à San Giacomo dei Capri : Le métro t'amène jusqu'à la Piazza Amedeo, de là tu prends le funiculaire, et une fois sur la Piazza Vanvitelli, tu connais le chemin. Qu'est-ce qui ne va pas ? Tu n'as pas compris ? me dit-elle en voyant que j'étais sonnée, et elle proposa de me raccompagner chez moi dans sa Cinquecento, malgré le déjeuner chez Margherita. Je déclinai son offre avec gentillesse, et elle se mit alors à me parler dans un dialecte exagérément sentimental, me lissant les cheveux, me prenant le bras et m'embrassant deux ou trois fois sur la joue avec ses lèvres humides. Je songeai, encore plus qu'auparavant, qu'elle n'était pas un tourbillon vindicatif mais simplement une pauvre femme seule en mal d'affection qui, en ce moment, m'aimait surtout parce que je lui avais permis de faire bonne figure devant Roberto. Tu t'es bien débrouillée, s'exclama-t-elle, « j'étudie ceci, je lis cela », bravo, bravo, bravo. Je me sentis coupable vis-à-vis d'elle, certainement au moins autant que l'était mon père. Voulant remédier à cela, je fouillai dans la poche où j'avais glissé le bracelet, et lui tendis le bijou.

— Je ne voulais pas te le donner, dis-je, j'avais l'impression qu'il était à moi, mais il t'appartient, et c'est à toi qu'il revient et à personne d'autre.

Elle ne s'attendait pas à ce geste et fixa le bracelet avec un agacement manifeste, comme si c'était un petit serpent ou comme s'il était porteur d'un mauvais présage. Elle dit :

— Non, je te l'ai offert. Tout ce que je veux, c'est que tu m'aimes.

— Prends-le.

Elle finit par l'accepter à contrecœur, sans le mettre à son poignet. Elle le fourra dans son sac à main. Puis elle resta avec moi à l'arrêt de bus, me serrant contre elle, riant et chantonnant jusqu'à l'arrivée du véhicule. Je montai à bord comme si chacun de mes pas était décisif et que je m'apprêtais à plonger brusquement dans une autre histoire, dans une autre existence.

Je voyageais depuis quelques minutes, assise près de la fenêtre, lorsque j'entendis klaxonner avec insistance. Je découvris alors la voiture de sport de Rosario près du bus, sur la voie de gauche. Corrado faisait de grands gestes du bras et criait : Descends, Giannì, viens. Ils m'avaient attendue patiemment cachés Dieu sait où, imaginant pendant tout ce temps que j'allais satisfaire le moindre de leurs désirs. Je les regardai avec sympathie, ils me semblèrent gentiment insignifiants tandis qu'ils filaient ainsi, cheveux au vent. Rosario conduisait en me faisant signe de descendre, d'un geste lent. Corrado continuait à s'égosiller : On t'attend au prochain arrêt, on va s'amuser, et en même temps il me lançait des regards impérieux, dans l'espoir que je lui obéisse. Comme je souriais d'un air absent, sans répondre, Rosario aussi finit par lever les yeux afin de saisir mes intentions. Je fis signe que non à lui seul, et articulai sans émettre un son : Ce n'est plus possible.

La décapotable accéléra, laissant le bus derrière elle.

## 3

Ma mère s'étonna que l'excursion à Caserte ait duré aussi peu de temps. Comment se fait-il que tu sois déjà rentrée ? me demanda-t-elle mollement. Il t'est arrivé quelque chose, tu t'es disputée ? J'aurais pu me taire, m'enfermer dans ma chambre comme d'habitude, mettre la musique à fond, lire encore et encore sur le temps perdu ou bien lire autre chose, mais ce ne fut pas le cas. J'avouai sans détour que je n'étais pas allée à Caserte mais chez Vittoria, et quand je vis qu'elle était tellement déçue que son teint devenait jaunâtre, je fis quelque chose que je n'avais pas fait depuis des années : je m'assis sur ses genoux, passai mes bras autour de son cou et posai de légers baisers sur ses yeux. Elle m'opposa de la résistance, murmura que j'étais grande et lourde, me fit des remontrances pour lui avoir menti, et me reprocha mes vêtements et mon maquillage vulgaires, tout en m'enserrant la taille de ses bras maigres. À un moment donné, elle me posa des questions sur Vittoria.

— Elle a fait quelque chose qui t'a effrayée ?

— Non.
— Tu m'as l'air nerveuse.
— Je vais bien.
— Pourtant tu as les mains froides et tu transpires. Tu es sûre qu'il ne t'est rien arrivé ?
— Tout à fait sûre.

Elle me parut surprise, alarmée et contente, mais peut-être était-ce moi qui mêlais satisfaction, étonnement et préoccupation, en croyant qu'il s'agissait de ses réactions à elle. Je ne fis aucune allusion à Roberto : je redoutais de ne pas trouver les mots justes et de me détester pour cela. En revanche, je lui expliquai que certains discours que j'avais entendus à la paroisse m'avaient plu.

— Tous les dimanches, expliquai-je, le curé fait venir des amis à lui, des gens talentueux. Il met une table au bout de la nef centrale, et on discute.
— De quoi ?
— Ça, je ne saurais pas te le répéter.
— Tu vois que tu es nerveuse.

Je n'étais pas nerveuse, je me sentais plutôt dans un état de fébrilité heureuse, et ce sentiment ne passa pas même lorsque ma mère m'annonça, mal à l'aise, qu'elle était tombée sur Mariano quelques jours plus tôt tout à fait par hasard et que, sachant que j'avais prévu une excursion à Caserte, elle l'avait invité à prendre un café dans l'après-midi.

Même cette nouvelle ne parvint pas à me faire changer d'humeur. Je demandai :

— Tu veux te mettre avec Mariano ?
— Tu plaisantes.
— Vous ne pouvez donc jamais dire la vérité ?
— Giovanna, je te jure, *c'est* la vérité : il n'y a rien et il n'y a jamais rien eu entre lui et moi. Mais

puisque ton père a recommencé à le fréquenter, pourquoi ne pourrais-je pas en faire autant ?

Cette dernière nouvelle me fit mal. Ma mère me raconta sans ambages qu'il s'agissait d'un fait récent. Les deux ex-amis s'étaient croisés un jour où Mariano était passé voir ses filles et, par amour pour elles, ils s'étaient parlé aimablement. J'éclatai :

— Si papa a renoué avec un ami qu'il a trahi, pourquoi n'écoute-t-il pas un peu sa conscience et ne renoue-t-il pas aussi avec sa sœur ?

— Parce que Mariano est une personne civilisée, pas Vittoria.

— Tu parles. C'est parce que Mariano enseigne à l'université, parce qu'il donne de l'importance à papa et le fait se sentir bien, alors que Vittoria le fait se sentir tel qu'il est.

— Tu te rends compte comment tu parles de ton père ?

— Oui.

— Alors arrête.

— Je dis ce que je pense.

Je me retirai dans ma chambre et pensai à Roberto, c'était comme un refuge. C'est Vittoria qui me l'avait présenté. Il faisait partie du monde de ma tante, pas de celui de mes parents. Vittoria le fréquentait, l'appréciait et avait approuvé, pour ne pas dire favorisé, sa relation avec Giuliana. À mes yeux, tout cela la rendait plus sensible et plus intelligente que les personnes que mes parents fréquentaient depuis une éternité, Mariano et Costanza en tête. Très nerveuse, je m'enfermai dans la salle de bains, me démaquillai avec soin et enfilai un jean et un chemisier blanc. Qu'aurait dit Roberto si je lui avais raconté ce qui se passait chez moi, le comportement de mes parents, ces liens qui se renouaient à partir d'une vieille amitié en voie de décomposition ? La violente sonnerie de l'interphone me fit sursauter. Quelques minutes s'écoulèrent et la voix de Mariano me parvint, suivie de celle de ma mère. J'espérai que celle-ci ne m'appellerait pas. Elle ne le fit pas, et je me mis à étudier. Mais il n'y eut pas moyen d'y échapper ; à un moment donné, je l'entendis crier : Giovanna, viens dire bonjour à Mariano. Je poussai un gros soupir, fermai mon livre et les rejoignis.

Je fus frappée par la maigreur du père d'Angela et Ida, qui semblait rivaliser avec celle de ma mère. Quand je le découvris, il me fit de la peine, mais ce sentiment fut de courte durée. Je fus irritée par son regard, immédiatement hypnotisé par ma poitrine, exactement comme celui de Corrado et Rosario, bien que cette fois mes seins fussent bien couverts par mon chemisier.

— Comme tu as grandi, s'exclama-t-il tout ému, en insistant pour me prendre dans ses bras et m'embrasser sur les deux joues.

— Tu veux un chocolat ? C'est Mariano qui les a apportés.

Je refusai et expliquai que j'avais du travail.

— Je sais que tu as beaucoup travaillé pour rattraper ton année perdue, dit-il.

J'acquiesçai et murmurai : J'y vais. Avant de sortir, je sentis à nouveau son regard sur moi, et j'en éprouvai de la honte. Je me dis que Roberto, lui, m'avait uniquement regardée dans les yeux.

## 4

Je compris vite ce qui m'était arrivé : j'avais eu un coup de foudre. J'avais pas mal lu sur ce phénomène mais, je ne sais pourquoi, en mon for intérieur, je n'utilisais jamais cette formule. Je préférai considérer Roberto – son visage, sa voix, ses mains tenant la mienne – comme une sorte de miraculeuse consolation après les jours et les nuits perturbés que j'avais traversés. Naturellement, je voulais le revoir, mais mon bouleversement initial – ce moment inoubliable où, l'apercevant pour la première fois, j'avais aussitôt ressenti un violent désir pour lui – avait été remplacé par une sorte de calme sens de la réalité. Roberto était un homme, moi, une gamine. Roberto en aimait une autre, beaucoup plus belle et gentille que moi. Roberto était inaccessible, il vivait à Milan, et je ne savais rien de ce qui lui tenait à cœur. Le seul point de contact possible, c'était Vittoria, or Vittoria était quelqu'un de compliqué, qu'il serait impossible de revoir sans faire souffrir ma mère. Bref, je laissai passer les jours, sans savoir que faire. Puis, je me dis que j'avais quand même droit à une vie à moi, sans devoir m'inquiéter constamment des réactions de mes parents, d'autant plus qu'eux ne se souciaient nullement des miennes. Alors, je ne pus résister et, un après-midi où j'étais seule à la maison, je téléphonai à ma tante. Je regrettais de ne pas avoir accepté l'invitation à déjeuner, j'avais l'impression d'avoir raté une occasion importante. Je voulais m'informer prudemment pour savoir quand je pourrais à nouveau lui rendre visite avec quelque certitude de rencontrer Roberto. Ayant restitué le bracelet, j'étais certaine d'être bien accueillie : or, Vittoria ne me laissa pas articuler trois mots. Elle m'apprit que ma mère, dès le lendemain de mon mensonge sur Caserte, l'avait appelée pour lui dire, de sa voix monocorde, qu'elle devait me laisser tranquille et ne plus jamais me revoir. D'où la fureur actuelle de ma tante. Elle insulta sa belle-sœur, s'écria qu'elle l'attendrait devant chez nous pour la poignarder, et brailla : Comment se permet-elle de dire que *je* fais tout pour t'accaparer alors que c'est *vous* qui m'avez enlevé toute raison de vivre, oui, *vous*, ton père, ta mère, et toi aussi, toi qui as cru qu'il suffisait de me rendre le bracelet pour tout arranger. Elle s'exclama encore : Si tu es du côté de tes parents, il ne faut plus jamais me téléphoner, c'est compris ? Elle enchaîna avec une série haletante d'obscénités sur son frère et sa belle-sœur, après quoi elle raccrocha.

Je tentai de la rappeler pour lui dire que j'étais de son côté à elle, et que j'étais furieuse de ce coup de fil de ma mère, mais elle ne décrocha pas. Je me sentis déprimée, d'autant plus dépendante de son affection que, sans elle, je craignais de n'avoir plus jamais l'occasion de rencontrer Roberto. Le temps passa, je vécus d'abord des journées de mécontentement sinistre, et de réflexions acharnées ensuite. Je me mis à penser à Roberto comme au profil d'une montagne très lointaine, une substance bleutée maintenue en place par des lignes bien marquées. Au Pascone, me dis-je, personne ne l'a sans doute jamais vu aussi clairement que je l'ai vu, moi, à l'église. Il est né dans ce quartier, il a grandi là, c'est l'ami d'enfance de Tonino. Tout le monde l'aime comme un fragment particulièrement lumineux qui tranche dans ce contexte sordide. Giuliana elle-même est sans doute tombée amoureuse de lui non pas pour ce qu'il est véritablement mais à cause de leur origine commune, et parce qu'elle a été sensible à l'aura de celui qui, tout en venant de cette Zona industriale pleine de mauvaises odeurs, a étudié à Milan et a su se distinguer. Or, me persuadai-je, ce sont précisément ces traits que tous les habitants du quartier sont capables d'apprécier, qui les empêchent de le voir véritablement et de reconnaître ce qu'il a d'exceptionnel. Il ne faut pas traiter Roberto comme n'importe quelle personne ayant des capacités, il faut le protéger. Par exemple, si j'avais été Giuliana, je me serais battue de toutes mes forces pour qu'il ne vienne pas manger chez moi. J'aurais voulu empêcher Vittoria, Margherita ou Corrado de l'enlaidir et d'enlaidir les raisons pour lesquelles il m'avait choisie. Je le garderais loin de ce monde et lui dirais : Fuyons, allons chez toi à Milan. Mais Giuliana ne se rend pas vraiment compte de la chance qu'elle a. En ce qui me concerne, si j'arrivais à devenir ne serait-ce qu'une vague amie de Roberto, je ne lui ferais jamais perdre de temps avec ma mère, pourtant beaucoup plus présentable que Vittoria et Margherita. Et surtout, j'éviterais toute rencontre avec mon père. Roberto avait besoin de soins pour pouvoir donner sa pleine mesure, pour ne pas s'éparpiller, et je me sentais prête à remplir cette tâche. Oh oui, devenir son amie, ça me suffirait, et lui montrer que, dans quelque repli de ma personnalité que j'ignore moi-même, je possède les qualités dont il a besoin.

## 5

À cette époque, je commençai à me dire que, si je n'étais pas belle physiquement, j'avais peut-être la possibilité de l'être par l'esprit. Mais comment ? J'avais maintenant découvert que j'avais un sale caractère, et que j'étais capable de mauvaises paroles comme de mauvaises actions. Si je possédais des qualités, j'étais celle qui les étouffait exprès pour ne pas me sentir une pathétique jeune fille de bonne famille. J'avais l'impression d'avoir trouvé la voie de mon salut mais de ne pas savoir la parcourir, et peut-être de ne pas la mériter.

Voilà dans quel état je me trouvais lorsqu'un après-midi, tout à fait par hasard, je tombai sur Don Giacomo, le prêtre du Pascone. J'étais Piazza Vanvitelli, je ne sais plus pourquoi, et je marchais absorbée dans mes pensées, quand je manquai de me cogner contre lui. Giannina, s'exclama-t-il. Le découvrir ainsi devant moi effaça pendant quelques secondes la place, les immeubles, et me propulsa à nouveau dans l'église, assise près de Vittoria, avec Roberto debout derrière la table. Quand tout eut retrouvé sa place, je fus heureuse que le curé m'ait reconnue et se soit souvenu de mon prénom. J'éprouvai une telle joie que je l'embrassai comme si c'était quelqu'un de mon âge que je connaissais depuis l'école primaire. Puis, la timidité me gagna, je me mis à balbutier et le vouvoyai, mais il réclama que je le tutoie. Il allait prendre le funiculaire de Montesanto : je proposai de l'accompagner et me lançai aussitôt, avec une allégresse excessive, dans l'expression de mon enthousiasme pour l'expérience vécue à la paroisse.

— Quand est-ce que Roberto revient faire une conférence ? demandai-je.

— Ça t'a plu ?

— Oui.

— Tu as vu ce qu'il arrive à tirer des Évangiles ?

Je ne me souvenais de rien – qu'est-ce que j'y connaissais, moi, aux Évangiles –, ce qui était resté gravé dans ma mémoire, c'était uniquement Roberto. J'acquiesçai néanmoins et murmurai :

— Aucun de mes profs n'est aussi captivant que lui. Je reviendrai l'écouter.

Le prêtre s'assombrit, et je réalisai seulement alors que, quoiqu'il parût toujours le même, quelque chose avait changé en lui. Il avait le teint jaune et les yeux rougis.

— Roberto ne reviendra pas, dit-il, et il n'y aura plus d'initiative de ce genre, à l'église.

Cela me fit un coup.

— Les gens n'ont pas aimé ?

— Pas mes supérieurs, et pas certains de mes paroissiens.

À présent, j'étais déçue et en colère. Je lançai :

— Ton supérieur, ce n'est pas Dieu ?

— Oui, mais ceux qui font la pluie et le beau temps, ce sont ses serviteurs.

— Alors adresse-toi directement à lui.

Don Giacomo fit un geste de la main, comme pour indiquer une distance indéterminée, et je m'aperçus que, du dessus des doigts jusqu'au poignet, il avait de larges taches violettes.

— Dieu est en dehors de tout ça, dit-il en souriant.

— Et la prière ?

— Je n'ai plus d'énergie, de toute évidence, prier est devenu pour moi un métier. Mais toi ? Tu as prié, même si tu ne crois pas ?

— Oui.

— Et ça t'a servi ?

— Non, c'est une magie qui, en fin de compte, ne marche pas.

Don Giacomo se tut. Je sentis que j'avais dit quelque chose de travers et voulus m'en excuser :

— Parfois, je dis tout ce qui me passe par la tête, murmurai-je, excuse-moi.

— Pourquoi ? Tu as illuminé ma journée, heureusement que je t'ai rencontrée.

Il regarda sa main droite, comme si celle-ci cachait un secret.

— Tu es malade ? demandai-je.

— Je sors de chez un ami médecin, ici, dans la Via Kerbaker. Ce n'est qu'une réaction cutanée.

— Une réaction à quoi ?

— Quand on t'oblige à faire des choses que tu ne veux pas et que tu obéis, alors ta tête ne marche plus bien, et le reste non plus.

— L'obéissance est une maladie de peau ?

Il me regarda un instant, perplexe, puis sourit :

— Bravo, c'est exactement ça, c'est une maladie de peau. Et toi, tu es un bon remède. Ne change rien, dis toujours tout ce qui te passe par la tête. Encore quelques conversations avec toi, et je parie que j'irai mieux.

Je m'exclamai instinctivement :

— Moi aussi, je veux aller mieux. Qu'est-ce que je dois faire pour ça ?

Il répondit :

— Chasser l'orgueil, qui est toujours aux aguets.

— Et après ?

— Traiter les autres avec bonté et avec justice.

— Et après ?

— Après, il y a ce qui est le plus difficile à ton âge : honorer ton père et ta mère. Mais il faut essayer, Giannì, c'est important.

— Mon père et ma mère, je ne les comprends plus.

— Tu les comprendras quand tu seras grande.

Tout le monde me disait que je comprendrais quand je serais grande. Je répliquai :

— Alors, je ne deviendrai jamais grande.

Nous nous dîmes au revoir au funiculaire et, après ce jour-là, je ne l'ai plus jamais revu. Je n'avais pas osé lui poser de questions sur Roberto, je ne lui avais pas non plus demandé si Vittoria lui avait parlé de moi, ni si elle lui avait raconté ce qui se passait chez nous. Je lui avais seulement confié, honteuse :

— Je me sens moche, j'ai un sale caractère, et pourtant je voudrais être aimée.

Mais je l'avais dit trop tard, dans un souffle, tandis qu'il me tournait déjà le dos.

## 6

Cette rencontre m'aida, et je tentai avant tout de modifier mes rapports avec mes parents. J'excluais de les honorer, mais tenter de me rapprocher un peu d'eux, ça, peut-être que oui.

Avec ma mère, les choses s'arrangèrent relativement, malgré les difficultés que j'avais à maîtriser mes tonalités agressives. Je ne mentionnai jamais le coup de fil qu'elle avait passé à Vittoria mais, de temps à autre, je me surprenais à lui lancer des ordres, des reproches, des récriminations ou des perfidies. Comme d'habitude, elle ne réagissait pas, elle demeurait impassible comme si elle avait la capacité de devenir sourde sur commande. Mais peu à peu, je changeai d'attitude. Je l'observais depuis le couloir, vêtue et coiffée avec soin même lorsqu'elle ne devait ni sortir ni recevoir de visites, et j'étais émue par son dos maigre de femme consumée par la douleur, voûté par les heures passées à travailler. Un soir où je l'épiais, je l'associai soudain à ma tante. Bien sûr, elles étaient ennemies, et bien sûr, on ne pouvait pas les comparer en termes d'éducation ou de raffinement, mais Vittoria n'était-elle pas restée liée à Enzo même longtemps après la mort de celui-ci ? Et cette fidélité ne m'avait-elle pas paru un signe de grandeur ? Je me surpris brusquement à penser que ma mère faisait preuve d'une âme encore plus noble que celle de Vittoria, et je tournai et retournai cette idée dans ma tête pendant des heures.

L'amour de Vittoria avait été partagé, son amant l'avait toujours aimée en retour. En revanche, ma mère avait été trahie de la manière la plus abjecte qui soit, et pourtant elle avait réussi à conserver ses sentiments intacts. Elle ne savait ni ne voulait se penser sans son ex-mari. Il lui semblait que sa propre existence n'avait encore de sens que si mon père daignait se manifester au téléphone et lui en assigner un. Tout à coup, sa docilité commença à me plaire. Comment avais-je pu prendre prétexte de sa dépendance pour l'agresser et l'insulter ? Était-il possible que j'aie pris pour de la faiblesse la force – oui, la force – de sa manière absolue d'aimer ?

Un jour, sur un ton de constat sans passion, je lui dis :

— Si Mariano te plaît, tu n'as qu'à le prendre.

— Combien de fois faut-il te le dire ? Je le trouve répugnant.

— Et papa ?

— Papa, c'est papa.

— Pourquoi tu ne dis jamais de mal de lui ?

— Ce que je dis et ce que je pense, ce sont deux choses différentes.

— Tu te défoules intérieurement ?

— Un peu. Mais ensuite, je finis par repenser à toutes les années où nous avons été heureux, et j'oublie de le haïr.

J'eus l'impression que cette expression – *j'oublie de le haïr* – avait capté quelque chose de vrai, de vivant, et elle me permit à moi aussi de penser différemment à mon père. Maintenant, je le voyais très peu, je n'étais jamais retournée dans l'appartement de Posillipo, et j'avais effacé de ma vie Angela et Ida. J'avais beau m'efforcer de comprendre pourquoi il nous avait quittées, ma mère et moi, pour aller vivre avec Costanza et ses filles, je n'y parvenais pas. Par le passé, je l'avais toujours considéré très supérieur à ma mère, mais à présent je ne lui trouvais plus aucune grandeur d'âme, pas même pour faire le mal. Les rares fois où il passait me prendre au lycée, j'écoutais très attentivement ses lamentations, mais uniquement pour constater en mon for intérieur qu'elles étaient décidément factices. Il voulait me faire croire qu'il n'était pas heureux ou, en tout cas, qu'il était à peine moins malheureux qu'à l'époque où il vivait dans l'appartement de la Via San Giacomo dei Capri. Naturellement, je ne le croyais pas mais, en même temps je l'observais et me disais : Je dois mettre de côté mes sentiments actuels, je dois penser à l'époque où j'étais enfant et où je l'adorais, parce que si maman continue à tenir à lui malgré tout, si elle parvient même à oublier de le haïr, c'est peut-être que son caractère exceptionnel n'était pas entièrement une construction de mon enfance. Je fis, en somme, de gros efforts pour lui attribuer à nouveau quelques qualités. Pas par affection, car désormais j'avais l'impression de ne plus éprouver aucun sentiment pour lui : mais, partant du principe que l'homme auquel ma mère vouait un tel amour devait bien être doté de quelque épaisseur, je m'astreignais à lui marquer de la considération et à être aimable. Je lui parlais de mes cours, de quelque bêtise proférée par mes professeurs, et je lui adressais même des compliments, pour la manière dont il m'avait expliqué un passage difficile d'un auteur latin, par exemple, ou pour sa coupe de cheveux.

— C'est bien, pour une fois ils ne te les ont pas coupés trop court. Tu as changé de coiffeur ?

— Non, il est tout près de chez moi, ça ne vaut pas la peine d'en changer. Et puis, qu'est-ce que j'en ai à faire, de mes cheveux, ils sont déjà blancs. Ceux qui comptent, ce sont les tiens : ils sont splendides et respirent la jeunesse.

J'ignorai son éloge de ma chevelure, que je trouvai franchement déplacé. Je poursuivis :

— Tes cheveux ne sont pas blancs, ils grisonnent juste sur les tempes.

— Je me fais vieux.

— Quand j'étais petite, tu étais beaucoup plus vieux. Tu as rajeuni.

— La souffrance ne rajeunit pas.

— Peut-être alors que tu n'en éprouves pas assez. J'ai appris que tu avais repris contact avec Mariano.

— Qui t'a dit ça ?

— Maman.

— Ce n'est pas vrai. Mais quelquefois, quand il vient voir ses filles, nous nous croisons.

— Et vous vous disputez ?

— Non.

— Alors, qu'est-ce qui ne va pas ?

Il n'y avait rien qui n'allait pas, il voulait juste me faire comprendre que je lui manquais et que ce manque le faisait souffrir. Il mettait parfois cela si bien en scène que j'oubliais de ne pas y croire. Il était toujours beau, il n'avait pas maigri comme ma mère et n'avait même pas de réaction cutanée : tomber dans le piège de sa voix affectueuse, glisser de nouveau dans l'enfance et avoir confiance en lui était chose facile. Un jour, tandis que nous mangions, comme d'habitude, des *panzarotti* et de la *pasta cresciuta* à la sortie de mon lycée, je lui annonçai soudain que je voulais lire les Évangiles.

— Comment ça se fait ?

— J'ai tort ?

— Non, pas du tout.

— Et si je devenais chrétienne ?

— Je n'y verrais rien de mal.

— Et si je me faisais baptiser ?

— L'essentiel, c'est qu'il ne s'agisse pas d'un caprice. Si tu as la foi, tout va bien.

Aucun conflit, donc. Toutefois, je regrettai aussitôt de lui avoir fait part de mon intention. Penser à lui comme à une personne détentrice d'une autorité et digne d'être aimée, maintenant, après avoir rencontré Roberto, me parut insupportable. Qu'avait-il encore à voir avec ma vie ? Je ne voulais en aucun cas lui restituer de l'autorité ou de l'affection. Si je lisais un jour les Évangiles, ce serait pour le jeune homme qui avait parlé à l'église.

## 7

Cette tentative – vouée à l'échec – de me rapprocher de mon père accentua mon désir de revoir Roberto. Je ne pus résister et décidai d'appeler Vittoria. Elle répondit d'un ton déprimé, la voix enrouée par les cigarettes, et si cette fois elle ne m'agressa ni ne m'insulta, elle ne se montra pas affectueuse non plus.

— Qu'est-ce que tu veux ?

— Je voulais savoir comment tu allais.

— Ça va.

— Je peux passer te voir, un dimanche ?

— Pour quoi faire ?

— Pour te dire bonjour. Et puis, j'ai été contente de faire la connaissance du fiancé de Giuliana : s'il revient un jour dans le quartier, ça me ferait plaisir de le revoir aussi.

— À l'église, on ne fait plus rien, ils veulent chasser le curé.

Elle ne me laissa pas le temps de dire que j'avais croisé Don Giacomo et que je savais déjà tout. Elle se mit à me parler en pur dialecte, elle était remontée contre tout le monde, les paroissiens, les évêques, les cardinaux, le pape, mais aussi contre Don Giacomo, et même contre Roberto.

— Le curé n'aurait pas dû faire ça, dit-elle. C'est comme avec un médicament : au début il nous a soignés, après les effets secondaires sont arrivés, et maintenant on se sent encore plus mal qu'avant.

— Et Roberto ?

— Roberto, c'est très facile pour lui. Il vient, il sème la pagaille et ensuite il s'en va et on ne le voit plus pendant des mois. Il est un coup à Milan, un coup ici, et ça, ce n'est pas bien pour Giuliana.

— L'amour, dis-je, ne peut faire que du bien.

— Qu'est-ce que tu en sais, toi ?

— L'amour est toujours bénéfique, il permet même de supporter les longues absences, il résiste à tout.

— Mais tu sais rien, Giannì, tu parles en italien, mais tu sais rien. L'amour, c'est aussi opaque que des fenêtres de chiottes.

Cette image me frappa : je me dis immédiatement qu'elle était en contradiction avec la manière dont Vittoria m'avait raconté son histoire avec Enzo. Je flattai ma tante, lui dis que je voulais discuter davantage avec elle, et lui demandai :

— Un jour où vous ferez un déjeuner tous ensemble, toi, Margherita, Giuliana, Corrado, Tonino et Roberto, je pourrais venir, moi aussi ?

Cela l'irrita et elle se fit agressive :

— Il vaut mieux que tu restes chez toi. D'après ta mère, ici, c'est pas un endroit pour toi.

— Mais moi, ça me fait plaisir, de vous voir. Giuliana est là ? Je vais m'organiser avec elle.

— Giuliana est chez elle.

— Et Tonino ?

— Mais tu crois vraiment que Tonino mange, dort et chie dans mon appart ?

Elle interrompit brusquement la communication, désagréable et vulgaire comme à son habitude. J'aurais voulu un rendez-vous, une date, la certitude que dans six mois ou un an je reverrais Roberto. Cela ne s'était pas produit, et pourtant je me sentis agréablement fébrile. Vittoria n'avait rien dit d'explicite sur les relations entre Giuliana et Roberto, mais j'avais saisi qu'ils rencontraient des difficultés. Évidemment, je ne pouvais me fier aux impressions de ma tante, et il était tout à fait probable que ce qui la perturbait était exactement ce qui, au contraire, plaisait aux deux amoureux. Toutefois, je me pris à rêver qu'avec de la persévérance, de la patience, et des intentions généreuses en tête, je pourrais devenir une espèce de médiatrice entre ma tante et eux, une personne qui saurait parler la langue de tous. Je cherchai un exemplaire des Évangiles.

## 8

Je n'en trouvai pas chez moi, mais c'était compter sans mon père qui, dès que je mentionnais un livre, me le procurait promptement. Quelques jours après notre conversation, il apparut devant mon lycée avec une édition commentée des Évangiles.

— Lire ne suffit pas, déclara-t-il. Les textes comme ça, il faut les étudier.

À ces mots, ses yeux pétillèrent. Le véritable sens de son existence se révélait dès qu'il pouvait s'occuper de livres, d'idées, de questions élevées. Il devenait alors évident qu'il était malheureux uniquement lorsqu'il avait l'esprit vide et ne parvenait pas à se dissimuler ce qu'il nous avait fait, à ma mère et moi. En revanche, s'il se consacrait à de grandes pensées renforcées par des livres soigneusement annotés, il était parfaitement heureux, il ne lui manquait rien. Il avait transporté sa vie dans l'appartement de Costanza et, là, il vivait dans l'aisance. Son nouveau bureau était une grande pièce lumineuse avec vue sur la mer. Il avait repris ses réunions avec tous ceux que je connaissais depuis l'enfance, à l'exception naturellement de Mariano ; toutefois, la fiction d'un retour à l'ordre des choses était désormais bien établie, et l'on pouvait prévoir que le père d'Angela et Ida reviendrait bientôt lui aussi débattre avec les autres. Ce qui gâchait les journées de mon père, donc, c'était simplement ces instants de vide où il se retrouvait seul face à ses méfaits. Mais il lui en fallait peu pour en sortir, et ma requête lui parut certainement une bonne occasion pour cela : elle dut lui donner l'impression que tout se remettait à marcher avec moi aussi.

En effet, après l'édition commentée, il me procura avec sollicitude un vieil exemplaire des Évangiles en grec et en latin – Les traductions c'est bien, mais le texte original est fondamental. Après quoi, sans transition, il m'incita à prier ma mère de l'aider à résoudre je ne sais quels problèmes administratifs assommants. Je pris les livres et promis de parler à ma mère. Quand je le fis, elle poussa de gros soupirs, s'énerva, ironisa, mais elle finit par céder. Et, bien qu'elle passât ses journées au lycée ou à corriger des devoirs et des manuscrits, elle trouva le temps d'aller faire de longues queues aux guichets de toutes sortes d'administrations et de se battre contre des employés indolents.

Cette occasion me fit comprendre combien j'avais changé. Je m'indignai à peine de la soumission de ma mère lorsque, depuis ma chambre, je l'entendis annoncer au téléphone à mon père qu'elle avait accompli sa mission. Je n'éprouvai aucune colère lorsque sa voix, brûlée par trop de cigarettes et par les alcools forts qu'elle ingurgitait le soir, se fit tendre, et qu'elle invita mon père à passer chez nous prendre les papiers qu'elle avait obtenus à l'état civil, les photocopies qu'elle avait faites à la Biblioteca nazionale et les certificats qu'elle était allée chercher à l'université. Je ne fis même pas la tête lorsque mon père apparut un soir, l'air accablé, et qu'ils bavardèrent tous deux dans le séjour. J'entendis ma mère rire une ou deux fois, mais pas plus, elle dut se rendre compte que c'était un rire qui appartenait au temps passé. Bref, je ne me disais pas : Si elle est bête, tant pis pour elle. Dorénavant, j'avais l'impression de comprendre ses sentiments. Mon attitude envers mon père était plus hésitante, je détestais son opportunisme. Et je me rebiffai lorsque, m'appelant pour me dire au revoir, il me demanda distraitement :

— Alors, tu étudies les Évangiles ?

— Oui, dis-je, mais l'histoire ne me plaît pas.

Il eut un petit sourire ironique :

— Ça, c'est intéressant : l'histoire ne te plaît pas.

Il déposa un baiser sur mon front et, une fois sur le seuil, ajouta :

— On en discutera.

En discuter avec lui, jamais de la vie. Qu'est-ce que j'aurais pu lui dire. J'avais commencé à lire ces textes dans l'idée qu'il s'agissait d'un conte qui allait me conduire à l'amour de Dieu, comme celui qu'éprouvait Roberto. C'était pour moi un besoin, mon corps était tellement tendu que, parfois, mes nerfs me paraissaient semblables à des câbles électriques à haute tension. Or, ces pages n'avaient rien d'un conte, elles se déroulaient dans des lieux réels, mettaient en scène des gens qui exerçaient des métiers plausibles, des personnages ayant réellement existé. Et puis, le sentiment qui dominait tous les autres, c'était la férocité. Une fois un Évangile terminé, j'en commençais un autre, et l'histoire me paraissait toujours plus terrible. Oui, elle était vraiment épouvantable. Cette lecture me stressait. Ainsi, nous étions tous au service d'un Seigneur qui nous surveillait pour voir ce que nous choisissions, entre le bien ou le mal. Quelle absurdité : comment pouvait-on accepter une condition aussi servile ? Je détestais l'idée qu'il y ait un Père aux cieux et nous, ses enfants, en dessous, dans la boue et le sang. Quel père était donc ce Dieu, et quelle famille celle de ses créatures, cela m'effrayait et, en même temps, m'horripilait. Je détestais ce Père qui avait conçu des êtres tellement fragiles, constamment exposés à la douleur et si faciles à détruire. Je détestais l'idée qu'il nous regarde, comme si nous étions des marionnettes, en train de lutter contre la faim, la soif, les maladies, les terreurs, la cruauté, l'orgueil, et même avec les bons sentiments qui, toujours menacés par la mauvaise foi, cachaient la trahison. Je détestais le fait qu'il ait un fils né d'une mère vierge et qu'il l'expose au pire, comme les plus malheureuses de ses créatures. Je détestais que ce fils, qui avait le pouvoir de faire des miracles, n'utilise ce pouvoir que dans des jeux qui ne résolvaient pas grand-chose et n'amélioraient en rien la condition humaine. Je détestais que ce fils ait tendance à malmener sa mère et ne trouve pas le courage de s'en prendre à son père. Je détestais que Dieu Notre Seigneur laisse mourir ce fils dans d'atroces souffrances, et qu'à sa demande d'aide il ne daigne pas répondre. Oui, cette histoire me déprimait. Et la résurrection ? Un corps horriblement martyrisé qui revenait à la vie ? J'avais horreur des ressuscités, je n'en dormais pas de la nuit. À quoi bon faire l'expérience de la mort, si c'était ensuite pour retrouver la vie pour l'éternité ? Et quel sens pouvait avoir la vie éternelle au milieu d'une foule de morts ressuscités ? Était-ce vraiment une récompense ? N'était-ce pas plutôt une condition terrible, intolérable ? Non, non, le père qui habitait les cieux était exactement comme le père sans amour des versets de Matthieu et de Luc, celui qui donne des pierres, des serpents et des scorpions à son fils qui a faim et demande du pain. Si j'en avais discuté avec le mien, de père, j'aurais pu laisser échapper : Papa, ce Père-là est encore pire que toi. Du coup, j'avais tendance à excuser toutes les créatures de Dieu, même les pires d'entre elles. Leur condition était dure et, lorsqu'elles réussissaient quand même à exprimer, depuis leur fange, des sentiments grands et sincères, j'étais de leur côté. Ainsi, j'étais du côté de ma mère, pas de son ex-mari : il l'utilisait avant de la remercier avec quelques mièvreries, profitant de la capacité qu'elle avait d'éprouver un sentiment sublime.

Un soir, ma mère me dit :

— Ton père est plus jeune que toi. Toi tu grandis, lui il est resté un gosse, et il le restera toujours : un enfant extraordinairement intelligent, hypnotisé par ses jeux. Si on ne le surveille pas, il se fait mal. J'aurais dû le comprendre quand j'étais jeune, mais à l'époque il me paraissait un homme fait.

Elle s'était trompée, et pourtant son amour restait immuable. Je la regardai avec tendresse. Moi aussi, je voulais aimer comme ça, mais pas un homme qui ne le méritait pas. Elle me demanda :

— Qu'est-ce que tu lis ?

— Les Évangiles.

— Pourquoi ?

— Parce qu'un garçon qui me plaît les connaît bien.

— Tu es amoureuse ?

— Non, tu es folle, il a déjà quelqu'un. Je veux seulement être son amie.

— Ne parle pas de ce que tu lis à papa : il voudra en discuter avec toi, et ça gâchera ta lecture.

Mais là, je ne risquais rien : j'avais déjà tout lu jusqu'à la dernière ligne et, si mon père me posait des questions, je ne lui débiterais que quelques généralités. J'espérais qu'un jour j'en parlerais en profondeur avec Roberto, en faisant des observations précises. À l'église, j'avais eu l'impression de ne pouvoir vivre sans lui, pourtant le temps passait et je continuais à vivre. L'idée qu'il m'était indispensable était en train d'évoluer. Ce qui me paraissait indispensable, à présent, ce n'était plus sa présence physique – je l'imaginais loin, à Milan, heureux, occupé à mille choses belles et utiles, reconnu par tout un chacun pour ses mérites –, mais l'idée de réorganiser ma vie en fonction d'une finalité : devenir quelqu'un susceptible de gagner son estime. Désormais, je le voyais comme une autorité aussi vague – si je faisais ça, m'approuverait-il ? s'opposerait-il ? – qu'indiscutable. Pendant cette période, je cessai aussi de me caresser tous les soirs avant de m'endormir – ce que j'avais considéré comme une sorte de récompense pour les efforts insupportables que l'existence réclamait chaque jour. Il m'avait semblé que les misérables créatures destinées à la mort n'avaient qu'un seul petit atout : pouvoir alléger leur douleur et l'oublier un instant en tirant parti de l'engin, entre leurs jambes, qui leur apportait un peu de plaisir. Mais j'étais désormais convaincue que, s'il l'avait appris, Roberto aurait regretté d'avoir toléré à son côté, ne serait-ce que quelques minutes, une personne qui avait l'habitude de se donner du plaisir à elle-même.

## 9

À cette époque, sans l'avoir décidé, mais comme si je renouais simplement avec une habitude, je me remis à travailler, bien que le lycée me semblât plus que jamais un lieu de bavardages idiots. J'obtins bientôt des résultats corrects et, en outre, je m'efforçai d'être plus disponible pour mes camarades de classe, au point que, le samedi soir, je commençai à sortir avec eux, tout en évitant d'établir des relations amicales. Naturellement, je ne parvins jamais à éliminer tout à fait mon ton hargneux, mes pics d'agressivité ou mon mutisme hostile. Et pourtant, j'avais l'impression de pouvoir m'améliorer. Parfois, je fixais des bols, des verres, des cuillères, un caillou dans la rue ou même une feuille morte, et je m'émerveillais de leur forme, que celle-ci soit travaillée ou naturelle. J'observais certaines rues du Rione Alto, que je connaissais depuis que j'étais petite, comme si je les voyais pour la première fois : magasins, passants, immeubles de huit étages et balcons – des bandes blanches posées sur des murs ocre, verts ou bleu ciel. J'étais fascinée par les pierres de lave noire de la Via San Giacomo dei Capri, sur lesquelles j'avais marché mille fois, par les vieux bâtiments gris-rose ou couleur rouille, par les jardins. Il m'arrivait la même chose avec les gens : professeurs, voisins, commerçants, inconnus dans les rues du Vomero. Je m'étonnais d'un geste, d'un regard, d'une expression du visage. C'étaient des moments où j'avais l'impression que tout contenait un sens caché, qu'il me revenait de découvrir. Mais cela ne durait pas. De temps à autre, malgré tous mes efforts, ce qui l'emportait chez moi, c'était le sentiment d'en avoir marre de tout, c'était une tendance aux jugements cinglants et à une envie de querelles. Je ne veux pas être comme ça, pensais-je souvent lorsque je me trouvais entre veille et sommeil. Et pourtant, voilà ce que j'étais, et réaliser que je ne parvenais à me manifester que de cette manière âpre et médisante m'incitait parfois non pas à me corriger mais, avec un plaisir pervers, à me comporter de manière pire encore. Je me disais : Si je ne suis pas aimable, très bien, alors qu'on ne m'aime pas ; de toute façon, personne ne sait ce que j'ai jour et nuit dans le cœur. Et je pensais à Roberto, mon refuge.

En même temps, et à ma grande surprise, je m'apercevais que, malgré mes excès, mes camarades de classe, garçons et filles, recherchaient ma compagnie, m'invitaient à des fêtes et avaient même l'air d'apprécier mes écarts de conduite. Ce fut peut-être grâce à ce nouveau climat que je parvins à tenir Corrado et Rosario à distance. Le premier à se manifester, ce fut Corrado. Il apparut devant mon lycée et me proposa :

— On fait un tour à la Floridiana ?

Je voulais refuser mais, pour intriguer mes compagnes de classe qui m'observaient, j'opinai du chef. Quand il passa un bras autour de mes épaules, je lui échappai. Au début, il tenta de m'amuser et je ris un peu par politesse, mais quand il essaya de m'entraîner hors du sentier, parmi les buissons, je lui dis non, d'abord gentiment, puis de manière plus ferme.

— On ne sort pas ensemble ? demanda-t-il, sincèrement étonné.

— Ben non.

— Comment ça, non ? Et les trucs qu'on a faits ?

— Quels trucs ?

Il eut l'air gêné :

— Tu sais bien.

— Je ne m'en souviens plus.

— Tu disais que ça t'amusait.

— C'était un mensonge.

Je fus vraiment surprise de voir qu'il semblait intimidé. Il insista encore puis, perplexe, tenta de m'embrasser. Ensuite il abandonna et bougonna, dépité : Je ne te comprends pas, là tu me fais de la peine. Nous allâmes nous asseoir sur des gradins blancs, face à Naples dans toute sa splendeur, qui semblait se trouver sous une coupole transparente : le ciel tout bleu en dehors, et des vapeurs à l'intérieur, comme si toutes les pierres de la ville respiraient.

— Tu fais une erreur, dit-il.

— Quelle erreur ?

— Tu te crois meilleure que moi, tu n'as pas compris qui je suis.

— Et tu es qui ?

— Attends un peu et tu verras.

— D'accord, j'attends.

— Celui qui n'attend pas, Giannì, c'est Rosario.

— Pourquoi tu me parles de Rosario ?

— Il est amoureux de toi.

— Mais non.

— C'est pourtant vrai. Tu l'as encouragé, et maintenant il est convaincu que tu l'aimes, il n'arrête pas de parler de tes seins.

— Il se trompe, dis-lui que j'en aime un autre.

— Qui ça ?

— Je ne peux pas te le dire.

Il insista, je tentai de changer de sujet, puis il passa à nouveau un bras autour de mes épaules :

— C'est moi, cet autre ?

— Mais non.

— Tu n'as pas pu me faire toutes ces belles choses sans m'aimer, ce n'est pas possible.

— Je t'assure que c'est le cas.

— Alors t'es une salope.

— Quand je veux, oui.

J'eus envie de l'interroger sur Roberto, mais je savais qu'il le détestait et évacuerait le sujet avec quelques répliques insultantes, alors je me retins, et tentai d'en arriver à Roberto à travers Giuliana.

— Elle est très belle, dis-je en louant sa sœur.

— Tu parles, elle n'a plus que la peau sur les os, tu devrais voir sa gueule de déterrée, le matin.

Il lâcha quelques vulgarités et expliqua qu'actuellement, pour garder son fiancé diplômé de l'université, Giuliana faisait la sainte-nitouche, mais qu'en réalité elle n'avait rien d'une sainte. Avoir une sœur, conclut-il, ça vous fait passer l'envie des filles, parce qu'on se rend compte que vous êtes sur tous les points pires que nous, les mecs.

— Alors bas les pattes, et n'essaie plus de m'embrasser.

— C'est pas pareil. Moi, je suis amoureux.

— Et parce que tu es amoureux, tu ne me vois pas ?

— Je te vois, mais j'oublie que tu es comme ma sœur.

— Roberto fait la même chose : il ne voit pas Giuliana comme tu la vois, mais il la voit comme toi tu me vois.

Il devint nerveux, ce sujet le contrariait :

— Qu'est-ce que tu veux qu'il voie, Roberto, il est aveugle, il comprend rien aux filles.

— C'est possible. Mais quand il parle, tout le monde l'écoute.

— Toi aussi ?

— Mais non.

— Celui-là, il ne plaît qu'aux imbéciles.

— Ta sœur est une imbécile ?

— Oui.
— Alors tu es le seul à être intelligent ?
— Moi, toi et Rosario. Et Rosario, il veut te voir.
J'y réfléchis un instant, avant de dire :
— J'ai beaucoup de devoirs.
— Il va s'énerver, c'est le fils de l'avocat Sargente.
— C'est quelqu'un d'important ?
— D'important et de dangereux.
— J'ai pas le temps, Corrà. Tous les deux, vous faites pas d'études, moi si.
— Tu veux seulement fréquenter des gens qui font des études ?
— Non, mais il y a une grosse différence entre toi et, mettons, Roberto : tu penses qu'il a du temps à perdre, lui ? Il passe sûrement ses journées dans les livres.
— Encore lui ? T'es amoureuse ?
— Mais non.
— Si Rosario pense que t'es amoureuse de Roberto, il va le tuer ou le faire tuer.
Je dis qu'il fallait absolument que j'y aille. Je ne fis plus allusion à Roberto.

## 10

Il ne fallut pas attendre longtemps avant que Rosario apparaisse à son tour devant mon lycée. Je le repérai tout de suite, appuyé contre sa décapotable, grand et maigre, son éternel sourire sur le visage, et vêtu avec ce luxe tape-à-l'œil que mes camarades trouvaient vulgaire. Il ne fit aucun signe pour se manifester, comme s'il considérait que, si ce n'était lui, sa voiture jaune du moins ne pouvait qu'attirer l'attention. Il n'avait pas tort : tout le monde regarda sa décapotable avec admiration. Et tout le monde me regarda naturellement moi aussi lorsque, à contrecœur mais comme télécommandée, je le rejoignis. Avec un flegme étudié, Rosario s'assit derrière le volant, et je m'installai à son côté, tout aussi flegmatique.

— Il faut que tu me ramènes immédiatement chez moi, dis-je.

— C'est toi la patronne, je suis ton esclave, répondit-il.

Il mit le moteur en route et démarra de manière brusque, klaxonnant pour se frayer un chemin parmi les élèves.

— Tu te rappelles où j'habite ? demandai-je, aussitôt alarmée, parce qu'il s'engageait dans la rue qui montait à San Martino.

— En haut de San Giacomo dei Capri.

— Mais là, on ne va pas en direction de San Giacomo dei Capri.

— On ira après.

Il s'arrêta dans une petite rue près du Castel Sant'Elmo, se tourna vers moi et me regarda avec son expression sempiternellement joyeuse.

— Giannì, dit-il gravement, je t'ai aimée dès que je t'ai vue. Je voulais te le dire en tête à tête, dans un endroit tranquille.

— Je suis moche, va te chercher une fille jolie.

— Tu n'es pas moche, tu as un genre.

— Un genre, ça veut dire que je suis moche.

— Tu rigoles. Des seins comme les tiens, même les statues n'en ont pas.

Il se pencha pour m'embrasser sur la bouche, je l'évitai et détournai la tête.

— On ne peut pas s'embrasser, dis-je, tu as les dents trop en avant et les lèvres trop fines.

— Alors pourquoi elles m'ont embrassé, les autres ?

— Elles ne devaient pas avoir de dents. Va donc te faire embrasser par elles.

— Ne joue pas à m'insulter, Giannì, ce n'est pas juste.

— Ce n'est pas moi qui joue, c'est toi. Tu ne fais que rire, alors ça me donne envie de plaisanter.

— Tu sais que mon visage est fait comme ça. Mais, à l'intérieur, je suis tout à fait sérieux.

— Moi aussi. Tu m'as dit que j'étais moche et je t'ai dit que tu avais les dents en avant, maintenant on est quittes. Ramène-moi à la maison, ma mère va s'inquiéter.

Mais il ne recula pas et demeura à quelques centimètres de moi. Il répéta que j'avais un genre, un genre qui lui plaisait, et il se lamenta à voix basse que je ne saisissais pas le sérieux de ses intentions. Puis il haussa soudain le ton et s'exclama, anxieux :

— Corrado est un menteur, il raconte que tu lui as fait certains trucs, mais moi, je ne le crois pas.

Je tentai d'ouvrir la portière et lançai, énervée :

— Il faut que j'y aille.

— Attends. Si tu lui as fait ces trucs, pourquoi tu ne veux pas me les faire ?

Je perdis patience :

— Là tu m'as gonflée, Rosà, moi je ne fais rien avec personne.

— Tu es amoureuse d'un autre ?

— Je ne suis amoureuse de personne.

— Corrado prétend que, depuis que tu as vu Roberto Matese, tu as perdu la tête.

— Je ne sais même pas qui c'est, Roberto Matese.

— Je vais te le dire, moi : c'est un mec qui se prend pas pour de la merde.

— Alors, ce n'est pas le Roberto que je connais.

— Fais-moi confiance, c'est bien lui. Et si tu me crois pas, je te l'amène ici, devant toi, et on verra ça.

— Tu me l'amènes ? Toi ?

— Il suffit que tu l'exiges.

— Et il viendrait ?

— Non, pas spontanément. Mais je le forcerais à venir.

— Tu es ridicule. Le Roberto que je connais, personne ne le force à faire quoi que ce soit.

— Ça dépend. Avec la force adéquate, tout le monde fait ce qu'il doit faire.

Je le regardai, préoccupée. Il riait, mais son regard était très sérieux.

— Moi, je me fiche de tous les Roberto, de Corrado, et de toi aussi, tranchai-je.

Il fixa intensément ma poitrine, comme si je cachais quelque chose dans mon soutien-gorge, puis finit par bougonner :

— Donne-moi un baiser, et je te ramène chez toi.

À cet instant, je fus persuadée qu'il allait me faire du mal, et pourtant, étrangement, je me dis aussi qu'en dépit de sa laideur il me plaisait plus que Corrado. L'espace d'un éclair, je le vis comme un démon flamboyant qui saisissait ma tête de ses deux mains et m'embrassait de force, avant de me fracasser le crâne contre la vitre de la portière, jusqu'à me tuer.

— Je ne te donne rien du tout, dis-je. Soit tu me raccompagnes, soit je descends et je m'en vais.

Il planta longuement son regard dans le mien, avant de remettre la voiture en marche.

— C'est toi la patronne.

## 11

Je découvris que les garçons de ma classe aussi parlaient avec intérêt de ma forte poitrine. C'est ma voisine de table, Mirella, qui me l'apprit, et elle ajouta qu'un de ses amis d'une classe supérieure – je me souviens qu'il s'appelait Silvestro et qu'il avait un certain prestige car il venait en classe avec une moto qui faisait des envieux – avait dit dans la cour, à haute voix : Même son cul n'est pas mal, il suffit de lui cacher le visage sous un oreiller, et on se fait une chouette séance de baise.

Je n'en dormis pas de la nuit, je pleurai d'humiliation et de colère. Il me vint à l'esprit d'en parler à mon père – un réflexe qui était un reliquat agaçant de mon enfance : petite, j'imaginais qu'il pouvait affronter et résoudre la moindre de mes difficultés. Mais aussitôt, je songeai à ma mère qui n'avait absolument pas de seins, alors que Costanza avait une poitrine ronde et pleine, et je me dis que mon père aimait certainement encore plus nos seins, à nous les femmes, que Silvestro, Corrado ou Rosario. Il était comme tous les hommes et, si je n'avais pas été sa fille, il aurait certainement, en ma présence, parlé de Vittoria avec le même mépris que celui qu'avait manifesté Silvestro en parlant de moi : il aurait dit qu'elle était moche, mais qu'elle avait des seins énormes et un cul bien ferme, et qu'Enzo lui cachait sans doute le visage sous un oreiller. Pauvre Vittoria, quelle malchance d'avoir mon père comme frère : les hommes sont si grossiers, et les mots qu'ils utilisent pour parler d'amour sont toujours tellement brutaux. Ils jouissent de nous humilier et de nous entraîner sur leur chemin d'abjection. Je me sentais avilie et j'en vins même à me demander, lors d'éclairs qui jaillissaient dans ma tête – aujourd'hui encore, dans les moments de douleur, j'ai l'impression d'être secouée par une tempête électrique –, si Roberto était pareil et s'exprimait de la même façon. Cela me parut impossible, et le seul fait de me poser la question accrut encore mon mal-être. Je me dis : Il s'adresse certainement à Giuliana avec gentillesse, et même s'il la désire, bien entendu, c'est avec douceur. Je finis par m'apaiser en me représentant leur relation pleine d'attentions partagées, et en me jurant de trouver la manière de les aimer tous les deux et de devenir, pour le restant de mes jours, celle à qui ils confieraient toute chose. Fini, ces histoires de seins, de cul et d'oreiller. Qui était donc ce Silvestro, que savait-il de moi, ce n'était même pas un frère qui m'aurait côtoyée quand j'étais petite et aurait connu mon corps au quotidien – heureusement, je n'avais pas de frère. Comment s'était-il permis de parler comme ça, devant tout le monde.

Je retrouvai mon calme, mais il fallut des jours pour que la révélation de Mirella perde de son intensité. Un matin, j'étais en classe, sans soucis particuliers en tête. Alors que je taillais un crayon, la sonnerie de la récréation retentit. Je sortis dans le couloir, où je me retrouvai face à face avec Silvestro. C'était un gros gaillard, il faisait dix centimètres de plus que moi, il avait le teint très pâle et des taches de rousseur. Il faisait chaud, le type portait une chemise jaune à manches courtes. Sans un instant de réflexion, je le frappai au bras avec la pointe de mon crayon, de toutes mes forces. Il hurla, ce fut un long cri, semblable à celui des mouettes. Il fixa son bras en disant : La pointe est restée coincée à l'intérieur. Ses yeux se remplirent de larmes, et je m'exclamai : On m'a poussée, désolée, je n'ai pas fait exprès. Je vérifiai mon crayon et murmurai : C'est vrai, la mine est cassée, fais voir.

J'étais ébahie. Si j'avais eu un couteau en main, qu'aurais-je fait ? Le lui aurais-je planté dans le bras ? Autre part ? Soutenu par ses camarades, Silvestro me traîna chez la directrice. Devant elle, je continuai à me défendre en jurant avoir été poussée dans la cohue de la récréation. Déballer l'histoire des gros seins et de l'oreiller me paraissait trop humiliant, je n'aurais pas supporté de passer pour la fille qui est un laideron et ne veut pas l'admettre. Quand il fut clair que Mirella n'interviendrait pas en expliquant mes motifs, je me sentis même soulagée. C'était un accident, répétai-je ad nauseam. Peu à peu, la directrice calma Silvestro, puis elle convoqua mes parents.

## 12

Ma mère le prit très mal. Elle savait que je m'étais remise à étudier et comptait beaucoup sur le fait que j'aie décidé de passer l'examen qui me permettrait de récupérer mon année perdue. Cette histoire stupide lui parut une énième trahison, qui lui confirma peut-être que, depuis que mon père était parti, elle et moi n'arrivions plus à vivre avec dignité. Elle murmura que nous devions protéger ce que nous étions, que nous devions être conscientes de nous-mêmes. Et elle piqua une colère comme cela ne lui était jamais arrivé, mais pas contre moi : désormais, elle rejetait chacune de mes difficultés, de manière obsessionnelle, sur Vittoria. Elle affirma qu'en agissant comme je l'avais fait j'étais allée dans le sens de ma tante, qui voulait me rendre semblable à elle en tout point – dans mes manières, mes paroles, tout. Ses petits yeux s'enfoncèrent encore davantage dans leurs orbites, les os de son visage paraissaient sur le point de lui transpercer la peau. Elle dit lentement : Elle se sert de toi pour prouver que ton père et moi ne sommes qu'apparences, et que, si nous avons réussi à nous élever un peu, toi tu vas couler à pic, et comme ça il y aura égalité. Elle décrocha alors le téléphone et raconta tout à son ex-mari. Mais si elle avait perdu son calme avec moi, elle le retrouva dès qu'ils engagèrent la conversation. Elle parla très bas, comme s'il existait entre eux un accord dont j'étais d'autant plus exclue que mon comportement fautif menaçait de le détruire. Je pensai, affligée : Tout est tellement fragmenté, j'essaie de faire tenir ensemble différents morceaux, mais je n'y arrive pas, il y a quelque chose en moi qui ne tourne pas rond, on a tous quelque chose qui ne tourne pas rond, à part Roberto et Giuliana. Pendant ce temps, ma mère disait au téléphone : S'il te plaît, vas-y, toi. Et elle répéta à plusieurs reprises : D'accord, tu as raison, je sais que tu es occupé, mais je t'en prie, vas-y. Quand la communication fut achevée, je lançai, hargneuse :

— Je ne veux pas de papa chez la directrice.

Elle rétorqua :

— Tais-toi. Toi, tu veux ce que nous, nous voulons.

La directrice, si elle était accommodante avec les parents qui écoutaient en silence ses petits discours et adressaient quelques paroles de reproche à leur progéniture, devenait particulièrement dure avec ceux qui prenaient leur défense. J'étais sûre de pouvoir faire confiance à ma mère : avec la directrice, elle s'en était toujours très bien sortie. En revanche, mon père avait déclaré à plusieurs reprises, parfois même en s'en amusant, que tout ce qui concernait le monde scolaire le rendait nerveux – ses collègues le mettaient de mauvaise humeur, il méprisait les hiérarchies et les rites des institutions collégiales –, et par conséquent, chaque fois que la possibilité s'était présentée, il s'était bien gardé de mettre les pieds dans mon lycée en tant que parent : il savait qu'il m'aurait certainement nui. Pourtant, cette fois, il arriva bien à l'heure, à la fin de mes cours. Je l'aperçus dans le couloir et le rejoignis à contrecœur. Anxieuse, je murmurai, en accentuant à dessein mon accent napolitain : Papa, franchement j'ai pas fait exprès, mais il vaut mieux que tu me donnes tort, autrement ça va mal se passer. Il me dit de ne pas m'inquiéter et, une fois en présence de la directrice, il se montra extrêmement aimable. Il l'écouta avec grande attention et, lorsqu'elle lui expliqua avec moult détails combien il était difficile de diriger un lycée, il raconta à son tour une anecdote illustrant l'ignorance du recteur, avant de lui adresser de but en blanc des compliments sur ses boucles d'oreilles, qui lui allaient si bien. La directrice plissa les yeux d'un air satisfait, agita légèrement la main comme pour chasser l'air, émit un petit rire, puis, de la même main, se couvrit la bouche. Alors qu'ils semblaient ne plus jamais devoir s'arrêter de bavarder, mon père revint brusquement à ma mauvaise action. Il affirma, ce qui me coupa le souffle, que j'avais sûrement frappé délibérément Silvestro : il me connaissait bien, et si j'avais réagi ainsi, c'était à coup sûr que j'avais une bonne raison de le faire. Il ignorait tout de mes motifs et n'avait nulle envie de les connaître, mais il avait appris depuis longtemps que, dans les querelles entre filles et garçons, ces derniers ont toujours tort, et les premières toujours raison. Et même si, dans ce cas, les choses n'en allaient pas ainsi, les garçons devaient de toute manière être élevés de façon à assumer leurs responsabilités, même lorsque en apparence ils n'en avaient pas. Naturellement, je ne fais là qu'un résumé approximatif de ses propos, car mon père parla longuement, en déployant des phrases aussi fascinantes que mordantes, de celles qui laissent tout le monde bouche bée tant elles sont formulées avec élégance et qui, énoncées avec grande autorité, n'admettent aucune objection.

J'attendis avec anxiété la réaction de la directrice. Elle lui répondit avec dévotion et l'appela « professeur ». Elle était tellement séduite que j'en eus honte d'être née femme et d'être destinée à ça : faire de longues études, parvenir à un poste élevé, pour être traitée ainsi par un homme. Cependant, au lieu de me mettre à hurler de rage, je fus contente. La directrice ne voulait plus laisser mon père s'en aller, il était perceptible qu'elle lui posait question sur question uniquement pour entendre encore le son de sa voix, ou dans l'espoir peut-être d'autres compliments, ou d'une amitié naissante avec une personne aimable et raffinée qui l'avait considérée digne d'entendre de belles réflexions.

Alors qu'elle ne se décidait pas encore à nous laisser partir, je savais déjà que, dès que nous serions dans la cour, mon père, pour me faire rire, imiterait la voix de cette femme, sa manière de vérifier que ses cheveux étaient en ordre, ou l'expression avec laquelle elle avait réagi à ses compliments. Et c'est exactement ce qui se passa.

— Tu as vu comment elle a battu des cils ? Et son geste de la main, là, pour remettre ses cheveux en place ? Et sa voix ? Oh oui, professeur, hi hi, mais non.

Je ris, exactement comme lorsque j'étais petite, et mon admiration enfantine pour cet homme revenait déjà. Je ris fort, mais avec gêne. Je ne savais pas si je devais me laisser aller, ou bien me rappeler qu'il ne méritait pas cette admiration et lui crier : Tu as dit que les hommes ont toujours tort et qu'ils doivent assumer leurs responsabilités mais toi, avec maman, tu ne les as jamais assumées, et avec moi non plus ; tu es un menteur, papa, tu es un menteur, et ce qui me fait peur, c'est justement cette sympathie que tu sais susciter, quand tu le veux.

## 13

La surexcitation de mon père due à la réussite de son intervention dura jusqu'à ce que nous montions en voiture. En s'installant derrière le volant, il continuait à enchaîner vantardise sur vantardise :

— Prends ça comme une leçon : on peut mettre au garde-à-vous n'importe qui. Tu peux être sûre que pendant toutes tes années de lycée, cette femme sera toujours de ton côté.

Je ne pus résister et rétorquai :

— Pas de mon côté, du tien.

Il perçut ma rancœur et sembla avoir honte de son nombrilisme. Il ne mit pas le moteur en route et se passa les mains sur le visage, du front au menton, comme pour effacer ce qu'il avait été jusqu'à un instant auparavant.

— Tu aurais préféré tout affronter seule ?

— Oui.

— Mon attitude t'a déplu ?

— Tu t'es bien débrouillé. Si tu l'avais demandée en fiançailles, elle t'aurait dit oui.

— Et qu'est-ce que j'aurais dû faire, d'après toi ?

— Rien. T'occuper de tes affaires. Tu es parti, tu as une autre femme et d'autres filles, laisse-nous tomber, maman et moi.

— Ta mère et moi, nous tenons l'un à l'autre. Et tu es ma fille unique et bien-aimée.

— C'est un mensonge.

Un éclair de colère traversa son regard, il me parut offensé. Voilà donc, me dis-je, la personne qui m'a donné l'énergie de frapper Silvestro. Mais cet afflux de sang sur son visage ne fut l'affaire que d'un instant, après quoi il dit doucement :

— Je t'emmène à la maison.

— La mienne ou la tienne ?

— Où tu veux.

— Je ne veux rien. On fait toujours ce que toi, tu veux, papa, tu sais comment entrer dans le cerveau des gens.

— Qu'est-ce que tu racontes.

Et voilà à nouveau cet afflux de sang, je le vis dans ses pupilles : si je voulais, je pouvais vraiment lui faire perdre son calme. Mais il n'en viendra jamais à me gifler, me dis-je, il n'en a pas besoin. Il pourrait m'anéantir avec des mots, ça il sait le faire, il y est entraîné depuis l'enfance, et c'est ainsi qu'il a détruit l'amour de Vittoria et Enzo. Et il m'a certainement entraînée moi aussi, il voulait que je devienne comme lui, jusqu'au moment où je l'ai déçu. Mais il ne m'agressera pas, même pas avec des mots, il croit qu'il m'aime et il a peur de me faire du mal. Je changeai de registre.

— Excuse-moi, murmurai-je, je ne veux pas que tu t'inquiètes pour moi, je ne veux pas que, par ma faute, tu perdes du temps à des choses que tu n'as pas envie de faire.

— Alors tiens-toi à carreau. Qu'est-ce qui t'a pris de frapper ce garçon ? Ça ne se fait pas, ce n'est pas la bonne manière. Ma sœur faisait ça, et elle n'a pas dépassé l'école primaire.

— J'ai décidé de rattraper l'année que j'ai perdue.

— Ça, c'est une bonne nouvelle.

— Et j'ai décidé de ne plus voir Zia Vittoria.

— Si c'est ton choix, j'en suis ravi.

— Par contre, je continuerai à fréquenter les enfants de Margherita.

Il me regarda, perplexe :

— Qui est-ce, Margherita ?

Pendant quelques secondes, je crus qu'il faisait semblant, puis je changeai d'avis. Alors que sa sœur savait tout de lui, de façon obsessionnelle, y compris ses choix les plus secrets, lui, une fois la rupture consommée, n'avait plus rien voulu savoir d'elle. Il combattait Vittoria depuis des décennies mais ignorait tout de sa vie, avec une indifférence superbe qui faisait partie intégrante de sa manière de la détester. J'expliquai :

— Margherita est une amie de Zia Vittoria.

Il eut un geste d'agacement :

— Ah oui, je ne me rappelais plus son nom.

— Elle a trois enfants : Tonino, Giuliana et Corrado. Giuliana est ma préférée. Je tiens beaucoup à elle, elle a cinq ans de plus que moi et est très intelligente. Son fiancé travaille à Milan, il a fini l'université. Je l'ai rencontré, il a beaucoup de talent.

— Comment s'appelle-t-il ?

— Roberto Matese.

Il me regarda, hésitant :

— Roberto Matese ?

Quand mon père avait recours à ce ton, il n'y avait aucun doute possible : il évoquait quelqu'un pour qui il ressentait une admiration sincère et, à peine perceptible, un soupçon d'envie. En effet, sa curiosité s'accrut, et il voulut savoir en quelle circonstance j'avais connu ce garçon. Il fut tout de suite convaincu que mon Roberto était le jeune universitaire qui écrivait des articles remarquables dans une importante revue de l'université catholique. Je sentis mes joues brûler sous le coup de l'orgueil et d'un sentiment de revanche. Je me dis : Tu lis, tu fais de la recherche, tu écris, mais lui, il est bien mieux que toi, et tu le sais toi aussi, c'est ce que tu es en train d'avouer en ce moment. Il me demanda, étonné :

— Vous vous êtes rencontrés au Pascone ?

— Oui, à la paroisse. C'est là qu'il est né, mais ensuite il a déménagé à Milan. C'est Zia Vittoria qui me l'a présenté.

Il eut l'air déboussolé, comme si, en l'espace de quelques phrases, toute sa géographie avait été bouleversée, et qu'il avait du mal à faire tenir ensemble Milan, le Vomero, le Pascone et l'appartement où il était né. Mais il retrouva vite son habituel ton compréhensif, à mi-chemin entre le paternel et le professoral :

— Très bien, ça me fait plaisir. Quand quelqu'un t'intéresse, tu as le droit et le devoir d'apprendre à mieux le connaître. C'est comme ça qu'on grandit. Mais c'est quand même dommage que tu aies réduit au minimum tes rapports avec Angela et Ida. Vous avez tellement de choses en commun. Vous devriez recommencer à vous aimer comme avant. Tu sais qu'Angela aussi a des amis au Pascone ?

J'eus l'impression que ce toponyme, d'ordinaire proféré avec contrariété, amertume et mépris, pas seulement devant moi mais sans doute aussi en présence d'Angela, afin de marquer d'infamie les amitiés de sa belle-fille, fut prononcé cette fois-ci de manière moins négative. Mais peut-être était-ce là le fruit de mon imagination : je ne pouvais résister à la tentation, bien que cela me fît mal, de voir mon père comme quelqu'un de mesquin. Je fixai sa main délicate qui tournait la clef pour mettre la voiture en route, et je me décidai :

— D'accord, je viens un moment chez toi.

— Sans faire la tête ?

— OK.

Cela le réjouit, il démarra.

— Mais ce n'est pas seulement chez moi, c'est aussi chez toi.

— Je sais, dis-je.

Après un long silence, tandis qu'il nous conduisait vers Posillipo, je lui demandai :

— Tu parles beaucoup avec Angela et Ida, tu t'entends bien avec elles ?

— Assez.

— Elles s'entendent mieux avec toi qu'avec Mariano ?

— Peut-être.

— Tu les aimes plus que moi ?

— Mais qu'est-ce que tu racontes ? Je t'aime beaucoup plus.

## 14

Ce fut un bel après-midi. Ida voulut me lire deux ou trois de ses poèmes, que je trouvai magnifiques : quand je lui exprimai mon enthousiasme, elle me serra très fort dans ses bras. Elle se plaignit de ses études ennuyeuses et vexatoires, qui étaient le principal obstacle à la libre manifestation de sa vocation littéraire. Elle promit qu'elle me ferait lire un long roman inspiré par nous trois, si elle trouvait le temps de le finir. Angela, quant à elle, ne fit que me toucher et se serrer contre moi, comme si elle avait perdu l'habitude de ma présence et voulait vérifier que j'étais bien là. De but en blanc, elle se mit à évoquer des épisodes de notre enfance sur un ton très complice, tantôt riant, tantôt les yeux pleins de larmes. Moi, je ne me rappelais pratiquement rien de ces histoires, mais je ne le lui dis pas. J'opinai sans arrêt du chef, je ris, et par moments la voir tellement heureuse me donna une sincère nostalgie pour cette époque que je considérais pourtant comme révolue et que son imagination trop sentimentale exhumait avec maladresse.

Qu'est-ce que tu parles bien, me dit Angela dès qu'Ida fut partie s'isoler à contrecœur pour faire ses devoirs. Je réalisai que j'avais envie de lui en dire autant. Je m'étais aventurée dans le territoire de Vittoria, sans parler de celui de Corrado ou de Rosario, et m'étais délibérément rempli la bouche de dialecte et d'accent local. Mais voilà que ressurgissait déjà notre jargon à nous, qui venait en grande part de bribes de lectures enfantines, dont je ne me souvenais même plus. Tu m'as laissée seule, se plaignit-elle, mais sans rien me reprocher. Et elle m'avoua en riant que, depuis, elle ne s'était pratiquement jamais sentie à sa place : sa normalité, c'était moi. Bref, nous finîmes par nous retrouver, ce fut agréable, et elle eut l'air contente. Quand je lui demandai des nouvelles de Tonino, elle répondit :

— J'essaie de ne plus le voir.

— Et pourquoi donc ?

— Il ne me plaît pas.

— Il est beau.

— Si tu veux, je te l'offre.
— Non merci.
— Tu vois ? À toi non plus, il ne plaît pas. Il m'a plu uniquement parce que je croyais qu'il te plaisait.
— Je ne te crois pas.
— Mais si, c'est vrai. Depuis toujours, dès qu'une chose te plaît, je m'arrange pour qu'elle me plaise aussi.

Je dis quelques mots en faveur de Tonino, de son frère et de sa sœur. Je louai son petit ami en disant que c'était un garçon bien, qui avait de justes ambitions. Mais Angela rétorqua qu'il était toujours sérieux et ne s'exprimait qu'avec des phrases laconiques, comme un oracle – c'était pathétique. Elle le décrivit comme un garçon né vieux, et trop lié aux curés. Les rares fois où ils se voyaient, Tonino ne faisait que se lamenter parce que Don Giacomo avait été viré de la paroisse à cause des débats qu'il y organisait, et qu'on l'avait envoyé en Colombie. C'était son seul et unique sujet de conversation, il ne savait rien sur le cinéma, la télévision, les livres ou les chanteurs. Tout au plus parlait-il parfois logement : il comparait les êtres humains à des escargots ayant perdu leur coquille, incapables de vivre longtemps sans un toit au-dessus de leur tête. Sa sœur n'était pas comme lui. Giuliana avait plus de caractère et, surtout, elle avait beau avoir un peu maigri, elle était superbe.

— Elle a vingt ans, observa Angela, mais elle fait plus jeune. Elle est attentive à tout ce qui sort de ma bouche, on se demande pour qui elle me prend. Parfois, on dirait que je l'impressionne. Et tu sais ce qu'elle a dit de toi ? Elle a dit que tu es extraordinaire.

— Moi ?
— Oui.
— Je ne te crois pas.
— Si, c'est vrai. Et elle m'a raconté que son copain avait dit la même chose.

Ces propos m'électrisèrent, mais je n'en laissai rien paraître. Devais-je y croire ? Giuliana me trouvait-elle extraordinaire, et Roberto aussi ? Ou était-ce, de la part d'Angela, une manière de me faire plaisir et de renouer avec moi ? Je lui expliquai que je me sentais comme une pierre sous laquelle était cachée une vie élémentaire – rien d'extraordinaire, donc. Néanmoins, lui dis-je, si elle avait l'occasion de sortir avec Tonino, Giuliana, voire avec Roberto, j'irais volontiers faire un tour avec eux.

Cette idée l'enthousiasma et, le samedi suivant, elle me téléphona. Giuliana n'était pas là, et naturellement son fiancé non plus, mais Angela avait rendez-vous avec Tonino et, comme sortir seule avec lui l'ennuyait, elle me demanda de l'accompagner. J'acceptai de bon cœur et nous allâmes nous promener le long de la mer, de Mergellina jusqu'au Palazzo Reale, Tonino au milieu, moi d'un côté et Angela de l'autre.

Combien de fois avais-je rencontré ce garçon ? Une fois, deux ? Je me rappelais quelqu'un de maladroit mais agréable et, en effet, c'était un grand jeune homme tout en nerfs et en muscles avec des cheveux très noirs, des traits réguliers, et une timidité qui l'amenait à être avare de mots et de gestes. Pourtant, j'eus bientôt l'impression de saisir ce qui exaspérait Angela. Tonino semblait soupeser chacun de ses mots, et on avait souvent envie d'achever ses phrases, d'effacer celles qui étaient inutiles, ou de lui crier : Ça va, j'ai compris, continue. Mais je fus patiente. Contrairement à Angela qui se distrayait, contemplait la mer et les immeubles, moi je l'interrogeai longuement, et je trouvai tout ce qu'il disait intéressant. D'abord, il parla de ses études secrètes pour devenir architecte, et il me raconta d'une manière assommante, amoncelant détail sur détail, le déroulement d'un examen difficile qu'il avait réussi haut la main. Ensuite, il m'apprit que, depuis que Don Giacomo avait été obligé de quitter la paroisse, Vittoria était devenue plus insupportable que jamais, et qu'elle rendait la vie difficile à tout le monde. Enfin, comme je lui suggérai prudemment de parler de Roberto, il se mit à l'évoquer abondamment, avec une telle affection et une estime si démesurée qu'Angela lança : Ce n'est pas ta sœur qui devrait sortir avec lui, c'est toi. Mais moi, j'appréciai cette dévotion totalement dépourvue d'envie ou de malveillance, et trouvai ses propos attendrissants. Roberto était destiné à une brillante carrière universitaire. Roberto avait récemment publié un article dans une prestigieuse revue internationale. Roberto était bon, modeste, et il communiquait son énergie même aux personnes les plus découragées. Roberto diffusait autour de lui les sentiments les meilleurs. J'écoutai sans interrompre, j'aurais pu laisser cette lente accumulation de compliments continuer éternellement. Mais Angela donna de plus en plus de signes de lassitude et, après quelques échanges supplémentaires, la soirée ne tarda pas à se conclure.

— Ta sœur et lui iront vivre à Milan ? demandai-je encore.

— Oui.

— Après le mariage ?

— Giuliana voudrait le rejoindre tout de suite.

— Et pourquoi elle ne le fait pas ?

— Tu connais Vittoria : elle a monté notre mère contre elle. Du coup, maintenant, elles veulent toutes les deux qu'ils se marient d'abord.

— Quand Roberto viendra à Naples, ça me ferait plaisir de bavarder avec lui.

— Bien sûr.

— Avec lui et avec Giuliana.

— Donne-moi ton numéro, ils t'appelleront.

Quand nous nous séparâmes, il me dit avec gratitude :

— J'ai passé une bonne soirée, merci, j'espère qu'on se reverra bientôt.

— On a beaucoup de travail, intervint Angela, coupant court.

— C'est vrai, dis-je, mais on trouve toujours le temps.

— Tu ne viens plus au Pascone ?

— Tu connais ma tante : un jour elle est affectueuse, et le suivant elle pourrait me tuer.

Il secoua la tête, navré :

— Elle n'est pas méchante, mais si elle continue comme ça elle finira seule. Même Giuliana ne la supporte plus.

Il voulait me parler de cette croix – ainsi appela-t-il Vittoria – que son frère, sa sœur et lui avaient dû porter depuis l'enfance, mais Angela lui dit brusquement au revoir. Il tenta de l'embrasser, elle s'esquiva. Quand nous l'eûmes laissé derrière nous, mon amie cria presque : Ça suffit, qu'est-ce qu'il est exaspérant, tu as vu ça, il dit toujours les mêmes trucs avec les mêmes mots, jamais une blague, jamais un rire, et il est d'une mollesse.

Je la laissai se défouler, et lui donnai même plusieurs fois raison. Il est pire qu'un cataplasme, dis-je. Mais j'ajoutai ensuite : Et pourtant, il n'y en a pas beaucoup comme lui, d'habitude les mecs sont moches, agressifs et puants, alors que lui, il est juste un peu trop réservé ; et même si c'est un robinet d'eau tiède, ne le plaque pas, le pauvre, tu n'en trouveras pas un autre comme ça.

Nous n'arrêtâmes pas de rire. On rit aux mots « mollesse », « cataplasme », et surtout à cette expression que nous avions entendue lorsque nous étions petites, peut-être dans la bouche de Mariano : « être un robinet d'eau tiède ». On rit parce que Tonino ne regardait jamais dans les yeux ni Angela ni quiconque, comme s'il cachait Dieu sait quoi. Enfin, on rit encore quand elle me raconta que, dès que Tonino l'enlaçait, son pantalon gonflait de telle sorte qu'elle écartait aussitôt son ventre, tant ça la dégoûtait ; pour autant, il ne prenait jamais la moindre initiative, et ne lui avait même jamais mis la main dans le soutien-gorge.

## 15

Le lendemain, le téléphone sonna. Je répondis, c'était Giuliana. Je la trouvai à la fois affable et très sérieuse, comme si elle m'appelait pour un motif important, qui ne permettait pas le ton de la plaisanterie ni la frivolité. Elle dit qu'elle avait su par Tonino que j'avais l'intention de l'appeler, et qu'elle avait le plaisir de me devancer. Elle voulait me voir, et Roberto aussi y tenait. La semaine suivante, il viendrait à Naples pour un colloque, et tous deux seraient très heureux de me voir.

— De *me* voir ?

— Oui.

— Te voir toi, d'accord, volontiers, mais lui non, je serais trop intimidée.

— Pourquoi ? Roberto est quelqu'un de très agréable.

Naturellement, je finis par accepter : cela faisait longtemps que j'attendais une occasion comme celle-là. Mais pour surmonter ma fébrilité, ou peut-être dans l'idée d'arriver à ce rendez-vous après avoir établi une bonne relation avec elle, je lui proposai d'abord une promenade. Cela lui fit plaisir, elle suggéra : Aujourd'hui même ? Elle était secrétaire dans un cabinet dentaire de la Via Foria, nous nous retrouvâmes en fin d'après-midi à la station de métro de la Piazza Cavour, un quartier qui depuis quelque temps me plaisait, parce qu'il me rappelait mes grands-parents du Museo, la famille gentille de mon enfance.

Cependant, le seul fait d'apercevoir Giuliana de loin me déprima. Grande, elle avançait vers moi avec des mouvements harmonieux, qui dégageaient assurance et fierté. La retenue que j'avais déjà remarquée longtemps auparavant à l'église s'était pour ainsi dire diffusée à ses vêtements, ses chaussures, sa démarche, jusqu'à faire partie de sa nature même. Elle m'accueillit avec des bavardages joyeux destinés à me mettre à l'aise, et nous nous mîmes à déambuler. Nous dépassâmes le Museo, finîmes par emprunter la Salita di Santa Teresa, et je n'arrivai plus à parler, tant j'étais abasourdie par sa maigreur extrême et son maquillage très léger qui lui donnaient une espèce de beauté ascétique, inspirant le respect.

Voilà ce qu'a fait Roberto, me dis-je, il a transformé une fille des faubourgs en une demoiselle comme il y en a dans les poésies. À un moment donné, je m'exclamai :

— Qu'est-ce que tu as changé, tu es encore plus belle que le jour où je t'ai vue à l'église.

— Merci.

— Ça doit être l'effet de l'amour, hasardai-je (c'était une phrase que j'avais souvent entendue dans la bouche de Costanza et de ma mère).

Elle rit et s'en défendit, avant de protester :

— Si par amour, tu entends Roberto, alors non, Roberto n'a rien à voir là-dedans.

C'était elle qui avait ressenti le besoin de changer, et elle avait fait de gros efforts, toujours en cours. Elle tenta d'abord de m'expliquer, en termes généraux, qu'on a envie de plaire à ceux qu'on aime et qu'on respecte, mais, de fil en aiguille, sa tentative de s'exprimer abstraitement s'enlisa, et elle se mit à me raconter que Roberto appréciait tous ses choix, qu'elle reste comme elle était depuis l'enfance ou qu'elle change. Il ne lui imposait jamais rien – les cheveux comme ci, la robe comme ça –, non, rien du tout.

— Mais je te sens inquiète, fit-elle remarquer, tu as l'air d'imaginer qu'il est du genre à passer ses journées dans les livres, à être intimidant et à dicter sa loi, mais ce n'est pas le cas. Je me souviens de lui quand il était gamin et il n'étudiait pas tellement, non, il n'a jamais travaillé comme les vrais bûcheurs, on le voyait tout le temps dans la rue en train de jouer au foot. C'est quelqu'un qui apprend sans avoir besoin de se concentrer et qui fait toujours dix choses à la fois. On dirait un animal qui ne fait pas de distinction entre ce qui est bon et ce qui est toxique. Tout lui convient, parce que – je l'ai vu – il lui suffit d'effleurer une chose pour qu'elle se transforme, et les autres en restent bouche bée.

— Alors peut-être qu'il fait la même chose avec les gens.

Elle eut un rire nerveux :

— Oui, tu as raison, c'est pareil avec les gens. Disons qu'à son côté j'ai ressenti et je ressens le besoin de changer. Naturellement, la première à le remarquer, ça a été Vittoria, elle ne supporte pas que nous ne dépendions pas uniquement et totalement d'elle. Elle a piqué une crise, elle a dit que je devenais idiote, que je ne mangeais plus et que j'étais maigre comme un clou. Par contre, ma mère est contente. Elle, elle voudrait que je change encore plus et que Tonino change aussi, et Corrado. Un jour, en cachette, pour que Vittoria ne l'entende pas, elle m'a dit : « Quand tu iras à Milan avec Roberto, emmène tes frères avec toi, ne restez pas ici, il n'en sortira jamais rien de bon. » Mais on ne peut pas échapper à Vittoria, elle entend aussi ce que tu dis tout bas, Giannì, et même ce que tu ne dis pas. Du coup, au lieu de s'en prendre à ma mère, c'est Roberto qu'elle a attaqué de front, la dernière fois qu'il est venu au Pascone. Elle lui a lancé : « Tu es né dans ces immeubles, tu as grandi dans ces rues, Milan est venu après, c'est ici que tu dois revenir. » Lui, il l'a écoutée, comme toujours – son caractère le conduit à écouter, il écoute même le bruit du vent parmi les feuilles –, et ensuite il lui a répondu avec amabilité, lui parlant des comptes qu'il ne faut jamais laisser ouverts, mais en ajoutant qu'en attendant il avait aussi des comptes à clore à Milan. Il est comme ça : il t'écoute, mais ensuite il continue son chemin, ou en tout cas il emprunte tous les chemins qui l'intéressent, et qui peuvent inclure celui que tu lui as suggéré.

— Ça veut dire qu'après votre mariage, vous irez vivre à Milan ?

— Oui.

— Du coup, Roberto va se fâcher avec Vittoria ?

— Non, c'est moi qui vais rompre avec Vittoria. Tonino fera la même chose, Corrado aussi. Mais pas Roberto, non, Roberto fait ce qu'il a à faire, et il ne rompt avec personne.

Elle l'admirait, ce qu'elle aimait le plus chez son fiancé, c'était sa détermination bienveillante. Je sentis qu'elle lui faisait totalement confiance, elle le considérait comme son sauveur, celui qui l'arracherait à son lieu de naissance, à sa scolarisation insuffisante, à la fragilité de sa mère, à la toute-puissance de ma tante. Je lui demandai si elle allait souvent à Milan, chez Roberto, et là elle s'assombrit, expliquant que c'était compliqué, car Vittoria s'y opposait. Elle y était allée trois ou quatre fois, et seulement parce que Tonino l'avait accompagnée, mais il lui avait suffi de ces quelques séjours pour aimer la ville. Roberto avait un tas d'amis, y compris des gens très importants. Il tenait à la présenter à tous et l'emmenait partout avec lui, que ce soit pour aller chez untel, ou à un rendez-vous avec tel autre. Tout lui avait plu, mais elle avait aussi été très anxieuse. Après ces expériences, elle avait été prise de tachycardie.

Elle se demandait à chaque fois pourquoi Roberto l'avait choisie, elle qui était stupide, ignorante et ne savait pas s'habiller, alors qu'à Milan il y avait la fine fleur des jeunes femmes extraordinaires. Et il y en a aussi à Naples, ajouta-t-elle, toi, tu es une fille comme il faut. Sans parler d'Angela, belle, élégante, et qui s'exprime si bien. Mais moi ? Qu'est-ce que je suis ? Qu'est-ce que je fais avec lui ?

J'éprouvai du plaisir en découvrant qu'elle m'attribuait cette supériorité, néanmoins je lui dis que c'étaient des bêtises. Angela et moi parlions comme nos parents nous avaient appris à le faire, quant à nos vêtements, c'étaient nos mères qui les choisissaient, ou du moins nous les choisissions selon leur goût, que nous prenions pour le nôtre. Mais la seule chose qui comptait, c'était que Roberto l'avait voulue elle et rien qu'elle, parce qu'il était tombé amoureux de ce qu'elle était, et il ne l'échangerait jamais contre une autre. Tu es tellement belle et pleine de vitalité, m'exclamai-je, le reste ça peut s'apprendre, et c'est déjà ce que tu fais : si tu veux, je peux t'aider et Angela aussi, on t'aidera toutes les deux.

Nous fîmes demi-tour et je l'accompagnai au métro, sur la Piazza Cavour.

— Ne sois pas intimidée par Roberto, répéta-t-elle, je t'assure, il est d'un abord facile, tu verras.

Nous nous embrassâmes, et je fus contente de cette amitié naissante. Mais je découvris aussi que j'étais du côté de Vittoria. Je voulais que Roberto quitte Milan et qu'il s'établisse à Naples. Je voulais que ma tante gagne et qu'elle impose aux futurs époux de vivre, par exemple, au Pascone, afin de pouvoir associer ma vie à la leur et les fréquenter autant que je voulais, pourquoi pas tous les jours.

## 16

Je commis une erreur : je racontai à Angela que j'avais vu Giuliana et que j'allais bientôt rencontrer aussi Roberto. Cela ne fut pas pour lui plaire. Alors qu'auparavant elle m'avait parlé de façon négative de Tonino et de façon très positive de Giuliana, elle changea brusquement d'avis : elle affirma que Tonino était un brave garçon et sa sœur une harpie qui le tourmentait. Ce ne fut pas difficile de comprendre qu'elle était jalouse : elle ne supportait pas que Giuliana se soit adressée à moi sans être passée par elle.

— Il vaudrait mieux qu'elle ne se pointe plus, celle-là, me dit-elle un soir où nous nous promenions ensemble. C'est une adulte qui nous traite comme des gamines.

— Ce n'est pas vrai.

— Si, c'est tout à fait ça. Au début, elle me faisait croire que j'étais la maîtresse et elle l'élève. Elle était collée à mes basques et répétait : Qu'est-ce que ça serait chouette que tu te maries avec Tonino, on ferait partie de la même famille. Mais elle est fausse. Elle s'incruste, elle fait mine d'être ta copine, mais en fait elle ne pense qu'à elle. Maintenant, je ne lui suffis plus et elle a jeté son dévolu sur toi. Après m'avoir utilisée, elle me jette.

— Tu exagères. C'est une fille bien, elle peut être à la fois ton amie et la mienne.

J'eus du mal à la tranquilliser, je n'y parvins pas entièrement. À force de discuter, je compris qu'elle désirait plusieurs choses en même temps, ce qui la jetait dans un mécontentement permanent. Elle voulait en finir avec Tonino mais sans rompre avec Giuliana, pour laquelle elle avait de l'affection ; elle ne voulait pas que Giuliana s'attache à moi et la rejette ; elle voulait que Roberto ne nuise pas, même sous le mode d'une présence fantomatique, à l'éventuelle harmonie de notre trio ; si je faisais partie de cet hypothétique trio, elle voulait que je n'aie qu'elle dans mes pensées, et pas Giuliana. À un moment donné, comme je n'abondais pas dans son sens, elle mit de côté ses médisances contre Giuliana et commença à parler de la jeune femme comme de la victime de son fiancé.

— Tout ce que fait Giuliana, c'est pour lui, dit-elle.

— Et tu ne trouves pas ça beau ?

— D'après toi, c'est beau, d'être une esclave ?

— D'après moi, c'est beau, d'aimer.

— Même si lui ne l'aime pas ?

— Qu'est-ce que tu en sais, qu'il ne l'aime pas ?

— C'est elle qui le dit. Elle répète qu'il ne peut pas l'aimer, que c'est impossible.

— Tous ceux qui aiment craignent de ne pas être aimés en retour.

— Si quelqu'un t'oblige à vivre dans l'angoisse, comme vit Giuliana, quel plaisir y a-t-il à aimer ?

— Comment tu sais qu'elle vit dans l'angoisse ?

— Je les ai vus ensemble, une fois, avec Tonino.

— Et alors ?

— Giuliana ne supporte pas l'idée de ne plus lui plaire.

— C'est sûrement la même chose pour lui.

— Il vit à Milan, tu imagines toutes les femmes qu'il a, là-bas.

Cette dernière réplique m'énerva particulièrement. Je ne voulais pas même envisager que Roberto ait d'autres femmes. Je préférais l'imaginer dévoué à Giuliana, fidèle jusqu'à la mort. Je lui demandai :

— Giuliana a peur d'être trompée ?

— Elle ne me l'a jamais dit, mais à mon avis, oui.

— Quand je l'ai rencontré, il ne m'a pas semblé du genre à tromper.

— Et ton père, il te semblait du genre à tromper ? Pourtant, c'était le cas : il trompait ta mère avec la mienne.

Je réagis avec dureté :

— Mon père et ta mère sont des personnes fausses.

Elle eut l'air perplexe :

— Tu n'as pas envie de parler de ça ?

— Non. Ce sont des comparaisons qui n'ont aucun sens.

— Peut-être. Mais en tout cas, ce Roberto, je veux le mettre à l'épreuve.

— Comment ?

Ses yeux brillèrent, elle entrouvrit les lèvres et cambra le dos, mettant sa poitrine en avant. Comme ça, dit-elle. Elle avait l'intention de s'adresser à lui avec cette expression-là, en prenant cette pose provocante. Elle mettrait aussi un décolleté profond et une minijupe, lui donnerait de fréquents coups d'épaule, appuierait ses seins contre son bras, poserait une main sur sa cuisse et passerait son bras sous le sien pour se promener. Ah, les hommes sont tellement cons, s'exclama-t-elle visiblement dégoûtée, il suffit que tu fasses quelques-uns de ces trucs pour qu'ils deviennent fous, quel que soit leur âge, que tu sois squelettique ou énorme, que tu aies des pustules ou des poux.

Cette tirade me mit en colère. Angela avait commencé à parler sur le même ton que dans notre enfance, et elle s'exprimait soudain avec la trivialité d'une femme faite. Je dis, contenant avec difficulté la menace dans ma voix :

— Tu n'as pas intérêt à faire quoi que ce soit de ce genre avec Roberto.

— Et pourquoi ? s'étonna-t-elle. C'est pour Giuliana. Si c'est un brave garçon, très bien, et si ce n'est pas le cas, on la sauvera.

— Moi, à sa place, je ne voudrais pas être sauvée.

Elle me regarda comme si elle n'arrivait pas à comprendre, puis ajouta :

— Je disais ça pour plaisanter. Tu me promets un truc ?

— Quoi ?

— Si Giuliana te contacte, appelle-moi tout de suite, je veux venir moi aussi à ce rendez-vous avec Roberto.

— D'accord. Mais si elle dit que cela met son fiancé mal à l'aise, je ne pourrai rien y faire.

Elle se tut, baissa les yeux, et quand elle les releva une fraction de seconde plus tard je lus une douloureuse demande de clarification dans son regard :

— Tout a disparu entre nous, tu ne m'aimes plus.

— Mais si, je t'aime, et je t'aimerai jusqu'à la mort.

— Alors, embrasse-moi.

Je l'embrassai sur la joue. Elle chercha ma bouche, je la lui refusai :

— On n'est plus des gosses, dis-je.

Elle s'en alla, malheureuse, vers Mergellina.

## 17

Un après-midi, Giuliana téléphona pour me donner rendez-vous le dimanche suivant sur la Piazza Amedeo, Roberto serait là aussi. Je sentis que le moment tant attendu, tant fantasmé, était enfin arrivé et à nouveau je pris peur, encore plus violemment qu'auparavant. Je balbutiai, invoquai les nombreux devoirs, la surcharge de travail au lycée, et elle dit en riant : Du calme, Giannì, Roberto ne va pas te manger, je veux juste lui montrer que, moi aussi, j'ai des amies qui étudient et qui parlent bien, allez, rends-moi ce service.

Je fis machine arrière, m'embrouillai et, pour trouver quelque chose qui emmêle l'écheveau au point de rendre cette rencontre impossible, je mis Angela sur le tapis. J'avais déjà décidé, presque sans me l'avouer, que, si Giuliana avait véritablement l'intention de me faire rencontrer son fiancé, je n'en soufflerais mot à Angela : je voulais éviter de nouveaux ennuis, de nouvelles tensions. Toutefois, nos pensées libèrent parfois des forces latentes, elles saisissent des images contre notre volonté et les brandissent une fraction de seconde devant nos yeux. Je pensai certainement que l'image d'Angela, une fois évoquée, ne plairait pas à Giuliana et l'amènerait à dire : D'accord, on remet ça à une autre fois. Mais quelque chose d'autre encore me passa par la tête : j'imaginai mon amie avec son profond décolleté, battant des paupières, cambrant le dos, la bouche en cul-de-poule, et, tout à coup, il me sembla que la laisser s'approcher de Roberto, la laisser libre de bouleverser et défaire ce couple, pouvait provoquer un raz de marée susceptible de tout résoudre. J'ajoutai :

— Et puis, il y a un problème : j'ai dit à Angela que nous nous étions vues et que nous allions sans doute organiser une rencontre avec Roberto.

— Et alors ?

— Elle veut venir elle aussi.

Giuliana se tut un long moment, puis lâcha :

— Giannì, je l'aime bien, Angela, mais elle n'est pas du genre facile, elle veut toujours s'immiscer.

— Je sais.

— Et si tu ne lui parlais pas de ce rendez-vous ?

— C'est impossible. D'une manière ou d'une autre, elle apprendra que j'ai rencontré ton copain, et elle ne voudra plus me parler. Il vaut mieux laisser tomber.

Encore quelques secondes de silence, et elle consentit :

— D'accord, dis-lui de venir.

Dès lors, mon cœur ne fit que battre à tout rompre. Je sentais l'angoisse monter à l'idée d'apparaître ignorante et peu intelligente aux yeux de Roberto, ce qui m'ôta le sommeil. Je fus à deux doigts de téléphoner à mon père pour lui poser des questions sur la vie, la mort, Dieu, le christianisme, le communisme, afin de pouvoir réutiliser ses réponses toujours très doctes dans une éventuelle conversation. Cependant je résistai, je ne voulais pas contaminer le fiancé de Giuliana, qui avait été pour moi presque une apparition céleste, avec la petitesse bien terrestre de mon père. Et puis, l'obsession de mon apparence s'accentua. Comment m'habiller ? Pouvais-je au moins améliorer un peu les choses ?

Alors qu'Angela avait toujours fait très attention à ses vêtements, moi, depuis que cette longue crise avait commencé, j'avais mis de côté toute obsession de me faire belle, dans un esprit de provocation. Tu es moche, avais-je conclu, et une personne moche est ridicule quand elle essaie de se faire belle. Ainsi, l'unique manie qui m'était restée, c'était de me laver constamment. Quant au reste, je me cachais en me fagotant tout en noir ou, au contraire, je me maquillais lourdement et mettais des couleurs voyantes, me donnant délibérément un air vulgaire. Mais, cette fois, je m'acharnai encore et encore à chercher un entre-deux qui me rendrait acceptable. Comme rien ne me plaisait, je finis par me concentrer uniquement sur les couleurs, m'assurant qu'elles ne jurent pas trop. Puis, après avoir crié à ma mère que je sortais avec Angela, je filai et descendis en toute hâte les rues de San Giacomo dei Capri à pied.

Je suis tellement stressée que je vais me sentir mal, me disais-je tandis que le funiculaire me conduisait, avec sa lenteur et son vacarme habituels, vers la Piazza Amedeo. Je vais trébucher, me cogner la tête, mourir. Ou alors je vais piquer une crise et arracher les yeux de quelqu'un. J'étais en retard, en sueur, et je ne faisais que remettre en place mes cheveux, de peur qu'ils ne collent à mon crâne, comme cela arrivait parfois à Vittoria.

Quand je parvins sur la place, j'aperçus aussitôt Angela qui me faisait signe, assise à la terrasse d'un café où elle sirotait déjà quelque chose. Je la rejoignis et m'assis à mon tour, il y avait un doux soleil. Les fiancés arrivent, me glissa-t-elle, et je compris que le couple se trouvait derrière moi. Non seulement je m'imposai de ne pas me retourner mais, au lieu de me lever, comme le faisait déjà Angela, je restai assise. Je sentis la main de Giuliana se poser, légère, sur mon épaule – *Ciao*, Giannì –, et je regardai du coin de l'œil ses doigts bien soignés et sa manche de veste marron, sous laquelle un bracelet apparaissait à peine. Angela se lançait déjà dans les premières amabilités et, à ce moment-là, j'aurais dû dire quelque chose à mon tour, répondre aux salutations. Mais le bracelet à demi couvert par la manche de la veste était celui que j'avais rendu à ma tante et, sous le coup de la surprise, il ne me vint même pas à l'esprit de dire bonjour. Vittoria, Vittoria, je ne savais que penser, elle était décidément telle que mes parents la décrivaient. Elle me l'avait pris, à moi qui étais sa nièce, après quoi, alors qu'on aurait dit qu'elle ne pouvait pas s'en passer, elle l'avait donné à sa belle-fille. Que ce bijou brillait, au poignet de Giuliana, comme sa valeur semblait décuplée.

18

Cette deuxième rencontre avec Roberto me confirma que je ne me rappelais pratiquement rien de la première. Je me levai enfin, il se tenait légèrement derrière Giuliana. Il me parut très grand, plus d'un mètre quatre-vingt-dix, mais, quand il s'assit, il se recroquevilla sur lui-même comme s'il compressait ensemble tous ses membres, se tassait sur sa chaise pour éviter d'être encombrant. J'avais en tête un homme de taille moyenne, or je le découvrais à la fois immense et petit, capable de s'agrandir ou de se replier à volonté. Pour être beau, il était beau, beaucoup plus que dans mes souvenirs : des cheveux très noirs, un front large, des yeux pétillants, des pommettes saillantes, un nez bien dessiné – et sa bouche, ah, sa bouche, avec des dents régulières et très blanches, qui semblaient un éclat de lumière dans son teint mat. En revanche, je fus désorientée par son attitude. Pendant une grande partie du temps que nous passâmes à cette table, il ne manifesta pas la moindre parcelle du talent d'orateur dont il avait fait preuve à l'église, et qui m'avait si profondément marquée. Il eut recours à des phrases brèves et à des gestes peu communicatifs. Seul son regard était le même que celui du discours devant l'autel, attentif au moindre détail et vaguement ironique. Quant au reste, il me fit penser à ces professeurs timides à l'air débonnaire et compréhensif qui ne sont pas trop stressants, et qui non seulement posent leurs petites questions avec gentillesse, de manière claire et précise, mais qui, après avoir écouté les réponses sans jamais interrompre et sans faire de commentaires, disent à la fin avec un sourire bienveillant : Tu peux y aller.

Contrairement à Roberto, Giuliana fut nerveuse et loquace. Elle nous présenta à son copain en nous attribuant à chacune toutes sortes de belles qualités. Tandis qu'elle parlait, je me disais que, même assise à l'ombre, elle était lumineuse. Je m'imposai d'ignorer le bracelet, bien que je ne puisse éviter de le voir de temps à autre briller autour de son poignet fin, ce qui me faisait penser : C'est peut-être ça, la source magique de son rayonnement. En revanche, ses paroles, elles, furent opaques. Pourquoi parle-t-elle tellement, me demandai-je. Qu'est-ce qui l'inquiète, certainement pas notre beauté. Contrairement à mes prévisions, Angela était évidemment aussi belle que d'habitude, mais elle ne s'était pas vêtue de manière trop provocante : sa jupe était courte mais pas trop, son tee-shirt près du corps mais pas décolleté, et, tout en décochant des sourires et en faisant preuve d'une certaine désinvolture, elle ne se montrait pas particulièrement aguicheuse. Quant à moi, j'étais un sac de pommes de terre : je me sentais, je *voulais être* un sac de pommes de terre – grise et compacte, le renflement de ma poitrine camouflé sous une veste –, et j'y arrivais très bien. Ce n'était donc certainement pas notre apparence physique qui la préoccupait, il n'y avait aucune compétition possible entre elle et nous. Je me persuadai en revanche qu'elle était anxieuse à l'idée que nous pourrions ne pas nous révéler à la hauteur. Elle avait voulu montrer à son fiancé qu'elle fréquentait des filles de bonne famille. Elle voulait que nous lui plaisions parce que nous étions des filles du Vomero, des lycéennes, des personnes comme il faut. Bref, elle nous avait convoquées là pour prouver qu'elle effaçait le Pascone de sa vie et se préparait à vivre dignement avec lui à Milan. Je crois que c'est cela – et non pas le bracelet – qui accentua ma nervosité. Je n'avais pas envie d'être exhibée, je ne voulais pas me sentir comme à l'époque où mes parents m'imposaient de montrer à leurs amis combien j'étais douée pour ceci ou cela et où, dès que je me sentais obligée de donner le meilleur de moi-même, je perdais mes moyens. Je demeurai silencieuse, la tête vide, et je regardai même ma montre à deux ou trois reprises, avec ostentation. En conséquence, après les politesses d'usage, Roberto finit par se concentrer essentiellement sur Angela, en s'adressant à elle d'un ton professoral des plus classiques. Il lui demanda : Comment est ton lycée, quel est l'état des locaux, vous avez un gymnase, quel âge ont tes enseignants, comment sont les cours, qu'est-ce que tu fais pendant ton temps libre, et elle parla, parla, parla avec sa petite voix d'élève désinvolte, et elle sourit, et elle rit en racontant des anecdotes amusantes sur ses camarades et ses professeurs.

Non seulement Giuliana l'écouta, l'air ravi, mais elle participa souvent à la conversation. Elle avait rapproché sa chaise de celle de son fiancé, et elle posait parfois la tête sur son épaule en riant fort, lorsque lui riait doucement aux facéties d'Angela. Elle me parut plus sereine, Angela était en forme, Roberto n'avait pas l'air de s'ennuyer. À un moment donné, il lui demanda :

— Et quand est-ce que tu trouves le temps de lire ?

— Je ne le trouve pas, répondit Angela. Je lisais quand j'étais petite, mais plus maintenant, l'école me dévore. C'est ma sœur qui lit beaucoup. Et elle aussi, elle lit.

Elle me désigna d'un geste gracieux et avec un

regard plein d'affection. « Giannina », dit Roberto. Je le corrigeai, maussade :

— Giovanna.

— Giovanna, reprit Roberto, je me souviens bien de toi.

Je bougonnai :

— C'est facile, je suis la copie conforme de Zia Vittoria.

— Non, ce n'est pas pour cette raison.

— Alors pourquoi ?

— Je ne sais plus, mais si ça me revient, je te le dirai.

— Ce n'est pas la peine.

Et pourtant si, cela aurait valu la peine, je ne voulais pas qu'on se souvienne de moi parce que j'étais négligée, moche, sinistre, enfermée dans un silence orgueilleux. Je plantai mes yeux dans les siens et, comme il me fixait avec sympathie et que cela me remontait le moral – ce n'était pas une sympathie douceâtre, mais une sympathie légèrement ironique –, je m'astreignis à ne pas détourner le regard, désirant voir si la sympathie laisserait place à l'agacement. Je le fis avec une détermination dont, un instant plus tôt, je me serais crue incapable : même cligner des yeux m'aurait paru une défaillance.

Il poursuivit de son ton de professeur débonnaire, me demandant comment il se faisait que, malgré le lycée, je trouvais le temps de lire, tandis qu'Angela n'y parvenait pas : mes profs me donnaient-ils moins de devoirs ? Je répondis, sombre, que mes enseignants étaient des bêtes dressées qui récitaient machinalement leurs cours et donnaient tout aussi machinalement une telle quantité de devoirs qu'ils auraient été incapables eux-mêmes de s'en dépêtrer si nous, leurs élèves, la leur avions infligée. Mais moi, les devoirs, je ne m'en souciais pas. Je lisais quand j'en avais envie, si un livre me captivait je lisais jour et nuit, et je n'en avais rien à faire de l'école. Qu'est-ce que tu lis, me demanda-t-il. Et comme je répondis en restant vague – Chez moi il y a des livres partout, au début mon père me conseillait mais depuis qu'il est parti je me débrouille seule, je choisis de temps en temps un essai ou un roman, ce qui me tente –, il insista pour que je lui cite quelques titres, le dernier ouvrage que j'avais lu. Aussi lui répondis-je « les Évangiles » : je mentis pour l'impressionner, c'était une lecture qui datait de plusieurs mois et, à présent, je lisais autre chose. Mais j'avais tant espéré que l'occasion se présente de lui faire part de mes réflexions que je les avais notées sur un cahier. Maintenant que cela devenait réalité, je me mis soudain à parler encore et encore, sans frein, en continuant à le regarder droit dans les yeux, avec un calme feint. En réalité, en mon for intérieur, j'étais furieuse, furieuse sans aucun motif ou, pire encore, comme si ce qui m'avait énervée c'étaient précisément les textes de Marc, Matthieu, Luc et Jean, et comme si la colère effaçait tout autour de moi – la place, le kiosque à journaux, la bouche de métro, le vert étincelant des arbres, Angela et Giuliana –, tout, sauf Roberto. Quand je me tus, je baissai enfin les yeux. Parler ainsi m'avait donné mal à la tête, et je tentai de maîtriser ma respiration pour qu'il ne s'aperçoive pas que j'étais hors d'haleine.

Il y eut un long silence. Je remarquai seulement à ce moment-là qu'Angela me regardait avec orgueil – j'étais son amie d'enfance et elle était fière de moi : elle me le disait sans avoir besoin de paroles –, ce qui me redonna des forces. Giuliana, en revanche, serrée contre son fiancé, me considérait avec perplexité, comme si j'avais quelque chose qui n'allait pas et qu'elle voulait me prévenir du regard. Roberto me demanda :

— Tu penses donc que les Évangiles racontent une vilaine histoire ?

— Oui.

— Pourquoi ?

— Ça ne marche pas. Jésus est le fils de Dieu mais il fait des miracles inutiles, il se laisse trahir et finit sur la croix. Et ce n'est pas tout : il demande à son père de lui épargner la croix, mais celui-ci ne bouge pas le petit doigt et ne lui évite aucun tourment. Pourquoi Dieu n'est-il pas venu souffrir en personne ? Pourquoi s'est-il déchargé du mauvais fonctionnement de sa propre création sur son fils ? Qu'est-ce que ça veut dire, faire la volonté du père ? Boire le calice des souffrances jusqu'à la lie ?

Roberto secoua légèrement la tête, son ironie disparut.

Il dit – mais là je ne fais que résumer ses propos, j'étais fébrile et je ne m'en souviens plus très bien :

— Dieu n'est pas facile.

— Il ferait bien de le devenir, s'il veut que j'y comprenne quelque chose.

— Un Dieu facile n'est pas un Dieu. Dieu est autre que nous. On ne communique pas avec lui, il est tellement au-dessus de nous qu'il ne peut pas être interrogé mais seulement invoqué. Quand il se manifeste, il le fait en silence, à travers de précieux petits signaux qui sont muets et proviennent de mots tout à fait ordinaires. Faire sa volonté, c'est baisser la tête et s'obliger à croire.

— J'ai assez d'obligations comme ça.

L'ironie réapparut dans son regard, et je sentis avec joie que mon style rugueux l'intéressait.

— L'obligation envers Dieu, ça vaut la peine. Tu aimes la poésie ?

— Oui.

— Tu en lis ?

— Ça m'arrive.

— La poésie est faite de mots, exactement comme la conversation que nous avons en ce moment. Mais quand le poète s'empare de nos mots banals et les libère du bavardage, voilà que ces mots, de l'intérieur de leur banalité, manifestent une énergie inattendue. Dieu se manifeste de la même manière.

— Un poète n'est pas Dieu, c'est juste quelqu'un comme nous qui, en plus, sait écrire de la poésie.

— Mais cette écriture nous ouvre les yeux, elle nous émerveille.

— Quand c'est un bon poète, oui.

— Et elle nous surprend, elle nous secoue.

— Parfois.

— Dieu, pour moi c'est ça : une secousse dans une pièce sombre dont je ne trouve plus le sol, ni les parois, ni le plafond. Ce n'est pas une chose qui se discute, sur quoi on peut raisonner. C'est une question de foi. Si tu crois, ça marche. Autrement, non.

— Pourquoi devrais-je croire en une secousse ?

— Par esprit religieux.

— Je ne sais pas ce que c'est.

— Pense à une enquête, comme dans les romans policiers, mais où le mystère reste un mystère.

L'esprit religieux, c'est ça : une secousse qui te pousse en avant, toujours plus en avant, pour dévoiler ce qui reste voilé.

— Je ne comprends pas.

— Les mystères, ça ne se comprend pas.

— Les mystères sans solution me font peur. Moi, je me suis identifiée aux trois femmes qui vont au sépulcre, ne trouvent plus le corps de Jésus et s'enfuient.

— C'est la vie qui devrait te faire fuir, lorsqu'elle est obtuse.

— La vie me fait fuir lorsqu'elle est souffrance.

— Tu veux dire que tu ne te contentes pas des choses telles qu'elles sont ?

— Je veux dire que personne ne devrait être crucifié, en particulier par la volonté de son père. Ça ne se passe pas comme ça.

— Si une chose ne te plaît pas, il faut la changer.

— Changer aussi la création ?

— Bien sûr, nous sommes là pour ça.

— Et Dieu ?

— Dieu aussi, s'il le faut.

— Attention, tu blasphèmes.

L'espace d'un instant, j'eus l'impression que Roberto avait saisi l'intensité de mes efforts pour lui tenir tête, et que ses yeux en brillaient d'émotion. Il dit :

— Si le blasphème me permet ne serait-ce qu'un petit pas en avant, je blasphème.

— Vraiment ?

— Oui. J'aime Dieu et je serais capable de tout, même de l'offenser, pour m'approcher de lui. C'est pourquoi je te conseille de ne pas envoyer tout valdinguer : attends un peu, l'histoire des

Évangiles en dit plus que ce que tu y as trouvé pour le moment.

— Il y a tant d'autres livres à lire. Les Évangiles, je les ai seulement lus parce que tu en as parlé, ce jour-là, à l'église, et que ça m'a intriguée.

— Relis-les. Ils parlent de Passion et de croix, c'est-à-dire de souffrance, la chose qui te déboussole le plus.

— C'est le silence qui me déboussole.

— Toi aussi, tu as été silencieuse pendant une bonne demi-heure. Mais ensuite, tu vois, tu as parlé.

Angela s'exclama, amusée :

— C'est peut-être elle, Dieu.

Roberto ne rit pas, et je retins à temps un rire nerveux. Il poursuivit :

— Maintenant, je sais pourquoi je me souvenais de toi.

— Qu'est-ce que j'ai fait ?

— Tu mets beaucoup de force dans les mots.

— Toi, tu en mets encore plus.

— Je ne fais pas exprès.

— Moi, si. Je suis arrogante, mauvaise, et souvent injuste.

Cette fois, c'est lui qui se mit à rire, mais pas nous, les trois filles. Giuliana lui rappela à voix basse qu'il avait un rendez-vous et qu'ils ne devaient pas tarder. Elle le dit avec le ton de regret de celle qui est triste de devoir abandonner une compagnie agréable. Ensuite, elle se leva, embrassa Angela et m'adressa un signe aimable. Roberto aussi nous salua, et j'eus un frisson lorsqu'il se pencha vers moi pour m'embrasser sur les deux joues. Dès que les amoureux s'éloignèrent par la Via Crispi, Angela me tira par la manche :

— Tu as fait mouche, s'exclama-t-elle, enthousiaste.

— Il m'a dit que je ne lisais pas comme il faut.

— Ce n'est pas vrai. Non seulement il t'a écoutée, mais il s'est lancé dans une discussion avec toi.

— Tu parles, il discute avec tout le monde. Mais toi, la grande gueule, là, tu ne devais pas lui faire du rentre-dedans ?

— Tu m'avais dit de ne pas le faire. Et, de toute façon, je n'aurais pas pu. Le jour où je l'ai vu avec Tonino, il m'a fait l'effet d'un imbécile, mais aujourd'hui il avait quelque chose de magique.

— Il est comme tout le monde.

Je persistai sur ce ton dépréciatif, bien qu'Angela n'arrêtât pas de répliquer avec des propos comme : Compare un peu comment il m'a traitée et comment il t'a traitée, toi ; vous deux, on aurait dit des profs. Et elle nous imita, tournant en dérision certains moments de notre dialogue. Je grimaçai et émis de petits rires mais, en réalité, au fond de moi, je jubilais. Angela avait raison, Roberto m'avait parlé. Mais pas assez : je voulais lui parler encore et encore, maintenant, cet après-midi, demain, toujours. Or, il ne pouvait en être ainsi, et mon enthousiasme retombait déjà, laissant de nouveau place à une âpreté qui m'épuisait.

## 19

Très vite, je me sentis de plus en plus mal. J'eus l'impression que ma rencontre avec Roberto avait seulement servi à me rendre compte que l'unique personne à laquelle je tenais – l'unique personne qui, lors d'un très bref échange, avait fait monter en moi une vapeur agréablement excitante – vivait dans un monde définitivement différent du mien, et ne pouvait m'accorder que quelques minutes.

À mon retour, je trouvai l'appartement de la Via San Giacomo dei Capri vide, on n'entendait que les bruits de la ville, ma mère était sortie avec une de ses plus assommantes amies. Je me sentis seule et, surtout, je me dis que je n'avais aucune perspective de rédemption. J'allai m'allonger sur mon lit pour me calmer et tentai de dormir, mais je me réveillai bientôt en sursaut, avec en tête le bracelet au poignet de Giuliana. J'étais fébrile, peut-être avais-je fait un mauvais rêve, et je composai alors le numéro de Vittoria. Elle me répondit aussitôt, mais avec un « allô » qui semblait jaillir au beau milieu d'une dispute : à l'évidence, elle l'avait hurlé à la fin d'une phrase prononcée avec une voix encore plus terrible, un instant avant que le téléphone ne sonne.

— C'est Giovanna, dis-je, presque dans un murmure.

Vittoria ne baissa pas le ton :

— Super. Et qu'est-ce que tu veux, putain ?

— Je voulais te poser une question sur mon bracelet.

Elle me coupa :

— Ton bracelet ? Hein ? Alors on en est là, tu m'appelles pour me dire qu'il est à toi ? Giannì, j'ai vraiment été trop gentille avec toi, mais ça suffit, maintenant tu restes à ta place, c'est pigé ? Ce bracelet, il est pour une personne qui m'aime : j'espère que c'est clair.

Non, ce n'était pas clair, en tout cas, moi, je ne

comprenais pas. Je fus sur le point de raccrocher, effrayée ; je ne me rappelais même plus pourquoi j'avais téléphoné, à l'évidence le moment était mal choisi. Mais j'entendis Giuliana s'écrier :

— C'est Giannina ? Passe-la-moi. Tais-toi, Vittò, ne dis plus un mot.

Aussitôt après, la voix de Margherita me parvint aussi. La mère et la fille étaient donc chez ma tante. Margherita dit quelque chose comme :

— Vittò, s'il te plaît, laisse tomber, la petite n'y est pour rien.

Mais Vittoria brailla :

— T'as entendu, Giannì ? Ici, on parle de toi comme d'une gosse. Mais t'es une gosse, toi ? Ah bon ? Alors pourquoi tu te mets entre Giuliana et son fiancé ? Réponds, au lieu de faire chier avec le bracelet. T'es pire que mon frère ? Réponds, je t'écoute : t'es encore plus prétentieuse que ton père ?

Il y eut aussitôt un nouveau hurlement de Giuliana :

— Ça suffit, t'es folle. Coupe-toi la langue, tu sais pas ce que tu dis.

C'est alors que la communication s'interrompit. Je demeurai le combiné à la main, incrédule. Que se passait-il ? Pourquoi ma tante m'avait-elle agressée ainsi ? Peut-être avais-je eu tort de dire « mon bracelet », ce n'était pas judicieux. Et pourtant, la formulation était juste, Vittoria me l'avait bien offert. Évidemment, je ne l'avais pas appelée pour qu'elle me le rende, je voulais simplement qu'elle m'explique pourquoi elle ne l'avait pas gardé. Pourquoi, si elle aimait tant ce bijou, ne faisait-elle que s'en débarrasser ?

Je raccrochai et retournai m'allonger sur mon lit. J'avais sans doute fait un mauvais rêve, en rapport je crois avec la photo d'Enzo sur la niche funéraire, j'étais rongée par l'angoisse. Et maintenant, il y avait cet enchevêtrement de voix au téléphone : je les entendis à nouveau dans ma tête, et c'est seulement à ce moment-là que je compris que Vittoria m'en voulait pour le rendez-vous de ce matin. Visiblement, Giuliana venait de lui raconter comment ça s'était passé : mais qu'avait donc perçu Vittoria, dans ce récit, qui l'avait mise hors d'elle ? Ah, si j'avais pu être à leurs côtés et entendre, mot pour mot, ce que lui avait dit Giuliana. Peut-être que si j'avais écouté moi aussi son récit, j'aurais compris ce qui s'était réellement produit sur la Piazza Amedeo.

Le téléphone sonna de nouveau. Je sursautai, j'eus peur de répondre. Puis, pensant que cela pouvait être ma mère, je retournai dans le couloir et soulevai prudemment le combiné. Giuliana murmura : Allô. Elle s'excusa pour Vittoria et renifla, peut-être pleurait-elle. Je lui demandai :

— J'ai fait quelque chose qu'il ne fallait pas, ce matin ?

— Pas du tout, Giannì, Roberto est très content de t'avoir rencontrée.

— Vraiment ?

— Je te jure.

— Ça me fait plaisir, dis-lui que ça m'a fait beaucoup de bien de parler avec lui.

— Je n'ai pas besoin de lui dire, tu pourras le faire directement. Il veut te revoir demain après-midi, si tu es libre. On va prendre un café tous les trois.

L'étau de douleur autour de ma tête se serra davantage. Je murmurai :

— D'accord. Vittoria est encore en colère ?

— Non, ne t'en fais pas.

— Je peux lui parler ?

— Il vaut mieux éviter, elle est un peu nerveuse.

— Pourquoi est-ce qu'elle m'en veut ?

— Parce qu'elle est folle, elle a toujours été folle, et elle nous a tous bousillé la vie.

# VI

# 1

Le temps de mon adolescence est lent, fait de gros blocs gris ponctués brusquement de reliefs verts, rouges ou violets. Les blocs n'ont pas d'heures, de jours, de mois ni d'années, et les saisons sont incertaines, il fait chaud et froid, il pleut et le soleil brille. Les bosses non plus n'ont pas de temporalité bien définie, leur couleur compte davantage que toute tentative de datation. D'ailleurs, la durée même de la teinte que prennent certaines émotions n'a pas d'importance, la personne qui écrit le sait bien. Dès que l'on cherche à mettre des mots dessus, la lenteur se transforme en tourbillon, et les couleurs se mélangent comme des fruits différents dans un robot mixeur. Non seulement « le temps passa » devient une formule vide, mais même des indications comme « un après-midi », « un matin » ou « un soir » ne sont plus que des facilités. Tout ce que je peux dire, c'est que je parvins en effet à rattraper mon année perdue, sans gros efforts. Je réalisai que j'avais une bonne mémoire, et que j'apprenais dans les livres plus qu'en classe. Il suffisait que je lise quelque chose, même distraitement, pour me rappeler tout.

Ce petit succès améliora mes relations avec mes parents, qui recommencèrent à se montrer fiers de moi, en particulier mon père. Mais je n'en tirai aucune satisfaction, leurs ombres planaient telle une douleur lancinante qui ne passait pas, une part de moi-même inconvenante qu'il fallait amputer. Je décidai de les appeler par leur prénom, au départ uniquement pour les tenir à distance avec ironie, ensuite comme un refus conscient du lien parental. Nella, toujours plus sous-alimentée et geignarde, était désormais la veuve de mon père, bien que celui-ci vive encore, en excellente santé, et dans une aisance certaine. Elle continuait à garder soigneusement les affaires qu'elle lui avait hargneusement interdit d'emporter. Elle était toujours disponible pour les visites de son fantôme, pour les appels téléphoniques qu'il lui passait depuis l'outre-tombe de leur vie conjugale. Et j'étais même sûre que, si elle voyait de temps à autre Mariano, c'était uniquement pour savoir de quelles grandes questions son ex-mari s'occupait. Quant au reste, elle se pliait avec discipline, en serrant les dents, à une longue série de tâches quotidiennes, dont je faisais partie. Mais – et c'était un soulagement – elle ne focalisait plus son attention sur moi avec l'acharnement qu'elle mettait à corriger ses interminables paquets de copies ou à arranger ses petits romans d'amour. Tu es grande, disait-elle de plus en plus souvent, débrouille-toi.

Pour ma part, j'étais contente de pouvoir enfin aller et venir sans être trop surveillée. Moins mon père et ma mère s'occupaient de moi, mieux ça valait – surtout Andrea, ah oui, lui il valait mieux qu'il se taise. Je supportais de moins en moins les sages conseils de vie que mon père se sentait en devoir de me prodiguer chaque fois que nous nous voyions à Posillipo, lorsque j'allais rendre visite à Angela et Ida, ou près de mon lycée quand nous mangions ensemble *panzarotti* et *pasta cresciuta*. La possibilité d'une amitié entre Roberto et moi était miraculeusement en train de devenir réalité, et j'avais l'impression que c'était Roberto qui me guidait et m'instruisait comme mon père n'avait jamais réussi à le faire, trop accaparé par lui-même et par ses méfaits. Un soir désormais lointain, dans l'appartement gris de la Via San Giacomo dei Capri, Andrea, parlant sans réfléchir, m'avait ôté toute confiance en moi ; le fiancé de Giuliana me rendait cette confiance, avec amabilité et affection. Bref, j'étais tellement fière de ma relation avec Roberto que je faisais parfois allusion à lui devant mon père, rien que pour jouir de la façon dont celui-ci devenait alors sérieux et attentif. Il se renseignait, il voulait savoir comment était ce garçon, de quoi nous parlions, et si je lui avais déjà parlé de ses travaux à lui. Je ne sais pas s'il estimait véritablement Roberto, c'est difficile à dire, je considérais depuis longtemps que l'on ne pouvait jamais se fier à ses paroles. Je me souviens qu'un jour il le décrivit avec conviction comme un jeune homme chanceux, qui avait su quitter une ville merdique comme Naples afin de se bâtir une prestigieuse carrière universitaire à Milan. Une autre fois, il me dit : Tu as raison de fréquenter quelqu'un qui est meilleur que toi, c'est la seule façon de se tirer vers le haut et non vers le bas. Enfin, à deux ou trois reprises, il en arriva à me demander si, à l'occasion, je pourrais le lui présenter : il éprouvait le besoin de sortir de la clique éternellement querelleuse et mesquine dans laquelle il était enfermé depuis sa jeunesse. Je le vis alors comme un petit homme fragile.

## 2

En effet, Roberto et moi devînmes amis. Mais je ne voudrais pas exagérer, il ne venait pas souvent à Naples, les possibilités de se voir étaient rares. Toutefois, peu à peu, de petites habitudes s'instaurèrent entre nous et, sans que nous soyons jamais vraiment proches, il nous arrivait, quand l'occasion se présentait, et toujours en compagnie de Giuliana, de nous retrouver pour bavarder, ne serait-ce que quelques minutes.

Je dois dire qu'au début, je fus pleine d'anxiété. À chacune de nos rencontres, je me disais que j'avais peut-être été trop loin, que chercher à lui tenir tête – il avait presque dix ans de plus que moi, j'allais au lycée et lui enseignait à l'université – avait été une marque de prétention, et que je m'étais sans doute couverte de ridicule. Je me repassais mille fois dans la tête ce qu'il m'avait dit, ce que je lui avais répondu, et je ne tardais pas à avoir honte de chacune de mes paroles. Je prenais conscience de la légèreté futile avec laquelle j'avais liquidé des questions compliquées, et je sentais croître en ma poitrine un malaise très semblable à celui que j'éprouvais, enfant, lorsque je faisais impulsivement quelque chose qui allait certainement déplaire à mes parents. À cet instant, je doutais d'avoir suscité une quelconque sympathie. Dans ma mémoire, son ironie changeait de nature et devenait explicitement de la moquerie. Je me rappelais avoir eu recours à un ton méprisant, je repensais à certains passages de notre conversation, quand j'avais tenté de faire mouche, et il me venait une sensation de froid et de nausée, comme si je voulais m'expulser de moi-même, comme si j'allais me vomir.

Cependant, en réalité, il n'en allait pas ainsi. Chacun de ces rendez-vous me faisait progresser, les paroles de Roberto déclenchaient immédiatement en moi un besoin de lectures et de connaissances. Mes journées devinrent une course pour arriver à notre prochaine rencontre mieux préparée, avec des questions plus complexes sur le bout de la langue. Je commençai par fouiller dans les livres que mon père avait laissés à la maison, afin d'en trouver qui me permettraient de mieux comprendre. Mais mieux comprendre quoi, qui ? Les Évangiles, le Père, le Fils, le Saint-Esprit, la transcendance et le silence, l'embrouillamini de la foi et de l'absence de foi, la radicalité du Christ, les horreurs de l'inégalité, la violence toujours exercée sur les plus faibles, le monde sauvage et sans limites du système capitaliste, l'avènement de la robotique, la nécessité et l'urgence du communisme ? Roberto passait sans arrêt d'un sujet à l'autre, et avait toujours une vaste vision des choses. Il faisait se tenir ensemble le ciel et la terre, il savait tout, il mêlait exemples tirés de la vie quotidienne, fictions, citations et théories, et moi j'essayais de le suivre, oscillant entre la certitude de passer pour la fillette qui parle en faisant semblant de savoir et l'espoir d'avoir bientôt une nouvelle occasion de prouver que j'étais meilleure que ça.

## 3

À cette époque, je me tournai souvent vers Giuliana et Angela pour m'apaiser. Pour des raisons évidentes, Giuliana m'apparut plus proche et plus rassurante. Penser à Roberto nous donnait une raison de passer du temps ensemble et, pendant ses longues absences, nous vagabondions dans le Vomero en parlant de lui. Je la scrutais : elle dégageait une netteté envoûtante, elle portait toujours au poignet le bracelet de ma tante, les hommes la suivaient du regard, se tournant pour un dernier coup d'œil, comme s'ils ne pouvaient se priver de sa vue. À côté d'elle, j'étais inexistante, et pourtant il suffisait que je prenne un ton érudit ou emploie un mot recherché pour que l'énergie lui fasse défaut, et je sentais parfois que sa vitalité la fuyait. Un jour, elle s'exclama :

— Tu lis tellement de livres.

— J'aime mieux ça que faire mes devoirs.

— Moi, ça me fatigue tout de suite.

— C'est une question d'habitude.

Je reconnus que la passion pour la lecture n'était pas innée chez moi, mais qu'elle m'avait été inculquée par mon père : c'est lui qui m'avait convaincue, quand j'étais petite, de l'importance des livres, et de l'immense valeur des activités intellectuelles.

— Une fois que tu as cette idée en tête, ajoutai-je, tu ne t'en libères plus.

— Tant mieux. Les intellectuels sont des gens bien.

— Mon père n'est pas quelqu'un de bien.

— Mais Roberto, si, et toi également.

— Moi, je ne suis pas une intellectuelle.

— Mais si. Tu lis, tu peux discuter de tout, et tu es disponible pour tout le monde, même pour Vittoria. Moi je n'en suis pas capable, je perds immédiatement patience.

Je dois avouer que j'étais contente de ces déclarations d'estime et, vu qu'elle imaginait les intellectuels ainsi, je tentais d'être à la hauteur de ses attentes. De plus, elle était déçue lorsque je me contentais de parler de tout et de rien, comme si je donnais le meilleur de moi avec son copain et que je me limitais à dire des âneries avec elle. De fait, elle me poussait à lui tenir des discours complexes, et me demandait de lui parler des livres qui m'avaient plu ou me plaisaient. Elle me répétait : Raconte-les-moi. Elle manifestait la même curiosité anxieuse pour les films et la musique. Jusqu'à ce jour, même Angela et Ida ne m'avaient jamais laissée parler autant de toutes ces choses que j'aimais, et qui n'avaient jamais été pour moi des obligations mais des passe-temps. Quant au lycée, personne n'avait jamais remarqué la foule d'intérêts hétéroclites qui me venait de mes lectures, et aucune de mes compagnes n'avait jamais voulu que je lui raconte, par exemple, la trame de *Tom Jones*. À cette période, nous nous sentions donc bien ensemble. Nous nous retrouvions souvent, je l'attendais à la sortie du funiculaire de Montesanto, et elle montait au Vomero comme si c'était un pays étranger où elle était heureuse de venir en vacances. Nous allions de la Piazza Vanvitelli à la Piazza degli Artisti et vice versa, sans prêter attention aux passants, à la circulation ni aux boutiques, puisque je me laissais happer par le plaisir de l'enchanter avec des noms, des titres et des histoires et que, de son côté, elle ne semblait rien voir d'autre que ce que j'avais vu, moi, en lisant, en allant au cinéma ou en écoutant de la musique.

En l'absence de Roberto, je jouais auprès de sa fiancée le rôle de gardienne d'un vaste savoir, et Giuliana était suspendue à mes lèvres, comme si elle ne demandait qu'à reconnaître combien je lui étais supérieure, malgré notre différence d'âge, et malgré sa beauté. Et pourtant, je sentais parfois que quelque chose n'allait pas chez elle, il y avait un mal-être qu'elle s'efforçait de chasser. Alors je m'alarmais, et la voix belliqueuse de Vittoria au téléphone me revenait à l'esprit : « Pourquoi tu te mets entre Giuliana et son fiancé ? Tu es pire que mon frère ? Réponds, je t'écoute : t'es encore plus prétentieuse que ton père ? » Moi, je voulais juste être une bonne copine, et je craignais qu'à cause des arts maléfiques de Vittoria, Giuliana ne se persuade que j'étais tout le contraire et ne s'éloigne de moi.

## 4

Nous nous voyions également souvent en compagnie d'Angela, qui se vexait si elle était exclue. Mais quand elles étaient toutes les deux ensemble, cela ne se passait pas bien, et le malêtre de Giuliana devenait plus visible. Angela avait la langue bien pendue et elle avait tendance à se moquer de moi comme de Giuliana, à dire du mal de Tonino par provocation, et à démonter par l'ironie tous les discours sérieux. Moi, je ne le prenais pas mal, mais Giuliana s'assombrissait, défendait son frère, et elle finissait tôt ou tard par répliquer aux plaisanteries par des reparties dans un dialecte agressif.

En somme, ce qui était latent avec moi devenait évident avec Angela, et le risque d'une rupture définitive n'était jamais loin. Quand nous nous retrouvions en tête à tête, Angela montrait qu'elle en savait long sur Giuliana et Roberto, bien que, après le rendez-vous de la Piazza Amedeo, elle ait totalement renoncé à mettre son nez dans leur histoire. Cette prise de distance m'avait à la fois un peu soulagée et dépitée. Un jour où elle vint chez moi, je lui demandai :

— Roberto t'est antipathique ?

— Non.

— Alors, qu'est-ce qui ne va pas.

— Rien. Mais quand vous parlez tous les deux, il n'y a de place pour personne d'autre.

— Il y a Giuliana.

— Pauvre Giuliana.

— Qu'est-ce que tu veux dire ?

— Tu vois bien comme elle s'ennuie, entre vous autres, les profs.

— Elle ne s'ennuie pas du tout.

— Elle s'ennuie, mais elle le cache pour garder sa place.

— Quelle place ?

— Celle de fiancée. Tu crois réellement qu'une fille comme Giuliana, secrétaire dans un cabinet dentaire, ne s'ennuie pas en vous entendant parler tous les deux de raison et de foi ?

J'éclatai :

— Car pour toi on ne s'amuse qu'en parlant de colliers, de bracelets, de culottes et de soutiens-gorge ?

Cela la vexa :

— Je ne parle pas que de ça, moi.

— Avant, non. Mais depuis un petit moment, si.

— Ce n'est pas vrai.

Je m'excusai et elle répliqua : D'accord, mais tu es une peste. Puis, naturellement, elle reprit avec plus de malice encore :

— Heureusement qu'elle va le voir de temps en temps à Milan.

— Qu'est-ce que tu veux dire ?

— Qu'ils se mettent enfin au lit et font ce qu'ils ont à faire.

— Giuliana va toujours à Milan avec Tonino.

— Et tu crois que Tonino fait la sentinelle jour et nuit ?

Je poussai un soupir :

— Et tu crois qu'il faut forcément coucher ensemble, quand on s'aime ?

— Oui.

— Demande à Tonino s'ils couchent ensemble, et puis on verra.

— C'est déjà fait. Mais sur ces questions-là, Tonino est muet.

— Parce qu'il n'y a rien à dire.

— Parce qu'il pense lui aussi qu'il peut y avoir de l'amour sans sexe.

— Et qui d'autre pense ça ?

Elle me répondit avec un petit sourire, soudain triste :

— Toi.

## 5

D'après Angela, je ne racontais plus rien d'amusant sur ce sujet. Il est vrai que j'avais tourné la page des récits obscènes, mais c'était uniquement parce qu'il m'avait semblé infantile de grossir mes maigres expériences, et parce que je n'avais rien de plus consistant à rapporter. Depuis que ma relation avec Roberto et Giuliana s'était consolidée, j'avais tenu à distance Silvestro, mon camarade de lycée, qui depuis l'épisode du crayon ne me lâchait plus, et qui m'avait proposé plusieurs fois de sortir avec lui en secret. Mais surtout, j'avais été très dure avec Corrado, qui avait poursuivi ses avances, et prudente mais ferme avec Rosario qui, régulièrement, se présentait devant le lycée et me proposait de l'accompagner dans une mansarde qu'il avait dans la Via Manzoni. Désormais, ces trois prétendants me semblaient appartenir à une forme d'humanité dégradée dont, pour mon malheur, j'avais fait partie. En revanche, on aurait dit qu'Angela était devenue quelqu'un d'autre. Elle trompait Tonino et ne nous épargnait, à Ida et moi, aucun détail sur les rapports occasionnels qu'elle avait avec des camarades de lycée et même avec un professeur âgé de plus de cinquante ans – elle faisait des grimaces d'horreur quand elle nous en parlait.

Cette horreur me frappait, elle me paraissait sincère. C'était un sentiment que je connaissais, et j'avais envie de dire à mon amie : On lit l'horreur sur ton visage, parlons-en. Mais nous n'en parlâmes jamais, c'était comme si le sexe devait forcément nous enthousiasmer. Moi-même, je ne voulais pas avouer à Angela, mais à Ida non plus, que j'aurais préféré me faire bonne sœur plutôt que de sentir à nouveau Corrado et sa puanteur de latrines. Par ailleurs, je n'avais pas envie qu'Angela interprète mon manque d'entrain comme un acte de dévotion envers Roberto. Et puis, disons-le, la vérité était compliquée. L'horreur avait ses ambiguïtés, sur lesquelles il est difficile de mettre des mots. Ce qui me dégoûtait chez Corrado ne m'aurait peut-être pas dégoûtée si cela avait été Roberto. Ainsi, je me contentais de pointer les contradictions de mon amie, et lui faisais remarquer :

— Pourquoi tu es toujours avec Tonino, si tu fais ces trucs-là avec d'autres ?

— Parce que Tonino est un brave garçon et que les autres sont des porcs.

— Alors tu te tapes des porcs ?

— Ben oui.

— Et pourquoi ?

— Parce que j'aime la manière dont ils me regardent.

— Fais-toi regarder ainsi par Tonino.

— Lui, il ne regarde pas comme ça.

— Peut-être que ce n'est pas un homme, dit un jour Ida.

— Ça, pour être un homme, c'est un homme.

— Et alors ?

— Ce n'est pas un porc, c'est tout.

— Je n'y crois pas, affirma Ida. Ça n'existe pas, des hommes qui ne sont pas des porcs.

— Si, ça existe, intervins-je en pensant à Roberto.

— Oui, ça existe, confirma Angela, avant d'évoquer de façon très imagée les érections de Tonino, dès qu'il l'effleurait.

Je crois que c'est à ce moment-là, tandis qu'elle bavardait joyeusement, que je ressentis le manque d'une discussion sérieuse sur ce thème, non pas avec elles, mais avec Roberto et Giuliana. Roberto aurait-il esquivé la question ? Non, j'étais sûre qu'il m'aurait répondu, et qu'il aurait trouvé le moyen, dans ce cas encore, de tenir des raisonnements très construits. Le problème, c'était le risque de sembler inopportune aux yeux de Giuliana. Pourquoi aborder ce sujet en présence de son fiancé ? En fin de compte, nous ne nous étions vus que six fois, en excluant le rendez-vous de la Piazza Amedeo, et presque toujours à la va-vite. Objectivement, donc, nous n'étions pas très intimes. Malgré sa tendance à toujours fournir des exemples très concrets quand il discutait de grandes questions, je n'aurais pas eu le courage de lui demander : Pourquoi, dès qu'on creuse un peu, trouve-t-on le sexe dans toute chose, même les plus élevées ; pourquoi un seul adjectif est-il insuffisant pour décrire le sexe, et pourquoi en faut-il tant – gênant, insipide, tragique, joyeux, agréable, rebutant –, et jamais un seul, mais tous à la fois ; un grand amour sans sexe est-il possible, les pratiques sexuelles entre hommes et femmes peuvent-elles ne pas gâcher le besoin d'aimer en étant aimé en retour ? Je m'imaginais en train de poser ces questions et d'autres encore, d'un ton détaché et peut-être un peu solennel, surtout pour éviter que Giuliana et lui puissent penser que je voulais espionner leur vie privée. Mais je savais que je ne le ferais jamais. En revanche, j'insistai auprès d'Ida :

— Pourquoi tu penses que ça n'existe pas, des hommes qui ne sont pas des porcs ?

— Je ne le pense pas, je le sais.

— Alors, Mariano aussi est un porc ?

— Bien sûr, lui il couche avec ta mère.

Je tressaillis et dis, glaciale :

— Ils se voient parfois, mais en tant qu'amis.

— Moi aussi, je pense qu'ils sont seulement amis, intervint Angela.

Ida secoua la tête avec force et répéta d'un ton déterminé : Ce ne sont pas que des amis. Puis elle s'exclama :

— Je n'embrasserai jamais un garçon, c'est trop dégueulasse.

— Même pas gentil et beau, comme Tonino ? demanda Angela.

— Non, je n'embrasserai que des filles. Vous voulez écouter une histoire que j'ai écrite ?

— Non, répondit Angela.

Je fixai en silence les chaussures d'Ida, qui étaient vertes. Je me souvins que son père avait plongé son regard dans mon décolleté.

## 6

Nous reparlâmes souvent de la relation entre Roberto et Giuliana. Angela arrachait des informations à Tonino rien que pour le plaisir de me les rapporter. Un jour, elle me téléphona car elle avait appris qu'il y avait eu une énième querelle, cette fois entre Vittoria et Margherita. Elles s'étaient crêpé le chignon parce que Margherita ne partageait pas l'opinion de ma tante selon laquelle Roberto devait épouser immédiatement Giuliana et venir vivre à Naples. Comme d'habitude, Vittoria était montée sur ses grands chevaux, comme d'habitude, Margherita s'était opposée à elle avec calme, quant à Giuliana, silencieuse, on aurait dit que ça ne la regardait pas. Mais, soudain, Giuliana avait commencé à hurler, elle s'était mise à casser des assiettes, des soupières, des verres, et même Vittoria, qui pourtant avait beaucoup de force, n'avait pas réussi à l'arrêter. Notre amie avait crié : Je pars sur-le-champ, je vais vivre avec lui, je ne vous supporte plus. Tonino et Corrado avaient dû intervenir.

Ce récit me désorienta, et je dis :

— C'est la faute de Vittoria, elle ne s'occupe jamais de ses oignons.

— C'est la faute de tout le monde, il paraît que Giuliana est très jalouse. Tonino dit que, lui, il mettrait sa main au feu que Roberto est honnête et fidèle. Mais elle, chaque fois que Tonino l'accompagne à Milan, elle pique une crise, parce qu'elle ne supporte pas, par exemple, qu'une étudiante fasse preuve de trop de familiarité avec Roberto ou qu'une collègue minaude à ses côtés, etc., etc.

— Je n'y crois pas.

— Tu as tort. Giuliana a l'air calme, mais Tonino raconte qu'elle est au bord de l'épuisement nerveux.

— C'est-à-dire ?

— Quand elle va mal, elle ne mange plus, elle pleure, elle hurle.

— Et maintenant, comment elle va ?

— Bien. Ce soir, elle vient au ciné avec Tonino et moi, tu veux venir aussi ?

— Si je viens, je reste avec Giuliana, ne me laisse pas avec Tonino.

Angela se mit à rire :

— Je t'invite exprès pour que tu me débarrasses de lui, je n'en peux plus.

J'y allai, mais ce fut une sale journée : l'après-midi d'abord puis la soirée furent particulièrement douloureux. Nous nous retrouvâmes tous les quatre sur la Piazza del Plebiscito, devant le café Gambrinus, et nous prîmes la Via Toledo en direction du cinéma Modernissimo. Je ne parvins pas à échanger le moindre mot avec Giuliana. Je remarquai juste son regard fébrile, le blanc de ses yeux injectés de sang, et le bracelet à son poignet. Angela passa son bras sous le sien, moi je restai quelques pas en arrière avec Tonino. Je lui demandai :

— Ça va ?

— Oui.

— Il paraît que tu accompagnes souvent ta sœur chez Roberto.

— Non, pas souvent.

— Tu sais qu'on s'est vus, quelquefois, avec Roberto.

— Oui, Giuliana me l'a dit.

— Ils forment un beau couple.

— C'est vrai.

— J'ai cru comprendre qu'après le mariage ils s'installeraient à Naples.

— Il paraît que non.

Je ne pus rien en tirer d'autre, c'était un gentil garçon et il voulait me divertir, mais pas en discutant de ça. Par conséquent, au bout d'un moment, je le laissai me parler d'un de ses amis, qui habitait Venise. Il avait l'intention de le rejoindre et de voir s'il pouvait emménager là-bas.

— Et Angela ?

— Angela n'est pas bien avec moi.

— Ce n'est pas vrai.

— Si, c'est comme ça.

Nous arrivâmes au Modernissimo, je ne me souviens plus quel film était projeté, cela me reviendra peut-être plus tard. Tonino voulut payer tous les billets, et il acheta aussi des bonbons et des glaces. Nous entrâmes en grignotant, les lumières de la salle étaient encore allumées. Tonino s'assit d'abord, puis Angela, Giuliana et moi. Au début, nous ne prêtâmes guère attention aux trois garçons assis juste derrière nous, des lycéens semblables à mes camarades de classe ou à ceux d'Angela, âgés de seize ans tout au plus. Nous les entendions seulement parler à voix basse et ricaner. Pendant ce temps, nous les filles, excluant déjà Tonino, nous commençâmes à bavarder entre nous, sans nous soucier de rien.

C'est justement parce que nous les ignorions que les trois jeunes se mirent à s'agiter. Je ne les remarquai vraiment que lorsque j'entendis celui qui devait être le plus audacieux du groupe lancer à haute voix : Venez vous asseoir avec nous, nous on sait comment vous le montrer, le film. Angela éclata de rire, peut-être par nervosité, et elle se retourna. Les types rirent à leur tour, et l'audacieux proféra d'autres paroles d'invitation.

Moi aussi je me retournai, et je changeai alors d'opinion : ils n'étaient pas comme nos camarades de classe, ils faisaient plutôt penser à Corrado ou Rosario, juste un peu dégrossis par les études. Je regardai Giuliana, qui était plus âgée, en m'attendant de sa part à un petit sourire compatissant. Or, je la découvris sérieuse et tendue, elle surveillait du coin de l'œil Tonino, qui paraissait sourd et qui, impassible, fixait l'écran blanc.

Les publicités commencèrent, et l'audacieux caressa les cheveux de Giuliana en chuchotant : Qu'est-ce qu'ils sont beaux. Un de ses compagnons se mit à secouer le fauteuil d'Angela, celle-ci tira Tonino par la manche et râla : Ils me cassent les pieds, ceux-là, fais quelque chose. Giuliana murmura : Laisse tomber. Je ne sais pas si elle s'adressait à Angela ou directement à son frère. Ce qui est sûr, c'est qu'Angela l'ignora et lança à Tonino, irritée : Je ne sors plus avec toi, ça suffit, j'en ai ras le bol. L'audacieux s'exclama aussitôt : Bravo, allez, viens avec nous, on te l'a déjà dit, il y a de la place. Quelqu'un dans la salle fit *chchch*, une espèce de sifflement pour demander le silence. Sans se presser, Tonino dit d'une voix traînante : Asseyons-nous plus près de l'écran, on n'est pas bien ici. Il se leva, et sa sœur lui emboîta le pas si rapidement que je me levai aussitôt à mon tour. Angela resta encore assise un instant, puis elle nous suivit en lâchant à Tonino : Tu es ridicule.

Nous nous installâmes dans le même ordre à quelques rangées de distance, et Angela se mit à parler à l'oreille de Tonino : elle était en colère, et je compris qu'elle saisissait cette occasion pour se libérer de lui. Le temps interminable consacré aux réclames s'acheva, les lumières se rallumèrent. Les trois garçons s'amusaient bien, j'entendais leurs rires, et je me retournai. Ils étaient debout, ils escaladaient bruyamment une rangée de fauteuils, puis deux, puis trois, et en un éclair nous les retrouvâmes à nouveau assis juste derrière nous. Leur porte-parole lança : Vous vous laissez commander par ce connard, mais nous on est vexés, vous pouvez pas nous traiter comme ça, on veut voir le film avec vous.

À partir de là, tout se joua en quelques secondes. Les lumières s'éteignirent et le film débuta dans un vacarme assourdissant. La voix du jeune fut engloutie par la musique, et nous ne fûmes plus que des flashs. Angela dit tout fort à Tonino : T'as entendu qu'il t'a traité de connard ? Rigolade des garçons, *chchch* des spectateurs. Tonino se leva soudain d'un bond, et Giuliana lâcha : Non, Tonì. Mais il n'en asséna pas moins à Angela une gifle d'une telle violence que la tête de mon amie vint heurter ma pommette, ce qui me fit mal. Les garçons se turent, décontenancés ; Tonino se tourna brusquement comme lorsqu'un souffle de vent fait battre une porte ouverte, et d'innommables obscénités jaillirent de sa bouche, à un rythme soutenu. Angela éclata en sanglots, Giuliana me prit la main et me dit : Il faut partir, emmenons-le. Elle voulait dire qu'il fallait faire sortir son frère de force, comme si la personne en danger n'était pas Angela ou nous deux, mais lui. Le porte-parole des lycéens sortit de sa stupeur pour s'exclamer : Oh là là, c'qu'on a peur, on tremble, tu sais seulement t'en prendre aux filles, bouffon, approche donc. Comme si elle avait voulu effacer cette voix, Giuliana cria : Tonì, c'est des gosses. Mais tout se précipitait. D'une main, Tonino saisit le gars par la tête – peut-être par une oreille, mais je ne pourrais le jurer –, et il la tira vers lui comme s'il voulait l'arracher. Après quoi, formant un poing avec son autre main, il frappa le jeune sous le menton, et l'autre vola en arrière, se retrouvant assis à sa place, la bouche en sang. Les deux autres avaient eu l'intention d'aider leur copain, mais quand ils virent que Tonino s'apprêtait à escalader la rangée de fauteuils, ils se ruèrent fébrilement vers la sortie. Giuliana s'agrippa à son frère pour l'empêcher de les rattraper. La musique du générique était à plein volume, les spectateurs vociféraient, Angela pleurait, le blessé beuglait. Tonino repoussa sa sœur et se tourna à nouveau vers celui qui s'était effondré sur son siège, en larmes, gémissant et jurant. Il le bourra de gifles et de coups de poing, tout en l'insultant dans un dialecte pour moi incompréhensible, tant il était rapide et chargé de fureur, les mots explosant les uns dans les autres. Maintenant, dans le cinéma, tout le monde hurlait, les spectateurs réclamaient qu'on rallume les lumières et qu'on appelle la police ; Giuliana et moi, mais aussi Angela, suspendues aux bras de Tonino, ne cessions de crier : On s'en va, ça suffit, on s'en va. Nous réussîmes enfin à l'entraîner, à lui faire franchir la porte du cinéma. Sauve-toi, Tonì, sauve-toi, s'écria Giuliana en lui tapant dans le dos. Il répéta à deux reprises, en dialecte : Mais c'est pas possible, dans cette ville, une personne normale peut même pas regarder un film tranquillement. Il s'adressait surtout à moi, pour voir si j'étais d'accord. J'approuvai pour l'apaiser, et il partit en courant vers la Piazza Dante, beau malgré ses yeux exorbités et ses lèvres bleues.

## 7

Nous nous enfuîmes nous aussi d'un pas rapide, en direction du Spirito Santo, et nous ne ralentîmes que lorsque nous nous sentîmes protégées par la foule de la Pignasecca. Je réalisai alors toute la frayeur que j'avais éprouvée. Angela aussi était épouvantée, ainsi que Giuliana : celle-ci semblait avoir participé activement à la rixe, avec ses cheveux décoiffés et le col de sa veste à moitié arraché. Je vérifiai qu'elle avait toujours le bracelet au poignet : il était bien là, mais ne resplendissait pas.

— Il faut que je rentre tout de suite à la maison, dit Giuliana à mon adresse.

— Vas-y, et appelle-moi pour me dire comment va Tonino.

— Tu as eu peur ?

— Oui.

— Je suis désolée. D'habitude, Tonino se retient, mais des fois il ne voit plus rien.

Angela intervint, les yeux pleins de larmes :

— Moi aussi, j'ai eu peur.

Giuliana pâlit de colère et lança, presque en criant :

— La ferme, toi tu te tais et c'est tout.

Je ne l'avais jamais vue aussi furibonde. Elle m'embrassa sur les deux joues et partit.

Angela et moi allâmes reprendre le funiculaire.

J'étais troublée, et l'expression de Giuliana ne cessait de me tourner dans la tête : Des fois, il ne voit plus rien. Tout le long du trajet, j'écoutai distraitement les jérémiades de mon amie. Elle était désespérée : J'ai été bête, répétait-elle. Mais ensuite, elle se plaignait d'avoir mal au cou, elle touchait sa joue rougie et gonflée, et elle s'exclamait : Comment il a pu se permettre, il m'a giflée, moi, moi que même mon père et ma mère n'ont jamais frappée, je ne veux plus jamais le revoir, non, jamais de la vie. Elle pleurait, avant de se lancer dans un autre motif de lamentation : Giuliana ne lui avait pas dit au revoir, elle n'avait salué que moi. Ce n'est pas juste de dire que tout est ma faute, murmurait-elle, je ne pouvais pas savoir que Tonino était une brute. Quand je la laissai devant chez elle, elle admit : D'accord, j'ai eu tort, mais Tonino et Giuliana sont des gens sans éducation, je ne m'attendais pas à ça, me gifler, moi, il aurait pu me tuer, et il aurait pu tuer ces jeunes aussi, j'ai eu tort d'aimer une brute pareille. Je bougonnai : Tu te trompes, Tonino et Giuliana sont très éduqués, mais il y a des moments où on ne voit vraiment plus rien, ça peut arriver.

Je remontai lentement chez moi. Cette expression – ne plus rien y voir – ne voulait plus me quitter. Tout a l'air en ordre – bonjour, à bientôt, installez-vous, qu'est-ce que vous voulez boire, vous pouvez baisser un peu le son, merci, de rien. Et pourtant, un voile noir peut s'abattre à tout instant. C'est une brusque cécité, on ne sait plus mettre les choses à distance, on se cogne partout. Cela concernait-il seulement quelques personnes, ou bien n'importe qui pouvait-il en arriver à ne plus rien y voir, une fois une certaine limite dépassée ? Et était-on davantage dans le vrai lorsque l'on voyait toute chose clairement, ou bien lorsque les sentiments les plus puissants et les plus intenses – la haine, l'amour – nous aveuglaient ? Enzo n'avait plus vu Margherita, aveuglé par Vittoria ? Mon père n'avait plus vu ma mère, aveuglé par Costanza ? Moi, je n'avais plus rien vu, aveuglée par l'insulte de mon camarade Silvestro ? Arrivait-il aussi à Roberto de ne plus rien voir ? Ou bien réussissait-il toujours, en toute circonstance, sous l'emprise de n'importe quelle émotion, à garder l'esprit clair et rester serein ?

Notre appartement était plongé dans l'obscurité et le silence. Ma mère avait sans doute décidé de sortir, on était samedi soir. Le téléphone sonna et je répondis aussitôt, certaine qu'il s'agissait de Giuliana. C'était Tonino. Lentement, avec un calme qui me plut parce que cela me semblait maintenant une manière d'être qu'il s'était forgée, il me dit :

— Je voulais m'excuser et te dire au revoir.

— Où tu vas.

— À Venise.

— Tu pars quand ?

— Cette nuit.

— Pourquoi tu fais ça.

— Parce que, autrement, je vais foutre ma vie en l'air.

— Que dit Giuliana.

— Rien, elle n'est pas au courant, personne ne l'est.

— Roberto non plus ?

— Non, s'il savait ce que j'ai fait ce soir, il ne me parlerait plus.

— Giuliana lui racontera.

— Pas moi.
— Tu m'enverras ton adresse ?
— Dès que j'en ai une, je t'écris.
— Pourquoi c'est moi que tu appelles ?
— Parce que toi, tu comprends.

Je raccrochai et aussitôt la tristesse me gagna. J'allai dans la cuisine, pris un peu d'eau et retournai dans le couloir. Mais la journée n'était pas finie. La porte de la chambre qui avait été autrefois celle de mes parents s'ouvrit, et ma mère apparut. Elle n'était pas habillée comme d'habitude, mais comme dans les grandes occasions. Elle me demanda avec naturel :

— Tu ne devais pas aller au cinéma ?
— On a changé d'avis.
— C'est nous qui y allons, maintenant. Il fait quel temps ? J'ai besoin d'une veste ?

Vêtu lui aussi avec soin, Mariano sortit de la chambre.

## 8

Ce fut la dernière étape de la longue crise qui s'est produite chez nous et, en même temps, un moment important de ma pénible accession au monde adulte. À l'instant même où je pris la décision de me montrer aimable, de répondre à ma mère que la soirée était douce et d'accepter, comme toujours, que Mariano m'embrasse sur les deux joues et aussi qu'il lorgne mes seins, je compris que ne pas grandir était impossible. Quand ils refermèrent la porte d'entrée en partant, j'allai dans la salle de bains et pris une longue douche, comme pour me laver d'eux.

Tandis que je me séchais les cheveux devant le miroir, je me mis à rire. J'avais été dupée sur toute la ligne, même mes cheveux n'étaient pas beaux, ils me collaient sur le crâne, je n'arrivais pas à leur donner volume et éclat. Quant à mes traits, en effet, ils n'avaient aucune harmonie, exactement comme ceux de Vittoria. Mais mon erreur avait été d'en faire une tragédie. Il suffisait de regarder, ne serait-ce qu'un instant, un beau visage plein de finesse pour découvrir que celui à qui il appartenait cachait des enfers nullement différents de ceux annoncés par les visages laids et grossiers. La splendeur d'un visage, enrichi entre autres par la gentillesse, couvait et promettait encore plus de douleur qu'un visage opaque.

Ainsi, après l'épisode du cinéma et la disparition de Tonino, qui sortit de sa vie, Angela devint triste et méchante. Elle m'adressa de longs appels téléphoniques au cours desquels elle m'accusait de ne pas avoir pris son parti, d'avoir accepté qu'un garçon la gifle, et d'avoir donné raison à Giuliana. Je tentai de nier, ce fut inutile. Elle me dit qu'elle avait raconté toute l'histoire à Costanza, et même à mon père. Costanza lui avait donné raison, mais Andrea était allé plus loin : quand il avait compris qui était Tonino, de qui il était le fils, où il était né et avait grandi, Andrea avait piqué une grosse colère, et pas tant contre Angela que contre moi. Elle me rapporta que mon père avait dit, textuellement : Giovanna savait très bien qui étaient ces gens, elle aurait dû te protéger. Mais toi, tu ne m'as pas protégée, me cria-t-elle. Et je l'imaginai là, dans son appartement de Posillipo, le combiné blanc à l'oreille, et son visage d'ordinaire doux, harmonieux et séduisant, devenu encore plus laid que le mien. Je lui dis : S'il te plaît, à partir d'aujourd'hui, laisse-moi tranquille et va te confier à Andrea et Costanza, eux ils te comprennent mieux. Et je raccrochai.

Aussitôt après, j'intensifiai mes relations avec Giuliana. Angela tenta souvent de faire la paix. Elle me proposait : Sortons ensemble. Je lui répondis toujours, même quand ce n'était pas vrai : Je suis occupée, je vois Giuliana. Et je lui fis comprendre, ou lui dis explicitement : Tu ne peux pas venir avec moi, Giuliana ne te supporte pas.

Je réduisis aussi mes rapports avec ma mère au strict minimum. J'en vins à des phrases minimalistes comme : Aujourd'hui je ne suis pas là, je vais au Pascone. Et quand elle me demandait pourquoi, je répondais : Parce que j'ai envie. Je me comportai certainement ainsi pour me sentir libre de tous mes anciens liens, afin qu'il soit clair que je ne me souciais plus du jugement de mes parents ou de mes amis, de leurs valeurs, et de leur désir de me voir en adéquation avec ce qu'ils croyaient être eux-mêmes.

## 9

Il ne faisait pas de doute que je me liai toujours davantage à Giuliana afin de cultiver mon amitié avec Roberto, je ne veux pas le nier. Mais j'eus l'impression que Giuliana avait vraiment besoin de moi, maintenant que Tonino était parti sans explication, la laissant se battre seule contre Vittoria et ses abus. Un après-midi, elle me téléphona, très agitée, pour me raconter que sa mère – poussée par ma tante, naturellement – voulait qu'elle dise à Roberto : Soit tu m'épouses tout de suite et nous vivons à Naples, soit on rompt nos fiançailles.

— Mais je ne peux pas, s'exclama-t-elle désespérée, il est très occupé, il est au beau milieu d'un travail qui est important pour sa carrière. Je serais folle de lui dire : épouse-moi immédiatement. De toute façon, moi je veux quitter cette ville, et pour toujours.

Elle en avait assez de tout. Je lui conseillai d'expliquer à Margherita et Vittoria les contraintes de Roberto et, après de longues hésitations, c'est ce qu'elle fit. Mais les deux femmes ne furent pas convaincues, et elles finirent par empoisonner son esprit à force d'insinuations. Ce sont des ignorantes, se lamenta-t-elle accablée, elles veulent me persuader que si Roberto met au premier plan ses préoccupations de professeur et au second notre mariage, ça veut dire qu'il ne m'aime pas assez, et qu'il me fait perdre mon temps.

Ce matraquage ne fut pas sans effet, et je m'aperçus bientôt que Giuliana aussi doutait parfois de Roberto. Bien sûr, elle réagissait en général avec colère et accusait Vittoria de mettre de vilaines idées dans la tête de sa mère. Mais, à force d'insistance, ces vilaines idées se frayaient un chemin en elle aussi, et l'emplissaient de mélancolie.

— Tu vois où je vis ? me lança-t-elle un après-midi où j'étais allée chez elle et où nous faisions un tour dans les rues sordides jouxtant son immeuble. Roberto, lui, il vit à Milan, il est toujours occupé, il rencontre un tas de gens intelligents, et parfois il a tellement à faire que je n'arrive même pas à l'avoir au téléphone.

— Sa vie est comme ça.

— Sa vie, ça devrait être moi.

— Je ne sais pas.

Cela la rendit nerveuse :

— Ah bon ? Et ce serait quoi, alors ? Faire de la recherche, bavarder avec les collègues et les étudiantes ? Peut-être que Vittoria a raison : ou il m'épouse, ou on arrête.

Les choses se compliquèrent ultérieurement lorsque Roberto lui apprit qu'il devait aller dix jours à Londres pour le travail. Giuliana fut encore plus fébrile que d'ordinaire et, peu à peu, il devint clair que le problème n'était pas tant le séjour à l'étranger – j'appris qu'il était déjà arrivé à Roberto de partir ainsi, bien que pour deux ou trois jours seulement – que le fait qu'il ne partirait pas seul. À ce moment-là, je m'inquiétai moi aussi :

— Il y va avec qui ?

— Avec Michela et deux autres enseignants.

— C'est qui, Michela ?

— Une fille qui est toujours collée à lui.

— Vas-y toi aussi.

— Mais où veux-tu que j'aille, Giannì ? Oublie comment tu as été élevée, et pense un peu à comment j'ai été élevée moi, pense à Vittoria, à ma mère, à cet endroit de merde. Pour toi, tout est facile, pas pour moi.

Elle me parut injuste : si je m'efforçais de comprendre ses problèmes, elle, elle n'avait aucune idée des miens. Mais je fis mine de rien, je la laissai se défouler et m'efforçai de la calmer.

Au cœur de mes arguments, il y avait toujours l'exceptionnelle qualité de son fiancé. Roberto n'était pas n'importe qui, c'était un homme d'une grande force spirituelle, très cultivé et fidèle. Même si cette Michela avait des vues sur lui, il ne céderait pas. Il t'aime, dis-je, et il se comportera avec honnêteté.

Elle éclata de rire et devint dure. Son changement fut si soudain que Tonino et l'épisode du cinéma me revinrent à l'esprit. Elle planta son regard anxieux dans le mien et cessa brusquement de parler dans son italien mâtiné de dialecte pour passer au pur dialecte :

— Comment tu sais qu'il m'aime ?

— Il n'y a pas que moi qui le sais, tout le monde le sait, et certainement aussi cette Michela.

— Les hommes, qu'ils soient amoureux ou pas, il suffit de les effleurer, et ils veulent niquer.

— C'est Vittoria qui t'a dit ça, mais c'est une ânerie.

— Vittoria dit des choses horribles, mais pas des âneries.

— Mais toi, il faut que tu aies confiance en Roberto, autrement tu n'iras pas bien.

— Je vais déjà très mal, Giannì.

Je saisis alors que Giuliana n'attribuait pas seulement à Michela l'envie de coucher avec Roberto, mais aussi le projet de le lui voler et de l'épouser. Je me dis que de son côté Roberto devait être tellement absorbé par ses recherches qu'il ne soupçonnait sans doute même pas qu'elle avait toutes ces angoisses. Et je songeai qu'il suffirait peut-être de le lui dire : Giuliana a peur de te perdre, elle est très nerveuse, rassure-la. En tout cas, c'est la raison que je me donnai quand je demandai à mon amie le numéro de téléphone de son fiancé.

— Si tu veux, lançai-je, je lui parle et je tente de savoir où en sont les choses avec cette Michela.

— Tu ferais ça ?

— Bien sûr.

— Mais il ne doit pas s'imaginer que c'est moi qui t'ai demandé d'appeler.

— Évidemment.

— Et il faut que tu me répètes tout ce que tu lui dis, et tout ce qu'il te dit.

— Bien sûr.

## 10

Je recopiai le numéro dans un de mes cahiers de notes, l'entourant d'un rectangle tracé au crayon rouge. Un après-midi, très émue, profitant de l'absence de ma mère à la maison, je l'appelai. Roberto me parut surpris et même inquiet. Il dut croire que quelque chose était arrivé à Giuliana : ce fut sa première question. Je lui dis qu'elle allait bien, lui tins quelques propos confus, puis, écartant soudain tous les préambules que j'avais prévus pour donner de la dignité à ce coup de téléphone, je lançai d'un ton presque menaçant :

— Si tu as promis d'épouser Giuliana et que tu ne le fais pas, tu es un irresponsable.

Il se tut un instant, puis je l'entendis rire.

— Je tiens toujours mes promesses. C'est ta tante qui t'a dit de m'appeler ?

— Non, je fais ce que j'ai envie de faire.

Dès lors, la conversation s'engagea, et je fus très troublée de le voir si disponible pour discuter de questions personnelles avec moi. Il affirma qu'il aimait Giuliana, et que la seule chose qui pourrait l'empêcher de l'épouser, c'était qu'elle ne veuille plus de lui. Je l'assurai que Giuliana le voulait plus que tout au monde, mais j'ajoutai qu'elle manquait de confiance en elle et craignait de le perdre, elle avait peur qu'il tombe amoureux d'une autre. Il répondit qu'il le savait et faisait tout pour la tranquilliser. Je te crois, dis-je, mais maintenant tu pars à l'étranger et tu pourrais rencontrer une autre fille : si tu réalises que Giuliana ne comprend rien à ton travail ni à toi, alors que l'autre si, qu'est-ce que tu feras ? Il me fournit une longue réponse. Il commença par Naples, le Pascone et son enfance dans ces lieux. Il en parla comme d'endroits merveilleux, sa perception en tout cas était très différente de la mienne. Il déclara qu'il y avait contracté une dette et qu'il devait la rembourser. Il tenta de m'expliquer que son amour pour Giuliana, né dans ces rues, était comme un mémento, un rappel permanent de cette dette. Et quand je lui demandai ce qu'il entendait par dette, il m'expliqua qu'il devait rendre symboliquement ce qu'il avait reçu dans son enfance, et qu'une vie ne suffirait pas à rééquilibrer la balance. Je répliquai alors : Tu veux l'épouser comme si tu épousais le Pascone ? Je sentis son embarras, il dit qu'il m'était reconnaissant parce que je l'obligeais à réfléchir, et il formula avec une certaine difficulté : Je veux l'épouser parce qu'elle est l'incarnation même de ma dette. Il maintint jusqu'au bout un style simple, malgré quelques expressions solennelles du genre « on ne se sauve pas seul ». Par moments, j'eus l'impression de discuter avec un de mes camarades de lycée, tant il choisissait des constructions élémentaires : d'un côté, cela me mit à l'aise, mais de l'autre, j'en éprouvai un peu d'amertume. Je le suspectai de tenir volontairement un discours adapté à ce que j'étais, une gamine, et je songeai un instant qu'avec cette Michela, il se serait exprimé avec davantage de richesse et de complexité. Mais, en même temps, à quoi pouvais-je prétendre ? Je le remerciai pour cette conversation, et il me remercia de lui avoir permis de parler de Giuliana, et aussi de l'amitié que je leur manifestais à tous les deux. Je dis sans réfléchir :

— Tonino est parti, elle souffre beaucoup, elle est seule.

— Je sais, j'essaierai d'y remédier. Cela m'a fait très plaisir de t'entendre.

— À moi aussi.

## 11

Je rapportai chacune de nos paroles à Giuliana et elle reprit quelques couleurs, ce dont elle avait grand besoin. Je ne remarquai pas d'aggravation lorsque Roberto partit pour Londres. Elle me raconta qu'il lui téléphonait, qu'il lui avait écrit une belle lettre, et elle ne mentionna jamais Michela. Elle se réjouit lorsqu'il lui apprit qu'un de ses articles venait d'être publié dans une revue importante. Elle semblait fière de lui, heureuse comme si c'était elle qui avait écrit ce texte. Mais elle se plaignit, en riant, de ne pouvoir s'en vanter qu'avec moi : Vittoria, sa mère et Corrado n'étaient pas capables de l'apprécier, et Tonino, le seul qui aurait compris, était loin – il était serveur, et qui sait s'il étudiait encore.

— Tu me le feras lire ? lui demandai-je.

— Je n'ai pas la revue.

— Mais tu l'as lu ?

Elle comprit que je pensais qu'il lui faisait lire tout ce qu'il écrivait, et c'était en effet ce que je croyais : mon père agissait ainsi avec ma mère, et il m'avait même parfois imposé aussi la lecture de certaines pages auxquelles il tenait. Elle s'assombrit, je lus dans ses yeux qu'elle aurait voulu me répondre oui, et elle opina même machinalement du chef. Mais ensuite elle baissa la tête, avant de la relever avec colère et de lancer :

— Non, je ne lis pas ses articles, et je ne veux pas les lire.

— Pourquoi.

— Parce que j'ai peur de ne pas comprendre.

— Peut-être que tu devrais les lire quand même, il y tient sûrement.

— S'il y tenait, il me les donnerait. Mais il ne le fait pas, parce qu'il est sûr que je ne peux pas comprendre.

Je me souviens que nous nous promenions Via Toledo, il faisait chaud. Les établissements scolaires fermaient, c'était bientôt la période des conseils de classe. Les rues étaient bondées de garçons et de filles – c'était si beau, de ne plus avoir de devoirs et de pouvoir traîner dehors. Giuliana regardait tous ces jeunes comme si elle ne comprenait pas la raison d'une telle animation. Elle se passa la main sur le front, je sentis qu'elle commençait à déprimer, et je me hâtai d'objecter :

— C'est parce que vous vivez séparés. Quand vous serez mariés, tu verras qu'il te fera tout lire.

— Michela, il lui fait tout lire.

Cette nouvelle me fit mal à moi aussi, mais je n'eus pas le temps de réagir. Elle achevait tout juste sa phrase lorsqu'une puissante voix masculine nous interpella, j'entendis d'abord le prénom de Giuliana, suivi aussitôt du mien. Nous nous tournâmes en même temps pour découvrir, de l'autre côté de la rue, Rosario à l'entrée d'un café. Giuliana eut un geste d'agacement, elle fendit l'air d'une main, elle voulait continuer son chemin comme si elle n'avait pas entendu. Mais moi je lui avais déjà fait signe, et il traversait la rue pour nous rejoindre.

— Tu connais le fils de l'avocat Sargente ? demanda Giuliana.

— C'est Corrado qui me l'a présenté.

— Corrado est un idiot.

Pendant ce temps, Rosario traversait la rue et, naturellement, il riait, il avait l'air très heureux de nous voir.

— C'est un signe du destin, dit-il, de tomber sur vous aussi loin du Pascone. Venez, je vous offre quelque chose.

Giuliana rétorqua, glaciale :

— Nous sommes pressées.

Il prit un air exagérément inquiet :

— Qu'est-ce qui se passe ? Tu ne te sens pas bien aujourd'hui, tu as les nerfs en pelote ?

— Je vais très bien.

— Ton fiancé est jaloux ? Il t'a dit de ne pas me parler ?

— Mon fiancé ne sait même pas que tu existes.

— Mais toi tu le sais, pas vrai ? Tu le sais et tu

penses tout le temps à moi, mais ça, tu ne le dis pas à ton fiancé. Et pourtant tu devrais lui dire, tu devrais tout lui dire. Il ne faut pas qu'il y ait de secrets entre des amoureux, sinon la relation en pâtit, et tout le monde souffre. Moi, je le vois bien, que tu souffres. Je te regarde et je me dis : qu'est-ce qu'elle a changé, quel dommage. Tu étais tellement ronde et fraîche, tu es train de devenir un manche à balai.

— Et toi, t'es beau, peut-être ?

— Toujours plus beau que ton fiancé. Viens, Giannì, ça te dit une *sfogliatella* ?

Je répondis :

— Il est tard, il faut qu'on y aille.

— Je vous raccompagne ensuite en voiture. On ramène d'abord Giuliana au Pascone, et après on monte au Rione Alto.

Il nous entraîna dans un café mais, une fois au bar, il ignora totalement Giuliana, qui se posta dans un coin près de la porte et regarda fixement la rue et les passants. Tandis que je mangeais la *sfogliatella*, il me parla en se tenant constamment si près de moi que, de temps en temps, je devais m'écarter un peu. Il me glissait à l'oreille des compliments osés, et il louait à haute voix, que sais-je, mes yeux ou mes cheveux. Il en arriva à me demander dans un murmure si j'étais encore vierge, j'eus un rire nerveux et répondis que oui.

— Je m'en vais, grommela Giuliana, et elle sortit du café.

Rosario mentionna son appartement de la Via Manzoni, indiquant le numéro de la rue et l'étage, et précisant qu'il avait vue sur la mer. Il chuchota enfin :

— Je t'attends toujours. Tu veux venir ?

— Maintenant ? demandai-je en feignant l'amusement.

— Quand tu veux.

— Pas pour le moment, dis-je, sérieuse.

Je le remerciai pour la *sfogliatella* et rejoignis Giuliana dans la rue. Elle s'exclama, furieuse :

— Pas de familiarité avec ce connard.

— Je n'en ai pas, c'est lui qui se croit tout permis.

— Si ta tante vous voit ensemble, elle vous tue tous les deux.

— Je sais.

— Il t'a parlé de la Via Manzoni ?

— Oui. Comment tu es au courant ?

Giuliana secoua la tête avec force, comme si, par ce mouvement de dénégation, elle voulait éloigner des images qui lui venaient à l'esprit.

— J'y suis allée.

— Avec Rosario ?

— À ton avis ?

— Récemment ?

— Qu'est-ce que tu racontes. J'étais plus jeune que toi.

— Et pourquoi ?

— Parce que, à l'époque, j'étais encore plus bête qu'aujourd'hui.

J'aurais voulu qu'elle m'en parle, mais elle me dit qu'il n'y avait rien à raconter. Rosario n'était rien, mais, à cause de son père, il se croyait tout-puissant – Ça, c'est la Naples moche, Giannì, c'est l'Italie très moche que personne ne peut changer, encore moins Roberto, avec toutes les belles paroles qu'il dit et écrit. Rosario était tellement stupide qu'il imaginait que, sous prétexte qu'ils s'étaient vus quelques fois, il avait le droit de le lui rappeler en toute occasion. Elle en eut les larmes aux yeux.

— Il faut que je parte du Pascone, Giannì, il faut que je quitte Naples. Vittoria veut que je reste ici. Elle, elle aime être toujours en guerre. Et, au fond de lui, Roberto pense la même chose : il t'a bien dit qu'il avait une dette. Mais c'est quoi, cette dette ? Moi, je veux me marier et vivre à Milan, avoir une belle maison et qu'on me fiche la paix.

Je la regardai, perplexe :

— Même si pour lui c'est important de revenir ici ?

Elle secoua vigoureusement la tête et se mit à pleurer. Nous nous arrêtâmes sur la Piazza Dante. Je lui demandai :

— Qu'est-ce qui t'arrive ?

Elle s'essuya les yeux du bout des doigts et murmura :

— Tu m'accompagnerais chez Roberto ?

Je répondis aussitôt :

— Oui.

## 12

Margherita me convoqua le dimanche matin, mais je ne me rendis pas directement chez elle, je passai d'abord chez Vittoria. J'étais certaine que c'était elle qui avait eu l'idée de me demander d'accompagner Giuliana chez Roberto, et je devinai que je serais destituée de cette charge si je ne me montrais pas affectueusement déférente. Pendant toute cette période, je n'avais fait que la croiser lorsque j'allais rendre visite à Giuliana et, comme toujours, elle avait eu un comportement ambivalent. Avec le temps, j'en avais conclu que, quand elle se reconnaissait en moi, l'affection la submergeait, tandis que, si elle repérait quelque chose de mon père, elle me soupçonnait d'être susceptible de faire à elle-même et aux personnes à qui elle tenait ce que son frère lui avait fait autrefois. Mais je dois dire que je n'étais pas en reste. Je la trouvais extraordinaire quand je m'imaginais devenir une adulte combative, et répugnante quand j'identifiais chez elle des traits de mon père. Ce matin-là, il me vint soudain à l'esprit une chose qui me parut à la fois insupportable et comique : ni Vittoria, ni mon père, ni moi n'arrivions vraiment à couper nos racines communes et, du coup, suivant les circonstances, ce que nous finissions par aimer ou détester, c'était toujours nous-mêmes.

Cette journée s'avéra favorable. Vittoria manifesta une grande joie de me voir. Je la laissai me prendre dans ses bras et m'embrasser, aussi exubérante et collante que d'habitude. Je t'adore, s'exclama-t-elle. Nous sortîmes vite pour nous rendre chez Margherita. Dans la rue, elle me révéla ce que je savais déjà mais que je fis semblant d'ignorer, à savoir que, les rares fois où Giuliana avait été autorisée à aller voir Roberto à Milan, Tonino l'avait toujours accompagnée. Mais, maintenant, le jeune homme s'était installé à Venise et avait abandonné sa famille – les yeux de Vittoria se remplirent de larmes, dans un mélange de douleur et de dépit –, et comme on ne pouvait absolument pas compter sur Corrado, elle avait pensé à moi.

— Je le ferai avec plaisir, dis-je.

— Mais il faudra le faire bien.

Je décidai de croiser un peu le fer avec elle – quand elle était de bonne humeur, ça lui plaisait :

— Dans quel sens ?

— Giannì, Margherita est timide mais pas moi, alors je vais te le dire carrément : tu dois me promettre de ne pas quitter Giuliana d'une semelle, elle doit être avec toi jour et nuit. Tu comprends ce que ça veut dire ?

— Oui.

— Bravo. N'oublie jamais que les hommes ne veulent qu'une chose. Mais, cette chose, Giuliana ne doit pas la lui donner avant le mariage, parce que, sinon, il ne l'épousera plus.

— Je ne pense pas que Roberto soit ce genre d'homme.

— Ils sont tous pareils.

— Je suis sûre que non.

— Giannì, si je dis tous, c'est tous.

— Enzo aussi ?

— Enzo plus que les autres.

— Et alors, pourquoi cette chose, tu la lui as donnée ?

Vittoria me dévisagea avec stupeur et satisfaction. Puis elle éclata de rire, passa un bras autour de mes épaules et me pressa contre elle, avant de m'embrasser sur la joue.

— Tu es comme moi, Giannì, mais en pire, et c'est pour ça que je t'aime. Je la lui ai donnée parce qu'il était déjà marié avec trois enfants, et si je ne la lui avais pas donnée, j'aurais dû renoncer à lui. Mais ça, je ne pouvais pas, je l'aimais trop.

Je fis mine de me contenter de cette réponse, même si j'aurais aimé lui démontrer qu'elle avait l'esprit tordu, que ce à quoi les hommes tiennent tellement on ne saurait le leur concéder sur la base de calculs opportunistes, que Giuliana était grande et pouvait faire ce qu'elle voulait, bref, que Margherita et elle n'avaient en aucun cas le droit de surveiller une fille de vingt ans. Mais je me tus, parce que tout ce que je désirais, c'était aller à Milan chez Roberto, voir de mes yeux où et comment il vivait. Et puis, je savais qu'avec Vittoria il ne fallait pas trop tirer sur la corde : si jusqu'à présent je l'avais fait rire, il aurait suffi d'un rien pour qu'elle me chasse. Je choisis donc la voie de la complaisance, et nous arrivâmes chez Margherita.

Là, je garantis à la mère de Giuliana que je surveillerais assidûment les fiancés. Tandis que je parlais en bon italien pour me donner de l'autorité, Vittoria siffla souvent à sa belle-fille : Tu as compris, Giannina et toi, vous devez rester tout le temps ensemble, vous devez surtout dormir ensemble. Giuliana hocha distraitement la tête. Le seul qui m'agaça, avec ses regards moqueurs, ce fut Corrado. Il me proposa à plusieurs reprises de m'accompagner à l'arrêt de bus et, quand le pacte avec Vittoria fut entièrement scellé – il fallait absolument rentrer dimanche soir, et Roberto paierait les billets de train –, je m'en allai, et il vint avec moi. Dans la rue et en attendant le bus, il ne fit que se payer ma tête, lançant des phrases blessantes comme si c'étaient des plaisanteries. Surtout, il me demanda explicitement de lui faire à nouveau ce que je lui avais fait dans le passé.

— Une petite pipe, me demanda-t-il en dialecte, c'est tout : près d'ici, il y a un vieux bâtiment abandonné.

— Non, tu me dégoûtes.

— Si j'apprends que t'en as fait une à Rosario, je le dis à Vittoria.

— Je m'en fous, répondis-je dans un dialecte qui le fit beaucoup rire, tant il était mal prononcé.

Moi aussi, en m'entendant, je me mis à rire. Je ne voulus pas me disputer, pas même avec Corrado, j'étais trop heureuse de partir. Sur le chemin du retour, je me concentrai déjà sur le mensonge que j'allais raconter à ma mère pour justifier mon voyage à Milan. Mais je me persuadai vite que je ne lui devais même plus l'effort de mentir, et je l'informai au dîner, sur le ton de celle qui considère sa décision indiscutable, que Giuliana, la belle-fille de Vittoria, allait rendre visite à son fiancé à Milan, et que je m'étais engagée à l'accompagner.

— Ce week-end ?

— Oui.

— Mais samedi c'est ton anniversaire, j'ai organisé une fête, ton père vient, Angela et Ida aussi.

L'espace d'un instant, j'eus l'impression d'avoir la poitrine totalement vide. Enfant, je tenais tellement à mon anniversaire, et pourtant, cette fois-ci, il m'était totalement sorti de la tête. Je me sentis en tort, moins envers ma mère qu'envers moi-même. Je n'arrivais plus à m'accorder la moindre valeur, je n'étais plus qu'une vague silhouette, une ombre auprès de Giuliana, la suivante un peu moche de la princesse qui va voir son prince. Pour tenir ce rôle, étais-je disposée à renoncer à une longue et agréable tradition familiale, aux bougies à souffler, aux cadeaux inattendus ? Oui, dus-je admettre, et je proposai à Nella :

— On peut le fêter à mon retour.

— Tu me fais de la peine, là.

— Maman, n'en fais pas une tragédie, ce n'est rien du tout.

— Ton père aussi en souffrira.

— Tu verras que ça lui fera plaisir : le fiancé de Giuliana est quelqu'un de très talentueux, que papa estime.

Elle fit une grimace contrariée, comme si elle était responsable de mon manque de sensibilité.

— Tu vas passer dans la classe supérieure ?

— Maman, ça me regarde, ne te mêle pas de ça.

Elle bougonna :

— On ne compte plus du tout pour toi.

Je lui dis que ce n'était pas vrai, tout en pensant : mais Roberto compte davantage.

## 13

Le vendredi soir débuta une des entreprises les plus insensées de mon adolescence.

Le voyage nocturne vers Milan fut très ennuyeux. Je tentai de discuter avec Giuliana, mais lorsque je lui appris que j'aurais seize ans le lendemain, sa gêne s'accentua – elle avait eu l'air mal à l'aise dès son arrivée à la gare, avec son énorme valise rouge et un sac plein à craquer, lorsqu'elle avait découvert que je n'avais emporté qu'une petite valise contenant le strict nécessaire. Je suis désolée de t'entraîner là-dedans en fichant en l'air ta fête d'anniversaire, dit-elle. Après ce bref échange, rien d'autre. Nous ne parvînmes pas à trouver le ton juste, ni le minimum de décontraction propice aux confidences. À un moment donné, j'annonçai que j'avais faim et voulais explorer le train pour trouver quelque chose à manger. Giuliana sortit alors sans entrain de son gros sac de bonnes choses préparées par sa mère, mais elle ne prit que quelques bouchées d'une omelette de pâtes, et c'est moi qui dévorai tout. Le compartiment était bondé et s'installer dans les couchettes ne fut pas facile. Elle semblait abrutie par l'angoisse, je l'entendis se tourner et se retourner dans sa couchette, et elle n'alla jamais aux toilettes.

En revanche, elle s'y enferma longuement au moins une heure avant l'arrivée du train. Elle en revint coiffée et légèrement maquillée, et avait même changé de robe. Nous nous postâmes dans le couloir, un jour pâle se levait. Elle me demanda s'il y avait quelque chose d'excessif ou de déplacé dans son apparence. Je la rassurai, après quoi elle parut se détendre un peu, et elle se mit à me parler avec une franchise affectueuse.

— Je t'envie, dit-elle.

— Pourquoi.

— Tu ne t'apprêtes pas, tu te sens bien comme tu es.

— Ce n'est pas vrai.

— Mais si. Tu as en toi quelque chose d'unique, et ça te suffit.

— Je n'ai rien, c'est toi qui as tout.

Elle secoua la tête et murmura :

— Roberto dit toujours que tu es très intelligente et que tu as une grande sensibilité.

Mon visage entier s'enflamma.

— Il se trompe.

— Il a tout à fait raison. Comme Vittoria refusait que je parte, c'est lui qui m'a suggéré de te demander de m'accompagner.

— Je croyais que c'était une décision de ma tante.

Elle sourit. Évidemment que c'était une décision de ma tante, on ne faisait rien sans son assentiment. Mais l'idée était venue de Roberto : Giuliana, sans mentionner son fiancé, en avait parlé à sa mère, et Margherita avait consulté Vittoria. J'en fus bouleversée – c'était donc lui qui me voulait à Milan – et je ne répondis plus à Giuliana que par monosyllabes, alors que maintenant elle voulait bavarder. Je n'arrivais pas à me calmer. J'allais bientôt le revoir et passer toute la journée avec lui, chez lui, au déjeuner, au dîner, la nuit. Je finis par m'apaiser peu à peu et demandai :

— Tu sais aller jusque chez Roberto ?

— Oui, mais il vient nous chercher.

Giuliana contrôla encore son visage, puis elle sortit de son sac une pochette en cuir qu'elle renversa : le bracelet de ma tante glissa dans la paume de sa main.

— Je le mets ? s'enquit-elle.

— Pourquoi pas ?

— Je suis toujours inquiète. Vittoria se fâche si elle me voit sans ce bracelet au poignet. Mais ensuite, elle a peur que je le perde et elle me harcèle, ça m'effraie.

— Fais-y attention. Il te plaît ?

— Non.

— Pourquoi ?

Gênée, elle fit une longue pause.

— Tu n'es pas au courant ?

— Non.

— Même Tonino ne te l'a pas dit ?

— Non.

— Mon père l'a offert à la mère de Vittoria après l'avoir volé à ma grand-mère, la mère de ma mère, alors qu'elle était déjà très malade.

— Il l'a volé ? Ton père, Enzo ?

— Oui, il a mis la main dessus en douce.

— Et Vittoria le sait ?

— Bien sûr qu'elle le sait.

— Et ta mère ?

— C'est elle qui me l'a raconté.

Je me remémorai la photographie d'Enzo dans la cuisine, celle où il était en uniforme de policier. Même mort, il veillait sur les deux femmes, armé de son pistolet. Il les maintenait dans le culte de son image, femme et maîtresse ensemble. Quelle puissance ont les hommes, même les plus minables d'entre eux, et même face à des femmes courageuses et violentes comme ma tante. Sans parvenir à retenir mon sarcasme, je répétai :

— Ton père a volé le bracelet de sa belle-mère moribonde pour l'offrir à la mère de sa maîtresse qui, elle, était en bonne santé.

— Bravo, c'est exactement ça. Chez moi, on n'a jamais eu d'argent, mais lui, c'était un homme qui aimait faire bonne impression sur les gens qu'il ne connaissait pas encore, tandis qu'il n'hésitait pas à porter préjudice à ceux dont il avait déjà gagné l'affection. Ma mère a beaucoup souffert à cause de lui.

Sans réfléchir, j'ajoutai :

— Vittoria aussi.

Mais je réalisai aussitôt tout le sens et tout le poids de ces deux mots, et j'eus l'impression de comprendre pourquoi Vittoria avait cette attitude ambiguë vis-à-vis du bracelet. Formellement, elle le voulait mais, en réalité, elle avait tendance à s'en débarrasser. Formellement, il était à sa mère mais, en réalité, il ne l'était pas. Formellement, Enzo avait dû l'offrir à sa nouvelle belle-mère pour je ne sais quelle occasion mais, en réalité, il l'avait dérobé à son ancienne belle-mère en fin de vie. Tout compte fait, ce bijou prouvait que l'opinion de mon père sur l'amant de sa sœur n'était pas totalement infondée. Et, plus généralement, ce bijou témoignait que l'idylle sans égale racontée par ma tante avait dû être tout autre chose qu'une idylle. Giuliana rétorqua d'un ton méprisant :

— Vittoria ne souffre pas, Giannì, Vittoria fait souffrir. Ce bracelet me rappelle constamment les sales périodes et les souffrances. Il m'angoisse, il porte malheur.

— Les objets ne sont coupables de rien. Moi, il me plaît.

Giuliana prit une expression de découragement ironique :

— Je l'aurais parié. Il plaît aussi à Roberto.

Je l'aidai à accrocher le bijou à son poignet, le train entrait en gare.

## 14

J'aperçus Roberto avant même Giuliana, il était sur le quai, immobile au milieu de la foule. Je levai la main pour qu'il nous repère dans le cortège des voyageurs, et il leva aussitôt le bras à son tour. Giuliana accéléra le pas en traînant sa valise, et Roberto avança à sa rencontre. Ils s'étreignirent comme s'ils voulaient se réduire en petits morceaux et mêler les fragments de leurs corps, mais n'échangèrent qu'un léger baiser sur la bouche. Ensuite, Roberto prit ma main dans les siennes et me remercia d'avoir accompagné Giuliana : Sans toi, dit-il, qui sait quand nous nous serions revus. Puis il saisit la grosse valise et le sac volumineux de sa fiancée, et moi je les suivis quelques pas derrière, avec mon pauvre bagage.

C'est une personne banale, pensai-je, à moins que justement, parmi toutes ses qualités, il ait celle de savoir être banal. Au café de la Piazza Amedeo, puis les autres fois où je l'avais rencontré, j'avais eu l'impression d'avoir affaire à un professeur de grande envergure qui s'occupait de je ne sais trop quoi, mais certainement de sujets d'étude très complexes. À présent, je le voyais avancer collé à Giuliana, se penchant sans arrêt vers elle pour l'embrasser, et c'était un fiancé ordinaire de vingt-cinq ans comme on en voyait tant dans la rue, au cinéma, à la télévision.

Avant de descendre une grande volée de marches jaunâtres, il voulut porter aussi ma petite valise, mais je l'en empêchai résolument. Il continua alors à s'occuper avec affection de Giuliana. Je ne connaissais pas du tout Milan, nous passâmes au moins vingt minutes dans le métro, puis nous marchâmes encore un quart d'heure avant d'arriver à son immeuble. Là, nous gravîmes un vieil escalier en pierre sombre jusqu'au cinquième étage. Je me sentis fière d'être ainsi seule avec mon bagage, silencieuse, tandis que Giuliana, libre de toute charge, avançait sans jamais interrompre son bavardage, enfin heureuse dans chacun de ses mouvements.

Nous arrivâmes à une coursive sur laquelle donnaient trois portes. Roberto ouvrit la première et nous fit entrer dans un appartement qui me plut tout de suite, malgré une légère odeur de gaz. Contrairement à notre logement de San Giacomo dei Capri, impeccable et prisonnier de l'ordre imposé par ma mère, il régnait ici une impression de désordre propre. Nous traversâmes un couloir avec des livres empilés par terre, pour entrer dans une large pièce qui ne comportait que quelques vieux meubles, un bureau couvert de classeurs, une table, un canapé d'un rouge passé, des étagères remplies d'ouvrages sur tous les murs, et un téléviseur posé sur un cube en plastique.

Roberto s'excusa, surtout à mon adresse, disant que la concierge avait beau venir ranger tous les jours, l'appartement était structurellement peu accueillant. Je cherchai quelque réplique ironique, voulant continuer sur le ton effronté qui – j'en étais désormais certaine – lui plaisait. Mais Giuliana ne me laissa pas ouvrir la bouche et lança : Plus besoin de concierge, je m'en occuperai, tu verras comme ça sera accueillant ici. Elle jeta les bras autour du cou de Roberto, se colla à lui avec la même énergie que lors de leurs retrouvailles à la gare et, cette fois, l'embrassa longuement. Je regardai aussitôt dans une autre direction, comme si je cherchais où poser ma valise. Une minute plus tard, elle me donnait déjà des indications précises, avec des airs de maîtresse de maison.

Elle connaissait l'appartement sur le bout des doigts. Elle m'entraîna dans une cuisine aux couleurs défraîchies, rendues plus défraîchies encore par la lumière électrique à bas voltage, et elle vérifia s'il y avait bien ceci ou cela, déplorant certaines négligences de la concierge, auxquelles elle s'employa à remédier. Ce faisant, elle ne cessa pas un instant de discuter avec Roberto, elle parlait encore et toujours, le questionnant sur des personnes qu'elle appelait par leur prénom – Gigi, Sandro, Nina –, chacune d'entre elles renvoyant à quelque problème lié à la vie universitaire, sur laquelle elle paraissait bien renseignée. Une fois ou deux, Roberto avança : Peut-être que Giovanna s'ennuie. Je m'exclamai que non, et elle continua à bavarder avec désinvolture.

C'était une Giuliana différente de celle que j'avais cru connaître jusqu'à présent. Elle utilisait un ton déterminé, parfois même péremptoire, et il ressortait clairement de tout ce qu'elle disait – ou de tout ce à quoi elle faisait allusion – que non seulement Roberto l'informait minutieusement de sa vie, des difficultés liées à son travail et à ses recherches, mais aussi qu'il lui attribuait la capacité de le suivre, de le soutenir et de le guider, comme si elle avait tout à fait pour ça les compétences et la sagesse nécessaires. Bref, Roberto reconnaissait ses mérites, et je crus deviner que c'était de cette reconnaissance que Giuliana tirait la force de jouer ce rôle surprenant et audacieux. Toutefois, à deux ou trois reprises, il arriva ensuite à Roberto de la contredire avec gentillesse et affection, de la reprendre : Non, ce n'est pas exactement ça. Alors Giuliana s'interrompit, rougit, prit un ton agressif et changea rapidement d'avis, cherchant à lui montrer qu'elle pensait exactement comme lui. À ces moments-là, je la reconnus, je perçus la souffrance que lui causaient ces objections, et je me dis que si soudain Roberto lui avait fait comprendre qu'elle ne faisait que débiter des âneries, ou que sa voix lui faisait l'effet d'un clou frotté contre une tôle, elle serait tombée raide morte par terre.

Naturellement, je ne fus pas la seule à me rendre compte que sa mise en scène était fragile. Dès que ces légères fissures apparurent, Roberto l'attira immédiatement à lui, l'embrassa, lui parla avec douceur, et je cherchai à concentrer alors mon attention sur quelque chose afin de les occulter momentanément. Je pense que c'est mon embarras qui incita le jeune homme à s'exclamer : Je parie que vous avez faim, descendons au café du coin, ils ont d'excellentes viennoiseries. Dix minutes plus tard, je dévorais des gâteaux, buvais du café et cette ville inconnue commençait à m'intriguer. Je le dis, et Roberto voulut nous emmener faire un tour dans le centre. Il savait tout de Milan, il se mit en quatre pour nous montrer les principaux monuments et nous en faire l'historique, avec un soupçon de pédanterie. Nous vagabondâmes d'une église à une cour, d'une place à un musée, sans jamais nous arrêter, comme si c'était notre dernière occasion de voir la ville avant sa destruction. Tout en mentionnant souvent qu'elle n'avait pas fermé l'œil de la nuit dans le train et qu'elle était fatiguée, Giuliana se montra très intéressée, et je ne crois pas qu'elle faisait semblant. Elle avait une réelle soif d'apprendre, à laquelle s'ajoutait une sorte de sens du devoir, presque comme si son rôle de fiancée d'un jeune professeur lui imposait d'avoir le regard toujours attentif, l'oreille toujours réceptive. Mes sentiments étaient plus mitigés. Je découvris ce jour-là le plaisir de transformer un lieu inconnu en un lieu connu avec précision, en combinant le nom et l'histoire de telle rue avec le nom et l'histoire de telle place ou de tel bâtiment. Mais je voyais en même temps la scène avec un recul agacé. Je songeai à mes promenades éducatives à Naples, guidée par mon père, à l'étalage permanent de son savoir, et à mon rôle de fillette en adoration. Je me demandai : Roberto n'est-il rien d'autre que mon père jeune, autrement dit un piège ? Je le regardai lorsque nous mangions un sandwich et buvions une bière, il plaisantait et organisait un nouvel itinéraire. Je le regardai tandis qu'il se trouvait avec Giuliana dans un coin, dehors sous un grand arbre, discutant d'affaires personnelles : elle était tendue et lui serein, elle avait quelques larmes dans les yeux et lui les oreilles toutes rouges. Je le regardai se diriger joyeusement vers moi, dressant ses longs bras, car il venait d'apprendre que c'était mon anniversaire. J'exclus qu'il soit comme mon père, il y avait une différence énorme entre eux. C'est moi, en réalité, qui me sentais dans le rôle de l'enfant attentive, et je n'aimais pas ce sentiment : je voulais être une femme, une femme aimée.

Notre circuit se poursuivit. J'écoutais Roberto et me demandais pourquoi j'étais là. Je les talonnais, et me disais : Qu'est-ce que je fais en leur compagnie. Parfois je m'arrêtais intentionnellement, par exemple sur les détails d'une fresque à laquelle, à juste titre, il n'avait attribué aucune importance. Je le faisais presque dans l'intention de briser notre rythme, alors Giuliana se retournait et me soufflait : Giannì, qu'est-ce que tu fais, viens, tu vas te perdre. Ah, si je pouvais vraiment me perdre, me dis-je à un moment donné, si je pouvais m'abandonner quelque part comme un parapluie et qu'on ne sache plus jamais rien de moi. Mais il suffisait que Roberto m'appelle, m'attende, me dise ce qu'il avait déjà dit à Giuliana, me félicite pour deux ou trois de mes observations avec des expressions comme « oui, c'est vrai, je n'y avais pas pensé », pour qu'aussitôt je me sente bien et retrouve tout mon entrain. Comme c'est génial de voyager, et comme c'est génial de connaître quelqu'un qui sait tout, qui est extraordinaire par son intelligence, sa beauté et sa générosité, et qui m'explique la valeur de ce que, seule, je ne saurais pas apprécier.

## 15

Les choses se compliquèrent lorsque nous regagnâmes l'appartement, en fin d'après-midi. Roberto trouva un message sur son répondeur téléphonique : une voix féminine joyeuse lui rappelait qu'il avait un engagement dans la soirée. Giuliana était fatiguée et, quand elle entendit cette voix, je la vis très contrariée. Roberto, lui, se montra désolé d'avoir oublié ce rendez-vous, c'était un dîner fixé depuis longtemps avec ce qu'il appela son groupe de travail, des gens que Giuliana connaissait déjà presque tous. En effet, elle se souvint aussitôt d'eux et, effaçant la déception de son visage, elle afficha un grand enthousiasme. Mais maintenant, je la connaissais un peu, et je savais distinguer les moments où elle était vraiment heureuse et ceux où l'anxiété la gagnait. Ce dîner lui gâchait sa journée.

— Moi, je vais en profiter pour faire un tour, dis-je.

— Pourquoi, demanda Roberto, viens avec nous, ce sont des gens sympas, ils vont te plaire.

Je résistai, je n'avais aucune envie d'y aller. Je savais que je ne ferais que bouder en silence, ou bien je deviendrais agressive. De façon inespérée, Giuliana intervint pour me soutenir :

— Elle a raison, elle ne connaît personne, elle va s'ennuyer.

Mais lui me regarda avec insistance, comme si j'étais une page écrite dont le sens refusait de se révéler. Il fit observer :

— Tu m'as l'air d'une personne qui croit toujours qu'elle va s'ennuyer, mais qui finalement ne s'ennuie jamais.

Le ton de cette phrase m'étonna. Il ne la prononça pas avec familiarité, mais avec cette tonalité que je ne lui avais entendue qu'une seule fois, à l'église : un ton qui subjuguait, chaleureux et convaincant, comme si Roberto en savait plus sur moi que j'en savais moi-même. Cela rompit l'équilibre qui, jusqu'alors, avait plus ou moins été maintenu. Je m'ennuie vraiment, me dis-je avec hargne, tu ne peux pas savoir comme je m'ennuie, tu ne peux pas savoir comme je me suis ennuyée et comme je m'ennuie encore ; je me suis plantée en venant jusqu'ici pour toi, je n'ai fait qu'ajouter du désordre au désordre, malgré ta gentillesse et ta disponibilité. Mais tandis que cette colère bouillonnait en moi, tout bascula à nouveau. J'eus envie qu'il ne se trompe pas. Dans quelque repli de mon cerveau, une idée prit forme : Roberto avait le pouvoir de rendre les choses claires, et je désirai qu'à partir de maintenant il m'indique – lui et lui seul – ce que je n'étais pas et ce qu'au contraire j'étais. Giuliana, presque dans un murmure, glissa :

— Elle a été tellement gentille, ne l'obligeons pas à faire quelque chose qui ne lui dit rien.

Mais je l'interrompis.

— Non non, ça va, je viens, dis-je, mais mollement, sans rien faire pour atténuer l'impression que je les accompagnais uniquement pour ne pas créer de complications.

Elle fit une moue perplexe, puis courut se laver la tête. Pendant qu'elle se séchait les cheveux, mécontente du résultat, qu'elle se maquillait, qu'elle hésitait entre une robe rouge ou une jupe marron avec un chemisier vert, et qu'elle se demandait si des boucles d'oreilles et un collier suffisaient, ou s'il fallait également un bracelet, elle m'interrogeait en cherchant à se rassurer, disant à plusieurs reprises : Ne te sens pas obligée, tu peux rester, moi je suis tenue d'y aller mais je resterais volontiers avec toi, ce sont tous des gens de la fac qui parlent, qui parlent, qui parlent, et tu n'imagines même pas les airs qu'ils se donnent. Elle résuma ainsi ce qui l'effrayait en ce moment, croyant que cela m'effrayait aussi. Mais moi, je connaissais depuis l'enfance ce bavardage présomptueux des gens cultivés – Mariano, mon père et leurs amis ne faisaient que ça. Bien sûr, c'était maintenant quelque chose que je détestais, mais ce n'était pas ces palabres en soi qui m'intimidaient. Je conclus donc : Ne t'en fais pas, je viens par amour pour toi, je te tiendrai compagnie.

Nous nous retrouvâmes ainsi dans un petit restaurant dont le propriétaire, un homme grand, très maigre et grisonnant, accueillit Roberto avec chaleur et déférence. Tout est prêt, dit-il d'un ton complice, indiquant une petite salle où l'on apercevait une longue table avec de nombreux convives qui parlaient très fort. Qu'est-ce qu'il y a comme monde, me dis-je. La modestie de mon apparence me mit soudain mal à l'aise, je n'avais rien d'attirant qui puisse faciliter le contact avec des inconnus. En outre, dès le premier coup d'œil, les filles me parurent toutes très jeunes et très gracieuses, elles avaient toutes l'air cultivé, elles étaient du même genre qu'Angela et savaient briller par des attitudes enjôleuses et des voix soyeuses. Les garçons, deux ou trois, étaient minoritaires, ils avaient l'âge de Roberto ou à peine plus. Leurs regards se concentrèrent sur Giuliana, magnifique et cordiale, et même lorsque Roberto me présenta ils ne m'accordèrent que quelques secondes d'attention, j'étais trop mal fagotée.

Nous nous assîmes et je me retrouvai loin de Roberto et Giuliana, qui s'étaient mis côte à côte. Je devinai tout de suite qu'aucun de ces jeunes n'était là pour le plaisir d'être ensemble. Derrière les bonnes manières, il y avait des tensions, des inimitiés, et, s'ils avaient pu, ils auraient certainement passé leur soirée autrement. Mais dès que Roberto commença à discuter, il se créa parmi les convives une atmosphère semblable à celle que j'avais vue naître parmi les paroissiens, dans l'église du Pascone. Le corps de Roberto – sa voix, ses gestes, son regard – eut l'effet d'un liant et, en le voyant au milieu de ces gens qui l'aimaient autant que moi, et qui s'aimaient mutuellement uniquement parce qu'ils l'aimaient lui, je sentis soudain que je faisais partie moi aussi d'un même irrésistible élan vers une harmonie. Quelle voix. Quels yeux. Là, au milieu de tous ces gens, Roberto me parut être beaucoup plus que ce qu'il avait été avec Giuliana et moi, pendant ces heures de déambulation à travers Milan. Il redevint celui qu'il était quand il m'avait adressé cette phrase (« Tu m'as l'air d'une personne qui croit toujours qu'elle va s'ennuyer, mais qui finalement ne s'ennuie jamais »), et je dus admettre que je n'étais pas une privilégiée : il avait le don de montrer aux autres plus que ceux-ci n'étaient capables de voir.

Les convives mangèrent, rirent, discutèrent, se contredirent. Ils avaient à cœur de grandes questions auxquelles je ne compris pas grand-chose. Aujourd'hui, je peux simplement rapporter qu'ils parlèrent toute la soirée d'injustice, de faim, de misère, de ce qu'il faut opposer à la férocité d'une personne injuste qui accapare tout au détriment des autres, des réactions à avoir. En gros, je pourrais résumer comme suit la discussion qui rebondit, d'une manière joyeusement sérieuse, d'un bout à l'autre de la table. Faut-il avoir recours à la loi ? Et si la loi favorise l'injustice ? Et que faire si c'est la loi elle-même qui est l'injustice, si la violence de l'État la protège ? Les yeux brillaient sous l'effet de la tension, les mots toujours réfléchis avaient l'air sincèrement passionnés. Ils débattirent beaucoup et savamment, tout en mangeant et buvant, et je fus frappée de voir que les filles s'exprimaient avec plus de ferveur encore que les garçons. J'avais l'habitude des voix querelleuses provenant du bureau de mon père, des discussions ironiques avec Angela, et des passions que je feignais parfois de ressentir en classe pour faire plaisir à mes professeurs, lorsqu'ils évoquaient des sentiments qu'eux-mêmes n'éprouvaient pas. En revanche, ces filles, qui sans doute enseignaient ou allaient enseigner à l'université, étaient franches, aguerries et bienveillantes. Elles citèrent des groupes ou des associations dont je n'avais jamais entendu parler, certaines rentraient tout juste de pays lointains et racontèrent des horreurs qu'elles connaissaient pour en avoir fait l'expérience directe. Une jeune femme brune qui s'appelait Michela se distingua immédiatement par ses paroles enflammées. Elle était assise juste en face de Roberto, et il s'agissait naturellement de la Michela qui obsédait Giuliana. Elle mentionna un épisode d'oppression qui s'était peut-être produit devant ses propres yeux, j'ai oublié où – à moins que je n'aie pas envie de m'en souvenir. C'était un épisode tellement atroce que, à un moment donné, elle dut s'interrompre pour ne pas pleurer. Jusqu'à ce moment, Giuliana était restée silencieuse, elle mangeait sans appétit, le visage brouillé par la fatigue de la nuit et de la journée de tourisme. Mais quand Michela entama sa longue tirade, elle abandonna sa fourchette dans son assiette et ne fit plus que fixer la jeune femme.

Celle-ci – visage rugueux, regard étincelant derrière de grandes lunettes à la fine monture, lèvres marquées et très rouges – avait commencé en parlant à toute la tablée, mais à présent elle ne s'adressait plus qu'à Roberto. Ce n'était pas anormal, ils avaient tous cette tendance, ils lui reconnaissaient tacitement le rôle de collecteur des discours de chacun, qui devenaient ensuite, à travers sa synthèse, la conviction de tous. Mais si les autres se souvenaient, de temps en temps, de la présence des autres convives, à l'évidence Michela tenait uniquement à son attention à lui et, plus elle parlait, plus Giuliana – je le voyais bien – s'étiolait. On aurait dit que son visage s'affinait jusqu'à n'être plus que de la peau transparente, dévoilant par avance ce qu'elle deviendrait quand la maladie et la vieillesse l'abîmeraient. Qu'est-ce qui la déformait, à cet instant ? La jalousie, sans doute. Mais peut-être pas. Michela ne faisait rien qui puisse la rendre jalouse – aucun geste, par exemple, parmi ceux que m'avait énumérés Angela par le passé, pour m'illustrer les stratégies de séduction. Cette transformation de Giuliana était probablement due à la souffrance que lui provoquaient la qualité de la voix de Michela, l'efficacité de ses phrases, l'habileté avec laquelle elle savait exposer des problèmes en alternant exemples précis et généralisations. Alors que la vie semblait désormais avoir entièrement quitté le visage de mon amie, sa voix s'éleva, rauque, agressive et avec un fort accent régional :

— Si tu lui avais donné un coup de couteau, t'aurais résolu le problème.

Je compris immédiatement que c'étaient des paroles tout à fait déplacées dans cette ambiance, et je suis sûre que Giuliana le savait aussi. Mais je suis également certaine qu'elle les prononça parce que c'étaient les seules qui lui étaient venues à l'esprit pour couper court au long flot de paroles de Michela. Le silence tomba. Giuliana se rendit compte qu'elle avait dit quelque chose qu'il ne fallait pas et ses yeux devinrent vitreux, comme si elle allait s'évanouir. Elle tenta de prendre ses distances vis-à-vis d'elle-même en riant nerveusement, et elle ajouta à l'adresse de Roberto, dans un italien plus maîtrisé :

— En tout cas, c'est ce qu'on ferait, là où nous sommes nés, toi et moi, pas vrai ?

Roberto l'attira contre lui en passant un bras autour de ses épaules, il déposa un baiser sur son front et se lança dans un discours qui effaça peu à peu l'effet de trivialité laissé par les mots de sa fiancée. C'est ce qu'on ferait non seulement là où nous sommes nés, dit-il, mais partout ailleurs aussi, parce que c'est la solution la plus facile. Mais lui, naturellement, n'était pas pour les solutions faciles, et aucun des jeunes à cette table ne l'était. Même Giuliana se hâta de dire, de nouveau presque en dialecte, qu'elle ne pensait pas qu'il fallait opposer la violence à la violence, mais elle s'embrouilla – j'éprouvai beaucoup de peine pour elle – et se tut aussitôt, tout le monde s'était déjà remis à écouter Roberto. Il faut donner une réponse ferme et obstinée à l'injustice, dit-il : tu fais ça à ton prochain et moi je te dis que tu ne dois pas le faire, et si tu continues, moi je continue à m'opposer, et si tu m'écrases par la force, moi je me relève, et si je n'arrive pas à me relever, d'autres se relèveront, puis d'autres encore. En parlant, il fixait la table, puis soudain il relevait la tête pour dévisager un à un les convives, de ses yeux fascinants.

À la fin, tous furent convaincus que telle était la bonne réaction, y compris Giuliana, et moi aussi. Mais Michela – et je sentis de la surprise parmi ses collègues – eut un mouvement d'agacement, et s'exclama qu'à la force injuste on ne répondait pas par la faiblesse. Silence. L'agacement, même léger, n'était pas de mise à cette table. Je regardai Giuliana, elle scrutait Michela avec colère, et je craignis qu'elle n'intervienne à nouveau contre elle, bien que les quelques mots de sa rivale présumée semblent proches de la thèse des coups de couteau. Mais Roberto répliquait déjà : Les justes ne peuvent être que faibles, ils ont le courage sans la force. Tout à coup, quelques lignes que j'avais lues peu auparavant me revinrent à l'esprit, je les mêlai à d'autres et murmurai, presque sans le vouloir : Ils ont la faiblesse de l'imbécile qui cesse d'offrir de la viande et du gras à Dieu, qui est plus que repu, pour les donner à son prochain, à la veuve, à l'orphelin et à l'étranger. C'est tout ce qui me sortit de la bouche, d'un ton tranquille et même légèrement ironique. Et comme mes paroles furent aussitôt reprises avec approbation par Roberto, qui utilisa et développa la métaphore de l'imbécillité, elles plurent à tout le monde, sauf peut-être à Michela. Elle me lança un regard intrigué et, à ce moment-là, Giuliana se mit à rire, d'un rire bruyant.

— Qu'est-ce qu'il y a de drôle ? demanda Michela, glaciale.

— Je n'ai pas le droit de rire ?

— Mais si, rions, intervint Roberto en utilisant la première personne du pluriel, bien que lui n'ait pas ri. Aujourd'hui c'est la fête, Giovanna a seize ans.

À cet instant, les lumières de la salle s'éteignirent, et un serveur apparut avec un gros gâteau au glaçage blanc sur lequel tremblotaient les flammes de seize bougies.

## 16

Ce fut un anniversaire fantastique, je me sentis entourée de gentillesse et de cordialité. Mais, à un moment donné, Giuliana déclara qu'elle était très fatiguée, et nous rentrâmes chez Roberto. Je fus frappée de voir qu'une fois à l'appartement elle ne reprit pas ses manières de maîtresse de maison du matin. Elle resta immobile devant la fenêtre du séjour, comme hypnotisée par l'obscurité, et elle laissa Roberto s'occuper de tout. Il fut plein d'attentions, il nous fournit des serviettes propres, et il tint un discours ironique sur le canapé, qui était très inconfortable et un casse-tête à ouvrir. Seule la concierge arrive à le déplier facilement, dit-il. Ce qu'il confirma en luttant vainement, avant de réussir enfin à déployer au milieu de la pièce un lit double déjà fait, avec des draps tout blancs. Je touchai les draps et dis : Il fait frais, tu n'aurais pas une couverture ? Il hocha la tête et disparut dans la chambre.

Je demandai à Giuliana :

— Tu dors de quel côté ?

Elle s'arracha à l'obscurité de l'autre côté du verre, pour répondre :

— Je dors avec Roberto, comme ça tu seras plus à l'aise.

J'étais sûre que cela se passerait ainsi, mais je soulignai tout de même :

— Vittoria m'a fait jurer que nous dormirions ensemble.

— Elle le faisait jurer aussi à Tonino, mais il n'a jamais tenu sa promesse. Tu veux la tenir, toi ?

— Non.

— Tu sais que je t'aime, dit-elle en m'embrassant sur la joue sans enthousiasme tandis que Roberto revenait avec une couverture et un oreiller. C'est Giuliana qui disparut alors dans la chambre, et Roberto, au cas où je me réveillerais en premier et voudrais prendre mon petit déjeuner, m'indiqua où se trouvaient le café, les biscuits et les tasses. Une très forte odeur de gaz émanait de la chaudière, je lui demandai :

— Il y a une fuite, on va mourir ?

— Non, je ne pense pas, toutes les fenêtres sont dans un état lamentable.

— Ça m'embêterait de mourir à seize ans.

— Ça fait sept ans que je vis ici, et je ne suis pas mort.

— Qui me le garantit ?

Il sourit et répondit :

— Personne. Je suis content que tu sois ici, bonne nuit.

Ce sont les seules paroles que nous échangeâmes en tête à tête. Il rejoignit Giuliana dans la chambre et referma la porte.

J'ouvris ma petite valise à la recherche de mon pyjama, j'entendis Giuliana pleurer, Roberto lui murmura quelque chose et elle chuchota à son tour. Puis ils se mirent à rire, Giuliana d'abord, Roberto ensuite. J'allai dans la salle de bains en espérant qu'ils s'endormiraient vite, je me déshabillai et me brossai les dents. Porte qui s'ouvre, porte qui se ferme, des pas. Giuliana frappa et fit : Je peux entrer ? Je la laissai entrer, elle portait sur le bras une chemise de nuit bleue avec de la dentelle blanche. Elle me demanda si ce vêtement me plaisait, je lui fis des compliments. Elle fit couler de l'eau dans le bidet et commença à se déshabiller. Je sortis précipitamment (Qu'est-ce que je suis bête, pourquoi je me suis fourrée dans une situation pareille ?), le lit grinça quand je me glissai sous la couverture. Giuliana traversa la pièce dans l'autre sens, la chemise de nuit collait à son corps harmonieux. Elle n'avait rien gardé dessous, ses seins étaient petits mais fermes et pleins de grâce.

Bonne nuit, dit-elle. Bonne nuit, dis-je. J'éteignis la lumière et mis la tête sous mon coussin, que je pressai contre mes oreilles. Qu'est-ce que je sais sur le sexe, moi ? Tout et rien. Ce que j'ai lu dans les livres, le plaisir de la masturbation, la bouche et le corps d'Angela, les parties génitales de Corrado. Pour la première fois, je perçus ma virginité comme une humiliation. Ce que je ne veux pas, c'est penser au plaisir de Giuliana, m'imaginer à sa place. Je ne suis pas elle. Je me trouve ici et pas dans cette chambre, je ne veux pas qu'il m'embrasse, me touche et me pénètre comme Vittoria a raconté qu'Enzo le faisait, je suis leur amie à tous les deux. Cependant, je transpirais sous la couverture, mes cheveux étaient déjà humides, j'avais du mal à respirer. J'ôtai l'oreiller. Ce que la chair est faible et poisseuse. Je m'efforçai de me considérer comme un simple squelette et me mis à répertorier un à un les bruits de l'appartement : bois qui craque, frigo qui vibre, petits claquements – peut-être la chaudière –, vrillettes dans le bureau. Aucun bruit ne me parvenait de la chambre, pas le moindre ressort qui grince, pas un soupir. Peut-être s'étaient-ils avoué qu'ils étaient fatigués et dormaient-ils déjà. Peut-être avaient-ils décidé, en s'échangeant des signaux, de ne pas utiliser le lit, pour éviter d'être entendus. Peut-être étaient-ils debout. Peut-être ne soupiraient-ils même pas, ni ne gémissaient, par discrétion. J'imaginai leurs corps s'unir dans des positions que je n'avais vues qu'en dessin ou en peinture, mais, dès que je réalisai ce que je faisais, je chassai ces images. Peut-être ne se désiraient-ils pas vraiment ? Ils avaient perdu la journée entière en visites touristiques et en bavardages. Oui, c'était cela : aucune passion.

Je doutais que l'on puisse faire l'amour dans un silence aussi absolu : moi, j'aurais ri et j'aurais prononcé des paroles enflammées. La porte de la chambre s'ouvrit doucement, je vis la silhouette noire de Giuliana traverser la pièce sur la pointe des pieds, et je l'entendis s'enfermer à nouveau dans la salle de bains. Voilà, l'eau coulait. Je pleurai un peu et m'endormis.

## 17

La sirène d'une ambulance me réveilla. Il était quatre heures du matin, j'eus du mal à me rappeler où j'étais et, quand je m'en souvins, je pensai aussitôt : Je serai malheureuse toute ma vie. Je restai éveillée dans mon lit jusqu'au lever du jour, organisant avec minutie l'existence malheureuse qui m'attendait. Je devais demeurer auprès de Roberto d'une manière discrète, je devais me faire aimer. Je devais apprendre toujours plus de choses parmi celles qui lui tenaient à cœur. Je devais trouver un travail pas trop éloigné du sien, enseigner moi aussi à l'université, peut-être à Milan si Giuliana l'emportait, ou à Naples si c'était ma tante. Je devais faire en sorte que leur couple dure toujours, en combler moi-même les brèches, et les aider tous les deux à élever leurs enfants. Bref, je décidai définitivement de vivre dans leur ombre, en me contentant de miettes. Puis, sans le vouloir, je me rendormis.

Je me réveillai brusquement à neuf heures, l'appartement était encore silencieux. J'allai dans la salle de bains, évitant de me regarder dans le miroir, je me lavai et me cachai dans le chemisier que je portais déjà la veille. Je crus entendre des voix étouffées dans la chambre, alors j'explorai la cuisine, mis la table pour trois et préparai le café. Mais les bruits provenant de l'autre pièce n'augmentaient pas, la porte ne s'ouvrit pas, aucun des deux ne pointa le bout de son nez. J'eus simplement l'impression, à un moment donné, d'entendre Giuliana réprimer un rire, ou peut-être un gémissement. Cela me causa une telle souffrance que je décidai – mais plus qu'une décision, ce fut sans doute un accès d'impatience – de tambouriner à leur porte, sans hésitation.

Silence absolu. Je frappai à nouveau, un coup déterminé.

— Oui ? fit Roberto.

Je demandai d'un ton joyeux :

— Je vous amène le café ? Il est prêt.

— On arrive, répondit Roberto, mais Giuliana s'exclama en même temps :

— Quelle bonne idée, merci.

Je les entendis rire à cette superposition de paroles contradictoires et je promis, encore plus allègre :

— J'arrive dans cinq minutes.

Je dénichai un plateau, où je disposai tasses, assiettes et couverts, ainsi que du pain, des biscuits, du beurre, de la confiture de fraises dont j'enlevai quelque trace blanchâtre de moisi, et la cafetière fumante. Je le fis avec une bonne humeur soudaine, comme si ma seule possibilité de survie prenait forme en ce moment. La seule chose qui m'effraya, ce fut une brusque inclinaison du plateau tandis que, de ma main libre, j'abaissais la poignée de la porte. Je craignis que la cafetière et tout le reste ne finissent à terre, mais non. Toutefois, ma satisfaction se dissipa : l'équilibre précaire du plateau me contamina, et j'avançai comme si ce n'était pas le plateau mais moi qui risquais de finir sur le sol.

La chambre, contrairement à ce que j'imaginais, n'était pas plongée dans l'obscurité. Il y avait de la lumière, les stores étaient relevés et la fenêtre entrouverte. Tous deux étaient couchés sous une légère couverture blanche. Mais Roberto – un homme au physique banal, avec des épaules trop larges et un torse étroit – se tenait appuyé contre la tête de lit, l'air gêné, tandis que Giuliana, épaules nues, la joue contre la poitrine velue de son fiancé, une main lui effleurant le visage comme dans une caresse tout juste interrompue, était joyeuse. Les voir ainsi balaya tous mes projets. Être près d'eux n'atténuait en rien le malheur de ma condition, cela me transformait en spectatrice de leur bonheur – et à ce moment-là, j'eus l'impression que c'était surtout Giuliana qui me voulait ainsi. Pendant les quelques minutes que j'avais employées à préparer le plateau, ils auraient pu se rhabiller, mais elle avait dû l'en empêcher. Elle s'était faufilée nue hors du lit, avait ouvert la fenêtre pour changer l'air et s'était recouchée afin de m'accueillir dans la pose étudiée d'une jeune femme ayant passé une nuit d'amour et qui se tient blottie entre les draps contre son amoureux, une jambe par-dessus les siennes. Non, non, mon idée de devenir une espèce de tante, toujours prête à accourir et à leur donner un coup de main, n'était pas le pire des poisons. Ce spectacle – car pour Giuliana, il devait bien s'agir de cela : une façon de se montrer comme au cinéma, une manière, probablement dénuée de malveillance, d'exhiber son bien-être, de profiter de mon irruption pour me le donner à voir et m'assigner la tâche de fixer et d'authentifier cet instant fugitif, comme on fait appel à un témoin – me parut d'une cruauté insupportable. Et pourtant je restai là, assise sur le bord du lit, prudemment installée du côté de Giuliana, et je les remerciai encore une fois pour la fête de la veille, en sirotant mon café avec eux. À présent, ils avaient dénoué leur étreinte, Giuliana se couvrait maladroitement d'un drap et Roberto avait fini par enfiler une chemise que je lui avais passée moi-même, à la demande de sa fiancée.

— Qu'est-ce que tu es gentille, Giannì, je n'oublierai jamais ce petit-déjeuner, s'exclama-t-elle, et elle chercha à me prendre dans ses bras, faisant dangereusement tanguer le plateau posé sur un oreiller. Quant à Roberto, après une gorgée de café, il me dit d'un ton détaché, en me regardant comme si j'étais un tableau sur lequel on lui avait demandé de formuler un avis :

— Tu es très belle.

## 18

Au retour, Giuliana fit ce qu'elle n'avait pas fait à l'aller. Alors que le train avançait avec une lenteur exaspérante, elle me retint dans le couloir, entre le compartiment et la fenêtre donnant sur l'obscurité, et me parla sans jamais s'arrêter.

Roberto nous avait accompagnées à la gare, l'adieu entre les fiancés avait été douloureux, ils s'étaient embrassés encore et encore, enlacés, étreints. Moi, je n'avais pas pu m'empêcher de les regarder, ce couple était un régal pour les yeux, il n'y avait aucun doute qu'il l'aimait et qu'elle ne pouvait se passer de cet amour. Mais cette phrase – « tu es très belle » – ne voulait plus me sortir de la tête : quel coup au cœur ça avait été. J'avais répliqué sur un ton rude qui avait sonné faux, articulant mal tant mon émotion était grande : Ne te moque pas. Giuliana avait aussitôt ajouté, sérieuse : C'est vrai, Giannì, tu es très belle. J'avais murmuré : Je suis la copie conforme de Vittoria. Tous deux s'étaient exclamés, indignés, lui en riant et elle en fendant l'air d'une main : Vittoria, mais qu'est-ce que tu racontes, tu es folle ? Alors, stupidement, j'avais éclaté en sanglots. Des pleurs brefs, juste quelques secondes, comme une quinte de toux aussitôt étouffée, qui cependant les avaient troublés. Lui, surtout, avait murmuré : Qu'est-ce qui se passe, calme-toi, on a dit quelque chose qu'il ne fallait pas ? Honteuse, je m'étais aussitôt ressaisie, mais ce compliment était resté là, intact, dans ma tête, et il y était encore, à la gare, sur le quai, tandis que je plaçais les bagages dans notre compartiment et que tous deux se parlaient par la fenêtre, jusqu'à la dernière minute.

Le train démarra, nous restâmes dans le couloir. À la fois pour me donner une contenance, pour chasser la voix de Roberto – « tu es très belle » – et pour consoler Giuliana, je m'exclamai : Qu'est-ce qu'il t'aime, ça doit être merveilleux d'être aimée comme ça. Brusquement saisie par le désespoir, elle se mit à vider son sac, moitié en italien moitié en dialecte, et ne s'arrêta plus. Nous voyagions en nous tenant tout près l'une de l'autre – nos hanches se touchaient, elle me prenait souvent le bras ou la main –, mais en réalité nous étions séparées : moi, je continuais à entendre Roberto qui me disait ces quatre mots – et je jubilais, cela me semblait la formule magique et très secrète de ma résurrection –, tandis qu'elle, de son côté, éprouvait le besoin de me dire jusqu'au bout ce qui la faisait souffrir. Elle s'épancha longuement, déformée par la colère et l'angoisse, et je l'écoutai avec attention, l'encourageant à poursuivre. Mais alors qu'elle souffrait, les yeux exorbités, tripotant machinalement ses cheveux qu'elle entortillait autour de son index et de son majeur avant de les lâcher soudain comme si cette mèche était un serpent, moi je me sentais heureuse, et j'étais toujours sur le point de l'interrompre pour lui demander, de but en blanc : Tu penses que Roberto était sérieux quand il a dit que j'étais très belle ?

Le monologue de Giuliana dura longtemps. Oui, disait-elle en résumé, il m'aime, mais moi je l'aime beaucoup, beaucoup plus, parce qu'il a changé ma vie, parce qu'il m'a soudain arrachée à ce lieu où j'étais destinée à rester et qu'il m'a placée à son côté, et maintenant je ne peux aller nulle part ailleurs, tu comprends, s'il change d'avis et m'écarte, je ne saurai plus être moi-même, je ne saurai même plus qui je suis ; alors que, lui, il sait depuis toujours qui il est, il le savait déjà enfant, je m'en souviens, tu ne peux pas imaginer ce qui se passait dès qu'il ouvrait la bouche, tu as vu le fils de l'avocat Sargente, Rosario, il est mauvais, personne ne peut s'en prendre à lui, eh bien Roberto savait le charmer comme on charme les serpents, et il l'obligeait à se tenir tranquille, et si tu n'as pas vu ça, tu ne sais pas qui c'est, Roberto, mais moi j'ai tout vu, et pas seulement avec un gars comme Rosario qui est idiot, mais pense à hier soir, hein, hier soir c'étaient tous des professeurs, le haut du panier, et pourtant tu t'es rendu compte que, si ces gens tellement intelligents et cultivés étaient là, c'était uniquement pour lui, pour lui faire plaisir, parce que, s'il n'était pas là, ils se sauteraient à la gorge – tu devrais entendre, dès que Roberto a le dos tourné, toutes les jalousies, les méchancetés, les paroles mauvaises et les obscénités qu'ils échangent ; du coup, Giannì, il n'y a pas d'égalité entre lui et moi, et si je mourais maintenant, dans ce train, Roberto serait triste, bien sûr, il souffrirait, mais ensuite il continuerait à être celui qu'il est, alors que moi, je ne dis pas s'il mourait – ça je ne peux même pas y penser –, mais s'il me quittait – tu as vu comment toutes les filles le regardent, et tu as vu comme elles sont belles, intelligentes, et tout ce qu'elles savent –, s'il me quittait parce que l'une d'elles lui mettait le grappin dessus, Michela par exemple – elle, elle ne vient que pour parler avec lui, tous les autres elle s'en fout, et c'est quelqu'un d'important, elle ira loin, c'est sûr, et c'est justement pour ça qu'elle le veut, parce que, avec lui, elle pourrait même devenir, je ne sais pas, présidente de la République –, bref, si Michela prenait la place que j'ai aujourd'hui, Giannì, je me tuerais, je serais obligée de me tuer, parce que, même si je vivais, je vivrais sans être plus rien.

C'est en gros ce qu'elle ressassa des heures entières, de manière obsessionnelle, les yeux écarquillés, la bouche tordue. J'écoutai pendant tout ce temps son déluge de paroles, dans le couloir désert du train, et je dois avouer que ma peine pour elle augmenta, en même temps qu'une certaine admiration. Je la considérais comme une adulte, et je n'étais qu'une gamine. Je n'aurais certainement pas été capable d'une lucidité si impitoyable : dans les moments les plus critiques, je savais mentir, y compris à moi-même. Elle, au contraire, ne s'aveuglait pas, ne se bouchait pas les oreilles, elle décrivait sa situation avec précision. Toutefois, je ne fis pas grand-chose pour la consoler, et je me limitai à répéter de temps à autre une idée que je tentai aussi de faire définitivement mienne. Roberto, dis-je, vit à Milan depuis très longtemps, il a connu je ne sais combien de filles comme cette Michela et, tu as raison, on voit bien qu'elles sont toutes fascinées par lui ; mais c'est avec toi qu'il veut vivre, parce que tu es totalement différente des autres, alors il ne faut pas que tu changes, il faut que tu restes ce que tu es, il n'y a qu'ainsi qu'il t'aimera toujours.

C'était un petit laïus prononcé avec une émotion un peu artificielle, rien d'autre. Par ailleurs, je glissai de mon côté dans mon propre monologue intérieur, qui se développa parallèlement à son discours. Je ne suis pas vraiment belle, pensais-je, et je ne le serai jamais. Roberto a compris que je me sentais moche et perdue, et il a voulu me consoler avec un pieux mensonge : c'est probablement ce qui a motivé cette phrase. Mais, s'il avait véritablement vu en moi une beauté que je ne sais pas voir ? Et si je lui avais vraiment plu ? Certes, il m'a dit « tu es très belle » en présence de Giuliana, donc sans malice. Et Giuliana a acquiescé, elle non plus n'y a pas vu de malice. Mais si, au contraire, la malice était bien cachée tout au fond de ces mots, et qu'elle lui avait échappé à lui aussi ? Et si maintenant, en ce moment même, cette malice lui apparaissait, et si Roberto, en y repensant, était en train de se demander : Pourquoi est-ce que j'ai dit ça, quelles étaient mes intentions ? Oui, quelles étaient ses intentions ? Il faut que je sache, c'est important. J'ai son numéro, je vais l'appeler et lui dire : Tu trouves vraiment que je suis belle ? Attention à ce que tu réponds, mes traits ont déjà changé à cause de mon père et je suis devenue moche, alors ne t'avise pas de jouer à me changer toi aussi en me faisant devenir belle. Je suis fatiguée d'être exposée aux mots des autres. J'ai besoin de savoir ce que je suis vraiment et quelle personne je peux devenir, aide-moi. Voilà, un tel discours devrait lui plaire. Mais dans quel but lui tenir ces propos ? Qu'est-ce que je désire vraiment de lui, surtout maintenant, au moment même où cette fille m'inonde de sa douleur ? Est-ce que je veux qu'il me confirme que je suis belle, plus belle que toutes les autres, sa fiancée comprise ? C'est ce que je veux ? Ou bien plus, encore plus ?

Giuliana fut reconnaissante de mon écoute patiente. À un moment donné, elle me prit la main, émue, et m'adressa des louanges – Ah, tu as été géniale, Giannì, avec juste quelques mots, tu lui as collé un pain en pleine gueule, à Michela, merci ; tu dois m'aider, tu dois m'aider toute la vie, et si j'ai une fille je l'appellerai comme toi, et il faudra qu'elle devienne aussi intelligente que toi – et elle voulut que je jure de la soutenir de toutes les façons possibles. Je jurai, mais cela ne suffit pas, elle m'imposa un véritable pacte : au moins tant qu'elle ne serait pas mariée et ne vivrait pas à

Milan, je devrais la surveiller pour qu'elle ne perde pas la tête et ne se persuade jamais de choses qui n'étaient pas vraies.

J'acceptai, elle me parut plus calme, et nous décidâmes de nous allonger un peu sur nos couchettes. Je m'endormis aussitôt mais, à quelques kilomètres de Naples, alors qu'il faisait déjà jour, je sentis qu'on me secouait : je sortis de mon demi-sommeil et je la vis qui m'indiquait son poignet, le regard effaré :

— *Madonna mia*, Giannì, je n'ai pas le bracelet.

## 19

Je quittai ma couchette.

— Comment est-ce possible ?

— Aucune idée, je ne sais pas où je l'ai mis.

Elle fouilla son sac et sa valise, sans le trouver. Je tentai de la calmer :

— Tu l'as sûrement laissé chez Roberto.

— Non, il était là, dans la poche de mon sac.

— Tu en es sûre ?

— Je ne suis sûre de rien.

— Tu l'avais, à la pizzeria ?

— Je me souviens que je voulais le mettre, mais je ne sais plus si je l'ai fait.

— Je crois que tu l'avais.

Nous continuâmes ainsi jusqu'à ce que le train entre en gare. Sa nervosité me gagna. Je commençai à craindre moi aussi que le fermoir se soit rompu et qu'elle ait perdu le bracelet, ou qu'elle se le soit fait voler dans le métro, voire qu'il lui ait été dérobé pendant son sommeil par l'un des passagers de notre compartiment. Nous connaissions toutes deux les fureurs de Vittoria, et il était évident que, si nous rentrions sans le bijou, elle nous ferait passer un mauvais quart d'heure.

Une fois que nous fûmes descendues du train, Giuliana courut à un téléphone public et composa le numéro de Roberto. Le téléphone sonnait, elle se coiffait avec ses doigts et murmurait à mi-voix : Il ne répond pas. Elle me fixait et répétait : Il ne répond pas. Au bout de quelques secondes, elle grommela en dialecte, brisant le mur qui sépare ce qui se dit et ce qui ne se dit pas, dans une pulsion d'autodestruction : Il doit être en train de baiser Michela, il veut pas être interrompu. Mais Roberto répondit enfin, et elle passa aussitôt à une voix affectueuse, refoulant son angoisse, mais continuant à tripoter sans fin ses cheveux. Elle lui expliqua le problème du bracelet, puis se tut un instant et murmura d'un ton soumis : D'accord, je te rappelle dans cinq minutes. Elle raccrocha et lança, hargneuse : Il doit finir de niquer. Arrête, protestai-je agacée, calme-toi. Elle fit oui de la tête, honteuse, s'excusa, puis dit que Roberto n'avait pas vu le bracelet, il allait inspecter tout de suite l'appartement. Je restai auprès de nos bagages et elle se mit à faire des allées et venues, très tendue, et agressive envers les hommes qui la regardaient ou lui lançaient des obscénités.

— Les cinq minutes sont passées ? cria-t-elle presque.

— Même dix.

— Tu pouvais pas me le dire ?

Elle courut mettre des jetons dans le téléphone. Roberto répondit aussitôt, elle l'écouta et s'exclama : Heureusement. La voix de Roberto me parvint aussi, mais indistincte. Pendant qu'il parlait, Giuliana me chuchota, soulagée : Il l'a trouvé, je l'avais laissé dans la cuisine. Puis, elle me tourna le dos pour lui dire des mots d'amour, que j'entendis quand même. Quand elle raccrocha, elle avait l'air contente, mais cela ne dura pas et elle murmura : Comment je peux être sûre que, dès que je disparais, Michela ne se fourre pas dans son lit ? Elle s'arrêta près de l'escalier menant au métro. Nous devions nous quitter là car nous allions dans des directions opposées, mais elle me dit :

— Attends un peu, je n'ai pas envie de rentrer et de subir l'interrogatoire de Vittoria.

— Ne lui réponds pas.

— Mais elle va me torturer parce que je n'ai pas son putain de bracelet.

— Tu es trop stressée, tu ne peux pas vivre comme ça.

— Je suis stressée en permanence, par tout et n'importe quoi. Tu veux savoir ce qui m'est venu en tête, à l'instant même, pendant que je te parlais ?

— Dis-moi.

— Et si Michela allait chez Roberto ? Si elle voyait le bracelet ? Si elle le prenait ?

— Roberto ne le permettrait pas. Et puis, tu imagines tous les bracelets qu'elle peut s'offrir, Michela ? Qu'est-ce que tu veux qu'elle en fasse, de ton bracelet ? Il ne te plaît même pas à toi.

Elle me dévisagea, entortilla une mèche autour de ses doigts et murmura :

— Mais il plaît à Roberto, et tout ce qu'il aime, elle l'aime aussi.

Elle voulut lâcher la mèche avec ce geste machinal qu'elle faisait depuis des heures, mais ce ne fut pas nécessaire : les cheveux restèrent enroulés autour de ses doigts. Elle les fixa, horrifiée, puis murmura :

— Qu'est-ce qui m'arrive ?

— Tu es tellement stressée que tu t'es arraché les cheveux.

Elle regardait sa mèche, son visage était devenu tout rouge.

— Non, je ne me les suis pas arrachés, ils sont tombés tout seuls.

Elle saisit une autre mèche et dit :

— Regarde.

— Ne tire pas.

Elle tira et une autre mèche de longs cheveux lui resta entre les doigts. Le sang qui avait afflué sur son visage disparut d'un coup, elle devint très pâle.

— Je suis en train de mourir, Giannì ? Je meurs ?

— On ne meurt pas pour quelques cheveux qui tombent.

Je m'efforçai de la calmer, mais elle était comme submergée par toute l'angoisse qu'elle avait éprouvée, de l'enfance à aujourd'hui : son père, sa mère, Vittoria, les incompréhensibles vociférations des adultes autour d'elle, et maintenant Roberto et cette peur de ne pas le mériter et de le perdre. Elle insista pour me montrer sa tête : Écarte mes cheveux, regarde ce que j'ai. Je m'exécutai, il y avait une petite tache blanche de cuir chevelu, un trou insignifiant sur le haut du crâne. Je l'accompagnai en bas, jusqu'au quai de son métro.

— Ne parle pas à Vittoria du bracelet, lui recommandai-je, raconte-lui seulement notre promenade touristique à Milan.

— Et si elle me pose la question ?
— Gagne du temps.
— Et si elle veut le voir tout de suite ?
— Dis que tu me l'as prêté. Mais repose-toi.
Je réussis à la persuader de monter dans sa rame en direction de Gianturco.

## 20

Aujourd'hui encore, je suis intéressée par la manière dont notre cerveau est capable d'élaborer des stratégies et de les mettre en œuvre sans se les révéler à lui-même. Dire qu'il s'agit d'actes inconscients me semble approximatif, voire hypocrite. Je savais très bien que je voulais à tout prix retourner immédiatement à Milan, mon être entier le savait, mais je ne me l'avouais pas. Et sans jamais admettre le but de ce nouveau voyage épuisant, je me persuadai que ce départ, une heure après être arrivée, était indispensable, urgent et motivé par de nobles raisons : alléger l'état d'angoisse de Giuliana en récupérant le bracelet, dire à son fiancé ce qu'elle lui taisait – à savoir qu'il devait l'épouser maintenant, avant qu'il ne soit trop tard, et l'emmener loin du Pascone, sans se soucier de dettes morales, sociales et autres bêtises –, et protéger mon amie adulte en déviant sur moi, encore gamine, les foudres de ma tante.

C'est ainsi que j'achetai un nouveau billet et téléphonai à ma mère pour la prévenir, sans accepter aucune lamentation en retour, que je restais un jour de plus à Milan. Le train allait bientôt partir quand je réalisai que je n'avais pas averti Roberto. Je l'appelai comme si s'accomplissait ce que nous nommons, avec une autre expression de facilité, le destin. Il me répondit tout de suite et, pour être honnête, je ne me souviens plus de notre échange, mais j'aimerais raconter qu'il en alla ainsi :

— Giuliana est pressée de récupérer son bracelet, je repars.

— Je suis désolé, tu dois être fatiguée.

— Ce n'est pas grave, je reviens volontiers.

— Tu arrives à quelle heure ?

— 22 h 08.

— Je viens te chercher.

— Je t'attendrai.

Mais il s'agit là d'un dialogue imaginaire, qui suggère crûment une espèce d'accord tacite entre Roberto et moi : Tu m'as dit que j'étais très belle, du coup, dès que mon train est arrivé, et même si je suis épuisée, j'ai décidé de prendre un autre train, me servant du prétexte de ce bracelet magique qui, tu le sais mieux que moi, n'a de magique que l'occasion qu'il nous offre de coucher ensemble cette nuit, dans le lit même où je t'ai vu hier matin avec Giuliana. Mais je doute qu'il y ait eu un véritable dialogue entre lui et moi, je me limitai certainement à une communication sans fioritures, comme j'avais tendance à le faire à cette époque :

— Giuliana a besoin de son bracelet au plus vite. Je prends le train, je serai à Milan dans la soirée.

Peut-être me répondit-il quelque chose, peut-être pas.

## 21

J'étais si fatiguée que je dormis pendant des heures, malgré le compartiment bondé, les bavardages, les portes claquées, la voix des haut-parleurs, les longs coups de sifflet et les bruits de roulement. Les problèmes débutèrent au réveil. Je me touchai immédiatement la tête, convaincue d'être chauve – je devais avoir fait un cauchemar. Cependant, ce dont j'avais rêvé s'était déjà évaporé, et tout ce qui me restait c'était cette impression que mes cheveux s'en allaient par mèches encore plus épaisses que celles de Giuliana, à ceci près qu'il ne s'agissait pas de mes vrais cheveux, mais de ceux que mon père admirait lorsque j'étais enfant.

Je demeurai les yeux fermés, à moitié endormie. On aurait dit que la trop grande proximité avec Giuliana avait fini par me contaminer. Son désespoir était désormais aussi le mien, elle devait me l'avoir transmis, et mon organisme se consumait comme le sien. Effrayée, je m'efforçai de sortir définitivement du sommeil. Mais l'agacement d'avoir en tête Giuliana et ses tourments, au moment même où je me dirigeais vers son fiancé, ne me quitta plus.

Irritée, je commençai à trouver mes compagnons de voyage insupportables, et je sortis dans le couloir. Je tentai de me consoler avec des citations sur la puissance de l'amour auquel, même quand on le veut, on ne peut échapper. C'étaient des extraits de poèmes ou des passages de romans, ils venaient d'ouvrages qui m'avaient plu, je les avais recopiés dans mes cahiers. Mais l'image de Giuliana ne s'estompait pas. Ce qui me restait surtout, c'était cette image d'elle avec des mèches de ses cheveux dans la main, cette part d'elle-même qui s'en allait presque avec douceur. Sans faire de lien immédiat, je me dis : Si actuellement je n'ai pas encore les traits de Vittoria, bientôt ces traits se déposeront définitivement sur mes os, et ils ne s'en iront plus.

Ce fut un vilain moment, peut-être le pire de toutes ces vilaines années. J'étais debout, dans un couloir identique à celui où j'avais passé une bonne partie de la nuit précédente à écouter Giuliana qui, pour s'assurer de mon attention, me prenait la main, me tirait par le bras et heurtait sans arrêt son corps contre le mien. Le soleil se couchait, la campagne bleutée était fendue par le fracas du train qui filait, une autre nuit arrivait. Tout à coup, je parvins à me dire avec clarté que je n'avais pas de nobles intentions, que je n'effectuais pas ce voyage pour récupérer le bracelet, que je ne voulais pas aider Giuliana. J'allais la trahir, j'allais prendre l'homme qu'elle aimait. Beaucoup plus sournoisement que Michela, je voulais la chasser de la place que Roberto lui avait faite à son côté, et détruire son existence. Je me sentais autorisée à le faire parce qu'un garçon qui m'avait paru extraordinaire – plus extraordinaire encore que mon père avant qu'il ne laisse échapper que je prenais les traits de Vittoria – m'avait dit qu'au contraire j'étais très belle. Mais à présent – alors que le train approchait de Milan – je devais reconnaître que, précisément parce que j'étais fière de cette marque de distinction et que j'allais faire ce que j'avais en tête, déterminée à ne pas me laisser arrêter par quoi que ce soit, mon visage ne pouvait être que le calque de celui de Vittoria. En trahissant la confiance de Giuliana, je deviendrais en effet comme ma tante lorsqu'elle avait détruit la vie de Margherita, et peut-être aussi comme son frère, mon père, lorsqu'il avait détruit celle de ma mère. Je me sentis coupable. J'étais vierge et, cette nuit même, je voulais perdre ma virginité avec la seule personne qui m'avait attribué, par la grâce de son immense autorité masculine, une nouvelle beauté. J'avais l'impression que c'était mon droit, et que j'entrerais ainsi dans l'âge adulte. Mais en descendant du train, je me sentis effrayée. Je ne voulais pas devenir une femme de cette manière. La beauté que Roberto m'avait reconnue ressemblait trop à celle qu'on prête à ceux qui font souffrir les gens.

## 22

Au téléphone, j'avais cru comprendre qu'il m'attendrait sur le quai, comme il l'avait fait avec Giuliana, or je ne le trouvai pas. J'attendis un peu et finis par l'appeler. Il était désolé, il pensait que je viendrais jusque chez lui, il travaillait sur un article qu'il devait rendre le lendemain. Cela me déprima, mais je ne dis rien. Je suivis ses indications, pris le métro et le rejoignis à l'appartement. Il m'accueillit avec amabilité. J'espérai qu'il m'embrasserait sur la bouche, il m'embrassa sur les joues. Il avait mis la table pour le dîner préparé par la concierge serviable, et nous mangeâmes.

Il ne fit aucune allusion au bracelet ni à Giuliana, moi non plus. Il parla du sujet sur lequel il travaillait en ce moment, comme s'il avait besoin de moi pour mettre ses idées au clair, et comme si j'avais repris le train exprès pour l'écouter. Son article portait sur la componction. Il la définit, à plusieurs reprises, comme un entraînement à piquer sa propre conscience en la traversant avec un fil et une aiguille, comme pour un tissu lorsqu'on fabrique un vêtement. Je l'écoutai, il utilisait cette voix qui m'avait enchantée. Et je fus séduite une fois encore – je suis chez lui, entourée de ses livres, c'est son bureau, nous mangeons ensemble, il parle de son travail avec moi –, je sentis que j'étais celle qui lui était indispensable, exactement ce que je voulais être.

Après dîner, il me donna le bracelet, mais il le fit comme s'il s'agissait d'un tube de dentifrice ou d'une serviette, et il continua à ne faire aucune allusion à Giuliana, on aurait dit qu'il l'avait effacée de sa vie. Je tentai d'adopter définitivement sa ligne de conduite, mais je n'y parvins pas, je ne pouvais m'empêcher de penser à la filleule de Vittoria. Je savais bien mieux que lui dans quelles conditions physiques et psychologiques elle se trouvait, loin de cette belle ville, loin de cet appartement, là-bas, tout là-bas, aux confins de Naples, dans ce logement gris avec la grande photo d'Enzo en uniforme. Et pourtant, nous nous étions tenues ensemble dans cette pièce quelques heures auparavant, je l'avais vue dans la salle de bains quand elle se séchait les cheveux et camouflait ses angoisses devant le miroir, quand elle prenait place à côté de lui au restaurant, quand elle se serrait contre lui dans le lit. Est-il possible qu'elle soit désormais comme morte, que je sois là et qu'elle n'y soit plus ? Meurt-on aussi facilement que ça dans la vie des personnes sans lesquelles on ne pourrait pourtant pas vivre ? Emportée par le flot de mes réflexions, alors qu'il me parlait de je ne sais quoi sur un ton doucement ironique – je n'écoutais plus et captais juste quelques bribes comme « le sommeil, le canapé-lit, l'obscurité qui écrase, veiller jusqu'à l'aube », et parfois la voix de Roberto me faisait penser à la plus belle des voix de mon père –, je lâchai, abattue :

— Je suis très fatiguée et effrayée.

Il proposa :

— Tu peux dormir avec moi.

Mes paroles et les siennes ne trouvèrent aucune connexion entre elles, on aurait dit deux répliques qui se suivaient, mais il n'en était rien. Les miennes étaient issues de la folie de ce voyage exténuant, du désespoir de Giuliana, et de la peur de commettre une erreur impardonnable. Les siennes étaient l'aboutissement d'une circonlocution allusive autour de la difficulté d'ouvrir le canapé-lit. Dès que je m'en rendis compte, je répondis :

— Non, je vais me débrouiller.

Pour preuve, je m'allongeai sur le canapé, recroquevillée sur moi-même.

— Tu es sûre ?

— Oui.

Il dit :

— Pourquoi tu es revenue ?

— Je ne sais plus.

Quelques secondes s'écoulèrent. Il était debout et me regardait d'en haut avec sympathie, moi je le fixais d'en bas, déboussolée. Il ne se pencha pas vers moi, ne me caressa pas, ne dit rien d'autre que « bonne nuit » et se retira dans sa chambre.

Je m'installai sur le canapé sans me déshabiller, je ne voulais pas me priver de la cuirasse de mes vêtements. Toutefois, le désir me prit bientôt d'attendre qu'il s'endorme pour ensuite me lever, le rejoindre et me glisser dans son lit tout habillée, simplement pour rester à son côté. Avant de rencontrer Roberto, je n'avais jamais éprouvé le besoin d'être pénétrée, j'avais eu tout au plus quelque curiosité, aussitôt écartée par la crainte d'avoir mal dans une partie de mon corps si délicate que je craignais moi-même de me griffer quand je me touchais. Lorsque je l'avais vu à l'église, j'avais été submergée par un désir aussi violent que confus, une excitation qui ressemblait à une tension joyeuse et qui, si elle agissait certainement sur mes parties génitales qui semblaient se gonfler, se propageait à mon corps tout entier. Même après la rencontre de la Piazza Amedeo et les petits rendez-vous occasionnels qui avaient suivi, je n'avais jamais imaginé qu'il puisse entrer en moi et, à bien y réfléchir, les rares fois où j'avais pu avoir des fantasmes de ce genre, cela m'avait paru un acte vulgaire. Ce n'est qu'à Milan, le matin précédent, lorsque je l'avais vu couché avec Giuliana, que j'avais dû admettre que, comme tout homme, lui aussi avait un sexe pendouillant ou en érection, qu'il enfonçait dans Giuliana et qu'il aurait été disposé à enfoncer en moi aussi. Mais ce constat n'avait pas été décisif non plus. Certes, j'avais effectué ce nouveau voyage avec l'idée que cette pénétration aurait lieu, et que je serais impliquée dans le scénario érotique évoqué avec vivacité par ma tante longtemps auparavant.

Toutefois, la nécessité qui m'avait poussée exigeait bien autre chose encore, et c'est maintenant, entre veille et sommeil, que je le comprenais. Ce que je voulais, dans son lit, près de lui, serrée contre lui, c'était jouir de son estime, discuter de la componction, de Dieu qui est repu alors que tant de ses créatures meurent de faim et de soif, c'était me sentir beaucoup plus qu'une simple bestiole – qu'elle soit mignonne voire très belle – avec laquelle un homme pétri de grandes idées peut se distraire en jouant un instant. Je m'endormis en pensant avec douleur que c'était justement cela qui ne se produirait jamais. Il aurait été facile de l'avoir en moi, me pénétrer ici, maintenant, en pleine nuit, ne l'aurait pas étonné. Il était persuadé que j'étais revenue pour commettre une telle trahison, et non pour une trahison beaucoup plus féroce.

# VII

# 1

Quand je rentrai chez moi, ma mère n'était pas là. Je ne mangeai rien, me couchai et m'endormis aussitôt. Le matin, l'appartement me parut vide et silencieux. J'allai dans la salle de bains, puis me recouchai et me rendormis. Mais, à un moment donné, je me réveillai en sursaut : Nella, assise au bord du lit, me secouait.

— Ça va ?

— Oui.

— Tu as assez dormi.

— Il est quelle heure ?

— Une heure vingt.

— J'ai très faim.

Elle me demanda distraitement comment ça s'était passé à Milan, je lui racontai tout aussi distraitement ce que j'avais vu, le Duomo, la Scala, la Galleria Vittorio Emanuele, les Navigli. Puis elle m'annonça qu'elle avait une bonne nouvelle : la directrice avait téléphoné à mon père pour lui dire que j'avais réussi mes examens avec d'excellentes notes, et même un neuf sur dix en grec.

— La directrice a téléphoné à papa ?

— Oui.

— Qu'elle est bête.

Ma mère sourit et dit :

— Habille-toi, Mariano est là.

J'allai à la cuisine pieds nus, décoiffée, en pyjama. Mariano, déjà attablé, se leva d'un bond, et il tint à me féliciter pour ma réussite, me prenant dans ses bras et m'embrassant. Il constata que maintenant j'étais vraiment grande, encore plus grande que la dernière fois où il m'avait vue : Qu'est-ce que tu es devenue belle, Giovanna. Un soir, il faut que nous allions dîner rien que toi et moi, pour bavarder tranquillement. Là, il s'exclama à l'adresse de ma mère, avec un faux ton de regret : C'est incroyable, cette demoiselle fréquente Roberto Matese, l'un de nos jeunes intellectuels les plus prometteurs, elle lui parle en tête en tête de je ne sais quels sujets captivants, alors que moi qui la connais depuis qu'elle est petite, je ne peux jamais discuter de rien avec elle. Ma mère acquiesça avec fierté, mais on voyait qu'elle ne savait rien de Roberto, et j'en déduisis que c'était mon père qui avait parlé à Mariano de ce dernier comme d'une amitié bénéfique.

— Je le connais à peine, précisai-je.

— Il est sympathique ?

— Très.

— C'est vrai qu'il est napolitain ?

— Oui, mais pas du Vomero, du bas de la ville.

— Mais il est quand même napolitain.

— Oui.

— Et sur quoi il travaille ?

— La componction.

Il me regarda perplexe :

— La componction ?

Il eut l'air d'abord déçu, mais aussitôt après intrigué. Dans une zone lointaine de son cerveau, il se disait déjà que la componction était peut-être un sujet sur lequel il était urgent de réfléchir.

— La componction, confirmai-je.

Mariano se tourna vers ma mère en riant :

— Tu as vu, Nella ? Ta fille dit qu'elle connaît à peine Roberto Matese, et puis on découvre qu'il lui a parlé de la componction.

Je mangeai beaucoup, en touchant de temps en temps mes cheveux pour m'assurer qu'ils étaient bien implantés dans mon cuir chevelu : je les caressais du bout des doigts et tirais un peu dessus. À la fin du repas, je me levai brusquement et annonçai que j'allais me laver. Mariano, qui jusqu'à présent n'avait cessé de parler, persuadé de nous divertir Nella et moi, prit un air préoccupé et me demanda :

— Tu es au courant, pour Ida ?

Je fis signe que non et ma mère intervint :

— Elle redouble.

— Si tu as un peu de temps, fit Mariano, sois là pour elle. Angela a réussi ses examens et elle est déjà partie, hier matin, pour la Grèce avec un de ses amis. Ida a besoin de compagnie et de réconfort, elle ne fait que lire et écrire. C'est pour ça qu'elle a été recalée : elle lit, elle écrit, et elle ne travaille pas.

Je ne pus supporter leur expression affligée et lançai :

— Du réconfort pour quoi ? Si vous évitiez d'en

faire une tragédie, vous verriez qu'Ida n'a pas besoin de réconfort.

J'allai m'enfermer dans la salle de bains et, quand j'en sortis, l'appartement était plongé dans un silence absolu. Je tendis l'oreille devant la chambre de ma mère : pas un soupir. J'entrouvris la porte, rien. À l'évidence, Nella et Mariano m'avaient jugée discourtoise et avaient filé sans même me crier : *Ciao*, Giovanna. Je téléphonai à Ida, c'est mon père qui répondit.

— Bravo, s'exclama-t-il heureux, dès qu'il entendit ma voix.

— Bravo à toi : la directrice est une espionne à ton service.

Il eut un rire satisfait :

— C'est quelqu'un de bien.

— Évidemment.

— Je sais que tu as été à Milan, chez Matese.

— Qui t'a dit ça ?

Il lui fallut quelques secondes pour me répondre :

— Vittoria.

Je m'écriai, incrédule :

— Vous vous téléphonez ?

— Mieux que ça : hier, elle est venue ici, à la maison. Costanza a une amie qui a besoin d'assistance jour et nuit, et nous avons pensé à elle.

Je murmurai :

— Vous avez fait la paix.

— Non, la paix avec Vittoria, c'est impossible. Mais les années passent, on se fait vieux. Et puis toi, progressivement, avec finesse, tu as servi de pont, bravo. Tu as du talent, tu es comme moi.

— Moi aussi, je séduirai les directeurs ?

— Ça, et bien d'autres choses encore. Comment ça s'est passé, avec Matese ?

— Demande à Mariano, je lui ai déjà raconté.

— Vittoria m'a donné son adresse, je veux lui écrire. Nous vivons une époque catastrophique, les gens de valeur doivent se mettre en contact. Tu as son numéro de téléphone ?

— Non. Tu me passes Ida ?

— Tu ne me dis même pas au revoir ?

— Salut, Andrea.

Il se tut une longue seconde :

— Salut.

Je l'entendis appeler Ida avec le même ton qu'il utilisait, des années auparavant, quand on me demandait au téléphone et qu'il m'appelait. Ida arriva aussitôt et me dit d'un ton abattu, presque dans un murmure :

— Donne-moi un prétexte pour sortir d'ici.

— On se voit dans une heure à la Floridiana.

## 2

J'allai attendre Ida à l'entrée du parc. Elle arriva tout en sueur, ses cheveux châtains coiffés en queue-de-cheval, bien plus grande que quelques mois auparavant et très maigre, un brin d'herbe. Elle portait un sac noir plein à craquer, une mini-jupe, tout aussi noire, et un débardeur rayé, elle avait un visage très pâle d'où l'enfance disparaissait, une bouche pulpeuse, des pommettes rondes et saillantes. Nous cherchâmes un banc à l'ombre. Elle affirma qu'elle était heureuse d'avoir été recalée, elle voulait abandonner le lycée et passer son temps à écrire. Je lui rappelai que j'avais déjà redoublé moi aussi et que cela n'avait pas été agréable, j'en avais même souffert. Elle rétorqua avec un air de défi :

— C'est que tu as eu honte, pas moi.

J'expliquai :

— J'ai eu honte parce que mes parents avaient honte.

— Moi je m'en fous, de la honte de mes parents, ils ont bien d'autres raisons d'avoir honte.

— Ils vivent dans la peur. Ils craignent que nous ne soyons pas dignes d'eux.

— Je ne veux pas être digne, je veux être indigne, et je veux mal finir.

Et elle me raconta que, afin d'être le plus indigne possible, elle avait surmonté son dégoût et était allée avec un homme qui, pendant un certain temps, avait fait des travaux dans le jardin de leur appartement de Posillipo ; il était marié et avait trois enfants.

— Et comment c'était ? demandai-je.

— Horrible. Sa salive ressemblait à de l'eau d'égout et il n'arrêtait pas de dire des cochonneries.

— Au moins, tu t'es enlevé ça de la tête.

— C'est vrai.

— Mais maintenant calme-toi, et essaie de te sentir bien.

— Comment ?

Je lui proposai d'aller ensemble chez Tonino, à Venise. Elle rétorqua qu'elle préférait une autre destination, Rome. J'insistai pour Venise, et je compris que le problème n'était pas la ville, mais Tonino. En effet, il apparut qu'Angela lui avait raconté l'histoire de la gifle et l'accès de fureur qui avait saisi le jeune homme, lui faisant perdre tout contrôle. Il a fait du mal à ma sœur, dit-elle.

Oui, admis-je, pourtant il essaie vraiment de bien se comporter, ça me plaît.

— Avec ma sœur, ça n'a pas marché.

— Mais il a fait beaucoup plus d'efforts qu'elle.

— Tu veux te faire dépuceler par Tonino ?

— Non.

— Je peux y réfléchir avant de te répondre ?

— D'accord.

— Je voudrais aller quelque part où je serais bien et où je pourrais écrire.

— Tu veux écrire l'histoire du jardinier ?

— C'est déjà fait, mais je ne te la lis pas parce que tu es encore vierge, ça te ferait passer l'envie.

— Alors lis-moi autre chose.

— Sérieusement ?

— Oui.

— Il y a une histoire que je veux te lire depuis longtemps.

Elle fouilla dans son sac, dont elle sortit des cahiers et des feuilles volantes. Elle choisit un cahier à couverture rouge et y trouva ce qu'elle cherchait. Le texte ne faisait que quelques pages, c'était le récit d'un long désir jamais réalisé. Deux sœurs avaient une amie qui allait souvent dormir chez elles. C'était surtout l'amie de l'aînée, moins celle de la cadette. La grande attendait que la petite dorme pour passer dans le lit de l'invitée et dormir avec elle. La petite tentait de résister au sommeil et souffrait d'être exclue par les deux autres, mais elle finissait par céder et s'endormait. Un jour cependant, elle avait fait semblant de dormir et ainsi, en silence, dans la solitude, elle avait écouté les murmures des grandes et les baisers qu'elles s'échangeaient. Dès lors, elle n'avait plus cessé d'avoir recours à ce stratagème pour pouvoir les épier et, chaque fois, quand les deux autres s'endormaient, elle pleurait un peu, parce qu'elle avait l'impression que personne ne l'aimait.

Ida lut sans passion, à un rythme soutenu, mais en articulant soigneusement chaque mot. Elle ne leva jamais les yeux de son cahier et ne me regarda jamais en face. À la fin, elle éclata en sanglots, exactement comme le personnage en souffrance de son récit.

Je cherchai un mouchoir et essuyai ses larmes. Je l'embrassai sur la bouche, malgré le passage, à quelques mètres de nous, de deux mères qui bavardaient, côte à côte derrière leurs poussettes.

## 3

Le lendemain, sans même avoir annoncé ma visite au téléphone, j'allai droit chez Margherita, emportant le bracelet avec moi. J'évitai avec soin l'immeuble de Vittoria, d'abord parce que je voulais voir Giuliana en tête à tête, ensuite parce que, après cette réconciliation soudaine et certainement provisoire avec mon père, il me semblait ne plus avoir aucune curiosité pour elle. Mais ce fut une précaution inutile : c'est justement ma tante qui m'ouvrit la porte, comme si elle était chez elle dans l'appartement de Margherita. Elle m'accueillit avec une bonne humeur navrée. Giuliana n'était pas là, Margherita l'avait accompagnée chez le médecin. Elle, elle rangeait la cuisine.

— Entre, entre, dit-elle, qu'est-ce que tu es belle, tiens-moi un peu compagnie.

— Comment va Giuliana ?

— Elle perd ses cheveux.

— Je sais.

— Je sais que tu sais, et je sais aussi que tu l'as beaucoup aidée, que tu as fait attention à tout. Bravo, bravo, bravo. Giuliana et Roberto t'adorent. Moi aussi, je t'aime. Si ton père t'a faite comme ça, ça veut dire qu'il n'est pas aussi merdeux qu'il en a l'air.

— Papa m'a dit que tu as un nouveau boulot.

Elle se tenait debout près de l'évier, tournant le dos à la photo d'Enzo avec le lumignon allumé. Pour la première fois depuis que je la connaissais, je vis passer un léger embarras dans son regard.

— Oui, un très bon boulot.

— Alors tu emménages à Posillipo.

— Eh oui.

— Ça me fait plaisir.

— Moi, je me sens un peu désolée. Ça m'oblige à me séparer de Margherita, de Corrado, de Giuliana, et j'ai déjà perdu Tonino. Des fois, je me dis que ton père a fait exprès de me trouver ce travail, pour me faire souffrir.

J'éclatai de rire, avant de me reprendre aussitôt.

— C'est possible, dis-je.

— Tu ne crois pas ?

— Si, je le crois : de la part de mon père, on peut s'attendre à tout.

Elle me lança un regard mauvais :

— Ne parle pas de ton père comme ça, sinon je te colle une gifle.

— Désolée.

— Il n'y a que moi qui peux en dire du mal, pas toi, tu es sa fille.

— OK.

— Viens là, embrasse-moi. Je t'aime, même si, des fois, tu me fais chier.

Je l'embrassai sur une joue, puis fouillai dans mon sac.

— J'ai ramené le bracelet de Giuliana, il avait fini par hasard dans mon sac.

Elle me bloqua la main.

— Par hasard, c'est ça. Allez, garde-le, je sais que tu y tiens.

— Maintenant, il est à Giuliana.

— Mais à Giuliana il ne plaît pas, à toi si.

— Pourquoi tu lui as donné, s'il ne lui plaît pas ?

Elle me regarda, hésitante, comme si elle avait du mal à saisir le sens de ma question.

— Tu es jalouse ?

— Non.

— Je lui ai donné parce que je la trouvais nerveuse. Mais le bracelet est à toi depuis ta naissance.

— Pourtant, ce n'est pas un bracelet pour une fillette. Pourquoi tu ne l'as pas gardé ? Tu aurais pu le mettre le dimanche, pour aller à la messe.

Elle prit un air perfide et s'exclama :

— Alors maintenant, c'est à toi de me dire ce que je dois faire avec le bracelet de ma mère ? Garde-le et tais-toi. Et pour être franche, Giuliana n'en a pas besoin. Elle est déjà tellement lumineuse que le bracelet, ou n'importe quel autre bijou, n'est pour elle qu'un petit plus. Bon, là elle a ce problème avec ses cheveux, mais ce n'est rien de grave, le docteur va lui donner un traitement reconstituant et ça va passer. Toi, par contre, tu ne sais pas t'arranger, Giannì, allez, viens un peu là.

Elle s'agita, comme si la cuisine avait été un espace exigu où l'on aurait manqué d'air. Elle m'entraîna dans la chambre de Margherita et ouvrit les portes de l'armoire : je vis mon reflet apparaître dans un grand miroir. Elle m'ordonna : Regarde-toi. Je m'exécutai, mais c'est surtout elle que je vis, plantée derrière moi. Elle déclara : Ma fille, tu ne t'habilles pas, tu te caches. Elle remonta ma jupe jusqu'à la taille et s'écria : Mais vise un peu ces cuisses, grand Dieu, et tourne-toi donc, ah ça, c'est un cul. Elle m'obligea à tourner sur moi-même, me flanqua une claque assez violente sur la culotte, et me plaça à nouveau face à la glace. *Madonna*, quelle ligne, s'exclama-t-elle en me caressant les hanches, tu dois apprendre à te connaître, à te mettre en valeur. Il faut montrer tout ce que tu as de beau. Surtout la poitrine, oh là là, quelle poitrine, tu n'imagines pas ce que les filles feraient pour une poitrine comme ça. Mais toi tu les punis, tes nibards, tu en as honte, tu les enfermes à clef. Regarde ce qu'il faut faire. Et, à ce moment-là, tandis que je remettais ma jupe en place, elle fourra la main dans le décolleté de mon chemisier, l'enfonça dans un bonnet de mon soutien-gorge, puis dans l'autre, et arrangea mes seins pour qu'ils paraissent une grosse vague jaillissant du décolleté. Cela l'enthousiasma : Tu vois ? Nous sommes belles, Giannì, belles et intelligentes, nous sommes nées bien foutues, il ne faut pas gâcher ça. Moi, je veux que tu trouves un meilleur parti encore que Giuliana, tu mérites de monter jusqu'au paradis qui est dans les cieux, tu vaux tellement mieux que ton connard de père, qui est resté au ras des pâquerettes, même s'il se donne de grands airs. Mais rappelle-toi : celle-là – et pendant une fraction de seconde, elle me toucha délicatement entre les jambes –, celle-là, je te l'ai dit mille fois, fais-y attention. Pèse bien le pour et le contre avant de la donner, sinon tu n'iras nulle part. Et puis, écoute-moi bien : si jamais j'apprends que tu l'as gâchée, je le dis à ton père, et tous les deux on viendra te casser la gueule. Maintenant, ne bouge pas – cette fois, c'est elle qui fouilla dans mon sac et en sortit le bracelet, qu'elle attacha à mon poignet –, regarde comme il te va bien, tu vois comme ça te met en valeur ?

À ce moment-là, dans le miroir, Corrado apparut à son tour.

— Salut, dit-il.

Vittoria se retourna, moi aussi. Elle lui lança en s'éventant de la main, tant il faisait chaud :

— Elle est belle, Giannina, non ?

— Très belle.

## 4

Je demandai plusieurs fois à Vittoria de dire bonjour à Giuliana de ma part, de lui dire que je l'aimais et qu'elle ne devait s'inquiéter de rien, tout se passerait bien. Puis je me dirigeai vers la porte, m'attendant à ce que Corrado dise : Je fais quelques pas avec toi. Mais non, il resta silencieux, traînant d'un air apathique. C'est moi qui proposai :

— Corrà, tu m'accompagnes à l'arrêt de bus ?

— Oui, accompagne-la, ordonna Vittoria.

Il me suivit de mauvais gré dans l'escalier puis dans la rue, sous un soleil écrasant.

— Qu'est-ce que tu as ? lui demandai-je.

Il haussa les épaules, grommela quelque chose que je ne compris pas, puis admit plus clairement qu'il se sentait seul. Tonino était parti, Giuliana allait bientôt se marier, et Vittoria s'apprêtait à déménager à Posillipo, qui était comme une autre ville.

— Moi, je suis le crétin de la famille, et je dois rester avec ma mère, qui est encore plus crétine que moi, dit-il.

— Tu n'as qu'à partir aussi.

— Où ça ? Pour quoi faire ? Et de toute façon je n'ai pas envie de m'en aller. Je suis né ici, je veux rester ici.

— Alors quoi ?

Il tenta de s'expliquer. Il dit qu'il s'était toujours senti protégé par la présence de Tonino, par celle de Giuliana, et surtout par celle de Vittoria. Il murmura : Giannì, moi je suis comme ma mère, tous les deux nous subissons tout, parce que nous ne savons rien faire et que nous comptons pour du beurre. Et pourtant, tu veux savoir un truc ? Dès que Vittoria sera partie, j'enlève la photo de mon père de la cuisine, je n'ai jamais pu la supporter, elle me fait peur, et je suis sûr que ma mère sera d'accord.

Je l'encourageai à le faire, mais ajoutai qu'il ne devait pas se faire d'illusions : Vittoria ne partirait jamais définitivement, elle reviendrait encore et encore, toujours plus en souffrance et toujours plus insupportable. Je lui conseillai :

— Tu aurais intérêt à rejoindre Tonino.

— On ne s'entend pas bien.

— Tonino, c'est quelqu'un qui sait résister.

— Pas moi.

— Je vais peut-être aller faire un tour à Venise, j'irai le saluer.

— Bravo, passe-lui le bonjour de ma part. Dis-lui qu'il n'a pensé qu'à sa gueule, et que de maman, Giuliana et moi, il n'en a rien eu à foutre.

Je lui demandai l'adresse de son frère, mais il avait juste le nom du restaurant où il travaillait. Maintenant qu'il s'était épanché un peu, il tenta de retrouver son masque habituel. Il se mit à plaisanter en mêlant tendresse et propositions obscènes, de sorte que je lui dis en riant : Mets-toi bien une chose dans le crâne, Corrà, il ne se passera plus rien entre toi et moi. Puis je devins sérieuse et lui demandai le numéro de téléphone de Rosario. Il me regarda, surpris, et voulut savoir si je m'étais décidée à baiser avec son copain. Comme je lui répondis que je ne savais pas, alors qu'il aurait voulu un « non » franc et direct, il s'inquiéta et prit le ton du grand frère désireux de me protéger d'un choix dangereux. Il continua un moment ainsi, et je pris conscience qu'il risquait pour de bon de ne pas me donner le numéro de son ami. Alors je passai aux menaces : OK, je trouverai le numéro toute seule, mais je dirai à Rosario que tu es jaloux et que tu n'as pas voulu me le filer. Il céda aussitôt, tout en continuant à bougonner : Et moi, je le dirai à Vittoria, qui le dira à ton père, et là ça va vraiment barder. Je souris, lui posai un baiser sur la joue puis lui dis avec le plus grand sérieux : Corrà, si tu fais ça, tu me rends un fier service, je suis la première à vouloir que Vittoria et mon père le sachent, et il faut même que tu me jures que, si ça se produit, tu ne manqueras pas de tout leur raconter. Sur ce, le bus arriva, et je le plantai là sur le trottoir, interloqué.

## 5

Au cours des heures qui suivirent, je me rendis compte que je n'avais aucune hâte de perdre ma virginité. Certes, pour des motifs obscurs, Rosario m'attirait un peu, mais je ne l'appelai pas. En revanche, je téléphonai à Ida pour savoir si elle s'était décidée à partir avec moi pour Venise, et elle me répondit qu'elle était prête, elle venait de l'annoncer à Costanza : sa mère était contente de ne plus l'avoir entre les pattes pendant un moment et lui avait donné pas mal d'argent.

Aussitôt après, je contactai Tonino au numéro du restaurant où il travaillait. Au début, il eut l'air ravi de mon projet, mais quand il apprit qu'Ida m'accompagnait il laissa passer quelques secondes avant de dire qu'il vivait dans une petite chambre à Mestre, où il n'y avait pas de place pour trois. Je répliquai : Tonì, nous, on viendra de toute façon te dire bonjour, si tu veux nous voir tant mieux, sinon tant pis. Il changea de ton, jura que ça lui faisait plaisir et qu'il nous attendait.

Comme j'avais déjà dépensé en billets de train tout l'argent que ma mère m'avait donné comme cadeau d'anniversaire lorsque j'étais partie pour Milan, je la harcelai jusqu'à ce qu'elle m'en donne encore, cette fois pour me récompenser de mes examens. À présent, tout était prêt pour le départ quand, un matin de pluie fine et d'agréable fraîcheur, à neuf heures précises, Rosario m'appela. Corrado devait lui avoir parlé, car la première phrase qu'il prononça fut :

— Giannì, il paraît que tu t'es enfin décidée.

— Où es-tu.

— Dans le café, en bas.

— Où ça, en bas ?

— En face de chez toi. Descends, je t'attends avec un parapluie.

Je ne trouvai pas cela agaçant, je sentis au contraire que tout se mettait en place, et je me dis qu'il valait mieux finir serrée contre une autre personne lors d'une journée de fraîcheur que lors d'une journée de chaleur.

— Je n'ai pas besoin de ton parapluie, répliquai-je.

— Ça veut dire que je dois m'en aller ?

— Non.

— Alors dépêche-toi.

— Où est-ce que tu m'emmènes.

— Via Manzoni.

Je ne me coiffai pas, ne me maquillai pas, ne fis rien de ce que Vittoria m'avait conseillé, à part mettre son bracelet. Je découvris Rosario devant la porte de mon immeuble, son habituelle expression d'apparente allégresse gravée sur le visage. Mais quand nous nous retrouvâmes dans la circulation des jours de pluie, la pire qui soit, il se mit à menacer et insulter sans trêve une bonne partie des conducteurs, des incapables selon lui. Je m'inquiétai et dis :

— Si ce n'est pas un bon jour, Rosà, ramène-moi à la maison.

— Ne t'en fais pas, c'est un bon jour, mais regarde un peu comment il conduit, ce con.

— Calme-toi.
— Qu'est-ce qu'il y a ? Je suis trop bourrin pour toi ?
— Non.
— Tu veux savoir pourquoi je suis nerveux ?
— Non.
— Giannì, je suis nerveux parce que je te veux depuis la première fois que je t'ai vue, mais je n'arrive pas à comprendre si toi, tu me veux. Alors, tu veux de moi ?
— Oui. Mais il ne faut pas que tu me fasses mal.
— Mal ? Je te ferai du bien.
— Et il ne faut pas que ça prenne trop de temps, j'ai à faire.
— Ça prendra le temps qu'il faudra.
Il trouva à se garer pile devant chez lui, un bâtiment d'au moins cinq étages.
— Tu as de la chance, dis-je tandis qu'il se dirigeait d'un pas rapide vers l'immeuble, sans même fermer la voiture.
— Ce n'est pas de la chance. Tout le monde sait que c'est ma place, et que personne ne doit s'y garer.
— Sinon quoi ?
— Sinon je tire.
— Tu es un gangster ?
— Et toi, tu es une jeune fille de bonne famille qui va au lycée ?
Je ne répondis rien et nous montâmes en silence jusqu'au cinquième étage. Je me dis que dans cinquante ans, si Roberto et moi étions alors beaucoup plus amis qu'aujourd'hui, je lui raconterais cette journée, afin qu'il me l'explique. Lui, il savait trouver un sens à tout ce que nous faisions, c'était

son travail et, à en croire Mariano et mon père, ça lui réussissait.

Rosario ouvrit la porte, l'appartement était plongé dans l'obscurité. Attends, dit-il. Sans allumer la lumière, il avança d'un pas sûr et alla remonter les stores un à un. La lueur grisâtre du dehors se répandit dans une grande pièce vide, où il n'y avait pas même une chaise. J'entrai en refermant la porte derrière moi, j'entendis la pluie fouetter les fenêtres et le vent se lamenter.

— On ne voit rien, dis-je en regardant dehors.

— On a mal choisi notre journée.

— Non, ça me semble être la journée adéquate.

Il s'approcha de moi d'un pas rapide, me saisit la nuque d'une main et m'embrassa, pressant fort sur mes lèvres qu'il tentait d'écarter avec sa langue. En même temps, son autre main serra un de mes seins. Je le repoussai d'une légère pression contre sa poitrine, laissant échapper un petit rire nerveux dans sa bouche et soufflant par le nez. Il recula, laissant juste la main sur mon sein.

— Qu'est-ce qu'il y a ? demanda-t-il.

— Tu es obligé de m'embrasser ?

— Ça ne te va pas ?

— Non.

— Toutes les filles aiment ça.

— Pas moi. Et j'aimerais autant que tu ne me touches pas la poitrine. Mais si tu en as besoin, alors d'accord.

Il lâcha mon sein en bougonnant :

— Moi, j'ai besoin de rien.

Pour me le prouver, il baissa sa fermeture éclair et sortit son sexe. Je craignais qu'il ait un truc énorme dans son pantalon, mais constatai avec soulagement que son engin n'était pas très différent de celui de Corrado, et d'une forme peut-être plus élégante. Rosario me prit la main et dit :

— Touche.

Je m'exécutai, son machin était chaud comme s'il avait la fièvre. En fin de compte, le tenir était agréable, alors je ne retirai pas ma main.

— Ça te va ?

— Oui.

— Alors dis-moi ce que tu veux, je ne voudrais rien faire qui te déplaise.

— Je peux rester habillée ?

— Les filles se déshabillent.

— Si on peut s'en passer, je préférerais.

— Il faut au moins que tu enlèves ton slip.

Je lâchai son engin, enlevai mon jean et mon slip.

— C'est bon, maintenant ?

— Oui, mais on ne fait pas ça comme ça.

— Je sais, mais c'est une faveur que je te demande.

— Et moi, je peux enlever mon pantalon, au moins ?

— Oui.

Il ôta ses chaussures, son pantalon et son slip. Il avait des jambes poilues et très maigres, et des pieds longs et squelettiques, il devait faire au moins du 45. Il garda sa veste en lin, sa chemise et sa cravate ; juste en dessous, son membre en érection surgissait au-dessus de ses jambes et de ses pieds nus, comme un locataire belliqueux venant d'être dérangé. Nous étions laids tous les deux, heureusement qu'il n'y avait pas de miroirs.

— Je m'allonge par terre ? demandai-je.

— Qu'est-ce que tu dis ? Il y a un lit.

Il se dirigea vers une porte grande ouverte, je vis son petit cul avec ses fesses creusées. Il y avait un lit défait, rien d'autre. Cette fois, il n'ouvrit pas les persiennes mais alluma la lumière. J'interrogeai :

— Tu ne te laves pas ?

— Je me suis lavé ce matin.

— Au moins les mains.

— Et toi, tu te les laves ?

— Non.

— Alors moi non plus.

— Bon, alors on se les lave tous les deux.

— Giannì, regarde ce qui m'arrive.

Son sexe descendait et rapetissait.

— Si tu te laves, il ne va plus se dresser ?

— Mais si. Allez, j'y vais.

Il disparut dans la salle de bains. J'en faisais, des histoires, je n'aurais jamais imaginé me comporter ainsi. Il revint avec un petit truc pendouillant entre les jambes, que je regardai avec sympathie.

— Il est mignon, dis-je.

Rosario poussa un soupir :

— Dis-le carrément, si tu ne veux rien faire.

— Si si, je veux, je vais me laver.

— Allez viens, ça va comme ça. Tu es une dame, je suis sûr que tu te laves cinquante fois par jour.

— Je peux le toucher ?

— Trop aimable.

J'allai près de lui et pris son engin avec délicatesse. Comme Rosario s'était révélé beaucoup plus patient que je ne l'aurais cru, j'aurais voulu être experte et le toucher d'une façon qui lui fasse plaisir, mais je ne savais vraiment pas quoi faire, alors je me contentai de tenir son truc dans la main. Il ne fallut que quelques secondes pour que ça grossisse.

— Je te touche un peu moi aussi, dit-il d'une voix légèrement rauque.

— Non, dis-je, tu ne sais pas, tu vas me faire mal.

— Je sais très bien le faire.

— Merci Rosà, tu es gentil, mais je n'ai pas confiance.

— Giannì, si je ne te touche pas un minimum, tu risques d'avoir mal pour de bon.

Je fus tentée de consentir, il avait certainement plus d'expérience que moi, mais je craignais ses mains, ses ongles sales. Je fis un signe net de refus, lâchai son excroissance et allai m'étendre sur le lit, jambes serrées. Je le vis au-dessus de moi, grand, le regard perplexe dans son visage joyeux, avec son buste tiré à quatre épingles et sa nudité brute en dessous. Pendant une fraction de seconde, je repensai au soin que mes parents avaient mis, depuis mon enfance, à me préparer à vivre ma vie sexuelle en toute conscience et sans peurs.

Entre-temps, Rosario avait saisi mes chevilles, il m'écartait les jambes. Il dit d'une voix émue : Qu'est-ce que c'est beau, ce que t'as entre les cuisses. Il s'allongea doucement au-dessus de moi. Il chercha mon sexe avec le sien en s'aidant de la main et, quand il eut l'impression d'être au bon endroit, il poussa doucement, tout doucement, avant de donner soudain un coup énergique.

— Aïe, m'écriai-je.

— Je t'ai fait mal ?

— Un peu. Ne me mets pas enceinte.

— Ne t'en fais pas.

— Ça a marché ?

— Attends.

Il poussa à nouveau, trouva une meilleure position, recommença à pousser. À partir de là, il ne fit qu'aller un peu en arrière, et puis encore un peu en avant. Mais plus il insistait dans ce va-et-vient, plus il me faisait mal. Il s'en rendait compte et murmurait : Détends-toi, tu es trop contractée. Je chuchotais : Je ne suis pas contractée, aïe, je suis détendue. Et il disait avec gentillesse : Giannì, il faut que tu y mettes du tien, mais qu'est-ce que t'as là-dedans, on dirait un morceau de ferraille, une porte blindée. Je serrais les dents et marmonnais : Non, pousse, vas-y, plus fort. Mais je transpirais, je sentais la sueur sur mon visage et ma poitrine. Lui-même me disait : Qu'est-ce que tu sues, et ça me faisait honte, je chuchotais : D'habitude je ne transpire jamais, c'est juste aujourd'hui, je suis désolée, si ça te dégoûte, laisse tomber.

Il finit par me pénétrer complètement, avec une telle force que j'eus l'impression d'un véritable déchirement au fond de mon ventre. Cela ne dura qu'un instant, ensuite il sortit d'un coup en me faisant encore plus mal que lorsqu'il était entré. Je redressai la tête pour comprendre ce qui se passait, et je le vis à genoux entre mes jambes, du sperme giclait de son machin couvert de sang. Il avait beau rire, il était très en colère.

— Tu as réussi ? demandai-je d'une voix faible.

— Oui, dit-il en s'allongeant à mon côté.

— Heureusement.

— Ah ça oui, heureusement.

— Ça brûle.

— C'est ta faute, on aurait pu faire mieux.

Je me tournai vers lui et dis :

— C'était exactement comme ça que je voulais faire, et je l'embrassai en enfonçant le plus possible ma langue derrière ses dents. Un instant plus tard, je courus me laver, je remis mon slip et mon jean. Quand ce fut à son tour de passer à la salle de bains, je dégrafai le bracelet que je posai sur le sol, près du lit, comme un cadeau du mauvais sort. Il me ramena chez moi. Il était mécontent, moi joyeuse.

Le lendemain, je partis pour Venise avec Ida. Dans le train, nous nous fîmes une promesse : devenir adultes comme ça n'était jamais arrivé à personne.

## DE LA MÊME AUTRICE

*Aux Éditions Gallimard*

L'AMOUR HARCELANT, 1995 (Folio n° 6755).

LES JOURS DE MON ABANDON, 2004 (Folio n° 6165).

POUPÉE VOLÉE, 2009 (Folio n° 6351).

L'AMIE PRODIGIEUSE, 2014 (Folio n° 6052).

LE NOUVEAU NOM, 2016 (Folio n° 6232).

CELLE QUI FUIT ET CELLE QUI RESTE, 2017 (Folio n° 6402).

L'ENFANT PERDUE, 2018 (Folio n° 6572).

FRANTUMAGLIA, 2019 (Folio n° 6882).

CHRONIQUES DU HASARD, 2019.

LA VIE MENSONGÈRE DES ADULTES, 2020 (Folio n° 7033).

*Aux Éditions Gallimard Jeunesse*

LA PLAGE DANS LA NUIT, illustrations de Mara Cerri, 2017.

# COLLECTION FOLIO

*Dernières parutions*

6724. Jean Rolin — *Le traquet kurde*
6725. Pénélope Bagieu — *Culottées Livre II-partie 1*
6726. Pénélope Bagieu — *Culottées Livre II-partie 2*
6727. Marcel Proust — *Vacances de Pâques* et autres chroniques
6728. Jane Austen — *Amour et amitié*
6729. Collectif — *Scènes de lecture. De saint Augustin à Proust*
6730. Christophe Boltanski — *Le guetteur*
6731. Albert Camus et Maria Casarès — *Correspondance. 1944-1959*
6732. Albert Camus et Louis Guilloux — *Correspondance. 1945-1959*
6733. Ousmane Diarra — *La route des clameurs*
6734. Eugène Ébodé — *La transmission*
6735. Éric Fottorino — *Dix-sept ans*
6736. Hélène Gestern — *Un vertige* suivi de *La séparation*
6737. Jean Hatzfeld — *Deux mètres dix*
6738. Philippe Lançon — *Le lambeau*
6739. Zadie Smith — *Swing Time*
6740. Serge Toubiana — *Les bouées jaunes*
6741. C. E. Morgan — *Le sport des rois*
6742. Marguerite Yourcenar — *Les Songes et les Sorts*
6743. Les sœurs Brontë — *Autolouange* et autres poèmes
6744. F. Scott Fitzgerald — *Le diamant gros comme le Ritz*
6745. Nicolas Gogol — *2 nouvelles de Pétersbourg*
6746. Eugène Dabit — *Fauteuils réservés* et autres contes
6747. Jules Verne — *Cinq semaines en ballon*
6748. Henry James — *La Princesse Casamassima*
6749. Claire Castillon — *Ma grande*
6750. Fabrice Caro — *Le discours*
6751. Julian Barnes — *La seule histoire*
6752. Guy Boley — *Quand Dieu boxait en amateur*
6753. Laurence Cossé — *Nuit sur la neige*
6754. Élisabeth de Fontenay — *Gaspard de la nuit*
6755. Elena Ferrante — *L'amour harcelant*

| | |
|---|---|
| 6756. Franz-Olivier Giesbert | *La dernière fois que j'ai rencontré Dieu* |
| 6757. Paul Greveillac | *Maîtres et esclaves* |
| 6758. Stefan Hertmans | *Le cœur converti* |
| 6759. Anaïs LLobet | *Des hommes couleur de ciel* |
| 6760. Juliana Léveillé-Trudel | *Nirliit* |
| 6761. Mathieu Riboulet | *Le corps des anges* |
| 6762. Simone de Beauvoir | *Pyrrhus et Cinéas* |
| 6763. Dōgen | *La présence au monde* |
| 6764. Virginia Woolf | *Un lieu à soi* |
| 6765. Benoît Duteurtre | *En marche !* |
| 6766. François Bégaudeau | *En guerre* |
| 6767. Anne-Laure Bondoux | *L'aube sera grandiose* |
| 6768. Didier Daeninckx | *Artana ! Artana !* |
| 6769. Jachy Durand | *Les recettes de la vie* |
| 6770. Laura Kasischke | *En un monde parfait* |
| 6771. Maylis de Kerangal | *Un monde à portée de main* |
| 6772. Nathalie Kuperman | *Je suis le genre de fille* |
| 6773. Jean-Marie Laclavetine | *Une amie de la famille* |
| 6774. Alice McDermott | *La neuvième heure* |
| 6775. Ota Pavel | *Comment j'ai rencontré les poissons* |
| 6776. Ryoko Sekiguchi | *Nagori. La nostalgie de la saison qui vient de nous quitter* |
| 6777. Philippe Sollers | *Le Nouveau* |
| 6778. Annie Ernaux | *Hôtel Casanova* et autres textes brefs |
| 6779. Victor Hugo | *Les Fleurs* |
| 6780. Collectif | *Notre-Dame des écrivains. Raconter et rêver la cathédrale du Moyen Âge à demain* |
| 6781. Carole Fives | *Tenir jusqu'à l'aube* |
| 6782. Esi Edugyan | *Washington Black* |
| 6784. Emmanuelle Bayamack-Tam | *Arcadie* |
| 6785. Pierre Guyotat | *Idiotie* |
| 6786. François Garde | *Marcher à Kerguelen.* |
| 6787. Cédric Gras | *Saisons du voyage.* |

6788. Paolo Rumiz — *La légende des montagnes qui naviguent.*
6789. Jean-Paul Kauffmann — *Venise à double tour*
6790. Kim Leine — *Les prophètes du fjord de l'Éternité*
6791. Jean-Christophe Rufin — *Les sept mariages d'Edgar et Ludmilla*
6792. Boualem Sansal — *Le train d'Erlingen ou La métamorphose de Dieu*
6793. Lou Andreas-Salomé — *Ce qui découle du fait que ce n'est pas la femme qui a tué le père* et autres textes psychanalytiques
6794. Sénèque — *De la vie heureuse* précédé de *De la brièveté de la vie*
6795. Famille Brontë — *Lettres choisies*
6796. Stéphanie Bodet — *À la verticale de soi*
6797. Guy de Maupassant — *Les Dimanches d'un bourgeois de Paris* et autres nouvelles
6798. Chimamanda Ngozi Adichie — *Nous sommes tous des féministes* suivi du *Danger de l'histoire unique*
6799. Antoine Bello — *Scherbius (et moi)*
6800. David Foenkinos — *Deux sœurs*
6801. Sophie Chauveau — *Picasso, le Minotaure. 1881-1973*
6802. Abubakar Adam Ibrahim — *La saison des fleurs de flamme*
6803. Pierre Jourde — *Le voyage du canapé-lit*
6804. Karl Ove Knausgaard — *Comme il pleut sur la ville. Mon combat - Livre V*
6805. Sarah Marty — *Soixante jours*
6806. Guillaume Meurice — *Cosme*
6807. Mona Ozouf — *L'autre George. À la rencontre de l'autre George Eliot*
6808. Laurine Roux — *Une immense sensation de calme*
6809. Roberto Saviano — *Piranhas*

6810. Roberto Saviano — *Baiser féroce*
6811. Patti Smith — *Dévotion*
6812. Ray Bradbury — *La fusée* et autres nouvelles
6813. Albert Cossery — *Les affamés ne rêvent que de pain*
6814. Georges Rodenbach — *Bruges-la-Morte*
6815. Margaret Mitchell — *Autant en emporte le vent I*
6816. Margaret Mitchell — *Autant en emporte le vent II*
6817. George Eliot — *Felix Holt, le radical.* À paraître
6818. Goethe — *Les Années de voyage de Wilhelm Meister*
6819. Meryem Alaoui — *La vérité sort de la bouche du cheval*
6820. Unamuno — *Contes*
6821. Leïla Bouherrafa — *La dédicace.*
6822. Philippe Djian — *Les inéquitables*
6823. Carlos Fuentes — *La frontière de verre.* Roman en neuf récits
6824. Carlos Fuentes — *Les années avec Laura Díaz.* Nouvelle édition augmentée
6825. Paula Jacques — *Plutôt la fin du monde qu'une écorchure à mon doigt.*
6826. Pascal Quignard — *L'enfant d'Ingolstadt. Dernier royaume X*
6827. Raphaël Rupert — *Anatomie de l'amant de ma femme*
6828. Bernhard Schlink — *Olga*
6829. Marie Sizun — *Les sœurs aux yeux bleus*
6830. Graham Swift — *De l'Angleterre et des Anglais*
6831. Alexandre Dumas — *Le Comte de Monte-Cristo*
6832. Villon — *Œuvres complètes*
6833. Vénus Khoury-Ghata — *Marina Tsvétaïéva, mourir à Elabouga*
6834. Élisa Shua Dusapin — *Les billes du Pachinko*
6835. Yannick Haenel — *La solitude Caravage*
6836. Alexis Jenni — *Féroces infirmes*

| | | |
|---|---|---|
| 6871. | Lisa Halliday | *Asymétrie* |
| 6872. | Bruno Le Maire | *Paul. Une amitié* |
| 6873. | Nathalie Léger | *La robe blanche* |
| 6874. | Gilles Leroy | *Le diable emporte le fils rebelle* |
| 6875. | Jacques Ferrandez / Jean Giono | *Le chant du monde* |
| 6876. | Kazuo Ishiguro | *2 nouvelles musicales* |
| 6877. | Collectif | *Fioretti. Légendes de saint François d'Assise* |
| 6878. | Herta Müller | *La convocation* |
| 6879. | Giosuè Calaciura | *Borgo Vecchio* |
| 6880. | Marc Dugain | *Intérieur jour* |
| 6881. | Marc Dugain | *Transparence* |
| 6882. | Elena Ferrante | *Frantumaglia. L'écriture et ma vie* |
| 6883. | Lilia Hassaine | *L'œil du paon* |
| 6884. | Jon McGregor | *Réservoir 13* |
| 6885. | Caroline Lamarche | *Nous sommes à la lisière* |
| 6886. | Isabelle Sorente | *Le complexe de la sorcière* |
| 6887. | Karine Tuil | *Les choses humaines* |
| 6888. | Ovide | *Pénélope à Ulysse* et autres lettres d'amour de grandes héroïnes antiques |
| 6889. | Louis Pergaud | *La tragique aventure de Goupil* et autres contes animaliers |
| 6890. | Rainer Maria Rilke | *Notes sur la mélodie des choses* et autres textes |
| 6891. | George Orwell | *Mil neuf cent quatre-vingt-quatre* |
| 6892. | Jacques Casanova | *Histoire de ma vie* |
| 6893. | Santiago H. Amigorena | *Le ghetto intérieur* |
| 6894. | Dominique Barbéris | *Un dimanche à Ville-d'Avray* |
| 6895. | Alessandro Baricco | *The Game* |
| 6896. | Joffrine Donnadieu | *Une histoire de France* |
| 6897. | Marie Nimier | *Les confidences* |
| 6898. | Sylvain Ouillon | *Les jours* |
| 6899. | Ludmila Oulitskaïa | *Médée et ses enfants* |
| 6900. | Antoine Wauters | *Pense aux pierres sous tes pas* |

6901. Franz-Olivier Giesbert — *Le schmock*
6902. Élisée Reclus — *La source* et autres histoires d'un ruisseau
6903. Simone Weil — *Étude pour une déclaration des obligations envers l'être humain* et autres textes
6904. Aurélien Bellanger — *Le continent de la douceur*
6905. Jean-Philippe Blondel — *La grande escapade*
6906. Astrid Éliard — *La dernière fois que j'ai vu Adèle*
6907. Lian Hearn — *Shikanoko, livres I et II*
6908. Lian Hearn — *Shikanoko, livres III et IV*
6909. Roy Jacobsen — *Mer blanche*
6910. Luc Lang — *La tentation*
6911. Jean-Baptiste Naudet — *La blessure*
6912. Erik Orsenna — *Briser en nous la mer gelée*
6913. Sylvain Prudhomme — *Par les routes*
6914. Vincent Raynaud — *Au tournant de la nuit*
6915. Kazuki Sakuraba — *La légende des filles rouges*
6916. Philippe Sollers — *Désir*
6917. Charles Baudelaire — *De l'essence du rire* et autres textes
6918. Marguerite Duras — *Madame Dodin*
6919. Madame de Genlis — *Mademoiselle de Clermont*
6920. Collectif — *La Commune des écrivains. Paris, 1871 : vivre et écrire l'insurrection*
6921. Jonathan Coe — *Le cœur de l'Angleterre*
6922. Yoann Barbereau — *Dans les geôles de Sibérie*
6923. Raphaël Confiant — *Grand café Martinique*
6924. Jérôme Garcin — *Le dernier hiver du Cid*
6925. Arnaud de La Grange — *Le huitième soir*
6926. Javier Marías — *Berta Isla*
6927. Fiona Mozley — *Elmet*
6928. Philip Pullman — *La Belle Sauvage. La trilogie de la Poussière, I*
6929. Jean-Christophe Rufin — *Les trois femmes du Consul. Les énigmes d'Aurel le Consul*

6930. Collectif — *Haikus de printemps et d'été*
6931. Épicure — *Lettre à Ménécée* et autres textes
6932. Marcel Proust — *Le Mystérieux Correspondant* et autres nouvelles retrouvées
6933. Nelly Alard — *La vie que tu t'étais imaginée*
6934. Sophie Chauveau — *La fabrique des pervers*
6935. Cecil Scott Forester — *L'heureux retour*
6936. Cecil Scott Forester — *Un vaisseau de ligne*
6937. Cecil Scott Forester — *Pavillon haut*
6938. Pam Jenoff — *La parade des enfants perdus*
6939. Maylis de Kerangal — *Ni fleurs ni couronnes* suivi de *Sous la cendre*
6940. Michèle Lesbre — *Rendez-vous à Parme*
6941. Akira Mizubayashi — *Âme brisée*
6942. Arto Paasilinna — *Adam & Eve*
6943. Leïla Slimani — *Le pays des autres*
6944. Zadie Smith — *Indices*
6945. Cesare Pavese — *La plage*
6946. Rabindranath Tagore — *À quatre voix*
6947. Jean de La Fontaine — *Les Amours de Psyché et de Cupidon* précédé d'*Adonis* et du *Songe de Vaux*
6948. Bartabas — *D'un cheval l'autre*
6949. Tonino Benacquista — *Toutes les histoires d'amour ont été racontées, sauf une*
6950. François Cavanna — *Crève, Ducon !*
6951. René Frégni — *Dernier arrêt avant l'automne*
6952. Violaine Huisman — *Rose désert*
6953. Alexandre Labruffe — *Chroniques d'une station-service*
6954. Franck Maubert — *Avec Bacon*
6955. Claire Messud — *Avant le bouleversement du monde*
6956. Olivier Rolin — *Extérieur monde*
6957. Karina Sainz Borgo — *La fille de l'Espagnole*
6958. Julie Wolkenstein — *Et toujours en été*
6959. James Fenimore Cooper — *Le Corsaire Rouge*

*Tous les papiers utilisés pour les ouvrages des collections Folio sont certifiés et proviennent de forêts gérées durablement.*

*Composition Nord Compo*
*Impression Maury Imprimeur*
*45330 Malesherbes, le 10 janvier 2022*
*Dépôt légal : janvier 2022*
*Numéro d'impression : 259944*

ISBN 978-2-07-296282-0 / Imprimé en France.

**401306**